Edith HAMILTON

LA MYTHOLOGIE

SES DIEUX, SES HÉROS, SES LÉGENDES

Le texte original « Mythology »
a été traduit de l'anglais par Abeth de Beughem.

Sources de l'iconographie : voir p. 446.

INTRODUCTION
À LA MYTHOLOGIE CLASSIQUE

Dans les temps anciens, la race hellénique se distinguait des Barbares par un esprit plus prompt et plus dégagé de toute absurdité.

HÉRODOTE I : 60.

On a cru longtemps que les mythologies grecque et romaine reflétaient les sentiments et les idées de la race humaine en des temps immémoriaux. Selon cette théorie, nous pourrions — par le truchement de ces récits — suivre la trace qui remonte de l'homme civilisé, si éloigné de la nature, jusqu'au primitif qui vivait en étroite communion avec elle ; et l'intérêt de ces mythes tiendrait à ce qu'ils nous reportent à un âge où le monde était jeune, où ses habitants entretenaient avec la terre, avec les arbres, les mers, les fleurs et les montagnes des relations dont nous ne connaîtrons jamais nous-mêmes l'équivalent. Il nous est donné à entendre qu'au moment où ces récits légendaires prirent forme, il existait fort peu de distinction encore entre le réel et le fantastique. L'imagination était vivement éveillée et la raison ne la contrôlait pas ; ainsi était-il loisible à quiconque se promenait dans un bois d'y voir une nymphe fuyant à travers les arbres, et s'il se penchait pour boire sur une source limpide, d'y apercevoir le visage d'une naïade.

La perspective d'un voyage de retour vers ces ravissements se présente à tous ou presque tous les écrivains qui se proposent d'aborder la mythologie — et surtout aux poètes. Dans ces temps infiniment reculés, l'homme primitif pouvait :

Voir Protée se levant sur la mer
Ou le vieux Triton soufflant dans sa trompe en forme de conque.

et à travers les mythes qu'il nous a laissés, nous pourrions nous-mêmes, pendant un bref instant, entrevoir ce monde animé d'une vie étrange et belle.

Mais un très rapide examen des coutumes des peuples non civilisés — de tous lieux et de toutes époques — suffit à dissiper cette illusion romantique. Aucun fait n'apparaît plus clairement : l'homme primitif, que ce soit de nos jours en Nouvelle-Guinée ou bien il y a 20 000 ans dans la jungle préhistorique, n'est pas et n'a jamais été enclin à peupler son univers de ces fantaisies plaisantes. C'est l'horreur qui se tapit dans la forêt vierge, et non la nymphe ou la naïade ; la terreur y vit, avec son escorte obligée : la magie, et son palliatif le plus fréquent : le sacrifice humain. L'espoir d'échapper à la fureur des divinités repose, pour l'humanité primitive, dans certains rites dépourvus de logique mais impressionnants, ou dans quelque offrande, dont la souffrance qui l'accompagne fait tout le prix.

La mythologie des Grecs

Un monde sépare cette sombre peinture des récits de la mythologie classique, et ce n'est pas chez les Grecs que l'on trouvera à se documenter sur la façon dont l'homme primitif envisageait son entourage. La brièveté avec laquelle les anthropologistes traitent des mythes grecs est à souligner.

Les Grecs, bien entendu, plongeaient eux aussi leurs racines dans le limon des premiers âges. Mais leurs mythes nous montrent combien — au moment où nous commençons à prendre connaissance de leur existence — ils s'étaient déjà élevés au-dessus de la sauvagerie et de la brutalité anciennes. Seuls quelques vestiges de ces temps demeurent dans leurs récits fabuleux.

Nous ignorons quand, pour la première fois, ces légendes furent contées dans leur forme actuelle : quoi qu'il en soit, il est certain que la vie primitive était déjà largement dépassée. Les mythes, tels que nous les connaissons, sont la création de grands poètes. *L'Iliade* est le premier document écrit de la Grèce. La mythologie grecque commence avec Homère, qui, suivant l'opinion généralement reçue, vivait dix siècles avant le Christ. *L'Iliade* est — ou renferme — la plus ancienne littérature grecque ; il est écrit dans une langue riche, subtile et magnifique, aboutissement manifeste d'une recherche expressive séculaire, preuve irréfutable de civilisation.

On parle souvent du « miracle grec » et par cette formule on tente d'exprimer la nouvelle naissance du monde qui coïncida avec l'éveil de la Grèce. « Les choses anciennes sont mortes ; voyez, toutes choses se renouvellent. » C'est à peu près ce qui se passa en Grèce, mais nous en ignorons le pourquoi et le comment. Tout ce que nous savons, c'est qu'un point de vue s'offrit aux premiers poètes grecs, point de vue qui n'allait jamais plus quitter le monde. Avec la naissance de la Grèce, l'homme se plaça au centre de l'univers. Ceci constituait une véritable révolution de la pensée ; jusqu'alors, l'être humain avait fort peu compté. C'est en Grèce que, pour la première fois, il prit pleinement conscience de lui-même.

Les Grecs imaginèrent leurs dieux à leur image, et cela aussi était neuf. Jusqu'alors, les dieux n'avaient jamais revêtu l'apparence de la réalité ; ils étaient, par essence, différents de toutes choses vivantes : en Egypte, un colosse immobile, qu'aucune imagination ne parvenait à animer, aussi figé dans la pierre que les immenses colonnes des temples, concrétisait la forme humaine de manière délibérément inhumaine ; un sphinx ou une femme à tête de chat suggéraient, parmi tant d'autres, la divinité. En Mésopotamie, les bas-reliefs reproduisaient des formes d'animaux jamais vus, hommes à têtes d'oiseaux, lions à têtes de taureaux, les uns comme les autres pourvus d'ailes d'aigles, créations d'artistes déterminés à traduire dans la matière ce qui n'avait jamais existé hors de leur esprit.

C'étaient là les idoles et les dieux du monde préhellénique et il suffit de confronter ces formes fantastiques avec n'importe quelle statue grecque, si normale, si naturellement belle, pour s'apercevoir qu'une idée nouvelle était apparue dans le monde ; avec elle, l'univers devenait rationnel.

Saint Paul a dit que l'invisible doit être compris par le visible. Cette idée n'était pas juive, elle était grecque. Seuls de tous les peuples du monde ancien, les Grecs se préoccupaient du visible ; ils trouvaient autour d'eux la satisfaction de leurs désirs. Le sculpteur, observant les athlètes qui participaient aux jeux, sentait que rien de ce qu'il pourrait imaginer ne serait aussi beau que ces corps jeunes et robustes — et il créait ainsi sa statue d'Apollon. Le conteur rencontrait Hermès parmi ceux qu'il croisait dans la rue ; il voyait le dieu « comme un jeune homme à l'âge où la jeunesse est la plus aimable », selon les mots d'Homère. Les artistes grecs et les poètes comprirent à quelle splendeur pouvait atteindre l'homme et ils trouvèrent en lui l'accomplissement de leur recherche de beauté.

Des dieux « humains » rendaient le céleste séjour plaisamment familier. Les Grecs s'y sentaient chez eux, ils savaient exactement ce qu'y faisaient les habitants divins, ce qu'ils mangeaient, buvaient, où ils banquetaient et comment ils se dis-

H= accomplissmt recherche beauté -

trayaient. On les craignait aussi, bien entendu, car ils étaient très puissants et dangereux dans leurs colères. Cependant, en prenant certaines précautions, un homme pouvait vivre en bonne intelligence avec eux ; il lui était même loisible de rire à leurs dépens. Zeus, cherchant à dissimuler ses aventures amoureuses à sa femme et invariablement démasqué, était une source intarissable d'amusement ; les Grecs y prenaient plaisir et ne l'en aimaient que mieux. Héra était ce personnage-type du répertoire de comédie, l'épouse jalouse ; et ses ruses ingénieuses pour décontenancer son mari et punir ses rivales, loin de déplaire aux Grecs, les réjouissaient autant que nous égaient aujourd'hui les émules modernes de la déesse outragée. De telles histoires créaient un climat propice. En présence d'un sphinx égyptien ou d'un taureau ailé assyrien, le rire est proprement inconcevable mais il était parfaitement naturel dans l'Olympe et contribuait à l'agrément de la société divine.

Sur terre, les divinités étaient séduisantes à l'extrême. Sous la forme de jeunes filles et d'adolescents, elles peuplaient les bois, les forêts, les rivières, la mer, en harmonie parfaite avec la beauté du monde terrestre et des eaux transparentes.

Et c'est bien là qu'il faut trouver le miracle de la mythologie grecque — un monde humanisé où les hommes sont libérés de la peur paralysante d'un Inconnu omnipotent. Les phénomènes incompréhensibles ou terrifiants vénérés ailleurs, les esprits redoutables fourmillant dans l'air, la mer et sur la terre, tout cela était banni de Grèce.

Il peut sembler étrange de dire que ces mêmes hommes qui ont crée les mythes détestaient l'irrationnel et s'attachaient au réel ; c'est cependant vrai, quelque fantastiques que soient certaines de ces légendes. Quiconque les lit avec attention découvre que même les plus absurdes d'entre elles prennent place dans un monde essentiellement rationnel et réaliste. Héraclès, dont la vie n'est qu'un long combat contre des monstres invraisemblables, a son foyer dans la ville de Thèbes. L'endroit exact où Aphrodite naquit de l'écume de la mer pouvait être visité par n'importe quel touriste de l'Antiquité ; il était situé juste au large de l'île de Cythère. Pégase, le coursier ailé, après avoir sillonné l'air tout le jour, retournait chaque nuit à sa confortable écurie, à Corinthe. Une résidence familière et bien localisée donnait une réalité à ces êtres mythiques. Si le mélange peut paraître enfantin, il faut admettre que cet arrière-plan est raisonnable et combien rassurant si on le compare au Génie surgi de nulle part, lorsque Aladin frotte la lampe, et qui y retourne sa tâche accomplie.

L'irrationnel terrifiant n'a pas de place dans la mythologie classique. La Magie, si puissante dans le monde qui précède et suit la Grèce, y est à peu près inexistante. Aucun homme et deux femmes seulement sont pourvues de pouvoirs effrayants et surnaturels. Les ensorceleurs démoniaques et les vieilles sorcières hideuses, qui hantaient l'Europe et l'Amérique jusqu'à une époque bien récente, ne jouent aucun rôle dans ces récits. Les deux seules sorcières, Circé et Médée, sont jeunes et d'une beauté ravissante — des enchanteresses et non des créatures horribles. L'astrologie, qui a prospéré depuis l'époque babylonienne jusqu'à nos jours, est complètement absente de la Grèce classique. S'il y a beaucoup d'histoires au sujet des étoiles, on n'y trouve aucune trace de l'idée qu'elles influencent la vie des hommes. L'astronomie et non l'astrologie est la conclusion à laquelle arrivera finalement l'esprit grec. De même, nul mythe ne fait état d'un prêtre-magicien, capable de se gagner les dieux ou de se les aliéner. Le prêtre est d'ailleurs rarement mentionné et il ne jouit d'aucune considération particulière. Quand, dans *l'Odyssée*, on voit un prêtre et un poète tomber à genoux devant Ulysse pour le supplier d'épargner leur vie, le héros, sans la moindre hésitation, tue le prêtre mais fait grâce au poète, et Homère nous dit qu'Ulysse redoutait de frapper un homme auquel les dieux avaient enseigné son art divin. C'était le poète — et non le prêtre — qui avait les liens les plus étroits avec les dieux et qui méritait le respect de chacun. Quant aux fantômes, qui ont joué un si grand rôle en d'autres contrées, ils n'apparaissent jamais sur terre dans les récits grecs. Les Grecs n'avaient pas peur des morts, « les pitoyables morts », ainsi que les nomme *l'Odyssée*.

Le monde de la mythologie grecque n'était pas un monde de

terreur. Les dieux, il est vrai, étaient déconcertants et leurs actes imprévisibles. On ne savait jamais où frapperait la foudre de Zeus. Cependant, sauf quelques exceptions pour la plupart insignifiantes, cette société divine resplendissait d'une parfaite beauté humaine — et rien de ce qui est humain ne peut être vraiment terrifiant.

Ce tableau a toutefois quelques points sombres. L'évolution qui, depuis les terreurs irraisonnées des premiers âges, avait abouti à cette conception harmonieuse du monde, se fit lentement et ne s'acheva jamais complètement. Les dieux-hommes furent longtemps à peine meilleurs que leurs adorateurs. Ils étaient incomparablement plus beaux et plus puissants et bien entendu immortels, mais ils agissaient souvent comme aucun homme décent, aucune femme honnête ne se le permettraient. Dans *l'Iliade*, Hector témoigne d'une noblesse jamais atteinte par les divinités célestes, et Andromaque est infiniment préférable à Athéna ou Aphrodite. Du début à la fin, Héra est une déesse d'un niveau humain fort peu élevé. Presque toutes ces divinités se révèlent capables d'actions cruelles ou méprisables. Dans les cieux d'Homère — et longtemps après lui — prévalait un sens très limité du bien et du mal.

Il y avait d'autres ombres encore au tableau ; on y retrouve des traces d'un temps où existaient les dieux-animaux. Les satyres sont mi-boucs, mi-hommes, et les centaures mi-hommes, mi-chevaux. Héra est souvent nommée la « déesse au visage de vache », comme si cette description lui était restée attachée à travers toutes les métamorphoses qui la firent passer de l'état de vache divine à celui de très humaine reine de l'Olympe. Certains récits font clairement allusion à une époque où sévissait le sacrifice humain. Néanmoins, le fait le plus étonnant n'est pas qu'on trouve par-ci par-là des restes de croyances barbares, l'étrange est qu'il y en ait si peu.

Bien entendu, les monstres sont partout présents et sous les formes les plus diverses,

Gorgones et Hydres et néfastes Chimères...

mais ils ne sont là que pour donner au héros sa part de gloire. Que pourrait bien faire un héros dans un monde sans monstres ? Et toujours ils sont vaincus par lui. Héraclès, le héros-type de la mythologie, pourrait bien être une allégorie de la Grèce elle-même. Il combat les monstres et en débarrasse la terre tout comme la Grèce libéra le monde de l'idée monstrueuse que l'inhumain règne en maître absolu sur l'humain.

Pour une grande part, la mythologie grecque est faite de récits concernant les dieux et les déesses, mais il ne faudrait pas la considérer comme une sorte de Bible grecque, un exposé de la religion grecque. Si l'on en croit les conclusions les plus modernes, les mythes n'ont rien à voir avec le sentiment religieux ; ils seraient plutôt l'explication des phénomènes de la nature, tels que la naissance d'une partie de l'univers, arbre ou fleur, soleil, planètes, tempêtes, ou éruptions volcaniques, tremblements de terre, bref tout ce qui provoque le tonnerre et les éclairs. Un volcan entre en éruption parce qu'une créature horrible est emprisonnée dans la montagne et se débat par moments pour se libérer. Le Chariot, constellation aussi désignée sous le nom de Grande Ourse, ne descend jamais au-dessous de l'horizon parce qu'un jour une déesse irascible la punit d'un méfait en lui interdisant de jamais se coucher sous l'Océan. Les mythes représentent la science des premiers âges, ils sont le résultat des premières tentatives des hommes pour expliquer ce qu'ils voient autour d'eux ; cependant, beaucoup de ces récits n'expliquent rien du tout, ce sont alors des contes purement récréatifs, comme ceux que l'on dit au cours d'une longue soirée d'hiver. L'histoire de Pygmalion et Galathée en offre un exemple ; on n'y trouve aucun lien avec un phénomène quelconque de la nature. De même pour la Conquête de la Toison d'Or, pour le mythe d'Orphée et Eurydice et bien d'autres encore. Ce fait est généralement accepté de nos jours et nous ne nous efforçons plus de retrouver la lune ou l'aurore dans chaque héroïne mythologique, ni le mythe du soleil dans la vie de chaque héros. On admet aujourd'hui que ces récits sont à la fois la littérature primitive et la science des premiers âges.

Néanmoins la religion apparaît, elle aussi ; à l'arrière-plan, il est vrai, mais nettement visible. D'Homère aux grands tragiques et même plus tard, la compréhension de ce qui manque aux êtres humains et de ce qu'ils veulent trouver dans leurs dieux se fait de plus en plus profonde. Il semble certain que Zeus, le dieu tonnant, fut à une certaine époque le dieu de la pluie. S'il régnait en maître sur le soleil, c'est que la Grèce rocheuse requérait plus de pluie que de soleil, et le dieu des dieux était celui-là qui dispensait la précieuse eau vitale. Mais le Zeus d'Homère n'est plus un phénomène de la nature, il est un personnage vivant, dans un monde où la civilisation a fait son apparition et il a acquis, bien entendu, le sens du bien et du mal. Un sens peu développé, certes, et qui semble applicable aux autres plus qu'à lui-même : il punit le menteur et le parjure ; le manque de respect envers les morts l'irrite et il prend en pitié le vieux Priam et lui vient en aide lorsque celui-ci se rend en suppliant devant Achille. Dans *l'Odyssée* il atteint à un niveau plus élevé. Là, le gardien des troupeaux de pourceaux déclare que le mendiant et l'étranger viennent de Zeus et que celui qui leur refuse son assistance pèche ainsi contre Zeus lui-même. Pas beaucoup plus tard que le poète de *l'Odyssée* (sinon à la même époque), Hésiode dit d'un homme qui lèse le suppliant et l'étranger ou fait tort aux enfants orphelins : « contre cet homme-là, Zeus s'irrite ».

Puis la Justice devient la compagne habituelle de Zeus. C'était une idée toute neuve ; les princes plutôt flibustiers de *l'Iliade* n'avaient aucun besoin de justice, ils ne demandaient qu'à se saisir de tout ce qui passait à portée de leur main, parce qu'ils étaient forts et qu'ils voulaient un dieu qui fût du côté des puissants. Mais Hésiode, paysan qui vivait dans un univers d'homme pauvre, savait qu'aux malheureux il faut un dieu juste et il écrivait : « Les poissons et les bêtes et les rapaces dans l'air se dévorent les uns les autres. Mais à l'homme Zeus a donné la Justice. La Justice a son siège à côté du trône de Zeus. » Ces lignes montrent que les appels des faibles s'élevaient dès lors vers le ciel et transformaient le dieu des forts en protecteur des impuissants.

Et c'est ainsi que derrière les légendes d'un Zeus amoureux, d'un Zeus lâche et peureux, d'un Zeus ridicule, nous voyons apparaître un autre Zeus, tandis que les hommes prennent de plus en plus conscience de ce que la vie leur demande et de ce qu'eux-mêmes cherchent dans le dieu qu'ils vénèrent. Ce nouveau Zeus va graduellement remplacer les autres jusqu'à ce qu'il occupe enfin la scène entière, et il deviendra alors, selon les mots de Dion Chrysostome qui écrivait vers le deuxième siècle de notre ère : « Notre Zeus, dispensateur de tout ce qui est bon, notre père commun, sauveur et gardien tutélaire du genre humain ! »

L'Odyssée parle de la « divinité que tous les hommes attendent avec ferveur » et des siècles plus tard, Aristote écrit : « Excellence, que la race des mortels se donne tant de peine à obtenir. » Dès les premiers mythes et dans ceux qui les suivront, les Grecs font preuve d'une perception du divin et de l'excellent, et leur désir de les atteindre est si grand qu'ils ne renonceront jamais à tenter de les apercevoir clairement, jusqu'à ce qu'enfin ils transforment l'éclair et le tonnerre en Père Universel.

Les écrivains grecs et romains de la mythologie

La plupart des livres traitant des légendes de la mythologie classique s'inspirent surtout du poète latin Ovide qui écrivait sous le règne d'Auguste. L'œuvre d'Ovide est un abrégé de la mythologie, et à cet égard, aucun auteur de l'Antiquité ne saurait lui être comparé. Il raconta toutes les légendes et avec un grand luxe de détails ; certains récits, qui nous ont été rendus familiers grâce à la littérature et l'art, ne nous sont parvenus que par les pages de ce poète. J'ai évité dans cet ouvrage, autant que faire se peut, de m'en référer à lui. Il est — sans doute aucun — un très grand poète et un fort bon conteur, capable d'apprécier suffisamment les mythes pour comprendre l'excellence de la matière qu'ils lui offraient, mais il est bien plus loin d'en saisir la signification que nous ne le sommes aujourd'hui. Pour lui, ils n'étaient que balivernes et il écrivait :

Je rapporte des poètes anciens les mensonges monstrueux,
Jamais vu, ni alors ni maintenant, par les yeux des humains.

En fait, il prévient son lecteur : « Ne vous préoccupez pas de ces sornettes. Je vais tant les embellir que vous y prendrez goût. » Et c'est ce qu'il fait, souvent fort plaisamment, mais ce qui était vérité de fait et solennelle pour les anciens poètes grecs Hésiode et Pindare, et véhicules de croyances religieuses profondes pour les tragiques grecs, devient entre ses mains contes futiles, parfois spirituels et divertissants, souvent sentimentaux et d'une enflure affligeante. Les mythographes grecs n'ont pas ce style ampoulé et ils sont remarquablement exempts de toute sensiblerie.

La liste des principaux écrivains grâce auxquels les mythes nous ont été transmis n'est pas longue. En tête vient Homère, bien entendu. *L'Iliade* et *l'Odyssée* sont — ou plutôt contiennent — les plus anciens écrits que nous possédions. Aucune date précise ne peut leur être assignée, les avis des érudits différant sensiblement à ce sujet et n'étant pas près de se rapprocher. L'an 1000 avant le Christ serait peut-être celle à laquelle on trouverait le moins à redire — en tout cas pour *l'Iliade*, le plus ancien des deux poèmes [1].

Le second écrivain de la liste est situé parfois au IXe siècle et parfois au VIIIe. Hésiode était un pauvre fermier dont la vie était rude et pénible. Il ne saurait y avoir plus frappant contraste qu'entre son poème, *Les travaux et les Jours* — qui tente d'enseigner aux hommes comment vivre heureux dans un monde âpre et dur —, et la splendeur aristocratique de *l'Iliade* et de *l'Odyssée*. Mais Hésiode avait beaucoup à dire au sujet des dieux et un second poème, la *Théogonie*, qui lui est généralement attribué, est tout entier consacré à la mythologie. Si Hésiode en est vraiment l'auteur, on peut alors dire qu'un pay-

1. Dans tout ce qui va suivre ici, et pour tout le reste de cet ouvrage, toute date doit être comprise comme précédant l'ère chrétienne, sauf si le contraire est précisé.

san vivant dans une ferme isolée, loin des villes, fut le premier homme en Grèce à s'interroger sur l'origine de toutes choses — le monde, le ciel, les dieux, le genre humain — et à en chercher l'explication. Homère ne se posait jamais de question. La *Théogonie* relate la création de l'univers et des généalogies divines, et pour la mythologie, c'est un document capital.

Puis, dans l'ordre, viennent les *Hymnes Homériques*, poèmes écrits à la gloire de dieux divers. Aucune date précise pour ceux-là non plus mais la plupart des érudits considèrent que les plus anciens sont du VIIIe siècle ou du début du VIIe. Le dernier qui nous intéresse — il y en a trente-trois en tout — serait du Ve siècle ou peut-être du IVe siècle athénien.

Pindare, le plus grand poète lyrique de la Grèce, commença son œuvre vers la fin du VIe siècle. Il écrivit des Odes en l'honneur des vainqueurs de jeux dans les grands festivals nationaux de la Grèce et chacun de ses poèmes relate des mythes ou y fait allusion. Au point de vue mythologique, l'importance de Pindare égale celle d'Hésiode.

Eschyle, le plus ancien des trois poètes tragiques, était contemporain de Pindare. Les deux autres, Sophocle et Euripide, vinrent un peu plus tard. Le plus jeune, Euripide, mourut à la fin du Ve siècle. Sauf les *Perses*, d'Eschyle, qui célèbre la victoire remportée par les Grecs sur les Perses à Salamine, toutes les tragédies ont des sujets mythologiques. Avec Homère, elles sont notre principale source d'information.

Aristophane, le plus grand poète comique d'Athènes, qui vivait à la fin du Ve siècle et au début du IVe, se réfère souvent aux mythes ainsi que le font deux grands prosateurs, Hérodote, le « père de l'histoire », et Platon, le philosophe, qui suivit à moins d'une génération.

La poésie alexandrine naquit vers 250 et est ainsi nommée parce qu'à cette époque le centre de la littérature grecque s'était déplacé de Grèce à Alexandrie, en Egypte. Apollonius de Rhodes relate en détail la Conquête de la Toison d'Or et d'autres mythes en rapport avec ce récit. Apollonius et trois autres écrivains d'Alexandrie qui prirent aussi les mythes pour thèmes, les poètes pastoraux Théocrite, Dion et Moschus, ont tous perdu la simplicité d'Hésiode et la foi en les dieux de Pindare ; s'ils sont loin de montrer la profondeur et la gravité religieuses des tragiques grecs, ils n'ont pas cependant la frivolité d'Ovide.

Deux auteurs plus tardifs, Apulée, un Latin, et Lucien, un Grec, vivant l'un et l'autre au IIe siècle de notre ère, apportent une importante contribution à la littérature mythologique. L'histoire fameuse de Cupidon et Psyché n'est contée que par Apulée dont le style ressemble beaucoup à celui d'Ovide. Le style de Lucien, par contre, n'appartient qu'à lui seul. Il satirise les dieux qui à cette époque n'étaient plus qu'un objet de moquerie ; néanmoins, il nous donne, même de cette façon, un grand nombre de détails à leur propos.

Un autre Grec, Apollodore, est après Ovide l'auteur dont l'œuvre mythologique est la plus volumineuse, mais à l'inverse du poète latin il se montre très prosaïque et fort ennuyeux. Aucune date précise ne nous est donnée à son sujet ; d'après les uns ou les autres, il a été situé depuis le Ier siècle av. J.-C. jusqu'au IXe de notre ère. L'érudit anglais, Sir J.G. Frazer, pense qu'il composa son œuvre pendant le Ier ou le IIe siècle après J.-C.

Le Grec Pausanias, grand voyageur et auteur du premier guide touristique connu, a beaucoup à dire des événements mythologiques qui se seraient passés dans les lieux qu'il visita. Il vivait au IIe siècle de notre ère mais il ne met aucune de ces légendes en doute ; il les rapporte toutes avec le sérieux le plus complet.

Virgile se classe en tête des écrivains romains. Si pas plus qu'Ovide — dont il était le contemporain — il ne croyait aux mythes, il retrouvait en eux la nature humaine et plus qu'aucun autre depuis les tragiques grecs, il sut donner vie aux personnages légendaires.

D'autres poètes romains s'inspirèrent encore de ces récits. Catulle en narre quelques-uns et Horace y fait souvent allusion, mais ni l'un ni l'autre ne sont représentatifs en la matière. Pour tous les Romains, ces récits étaient infiniment lointains, réduits à des ombres.

Pour parvenir à la connaissance de la mythologie grecque, il n'existe pas de meilleurs guides que les auteurs grecs, car ils étaient en contact direct avec les croyances de l'époque.

PREMIÈRE PARTIE

LES DIEUX, LA CRÉATION ET LES TEMPS HÉROÏQUES

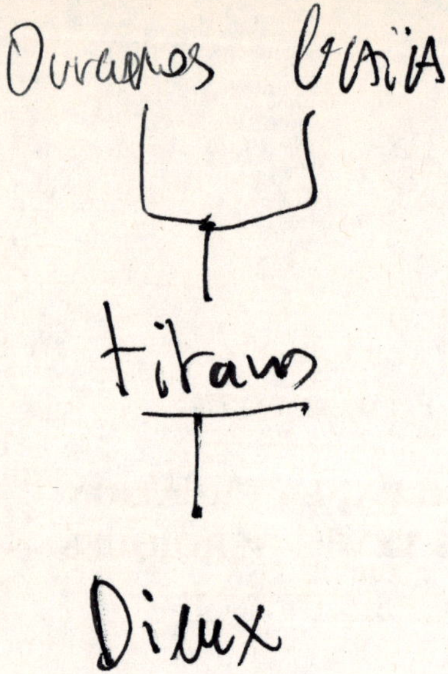
Ouranos
Gaïa
Titans
Dieux

Les dieux

Etranges fragments de nuages d'une gloire ancienne,
Passants attardés d'une divine compagnie,
Ils exhalent le souffle de ce monde lointain dont ils viennent,
Des voûtes célestes maintenant perdues, et de l'air olympien.

Pour les Grecs, ce n'étaient pas les dieux qui avaient créé le monde, mais l'inverse : l'univers avait créé les dieux. Bien avant qu'il y eût des dieux, le ciel et la terre (Ouranos et GÆA), s'étaient formés et ils étaient l'un et l'autre les premiers parents. Les Titans étaient leurs enfants et les dieux leurs petits-enfants.

LES TITANS ET LES DOUZE GRANDS OLYMPIENS

Les Titans, souvent nommés les Dieux Anciens, régnaient en maîtres suprêmes sur l'univers. Ils étaient d'une taille énorme et d'une force incroyable. Ils étaient aussi fort nombreux mais quelques-uns seulement apparaissent dans les récits mythologiques. De tous les Titans, le plus important fut **Cronos,** en latin **Saturne**. Il gouverna les autres Titans jusqu'à ce que son fils, **Zeus**, le détrônât et s'emparât du pouvoir. Les Romains disaient que lorsque **Jupiter**, (c'était le nom qu'ils donnaient à **Zeus**) monta sur le trône, Saturne s'enfuit en Italie et y apporta l'Age d'Or, une ère de paix parfaite et de bonheur qui dura aussi longtemps que son règne.

Les autres Titans — et Titanides — les plus célèbres sont d'abord **Océan**, le fleuve qui entoure le monde ; puis sa femme **Téthys** ; **Hypérion**, le père du soleil, de la lune et de l'aurore ; **Mnémosyne**, la mémoire ; **Thémis**, dont le nom est généralement synonyme de Justice, et **Japet**, qui mérite surtout l'attention à cause de ses fils, **Atlas** qui porte le monde sur ses épaules, et **Prométhée**, le sauveur du genre humain. Ceux-ci, seuls parmi les anciens dieux, ne furent pas bannis à l'arrivée de Zeus, mais ils durent désormais se contenter d'un rang moins élevé.

Les douze grands Olympiens dominaient les dieux qui avaient succédé aux Titans. L'Olympe était leur foyer, d'où leur nom. Ce qu'était exactement l'Olympe n'est pas aisé à dire ; il n'est pas douteux qu'au début on le tenait pour le sommet d'une montagne et on l'identifiait, en général, avec le Mont Olympe, le plus élevé de la péninsule et situé au nord-est, en Thessalie. Mais même dans *l'Iliade*, ce tout premier poème grec, cette idée fait place à celle d'un Olympe localisé dans une région mystérieuse dominant toutes les montagnes de la terre. Un passage de *l'Iliade* nous montre Zeus s'adressant aux dieux du « pic le plus élevé parmi les nombreux sommets de l'Olympe ». Il s'agit donc clairement d'une région montagneuse. Mais quelques lignes plus loin, il déclare qu'il pourrait, s'il le voulait, suspendre le ciel et la terre au pinacle de l'Olympe et il devient tout aussi clair qu'il ne s'agit donc plus là d'une montagne. Toutefois, il n'est pas question des cieux et Homère fait dire à Poséidon qu'il gouverne la mer tandis qu'Hadès règne sur les morts et Zeus sur les cieux, mais que l'Olympe leur est commun à tous les trois.

Quoi qu'il en soit et où qu'il fût, l'entrée de ce lieu était fermée par une grande grille de nuages gardée par les Saisons. Les résidences des dieux étaient à l'intérieur, ils y vivaient, y dormaient et y festoyaient, savourant le nectar et l'ambroisie tout en écoutant le chant de la lyre d'Apollon. C'était un séjour de félicité parfaite. Nul vent ne trouble jamais la paix de l'Olympe, nous dit Homère ; nulle pluie n'y tombe jamais et nulle neige, mais le firmament sans nuages l'entoure de tous côtés et la blancheur glorieuse du soleil est diffusée par ses murs.

Les douze Olympiens formaient une famille divine :

1) **Zeus (Jupiter)** leur chef; venaient ensuite ses deux frères : 2) **Poséidon (Neptune)** et 3) **Hadès**, aussi nommé **Pluton** ; 4) **Hestia (Vesta)** leur sœur ; 5) **Héra (Junon)** épouse de Zeus et 6) **Arès (Mars)** leur fils ; les enfants de Zeus : 7) **Athéna (Minerve)**, 8) **Apollon**, 9) **Aphrodite (Vénus)**, 10) **Hermès (Mercure)** et 11) **Artémis (Diane)**, enfin, 12) le fils d'Héra, **Héphaïstos (Vulcain)**, parfois dit aussi fils de Zeus.

Zeus (Jupiter)

Zeus et ses frères se partagèrent l'univers et la répartition se fit par un tirage au sort. Le domaine de la mer échut à Poséidon, l'empire souterrain et l'empire des morts à Hadès. Zeus devint le dieu souverain, le Seigneur du Ciel, le dieu de la pluie, celui qui rassemblait les nuages et maniait à son gré la foudre terrifiante. Son pouvoir éclipsait celui de toutes les autres divinités réunies. Dans *l'Iliade*, il déclare à sa famille : « Je suis plus puissant que vous tous. Faites-en l'épreuve, afin de vous en assurer. Fixez une chaîne d'or au ciel, et que chacun de vous, dieu ou déesse, s'en saisisse. Vous ne pourrez entraîner Zeus.

Mais s'il me plaisait de vous faire lâcher prise, je le pourrais. Je fixerais la chaîne à un pinacle de l'Olympe et tout resterait suspendu dans l'air — oui, l'univers entier, et la mer aussi. »

Néanmoins, il n'était pas omnipotent pas plus d'ailleurs qu'il n'était omniscient. Il était possible de s'opposer à lui et de l'abuser. Dans *l'Iliade*, il est dupé par Poséidon, par Héra, et parfois le Destin, ce pouvoir mystérieux, paraît plus puissant que lui. Homère nous montre Héra demandant dédaigneusement à son époux s'il se propose de délivrer de la mort un homme condamné par le Destin.

On nous le dit passant d'une aventure amoureuse à une autre et s'abaissant à toutes sortes de ruses pour dissimuler ses infidélités à sa femme. Que de telles actions puissent être imputées au plus majestueux des dieux s'explique, selon les érudits, par le fait que le Zeus de ces chants et récits est en réalité l'amalgame d'une multitude de divinités. Lorsque son culte s'introduisait dans une cité déjà pourvue d'un protecteur divin, une fusion s'opérait ; la femme du dieu ancien était alors transférée à Zeus. Le résultat cependant n'était pas heureux et par la suite les Grecs en vinrent à désapprouver ces incessantes complications sentimentales.

Toujours est-il que dans les toutes premières légendes, Zeus avait de la grandeur. Dans *l'Iliade*, Agamemnon s'adresse à lui en ces termes : « Zeus, toi le plus glorieux, le plus grand, dieu du ciel d'orage, toi qui résides dans les cieux. »

Des hommes, Zeus exigeait non seulement des sacrifices mais encore une bonne conduite. Devant Troie, l'armée grecque est mise en garde : « Zeus, notre Père, ne vient jamais en aide à ceux qui mentent ni à ceux qui violent leurs serments. » Ces deux idées que l'on se faisait de lui, l'une noble, l'autre humiliante, persistèrent longtemps parallèlement.

L'*égide*, sa cuirasse en peau de chèvre, recouverte d'écailles et bordée de serpents était affreuse à voir ; l'aigle était son oiseau favori, son arbre, le chêne. Son oracle parlait à Dodone, le pays des chênes. La volonté du dieu se faisait entendre dans le bruissement des feuilles de ces arbres et il ne restait plus aux prêtres qu'à l'interpréter.

Héra (Junon)

Elle était à la fois la femme de Zeus et sa sœur. Elle fut élevée par **Océan**, le Titan, et la Titanide *Téthys*. Protectrice du mariage, elle prenait un soin particulier des femmes mariées. Les poètes tracent d'elle, en général, un portrait peu flatteur, bien que l'un des plus anciens hymnes la décrive ainsi :

Reine parmi les immortels, Héra siège sur un trône d'or.
Elle les dépasse en beauté, la dame de gloire
Que toutes les divinités du haut Olympe révèrent
Et honorent à l'égal de Zeus, le seigneur de la foudre.

Mais lorsqu'ils en viennent aux détails, tous les récits qui la concernent nous la montrent s'en prenant surtout aux nombreuses femmes que Zeus honorait de ses faveurs, les châtiant même si elles n'avaient succombé que contraintes ou abusées par le dieu ; qu'elles eussent cédé à contre-cœur ou en toute innocence importait fort peu à la déesse, elle les traitait toutes de la même manière. Sa colère implacable les poursuivait ainsi que leurs enfants. Jamais Héra n'oubliait une injure. Sans sa haine pour un Troyen qui avait osé prétendre qu'une autre déesse l'éclipsait en beauté, la Guerre de Troie se fût achevée par une paix honorable, laissant les deux adversaires inconquis. Seule la ruine de Troie effaça en elle le souvenir de l'affront fait à ses charmes.

Dans un autre grand récit — celui de la Conquête de la Toison d'Or — elle est la bienveillante protectrice des héros et l'inspiratrice de leurs hauts faits, mais nulle part ailleurs, on ne lui voit jouer ce rôle. Néanmoins, elle était vénérée dans chaque foyer. Elle était la divinité dont les femmes mariées imploraient le secours, et sa fille, Ilythyia ou Ilythie, assistait les mères au moment de l'enfantement.

La vache et le paon lui étaient consacrés ; Argos était sa cité favorite.

Chalcidique
Macédoine
Dodone
Thessalie
Epire
Etolie
Egée
Eubée
Delphes
Thèbes
Béotie
Phocide
Megare
Eleusis
Achaie
Corinthe
Attiqu
Ithaque
Elide
Mycènes
Athé
Nèmèe
Epidaure
Olympie
Argos
Arcadie
Argolide
MER IONIENNE
Péloponnèse
Pylos
Laconie
Sparte
Cythère
MER MEDITERRANEE
Crète

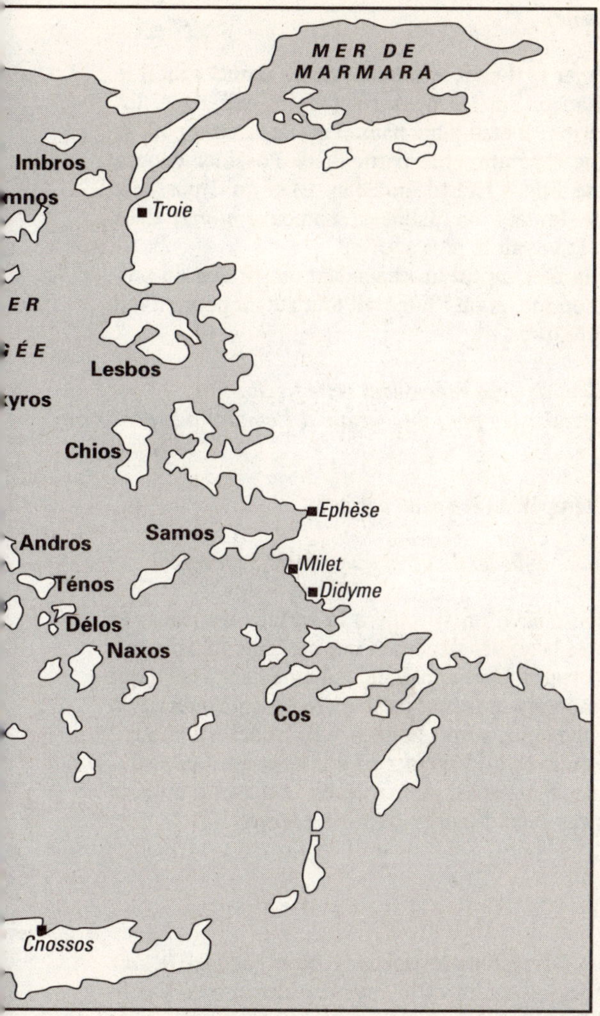

Le monde grec

Poséidon (Neptune)

Il régnait sur la mer et il était le frère de Zeus, auquel seul il le cédait en importance. Sur les deux rives de la mer Egée, les Grecs étaient marins ; il était donc naturel qu'ils eussent pour le dieu de la mer une vénération très particulière. Poséidon épousa Amphitrite, petite fille d'Océan, le Titan. Bien qu'il possédât tout au fond de la mer un palais somptueux, c'était dans l'Olympe qu'on le voyait le plus souvent.

Souverain de la mer, ce fut lui cependant qui fit don du premier cheval à l'homme, et on l'honorait tout autant pour ce fait que pour son autre titre :

Seigneur Poséidon, de vous nous vient cette fierté,
Les robustes chevaux, les poulains, et aussi l'empire des pro-
[fondeurs.

Il gouvernait la tempête et les eaux calmes :

Il commande, et la houle ainsi que le vent se lèvent

Lorsque dans son char d'or, il roule à la surface des eaux, le silence succède au bruit des vagues et une sérénité paisible suit le passage de ses roues. On l'appelait communément « celui qui fait trembler le monde » et il était toujours représenté tenant à la main le trident, une lance à trois pointes avec laquelle il pouvait à son gré tout soulever et disperser. Il s'intéressait non seulement aux chevaux mais aussi aux taureaux ; ceux-ci d'ailleurs étaient protégés par bien d'autres divinités encore.

Hadès (Pluton)

Il était parmi les Olympiens le troisième frère, auquel le sort attribua le monde souterrain et le royaume des morts. On le nommait aussi Pluton, le dieu des richesses et des métaux précieux enfouis dans la terre. Les Romains tout comme les Grecs l'appelaient par son nom mais ils le traduisaient souvent par *Dis*, mot qui signifie riche en latin. Sa tête était coiffée d'un casque qui avait la propriété de rendre invisible quiconque le portait. Il quittait rarement son sombre empire pour l'Olympe ou la terre et personne ne l'encourageait à le faire ; sans pitié, inexorable mais juste, dieu terrible mais non malfaisant, il n'en était pas moins un visiteur indésirable.

Sa femme était Coré ou Perséphone (Proserpine) qu'il enleva de la terre pour en faire la Reine des Enfers.

Il était le Souverain des Morts mais non la Mort elle-même, que les Grecs nommaient Thanatos et les Romains Orcus.

Pallas Athéna (Minerve)

Elle était la fille de Zeus et de lui seul. Aucune mère ne la porta. Adulte et tout armée, elle sortit du crâne de Zeus. Le premier récit qui la mentionne, *l'Iliade*, nous dit qu'elle était une déesse guerrière, ardente et impitoyable, mais dans d'autres textes, elle n'est combative que pour défendre l'Etat ou le foyer contre des ennemis extérieurs. Elle était avant tout la déesse de la Cité, la protectrice de la vie civilisée, de l'artisanat et de l'agriculture ; l'inventeur de la bride, qui permit aux hommes de dresser les chevaux.

Elle était l'enfant préférée de Zeus. Outre la redoutable égide, il lui confiait son bouclier, et le foudre, son arme dévastatrice.

Elle est souvent surnommée la « déesse aux yeux "pers", ou encore "aux yeux étincelants" ». Elle était la plus importante des trois divinités vierges. En fait, on l'appelait Parthénos, la Vierge, et son temple était le Parthénon. Elle personnifiait la sagesse, la raison, la chasteté.

Athènes était sa ville d'élection ; l'olivier, qu'elle avait elle-même créé, était son arbre, et son animal consacré, la chouette.

Phoibos Apollon

Fils de Zeus et de Léto (Latone), il naquit dans la petite île de Délos. On a reconnu en lui « le plus grec de tous les dieux ». Et il apparaît en effet comme l'une des plus belles figures de la poésie grecque ; il est le musicien qui charme l'Olympe quand il joue de sa lyre dorée, il est le seigneur à l'arc d'argent, le dieu-Archer, le Guérisseur aussi, qui le premier apprit aux hommes l'art de la médecine. Mais ces dons, tout aimables et charmants qu'ils fussent, n'étaient pas ses meilleurs titres de gloire : il était surtout le dieu de la Lumière, celui en qui nulle ombre ne demeure — et c'est ainsi qu'il devint le dieu de la Vérité. Jamais un mensonge ne tombe de ses lèvres :

O Phébus, de ton trône de vérité,
De ta demeure au cœur du monde,
Tu parles aux hommes.
Ainsi que Zeus en donna l'ordre,
Aucun mensonge n'y pénètre jamais,
Aucune ombre n'obscurcit ce monde de vérité.
Zeus a scellé d'un titre éternel l'honneur d'Apollon
Afin que tous, d'une foi inébranlable,
Pussent croire en sa parole.

Surplombé par les hauteurs du Parnasse, Delphes, où se tenait l'oracle d'Apollon, joue un rôle important dans la mythologie. Castalie était sa fontaine sacrée et Céphise son fleuve. Delphes passait pour être le centre du monde, aussi les pèlerins y affluaient-ils, de Grèce comme d'ailleurs. Il n'avait pas de rival parmi les autres sanctuaires. Les réponses aux questions posées par les visiteurs anxieux de connaître la vérité étaient prononcées par une prêtresse qui entrait en transe avant de parler. Cet état de transe était causé, pensait-on, par une vapeur prophétique exhalée d'un gouffre profond creusé dans le roc, et au-dessus duquel était placé le trépied sur lequel s'asseyait la Pythie ou Pythonisse.

Apollon était parfois surnommé le Délien, de Délos, son île

natale, et encore Pythien, pour avoir tué le serpent Python, lequel avait autrefois vécu dans les cavernes du Parnasse.

Un autre nom encore lui était souvent donné, le « Lycien », que l'on explique de diverses façons, tantôt comme signifiant le dieu-loup, le dieu-lumière ou le dieu de Lycie. Dans *l'Iliade*, Apollon est encore le dieu-souris, mais personne ne sait si cette appellation lui est venue de protéger ces animaux ou de les détruire. Il est souvent le dieu-Soleil ; son nom, Phébus, signifie « brillant » ou « étincelant ». Pour être tout à fait exact, cependant, précisons que le dieu-Soleil était Hélios, fils du Titan Hypérion.

L'Apollon de Delphes était une divinité essentiellement bénéfique, un lien direct entre les dieux et les hommes, aidant ceux-ci à connaître la volonté de ceux-là ou à se réconcilier avec eux ; il était aussi le purificateur, il avait le pouvoir de laver ceux-là même qui s'étaient souillé du sang de leur famille. Et cependant, quelques récits nous le montrent impitoyable et cruel. Comme dans tous les dieux, deux idées luttaient en lui, l'une primitive et brutale, l'autre belle et poétique. Mais chez lui, il restait peu de choses de la première.

Le laurier était son arbre. Bien des créatures lui étaient consacrées mais parmi elles venaient en tête le dauphin et le corbeau.

Artémis (Diane)

Aussi nommée Cynthia, du Mont Cynthos à Délos, où elle naquit.

Sœur jumelle d'Apollon, fille de Zeus et de Léto, elle était une des trois déesses vierges de l'Olympe :

Aphrodite la dorée, qui fait naître l'amour
Et met en émoi la création entière,
Reste cependant sans pouvoir sur trois cœurs :
Vesta, la vierge pure, Athéna aux yeux pers
Dont le seul souci est la guerre et l'œuvre des artisans,

Artémis, enfin, la chasseresse, amante des bois et des mon-
[tagnes.

Elle était la « Dame des Animaux sauvages », le Grand Veneur des dieux — métier bien singulier pour une femme. Comme tout bon garde-chasse, elle prenait grand soin des nichées et couvées et on l'honorait partout comme la « protectrice de la jeunesse ». Néanmoins, par une de ces contradictions surprenantes si communes dans la mythologie, elle retint la flotte grecque prête à faire voile pour Troie jusqu'à ce qu'on lui eût offert une jeune vierge en sacrifice. Bien d'autres récits encore nous la montrent cruelle et vindicative. En revanche, lorsqu'une femme mourait d'une mort douce et rapide, elle passait pour avoir été blessée par les flèches d'argent de la déesse.

Comme Apollon était le Soleil, Artémis était la Lune et on l'appelait tour à tour Phébé ou Séléné (en latin Luna) ; mais à l'origine, aucun de ces noms ne lui appartenait en propre ; Phébé était alors une Titanide et faisait partie des dieux Anciens, tout comme Séléné, déesse de la Lune, certes, mais sans aucun lien avec Apollon, et sœur d'Hélios, le dieu-Soleil avec lequel, plus tard, Apollon fut souvent confondu.

Chez les poètes plus tardifs, Artémis s'identifie avec Hécate. Elle est alors la « déesse aux trois formes » : Séléné dans les nuages, Artémis sur la terre, Hécate aux Enfers et sur la terre, lorsque celle-ci est drapée de nuit. Hécate était la déesse de l'ombre lunaire, des nuits mystérieuses pendant lesquelles la lune se cache. « Déesse des Carrefours », lesquels passaient pour être des lieux hantés par des pouvoirs magiques hostiles, elle était associée à tous les actes obscurs. En somme, une divinité terrible :

... Hécate des Enfers,
Dont le pouvoir brise tout ce qui lui résiste.
Ecoutez ! Ecoutez ! Ses meutes aboient par toute la ville.
Elle se tient en tout lieu où trois chemins se rencontrent.

ZEUS - JUPITER *régnait sur les dieux et les hommes ; son pouvoir éclipsait celui de toutes les autres divinités. Il était celui qui rassemble les nuages et manie la foudre à son gré (bronze antique).*

Sémélé mourut pour avoir voulu contempler Zeus dans toute sa splendeur divine (Jupiter et Sémélé, par Gustave Moreau). ▶

HERA - JUNON *était à la fois la femme de Zeus et sa sœur. Protectrice du mariage, elle se montra souvent jalouse ; sa rancune fut une des causes de la chute de Troie (marbre antique).*

Léda fut aimée de Zeus, qui prit la forme d'un cygne pour l'approcher (marbre antique).

C'est là, il faut l'avouer, une bien étrange transformation de la radieuse chasseresse courant à travers bois, de la Lune embellissant toute chose de sa lumière discrète, de la pure déesse-vierge, pour qui

Ceux-là dont l'esprit n'est que chasteté
Peuvent cueillir les feuilles, les fleurs et les fruits.
Aux impurs, cette moisson est à jamais interdite.

Cette hésitation entre le bien et le mal, apparente dans toutes les divinités, se montre en elle plus clairement encore.

Le cyprès lui était consacré, ainsi que tous les animaux sauvages, mais tout particulièrement la biche.

Aphrodite (Vénus)

Déesse de l'Amour et de la Beauté, elle séduisait et trompait chacun, tant homme que dieu ; déesse du rive, se moquant doucement de ceux que ses ruses avaient conquis, elle était encore la déesse irrésistible qui ôtait l'esprit même aux sages.

Dans *l'Iliade*, elle est fille de Zeus et de Dioné, mais plus tard on la fit naître de l'écume de la mer (écume se dit *aphros* en grec). Cette naissance marine aurait eu lieu près de Cythère. De là, Zéphyre l'aurait transportée à Chypre. Les deux îles lui furent désormais consacrées et elle répondait aussi souvent, qu'au sien, aux noms de Cythérée et de Cypris.

L'un des Hymnes Homériques l'appelle la « radieuse déesse dorée » et nous dit :

Le souffle du vent d'ouest l'a portée
De l'écume jaillissante et par-dessus la mer profonde
Jusqu'à Chypre, son île, aux rivages frangés de vagues.
Et les Heures, couronnées d'or,
L'ont accueillie avec joie.
Elles l'ont vêtue d'une robe immortelle...
Et l'ont présentée aux dieux,

Et tous furent émerveillés à la vue de Cythérée
Aux cheveux ceints de violettes.

Les Romains parlaient d'elle de la même manière. La beauté l'accompagne. Les vents et les nuées d'orage fuient devant elle ; la terre sous ses pas devient un tapis de fleurs et les vagues se mettent à rire ; partout, la déesse se meut dans une lumière radieuse et sans elle, il n'y aurait ni joie ni attrait nulle part. C'est l'image qu'entre toutes les poètes préfèrent nous donner d'elle.

Il y en a une autre cependant. Il est normal qu'elle fasse pauvre figure dans *l'Iliade*, dont le combat des héros forme le thème. Là, elle n'est plus qu'une douce et faible créature et un simple mortel n'aurait pas à craindre de la défier. Les poèmes moins anciens la dépeignent habituellement traîtresse et malicieuse, exerçant sur les hommes un pouvoir fatal et destructeur.

Dans la plupart des récits, elle est l'épouse d'Héphaïstos (Vulcain), le dieu laid et difforme de la forge.

On lui consacrait le myrte, parmi les arbres, et parmi les oiseaux, quelquefois le cygne et le moineau, mais surtout la colombe.

Hermès (Mercure)

Zeus était son père et Maïa, fille d'Atlas, sa mère. Grâce à une statue bien connue, son apparence nous est plus familière que celle de n'importe quel autre dieu. Il était alerte et gracieux dans ses mouvements ; ses sandales s'ornaient d'ailes ainsi que son chapeau plat et sa baguette magique — le caducée. Il était le messager de Zeus, celui qui « vole, aussi léger que la pensée, pour remplir sa mission ».

De tous les dieux, c'était le plus subtil et le plus astucieux. En fait, il était le dieu des voleurs ; il débuta dans cette carrière dès le jour de sa naissance.

L'enfant naquit à l'aube
Et avant que la nuit tombe
Il avait dérobé les troupeaux d'Apollon.

Zeus les lui fit rendre et il obtint le pardon d'Apollon en lui offrant la lyre qu'il venait d'inventer, faite de trois cordes fixées à une écaille de tortue. Il y a peut-être une relation entre ces récits très anciens et le fait qu'il était aussi le dieu du Commerce et des Marchés, le protecteur des négociants. Il était encore le guide solennel des morts, le Héraut divin qui menait les âmes à leur dernière demeure.

Aucune autre divinité n'apparaît aussi souvent que lui dans les légendes mythologiques.

Arès (Mars)

Dieu de la Guerre, fils de Zeus et d'Héra, qui tous deux, nous dit Homère, le détestaient. Et de fait, il est haïssable tout au long de *l'Iliade*, poème guerrier s'il en fut. Ici et là, les héros « se délectent dans la joie du combat d'Arès » mais bien plus souvent ils se félicitent d'avoir échappé « à la fureur du dieu sans merci ». Homère le dit meurtrier, souillé de sang, maudit des mortels, mais — assez étrangement – lâche aussi, criant quand il souffre et fuyant lorsqu'il est blessé. Il est cependant suivi, sur le champ de bataille, d'une cohorte d'écuyers qui inspireraient confiance à n'importe qui : Eris, sa sœur, dont le nom signifie Discorde, et le fils de celle-ci ; la déesse de la Guerre, Enyo (en latin Bellone), marche à ses côtés et avec elle Deimos et Phobos (la Terreur et la Crainte). Sous leurs pas, les gémissements s'élèvent et la terre ruisselle de sang.

Les Romains honoraient Mars bien plus que les Grecs n'aimaient Arès. Pour les Latins, le dieu de la Guerre ne fut jamais la divinité poltronne et gémissante que nous dépeint *l'Iliade*, mais au contraire un être redoutable, invincible, resplendissant dans une armure étincelante. Les héros du grand poème héroïque latin, *l'Enéide*, loin de se féliciter de lui avoir échappé, se réjouissent de « tomber sur le champ de la renommée de Mars ». Ils « s'élancent vers la mort glorieuse » et trouvent « doux de mourir au combat ».

Arès apparaît rarement dans la mythologie. Dans un récit, il est l'amant d'Aphrodite et dénoncé à la juste indignation des Olympiens par le mari outragé de l'infidèle, Héphaïstos ; mais dans la plupart des légendes, il n'est guère plus que le symbole de la guerre. A l'encontre d'Hermès, Héra ou Apollon, il ne semble pas avoir de personnalité distincte.

Aucune cité ne lui était dédiée ; les Grecs disaient de lui, vaguement, qu'il venait de Thrace, nation rude et féroce du nord de la Grèce.

Comme il convient, son oiseau consacré était le vautour ; mais c'était faire injure au chien que de le choisir pour son animal.

Héphaïstos (Vulcain et Mulciber)

Le dieu du Feu, parfois dit fils de Zeus et d'Héra, parfois d'Héra seule, qui l'aurait ainsi mis au monde en représailles de le naissance de la fille de Zeus, Athéna. Seul parmi les immortels, tous d'une beauté parfaite, il était hideux, et difforme par surcroît. Un passage de *l'Iliade* nous dit que le voyant si laid, sa mère prise de honte le précipita du haut de l'Olympe ; mais ailleurs Héphaïstos déclare que ce fut Zeus qui s'en chargea pour le punir d'avoir, dans une querelle entre les époux divins, tenté de prendre la défense d'Héra. Cette seconde version est la plus connue grâce aux vers de Milton :

> *... Lancé par Jupiter irrité*
> *Par-dessus les créneaux de cristal,*
> *De l'aube au milieu d'un jour d'été*
> *Et du milieu du jour jusqu'à la rosée du crépuscule*
> *Comme une étoile qui tombe, il glissa*
> *Du Zénith sur Lemnos, l'île égéenne.*

Ces événements, cependant, étaient censés avoir eu lieu dans un passé très lointain. Dans Homère, non seulement Héphaïstos n'est pas menacé d'être banni de l'Olympe mais il y est hautement apprécié en tant qu'ouvrier des immortels. Industrieux, il est leur armurier et leur forgeron, il fait les meubles de leurs demeures aussi bien que leurs armures. Il emploie dans son atelier des servantes qu'il a forgées dans de l'or et qui sont capables de se mouvoir et de l'aider dans son travail.

Les poètes moins anciens situaient souvent sa forge sous tel ou tel volcan et expliquaient ainsi les éruptions.

Dans *l'Iliade*, sa femme est l'une des trois Grâces, qu'Hésiode nomme Aglaé, mais *l'Odyssée* lui donne Aphrodite pour épouse.

C'était un dieu affable, amoureux de la paix, populaire tant dans les cieux que sur la terre. Comme Athéna, il exerçait une grande influence sur la vie de la cité ; tous deux patronnaient les artisans et ces arts qui, avec l'agriculture, sont les supports de la civilisation, lui, protégeant les forgerons et elle, les tisserands. Lorsque les enfants étaient solennellement admis dans l'organisation de la cité, Héphaïstos était le dieu qui présidait à la cérémonie.

Hestia (Vesta)

Elle était la sœur de Zeus et comme Athéna et Artémis, une déesse vierge. Aucune personnalité distincte ne lui est attribuée et elle ne joue aucun rôle dans les mythes. Elle est la déesse du feu — symbole du foyer — devant lequel tout enfant nouveau-né doit être porté avant d'être admis dans la famille. Chaque repas commençait et finissait par une offrande à Hestia.

Hestia, dans toutes les demeures, terrestres ou célestes,
On vous honore la première, le doux vin vous est offert
Avant et après la fête.
Dieux ou mortels ne peuvent jamais sans vous
S'asseoir au banquet.

Chaque cité possédait un foyer public qui lui était consacré et dont le feu ne devait jamais s'éteindre. Lorsqu'une colonie se fondait, les émigrants emportaient avec eux des charbons ardents prélevés au foyer de leur cité-mère et avec lesquels ils allumaient le feu de l'autel de la ville nouvelle.

A Rome, le feu sacré de Vesta était entretenu par six jeunes prêtresses vierges, les Vestales.

Les dieux mineurs de l'Olympe

Outre les douze grands Olympiens, d'autres divinités peuplaient encore les cieux. La plus importante était le dieu de l'Amour, **Eros** (en latin **Cupidon**). Homère l'ignore mais Hésiode nous dit qu'il est

Le plus beau des dieux immortels.

Dans les plus anciens récits, il est souvent décrit comme un adolescent grave et beau qui comble de dons les humains. L'idée que les Grecs se faisaient de lui semble avoir été le mieux résumée, non par un poète, mais par un philosophe : Platon : « Eros, l'Amour, bâtit sa demeure dans le cœur des hommes, mais non dans tous les cœurs, car où il y a dureté, il s'éloigne. Sa plus grande gloire est de ne pouvoir faire le mal, ni même de le permettre ; jamais la contrainte ne l'approche car tous les hommes le servent de leur plein gré. Celui qui est touché par l'Amour ne marche jamais dans l'ombre. »

Dans les premiers récits, Eros n'était pas le fils d'Aphrodite mais seulement, et par occasion, son compagnon. Plus tard, les poètes en firent définitivement son fils et presque invariablement un jeune garçon malicieux et taquin, sinon pis.

Son cœur est méchant mais sa langue est de miel.
Il n'y a pas de vérité en lui, le fripon, et son jeu est cruel.

Ses mains sont petites et cependant ses flèches
Vont aussi loin que la mort ;
Son trait est petit, mais il atteint le ciel.
Ne touche pas à ses traîtres dons, ils brûlent du feu où il les a [trempés.

On le représente parfois aveugle, car l'amour l'est aussi bien souvent. Il est assisté d'**Antéros**, quelquefois montré comme le vengeur de l'amour trahi, ou encore comme la divinité qui s'oppose à l'amour. Les noms de **Cupidon** en latin, et d'**Iméros**, en grec, traduisent l'idée du désir amoureux. **Hyménée**, autre compagnon d'Eros, était le dieu qui présidait aux fêtes du mariage.

Hébé, fille de Zeus et d'Héra, était la déesse de la jeunesse ; elle servait à boire aux dieux mais cette fonction était parfois aussi confiée à Ganymède, jeune prince troyen d'une beauté éclatante, qui fut saisi, enlevé et transporté dans l'Olympe par l'aigle de Zeus. Il n'existe qu'un seul récit au sujet d'Hébé, celui de son mariage avec Héraclès.

Iris était la déese de l'arc-en-ciel et la messagère des dieux — leur seule messagère, selon *l'Iliade*. Hermès apparaît dans cet emploi pour la première fois dans *l'Odyssée*, mais il ne remplace pas Iris pour autant ; tantôt l'un, tantôt l'autre est appelé par les dieux.

Il y avait encore, dans l'Olympe, deux groupes de sœurs ravissantes : les Muses et les Grâces.

Les **Grâces** étaient au nombre de trois, Aglaé (la Brillante), Thalie (la Verdoyante, celle qui fait croître et fleurir les plantes) et Euphrosyne (la Joie intérieure), et filles de Zeus et d'Eurynome, elle-même fille du Titan Océan. Sauf dans un récit que nous content Homère et Hésiode et où Aglaé nous est montrée comme l'épouse d'Héphaïstos, ces trois divinités n'ont pas de personnalité distincte, elles sont toujours ensemble, triple incarnation de la grâce et de la beauté. Elles ravissaient les dieux quand elles dansaient au son de la lyre d'Apollon et heureux était le mortel auquel elles rendaient visite. Elles faisaient « fleurir la vie ». Avec leurs compagnes, les Muses, elles étaient les

« reines du Chant » et sans elles, aucun banquet n'était entièrement réussi.

Les **Muses** étaient neuf, filles de Zeus et de Mnémosyne, la Mémoire. Au début, pas plus que les Grâces on ne les distinguait les unes des autres. « Elles n'ont toutes qu'une seule pensée », disait Homère, « leurs cœurs n'aspirent qu'au chant et leur esprit est dégagé de tout souci. Heureux celui qui est aimé des Muses. »

Plus tard, chacune d'elles eut sa propre attribution : *Clio* fut la Muse de l'Histoire, *Uranie* celle de l'Astronomie ; *Melpomène* était la Tragédie, *Thalie*, la Comédie, *Terpsichore*, la Danse, *Calliope*, la Poésie épique ; *Erato* présidait à la Poésie amoureuse, *Polymnie* aux chants religieux et à la Rhétorique, *Euterpe* à la Poésie lyrique et à la Musique.

Hésiode vivait non loin de l'Hélicon, l'une des montagnes des Muses, (les autres étaient le Piérus, en Piérie, où elles étaient nées, le Pinde, le Parnasse et bien entendu, l'Olympe). Un jour, les Muses apparurent au poète et lui dirent : « Nous savons proférer des mensonges qui semblent vrais, mais, lorsque nous y consentons, nous savons aussi dire la vérité. » Elles étaient les compagnes d'Apollon, dieu de la Vérité, et celles des Grâces. Pindare nous dit que la lyre était leur propriété aussi bien que celle d'Apollon : « La lyre dorée que le pas de la danseuse écoute, Apollon la possède tout autant que les Muses couronnées de violettes. » L'homme qu'elles inspiraient était vénéré bien plus que n'importe quel prêtre.

Quand l'idée de Zeus se sublimisa, deux figures augustes s'assirent auprès de son trône dans l'Olympe. **Thémis**, dont le nom signifie Justice ou Justice divine, et **Diké**, la Justice humaine ; mais ni l'une ni l'autre n'eut jamais de personnalité distincte. La même chose doit être dite de deux émotions personnifiées qu'Hésiode et Homère disent être les sentiments les plus élevés : **Némésis**, généralement considérée comme la Juste Colère, et **Aïdos**, mot difficile à traduire mais communément employé par les Grecs ; il signifie le respect religieux et la honte qui retiennent les hommes de faire le mal et aussi le sentiment qu'un homme prospère doit éprouver en présence des infortunés — sentiment qui n'est pas fait de compassion mais de la conscience que cette différence entre lui-même et ces malheureux n'est pas méritée.

Ni l'une ni l'autre de ces deux divinités, semble-t-il, n'avait sa demeure parmi celles des Olympiens. Hésiode dit que Némésis et Aïdos, leurs beaux visages voilés de blanc, ne quitteront ce monde aux nombreux chemins que le jour où les hommes seront devenus complètement mauvais.

De temps à autre, quelques mortels étaient admis dans l'Olympe, mais ils disparaissaient alors de la littérature. Leurs histoires seront contées plus loin.

Les dieux des eaux

Poséidon (Neptune) était le souverain de la Mer (la Méditerranée) et les Eaux Calmes (le Pont-Euxin, maintenant la mer Noire). Les fleuves souterrains faisaient aussi partie de son empire.

Océan, un Titan, était le seigneur du fleuve Océan, cours d'eau immense qui encerclait la terre. Il avait pour femme **Téthys**, Titanide elle aussi ; tous deux avaient pour filles les Océanides, nymphes du fleuve Océan ainsi que leur nom l'indique, et pour fils les dieux de tous les fleuves et rivières terrestres.

Pontos ou **Pontus**, dont le nom signifie Abîme de la Mer, était fils de la Terre, mère universelle, et père de **Nérée**, une divinité marine bien plus importante que Pontos ne le fut jamais lui-même.

Nérée était appelé le Vieil Homme de la Mer (toujours la Méditerranée) « un dieu doux et loyal », dit Hésiode, « qui n'a que des idées justes et bienveillantes et ne ment jamais ». Il avait épousé **Doris**, fille d'Océan, qui lui donna cinquante filles ravissantes, les Néréides, nymphes de la Mer, dont l'une, **Thé-**

tis, fut la mère d'Achille. Une autre, **Amphitrite**, épousa Poséidon.

Triton était le trompette du dieu de la Mer, qu'il annonçait en soufflant dans une conque. Il était le fils de Poséidon et d'Amphitrite.

Protée était dit parfois fils de Poséidon et parfois son serviteur. Il avait un double pouvoir, celui de dévoiler l'avenir et celui de se métamorphoser à volonté.

Les **Naïades** étaient elles aussi nymphes des Eaux. Elles élisaient domicile dans les sources, les ruisseaux et les fontaines.

Leucothoé et son fils **Palémon**, mortels devenus divinités de la Mer comme aussi **Glaucos**, n'ont pas grande importance.

Le monde souterrain

L'Empire des morts était gouverné par **Hadès** (ou **Pluton**), l'un des douze grands Olympiens, et sa femme **Perséphone** (ou **Proserpine**). Cet empire, auquel on donne souvent le nom de son souverain, était selon *l'Iliade* situé sous les lieux secrets de la terre ; selon *l'Odyssée*, le chemin qui y mène passe par-dessus les confins de la terre et traverse l'Océan. Les poètes moins anciens le font communiquer avec la terre par de nombreuses entrées situées dans les cavernes, crevasses et lacs profonds.

Le Tartare et l'Erèbe sont parfois donnés comme deux régions du monde souterrain, le plus profond, le Tartare, étant alors la prison des Fils de la Terre et l'Erèbe le lieu de passage que traversent les ombres dès l'instant où survient la mort. Mais souvent il n'existe aucune distinction entre ces deux divisions et les deux noms sont tour à tour employés, surtout celui du Tartare, pour désigner l'ensemble du royaume souterrain.

Dans Homère, ce royaume est un « monde vague et ombreux habité par des ombres. » Rien n'y est réel. L'existence des esprits — pour autant que l'on puisse parler d'existence — n'est qu'un rêve misérable. Plus tard, les poètes parleront de plus en plus de l'empire des morts comme du lieu où les méchants sont punis et les justes récompensés. Le poète latin Virgile développera cette idée avec un luxe de détails qu'aucun poète grec n'a jamais donné. Il nous décrit longuement tous les tourments de la première catégorie et toutes les joies de la seconde ; Virgile est aussi le seul poète à fixer avec clarté la géographie des Enfers. Selon lui, on y descend par un sentier qui mène à l'endroit où l'Achéron, fleuve de l'Affliction, se joint au Cocyte, fleuve des Gémissements. Un vieux nocher immortel, Charon, prend dans sa barque les âmes des morts et les transporte sur l'autre rive où s'élève la porte menant au Tartare (appellation que préfère Virgile). Charon ne consent à prendre dans sa barque que les ombres de ceux qui portent dans leur bouche le prix de leur passage et qui ont reçu une sépulture.

Gardien de la porte des Enfers, **Cerbère**, le chien à trois têtes et à la queue de dragon, laissait entrer toutes les ombres mais ne leur permettait jamais de sortir. Dès leur arrivée, chacune des ombres passait devant trois juges : Rhadamanthe, Eaque et Minos ; ceux-ci prononçaient la sentence, envoyant les mauvais à leurs tourments éternels et les justes dans un lieu de délices nommé les Champs-Elysées.

En sus de l'Achéron et du Cocyte, trois autres fleuves séparaient le monde souterrain de la surface de la terre : le Phlégéton, fleuve de feu, le Styx, fleuve des serments irrévocables par lequel juraient les dieux, et enfin le Léthé, fleuve de l'oubli.

Quelque part dans cette vaste région s'élevait le palais de Pluton, mais sauf pour dire qu'il est pourvu de nombreuses portes et peuplé d'hôtels innombrables, aucun poète ne le décrit. Tout autour du palais s'étendent de vastes espaces blafards et froids, et des champs d'asphodèles, fleurs que l'on présume étranges, pâles et fantomatiques. Nous n'en savons pas davantage sur ce lieu de ténèbres ; les poètes préféraient ne pas s'y attarder.

Les **Erinnyes** (ou **Furies**) sont placées par Virgile dans le monde souterrain où elles punissent les coupables. Les poètes grecs, quant à eux, pensaient qu'elles étaient surtout chargées de pourchasser les méchants sur la terre. Elles étaient inexorables mais justes. Héraclite disait : « Le soleil même ne sort jamais de son orbite, mais les Erinnyes, ministres de la justice, le surpassent encore. » En général, on en citait trois : Tisiphone, Mégère et Alecto.

Hypnos, le Sommeil, et **Thanatos**, son frère (la Mort), séjournaient dans le monde souterrain, d'où les rêves, eux aussi, montaient vers les hommes. Ils passaient par deux portes, l'une faite de corne, pour les rêves véridiques, l'autre d'ivoire, pour les rêves mensongers.

Les dieux mineurs de la terre

La Terre elle-même était nommée la Mère Universelle mais elle n'était pas vraiment une divinité ; jamais elle ne fut vraiment disjointe de la terre réelle ni personnifiée. **Déméter (Cérès)**, déesse du Blé, fille de Cronos et de Rhéa, et le dieu du Vin, **Dionysos (Bacchus)** étaient les divinités suprêmes de la terre ; les mythologies grecque et romaine leur donnaient à l'un comme à l'autre une grande importance, et le chapitre qui suit contera leur histoire. Les autres divinités vivant dans le monde étaient comparativement sans importance.

Pan venait en tête. Il était le fils d'**Hermès** ; l'Hymne Homérique écrit en son honneur le donne pour un dieu joyeux et bruyant ; cependant, il était aussi mi-animal, sa tête portait des cornes et des sabots de chèvre lui tenaient lieu de pieds. Il était le dieu des chevriers et des bergers et le gai compagnon des nymphes des bois lorsqu'elles dansaient. Il élisait domicile dans tous les lieux sauvages, halliers, forêts et montagnes, mais par-dessus tout il aimait l'Arcadie, où il était né. C'était un musicien merveilleux ; sur sa flûte de roseau, il jouait des mélodies plus douces que le chant du rossignol. Il était perpétuellement amoureux de l'une ou l'autre nymphe mais toujours éconduit à cause de sa laideur.

Les sons entendus la nuit, dans les lieux sauvages, étaient

censés venir de lui et l'on voit sans peine d'où l'expression « terreur panique » tire son origine.

Silène passait parfois pour fils de Pan, parfois pour son frère et donc fils d'Hermès. C'était un vieillard jovial et corpulent, monté le plus souvent sur un âne, étant trop ivre pour marcher. On l'associait à Pan aussi bien qu'à Bacchus ; il fut le précepteur du dieu du vin et comme le montre sa perpétuelle ivresse, devint son élève assidu après avoir été son maître.

En sus de ces dieux de la terre, il y avait encore deux frères fameux et très populaires : **Castor** et **Pollux** (les Dioscures), que la plupart des récits font vivre et mourir alternativement, passant ainsi chacun six mois dans l'Olympe et six mois sur terre.

Fils de **Léda**, ces deux divinités étaient avant tout chargées de la protection des marins.

Sauveurs des navires rapides, lorsque la tempête fait rage
Sur la mer sans pitié.

Les récits qui les concernent sont remplis de contradictions. Parfois seul Pollux est divin et Castor n'est plus qu'un mortel ayant une sorte de semi-immortalité obtenue grâce surtout à l'amour de son frère.

Léda était la femme de Tyndare, roi de Sparte, et la légende la plus répandue veut qu'elle lui ait donné deux enfants mortels, Castor et Clytemnestre, celle-ci femme d'Agamemnon ; mais à Zeus, qui l'abusa sous la forme d'un cygne, elle en donna deux autres qui étaient immortels : Pollux et Hélène, l'héroïne de Troie. Les deux frères étaient néanmoins souvent appelés les « Dioscures », c'est-à-dire « fils de Zeus » ; c'est le nom que leur donnaient les Grecs et par lequel ils sont les plus connus. D'autre part, on les nommaient aussi les Tyndarides ou fils de Tyndare.

On les fait toujours vivre juste avant la guerre de Troie, en même temps que Thésée, Jason et Atalante. Ils prirent part à la chasse au sanglier de Calydon comme à la Conquête de la Toison d'Or, et ils délivrèrent Hélène, enlevée par Thésée.

Mais dans tous les récits, ils ne jouent qu'un rôle secondaire, sauf dans celui qui rapporte la mort de Castor, où Pollux donne la preuve de son amour fraternel. Tous deux s'en furent, on ne nous dit pas pourquoi, vers le pays de deux quelconques propriétaires de troupeaux, Lyncée et Idas. Là, nous dit Pindare, Idas devenu furieux à la suite d'une querelle à propos de l'un de ses bœufs, poignarda Castor, qui en mourut. D'autres poètes disent que la cause de la dispute fut les deux filles de Leucippe, roi de la région. Pollux tua Lyncée et Zeus frappa Idas de son foudre. Mais Castor était mort et Pollux, inconsolable, pria Zeus de le faire mourir lui aussi : Zeus, apitoyé, lui permit de partager l'immortalité avec son frère,

> *De vivre une moitié de sa vie sous la terre et l'autre*
> *Dans les demeures dorées de l'Olympe.*

Selon cette version, les deux frères ne furent plus jamais séparés, passant un jour dans le Hadès, l'autre dans l'Olympe mais toujours ensemble.

Le poète grec Lucien donne une autre version, selon laquelle leurs demeures sont alternativement le ciel et la terre ; lorsque Pollux se rend vers l'une, Castor se dirige vers l'autre et ainsi ils ne se retrouvent jamais ensemble. Dans la courte satyre de Lucien, Apollon demande à Hermès : « Dis-moi, pourquoi ne voyons-nous jamais Castor et Pollux en même temps ? » — « Eh bien ! » répond Hermès, « ils ont tant d'attachement l'un pour l'autre que lorsque le destin décréta que l'un devait mourir et l'autre devenir immortel, ils décidèrent de se partager l'immortalité. » — « Ce n'est pas bien sage, Hermès. Quel emploi peuvent-ils espérer remplir dignement de cette façon ? Je prédis l'avenir ; Esculape guérit les maux ; tu es un bon messager. Mais ces deux-là — vont-ils rester oisifs ? » — « Non, bien certainement. Ils sont au service de Poséidon. Leur tâche consiste à sauver tout navire en détresse. » — « Ah, maintenant tu parles bien. Je me réjouis de leur voir une aussi bonne occupation. »

Selon la fiction, deux étoiles leur appartenaient : les Gémeaux.

Les deux frères sont toujours représentés montant de splendides chevaux d'un blanc de neige, mais Homère nous dit que Castor l'emportait sur Pollux dans l'art de dompter ces animaux tandis que Pollux triomphait dans celui du pugilat.

Les **Silènes** étaient des êtres mi-hommes mi-chevaux. Ils marchaient sur deux jambes mais avaient souvent des sabots en guise de pieds, les oreilles et toujours la queue de ce même animal. Aucun récit ne leur est consacré mais on les voit souvent apparaître dans la décoration des vases grecs.

Les **Satyres**, comme Pan, étaient des hommes-chèvres, et comme lui vivaient dans les lieux sauvages de la terre.

Contrastant avec ces divinités laides et inhumaines, les déesses des bois étaient des jeunes femmes aux formes ravissantes : les **Oréades**, nymphes des montagnes, et les **Dryades**, nymphes des arbres, parfois aussi nommées **Hamadryades** lorsque leur destin les liait à celui de leur arbre.

Eole, roi des Vents, vivait lui aussi sur la terre, dans les îles Eoliennes. Pour être tout à fait exact, précisons que ce dieu restait soumis à Zeus dont il n'était au fond que le vice-roi. Les quatre vents principaux sont : **Borée**, le vent du nord, en latin **Aquilon** ; **Zéphyre**, le vent d'ouest, dont le nom en latin est **Favonius** ; **Notos**, le vent du sud, dit **Auster** en latin ; et enfin le vent d'est, **Euros**, en latin comme en grec.

Quelques êtres encore, pas plus divins qu'humains, séjournaient sur la terre. Parmi les plus importants, on cite :

Les **Centaures**, mi-hommes, mi-chevaux ; c'étaient surtout des créatures sauvages, plus animales qu'humaines. L'un d'eux cependant, **Chiron**, était connu partout pour sa bonté et sa sagesse.

Les **Gorgones** faisaient elles aussi partie du monde terrestre ; elles étaient trois et deux d'entre elles étaient immortelles. Elles ressemblaient à des dragons et leur regard changeait les hommes en pierre. Phorcys, fils de la Mer et de la Terre, était leur frère.

Les **Grées** étaient les sœurs aînées des Gorgognes, trois vieilles femmes aux cheveux gris et qui n'avaient qu'un seul œil à elles trois. Elles vivaient sur le rivage le plus éloigné d'Océan.

Les **Sirènes** habitaient une île de la mer. Elles avaient des voix mélodieuses et leur chant, en attirant et abusant les marins, les menait à leur perte. On ne savait rien de leur apparence car pas un de ceux qui les avaient aperçues n'était jamais revenu.

Très importantes, mais sans résidence bien déterminée, divine ou terrestre, étaient les **Moires**, en latin les **Parques**, qui, nous dit Hésiode, distribuent aux hommes dès l'instant de leur naissance tout le bonheur et le malheur que la vie leur réserve. Elles étaient trois, Clotho, la fileuse, dont la quenouille déroule le fil de la vie ; Lachésis, dispensatrice du Sort, qui assigne à chacun sa destinée ; Atropos, l'inflexible, qui tranche sans pitié le fil de la vie.

LES DIEUX ROMAINS

Les douze grands Olympiens déjà mentionnés furent eux aussi transformés en dieux romains. Sous l'influence de l'art et de la littérature grecs, devenue toute-puissante à Rome, les anciennes divinités romaines furent assimilées aux dieux grecs correspondants et bientôt confondues avec ces derniers. La plupart, cependant, gardèrent leur nom romain. Ainsi en fut-il pour Jupiter (Zeus), Junon (Héra), Neptune (Poséidon), Vesta (Hestia), Mars (Arès), Minerve (Athéna), Vénus (Aphrodite), Mercure (Hermès), Diane (Artémis), Vulcain ou Mulciber (Héphaïstos), Cérès (Déméter).

Deux d'entre elles gardèrent leur nom grec, Apollon et Pluton, mais ce dernier n'était jamais appelé Hadès ainsi qu'on le faisait communément en Grèce. Bacchus — jamais Dionysos — était le nom du dieu du Vin, qui répondait encore à l'appellation latine de Liber.

L'adoption des dieux grecs n'offrit aucune difficulté, les Romains n'ayant pas de divinités dotées d'une personnalité déterminée. C'était un peuple profondément religieux mais sans grande imagination. Jamais les Romains n'auraient pu créer les

Olympiens, personnages fortement individualisés et bien vivants. Leurs dieux — avant qu'ils ne reprissent ceux des Grecs — étaient vagues, tout au plus « ceux qui vivent là-haut » ; on les désignait d'un terme général, les Numina, c'est-à-dire les Puissances.

Jusqu'à la pénétration de l'art et de la littérature grecs en Italie, les Romains n'éprouvèrent aucun besoin de dieux pourvus de beauté et de poésie. Ce peuple pratique ne se souciait pas plus de « Muses couronnées de violettes et inspirant le chant » que d'un « Apollon composant de douces mélodies sur sa lyre dorée », ni de rien de semblable. Il voulait des dieux utiles. Pour lui, un pouvoir utile était, par exemple, « Celui qui protège les Berceaux », ou encore « Celui qui préside à la nourriture des Enfants ». Il n'existe pas de récits consacrés aux Numina dont on ne savait même pas s'ils étaient mâles ou femelles. Cependant les actes les plus simples de la vie quotidienne leur étaient associés et en prenaient de la dignité, ce qui n'était certes pas le cas pour les dieux grecs, sauf Déméter et Dionysos.

Entre tous, les **Lares** et les **Pénates** étaient les plus vénérés et les plus importants. Toute famille romaine avait ses dieux Lares domestiques ou esprits des ancêtres, et ses Pénates, dieux gardiens du foyer. Ceux-ci étaient les dieux particuliers à chaque famille, et constituaient sa partie la plus importante, protégeant et défendant toute la maisonnée ; jamais on ne les vénérait dans les temples, mais chaque habitation leur réservait une place devant laquelle, à chaque repas, un peu de nourriture leur était offerte.

Parallèlement aux Lares et Pénates domestiques, il existait des Lares et Pénates publics, faisant pour la cité tout ce dont les autres se chargeaient pour la famille.

D'autres Numina encore présidaient à la vie familiale ; ainsi le dieu **Terme**, gardien des bornes des champs ; **Priape**, cause de fertilité, de fécondité ; **Palès**, gardien des troupeaux ; **Sylvain**, protecteur des laboureurs et des bûcherons. La liste pourrait être encore plus longue ; tout ce qui revêtait de l'importance dans la vie d'une ferme était placé sous la sauvegarde d'un pouvoir bénéfique, mais jamais celui-ci n'était imaginé sous une forme définie.

Saturne comptait à l'origine parmi les Numina ; il patronnait les semeurs, les semences, et sa femme, **Ops**, favorisait les moissons. Plus tard, on le confondit avec le dieu grec Cronos et devint ainsi le père de Jupiter, (le Zeus des Romains). Il prit alors une personnalité et un grand nombre de récits lui sont consacrés. En mémoire du temps où il régna sur l'Italie, période qui mérita le nom d'Age d'Or, on célébrait à Rome les fêtes des Saturnales, inspirées par l'idée que l'Age d'Or revenait sur terre tant que duraient les cérémonies. Aucune guerre ne pouvait être alors déclarée ; esclaves et maîtres s'asseyaient aux mêmes repas, les exécutions étaient remises à plus tard ; c'était aussi l'occasion de s'offrir des présents. Ces fêtes servaient surtout à garder vivants dans l'esprit des hommes l'idée d'égalité et le souvenir d'un temps où il n'existait pas de différence de classes.

Janus, lui aussi, fit d'abord partie des Numina ; il était le dieu des « entreprises propices », qui ne pouvaient que s'achever heureusement. Jusqu'à un certain point, il fut plus tard pourvu d'une personnalité distincte. Parmi les nombreux temples qui lui furent dédiés, le plus important se trouvait à Rome ; il était orienté d'est en ouest, du levant au couchant ; deux portes y donnaient accès, entre lesquelles s'élevait une statue de Janus à deux visages, l'un jeune l'autre âgé. On ne fermait ces portes que lorsque Rome était en paix. Elles ne furent closes que trois fois pendant les 7 premiers siècles qui suivirent la fondation de la cité, la première pendant le règne du bon roi Numa Pompilius ; la seconde après la première guerre Punique, en 241, lorsque Carthage fut défaite ; et enfin sous le règne d'Auguste, lorsque, ainsi que le dit Milton :

On n'entendait plus dans le monde
Ni le bruit de la guerre ni celui des batailles.

Bien entendu, janvier, mois de Janus, commençait l'année.

Faunus était petit-fils de Saturne. C'était une sorte de Pan romain, un dieu rustique, prophète aussi, et qui parlait aux hommes dans leurs rêves.

Les **Faunes** étaient l'équivalent romain des satyres.

Sous le nom de **Quirinus**, on honorait Romulus, le fondateur de Rome déifié.

Les **Mânes** étaient les âmes des justes passées dans le Hadès. On les considérait parfois comme divines et elles étaient alors honorées.

Les **Lémures** ou **Larves**, âmes des méchants, étaient grandement craintes.

Les **Carmènes** commencèrent leur carrière sous forme de divinités utiles qui protégeaient les sources et les puits, guérissaient les maux et prédisaient l'avenir. Mais quand les dieux grecs arrivèrent à Rome, on assimila les Carmènes aux Muses, ces divinités aimables et si peu pratiques qui ne pensaient qu'aux arts et à la science. Egérie, la conseillère du Roi Numa, passait pour être une Carmène.

Lucine était parfois considérée comme l'équivalent romain d'Ilythie, déesse des accouchements, mais en général on emploie ce nom comme épithète pour Junon et Diane.

Pomone et **Vertumne** furent d'abord des Numina et prenaient soin des vergers et des jardins. Mais ils furent plus tard personnifiés et un récif est consacré à leurs amours.

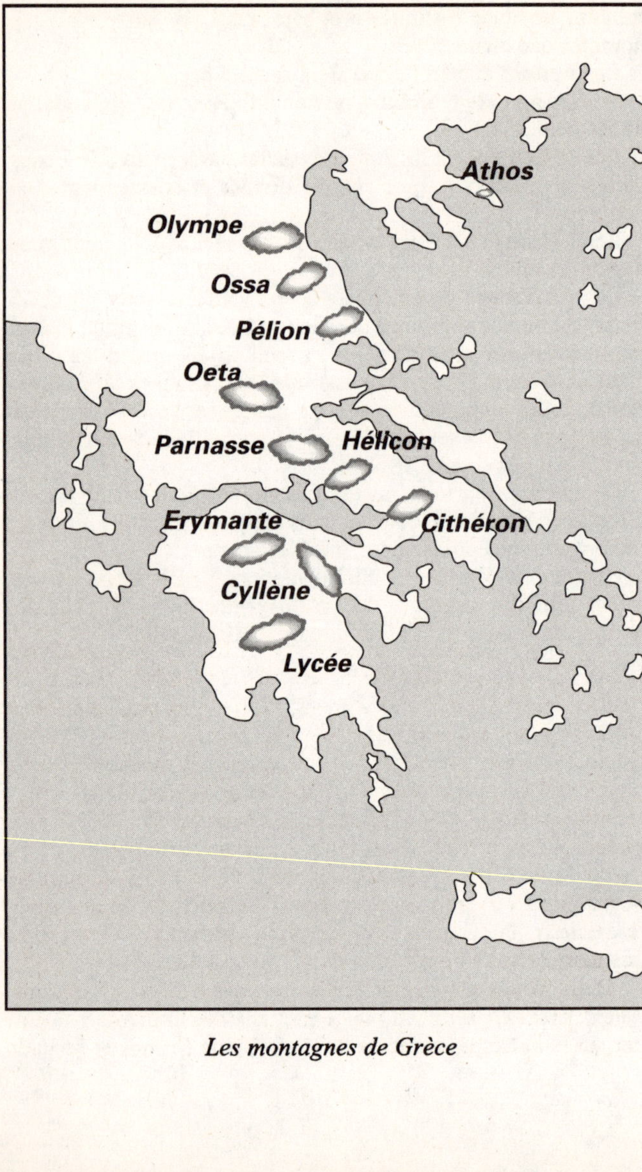

Les montagnes de Grèce

Les deux grands dieux de la Terre

Pour la plupart, les dieux immortels étaient peu utiles aux êtres humains ; ils leur étaient même bien souvent nuisibles : Zeus, amant dangereux pour les jeunes mortelles et dont on ne savait jamais comment il emploierait son terrible foudre ; Arès, le fauteur de guerres et fléau s'il en fût ; Héra, imperméable à toute idée de justice quand la jalousie la prenait, c'est-à-dire toujours ; Athéna, autre faiseuse de guerre et maniant la lance aiguë de l'éclair tout aussi étourdiment que Zeus ; Aphrodite, se servant de son pouvoir surtout pour attirer ses victimes dans un piège et trahir. Certes, ils formaient tous une société belle et radieuse et leurs aventures faisaient d'excellents récits, mais lorsqu'ils n'étaient pas positivement néfastes, ils se montraient capricieux, fantasques et indignes de confiance, et en général les mortels se tiraient mieux d'affaire sans eux.

Deux déités cependant différaient des autres ; elles comptaient, en fait, parmi les meilleurs amis de l'humanité : Déméter, en latin Cérès, la déesse du Blé, fille de Cronos et de Rhéa ;

et Dionysos, aussi appelé Bacchus, dieu du Vin. Déméter était l'aînée, ainsi qu'il est naturel, le blé ayant été semé longtemps avant qu'on ne plantât la vigne. Avec le premier champ de blé, la vie organisée commença sur la terre. Les vignes vinrent plus tard. Il était tout aussi naturel que le pouvoir divin qui faisait germer les semences fût attribué à une déesse et non à un dieu. Alors que les hommes se consacraient à la chasse et à la pêche, l'entretien des champs incombait aux femmes, et tandis qu'elles labouraient et semaient le grain, elles sentaient qu'une divinité féminine serait mieux à même de comprendre et de protéger leur travail. De leur côté, les femmes comprenaient mieux une déesse honorée, non comme les autres dieux, par des sacrifices sanglants plaisant aux hommes, mais par chaque humble geste qui rend l'arbre fructueux. Grâce à Déméter, le champ de blé était sanctifié — « le grain sacré de Déméter » — et l'aire de battage était protégé par elle ; l'un et l'autre étaient ses temples où, à tout moment, elle pouvait être présente : « sur l'aire sacrée, à l'instant du vannage, elle-même, Déméter aux cheveux comme des épis blonds, sépare le grain de la balle dans le souffle du vent, et le tas de la balle blanchit. » « Que ce soit mon lot », prie le moissonneur, « de plonger le grand van dans les monceaux de blé près de l'autel de Déméter, tandis qu'en souriant elle se tient tout près, les mains pleines d'épis et de coquelicots. »

Comme il se doit, sa fête la plus solennelle se célébrait au moment de la moisson. A l'origine, il s'agissait là probablement d'un simple geste de gratitude de la part des moissonneurs, lorsqu'on rompait la première miche de pain provenant du grain nouveau pour la manger ensuite avec respect, tandis que des prières d'action de grâces montaient vers la déesse, dispensatrice du don le meilleur et le plus nécessaire à la vie humaine. Plus tard, l'humble fête se transforma en cérémonies mystérieuses dont nous savons fort peu. La plus solennelle, en septembre, ne se célébrait que tous les cinq ans mais durait neuf jours, jours sacrés entre tous et pendant lesquels la plupart des activités quotidiennes étaient suspendues. Dans l'allégresse générale, on organisait des processions, des sacrifices étaient offerts, accompagnés de danses et de chants. Ceci était connu de tous et a été relaté par bien des auteurs. Mais la partie essentielle de ces mystères avait lieu dans l'enceinte du temple et n'a jamais été décrite. Ceux qui y participaient étaient liés par un vœu de silence et ils le gardèrent si bien que seuls de vagues échos de ce qui s'y passait sont parvenus jusqu'à nous.

C'est à Eleusis, petite ville voisine d'Athènes, que s'élevait le plus grand temple consacré à Déméter ; on y célébrait les Eleusinies, ou mystères de Cérès. Ces mystères étaient tenus en particulière vénération tant dans le monde grec que dans le monde romain. Cicéron, écrivant au Ier siècle av. J.-C. disait : « Il n'y a rien de plus élevé que ces mystères. Ils ont adouci nos caractères et nos coutumes ; ils nous ont fait passer de la barbarie à une vraie humanité. Non seulement ils nous ont montré comment vivre dans la joie mais il nous ont appris à mourir avec une espérance. »

Cependant, tout sacrés et imposants qu'ils fussent, ces mystères gardaient l'empreinte de ce qui les avait fait naître. L'une des rares informations que nous avons à leur sujet nous apprend que leur moment le plus solennel était celui où l'on montrait aux adorateurs « un épi de blé qui avait été cueilli en silence. »

Personne ne sait au juste quand ni comment Dionysos, le dieu du Vin, prit place lui aussi, à Eleusis, sur un trône aux côtés de celui de Déméter.

Près de Déméter, lorsque résonnent les cymbales,
Se tient Dionysos aux cheveux abondants.

Divinités, l'une et l'autre, des largesses de la terre, présidant toutes deux aux actes domestiques quotidiens dont dépend la vie — le pain que l'on rompt et le vin que l'on boit — il semble naturel qu'elles fussent vénérées ensemble. La fête de Dionysos revenait aussi aux vendanges, lorsque l'on portait les grappes au pressoir.

Dionysos, dieu de la joie, la pure étoile
Qui brille pendant la récolte des fruits.

Mais il n'était pas toujours le dieu de la joie, pas plus que Déméter n'était toujours la déesse heureuse de l'été, et là encore ils se trouvaient étroitement liés, car tous deux étaient des déités souffrantes, contrairement aux autres immortels qui ne pouvaient être touchés par une peine durable : « demeurant dans l'Olympe où jamais ne souffle le vent, où jamais ne tombent la pluie ni la plus petite étoile blanche de neige, tous leurs jours sont heureux ; ils se régalent de nectar et d'ambroisie, ils se réjouissent aux accords de la lyre d'argent du glorieux Apollon auxquels répondent les douces voix des Muses, tandis que les Grâces dansent avec Hébé et Aphrodite et qu'une lumière radieuse les entoure. » Mais les deux divinités de la terre connaissaient une douleur navrante.

Qu'arrive-t-il aux tiges des blés et aux branches luxuriantes de la vigne lorsque l'épi est moissonné et les grappes cueillies ? Quand le gel s'installe, tuant toute vie nouvelle et verdoyante dans les campagnes ? C'était la question que se posaient les hommes, et les premiers récits leur furent contés pour expliquer ce qui paraissait si mystérieux : les changements qui se produisaient sous leurs yeux tels que la nuit et le jour, le cours des saisons et celui des étoiles. Bien que Déméter et Dionysos fussent les dieux heureux de la moisson, il était clair qu'en hiver il en allait différemment. Alors, ils s'attristaient et la terre avec eux. Les hommes de ce temps s'en étonnaient et tentaient, par des apologues, d'en donner l'explication.

Déméter (Cérès)

Cette histoire n'est contée que par un poème très ancien, l'un des tout premiers Hymnes Homériques, datant du VIIIe siècle ou du VIIe. L'original porte l'empreinte de la poésie grecque du début, c'est-à-dire grande simplicité et franchise, et ravissement profond devant la beauté du monde.

Déméter avait une fille unique, Perséphone (en latin Proserpine), la vierge du printemps. Elle la perdit et dans son immense douleur, elle refusa ses bienfaits à la terre. Les champs verdoyants et couverts de fleurs furent changés en étendues stériles parce que Perséphone avait disparu.

Le souverain du sombre monde souterrain, le Roi des morts innombrables l'avait enlevée alors que charmée par la floraison des narcisses, elle s'était attardée pour les cueillir, s'écartant ainsi de ses compagnes. Dans son chariot traîné par des coursiers d'un noir de jais, Pluton surgit d'un gouffre béant et saisissant la jeune fille par le poignet, il la maintint près de lui et l'emporta, sanglotante, dans son empire. Les hautes montagnes et l'abîme de la mer renvoyèrent l'écho du cri déchirant de Perséphone, et sa mère l'entendit. Comme un oiseau elle survola la mer et la terre à la recherche de sa fille, mais personne n'osa lui dire la vérité, « ni homme, ni dieu, ni aucun sûr messager des oiseaux ». Déméter erra neuf jours pendant lesquels elle refusa de goûter à l'ambroisie ou d'approcher le doux nectar de ses lèvres. Enfin elle atteignit le soleil et il lui raconta toute l'histoire : Perséphone se trouvait dans le monde souterrain, parmi les ombres des morts.

Alors une douleur plus grande encore envahit le cœur de Déméter. Elle quitta l'Olympe ; elle s'établit sur la terre mais si bien déguisée que personne ne la reconnut ; il est vrai que les dieux sont rarement reconnus par les mortels. Poursuivant sa quête désolée, Déméter parvint à Eleusis et s'assit sur une pierre, au bord de la route. Elle paraissait une vieille femme, pareille à celles auxquelles, dans les grandes maisons, on confie le soin des enfants ou la garde des provisions. Quatre sœurs, jeunes et ravissantes, s'approchèrent du puits près duquel elle se reposait, la virent, et apitoyées, s'enquirent de ce qu'elle faisait là. Elle répondit qu'elle avait fui des pirates qui voulaient la vendre comme esclave et qu'elle ne connaissait personne, dans cette terre étrangère, à qui s'adresser pour demander secours. Les sœurs lui assurèrent qu'elle serait la bienvenue partout dans la ville mais qu'elles-mêmes se réjouiraient de la recevoir dans leur propre maison ; elles lui demandèrent d'attendre un instant, le temps d'en parler à leur mère. La déesse inclina la tête en signe d'acquiescement et les jeunes filles, après avoir rempli d'eau leurs cruches de grès, se hâtèrent vers leur demeure. Métanire, leur mère, les renvoya aussitôt inviter la déesse. En hâte, elles retournèrent au puits et trouvèrent la glorieuse déesse, toujours assise sur sa pierre, drapée dans ses voiles épais et couverte jusqu'aux pieds de sa robe sombre. Elle les suivit et comme elle passait le seuil de la pièce où se tenait la mère, son jeune fils pressé contre elle, une lumière divine les enveloppa et Métanire se sentit envahie d'un respect mêlé de crainte.

Elle pria Déméter de s'asseoir, lui offrit elle-même du vin de miel, mais le déesse ne voulut pas y goûter; elle demanda de l'eau d'orge parfumée de menthe : la boisson rafraîchissante du faucheur au temps de la moisson et aussi celle que l'on tendait dans la coupe sacrée aux adorateurs d'Eleusis. Sa soif apaisée, elle prit l'enfant dans ses bras et le pressa contre son sein parfumé, et le cœur de la mère se réjouit. Déméter nourrit ainsi Démophoon, le fils que Métanire avait donné au sage Céléos. Et l'enfant grandit comme un jeune dieu, car jour après jour Déméter l'oignait d'ambroisie et la nuit, elle le déposait dans le cœur rouge du foyer : son but était d'assurer ainsi à l'enfant une jeunesse éternelle.

La mère, cependant, se sentait mal à l'aise, si bien qu'une nuit elle décida de veiller et cria d'épouvante quand elle vit déposer son fils dans le feu. La déesse se fâcha; elle saisit le petit garçon et le jeta sur le sol. Elle avait voulu le libérer de la vieillesse et de la mort, mais en vain. L'enfant, cependant, s'était appuyé contre ses genoux, il avait dormi dans ses bras et devait, en conséquence, s'en voir honoré toute sa vie.

Alors, Déméter manifesta sa divinité; elle révéla sa beauté tandis qu'un parfum délicieux se répandait autour d'elle; elle brillait d'une telle lumière que la vaste maison en fut tout entière éclairée. Elle était Déméter, dit-elle aux femmes apeurées. Si elles voulaient regagner sa faveur, il fallait qu'un grand temple fût bâti en son honneur aux abords de la ville.

Sur ce, elle les laissa, et Métanire tomba sans voix sur le sol, et toutes tremblaient de crainte. Quand vint le matin, elles racontèrent à Céléos ce qui s'était passé et il rassembla le peuple pour lui révéler le vœu de la déesse. Avec entrain, tous se mirent à l'œuvre et lorsque le temple fut achevé, Déméter y élut domicile — seule, loin des dieux de l'Olympe, et toujours inconsolable de la perte de sa fille.

Sur toute la terre, cette année-là fut terrible et cruelle pour l'humanité. Aucune semence ne germa ; le bœuf tira en vain le soc dans le sillon. Il semblait que la race humaine tout entière dût mourir de famine. Zeus s'aperçut enfin qu'il lui fallait prendre l'affaire en main. L'un après l'autre il dépêcha les dieux auprès de Déméter avec mission d'apaiser sa colère, mais elle ne voulut en écouter aucun. Jusqu'à ce qu'elle revoie sa fille, elle refuserait à la terre de porter son fruit. Zeus compris alors que son frère devait céder. Il dit à Hermès de descendre dans l'empire souterrain et de prier le souverain du lieu de laisser son épouse retourner chez sa mère.

Hermès trouva le couple assis côte à côte, Perséphone bien à contre-cœur et tentant timidement de s'écarter, car elle souhaitait ardemment retrouver sa mère. Quand Hermès parla, elle se leva d'un bond, pressée de s'en aller. Son mari comprit qu'il ne pouvait qu'obéir à l'ordre de Zeus et la renvoyer sur terre ; mais il la pria de penser à lui avec indulgence et de ne pas témoigner tant de répugnance à être la femme d'un dieu si grand parmi les immortels ; il lui fit alors manger un pépin de grenade, sachant bien en son for intérieur qu'elle serait alors forcée de lui revenir.

Il fit préparer son chariot d'or et Hermès, prenant les rênes, mena les chevaux noirs droit au temple où se trouvait Déméter. Celle-ci, avec la rapidité d'une Ménade descendant le flanc d'une montagne, courut au-devant de sa fille et Perséphone se jeta dans les bras tendus, qui se refermèrent sur elle. Tout le jour, elles se racontèrent leurs aventures et Déméter pleura quand elle entendit parler du pépin de grenade, car elle craignait de ne pouvoir garder sa fille auprès d'elle.

Zeus alors lui envoya un nouveau messager, un très grand personnage qui n'était autre que sa mère vénérée, Rhéa, la doyenne des dieux. Celle-ci, descendant en hâte des hauteurs de l'Olympe vers la terre aride et stérile, arriva jusqu'au temple et se tenant debout à la porte, elle s'adressa à Déméter :

Viens, ma fille, car Zeus le clairvoyant t'en prie.
Retourne aux palais des dieux, tu y seras honorée,
Tu y verras l'objet de ton désir, ta fille,
Elle consolera ta peine à chaque année qui s'achève,
Quand se termine l'hiver cruel.
Car le royaume de l'ombre ne la gardera qu'un tiers de ce [temps.
Pour le reste, tu la garderas, toi, et les heureux immortels.
Paix à présent. Donne aux hommes la vie qui ne leur vient que [de toi.

Déméter ne refusa pas — bien que ce lui fût un piètre encouragement de perdre Perséphone pendant quatre mois l'an et de voir sa jeune beauté s'ensevelir ainsi dans le monde des morts. Mais elle était bienveillante, les hommes l'appelaient toujours la « Bonne Déesse » ; et elle était navrée de la désolation qu'elle avait apportée sur la terre. Elle fit reverdir les champs ; les vergers furent à nouveau garnis de fruits abondants et la terre entière se couvrit de fleurs et de feuillages. Elle se rendit chez les princes d'Eleusis qui avaient bâti son temple et elle choisit l'un d'eux, Triptolème, pour son ambassadeur auprès des hommes et pour leur apprendre comment semer le blé. Elle lui enseigna, ainsi qu'à Céléos et aux autres, les rites sacrés, « ces mystères dont nul ne peut parler car une crainte profonde paralyse la langue. Béni soit celui qui les a vus ; son sort sera heureux dans le monde à venir. »

Reine de l'odorante Eleusis,
Dispensatrice des dons de la terre,
Accorde-moi tes grâces, ô Déméter.
A toi aussi, Perséphone,
Belle entre toutes les jeunes filles,
J'offre mon chant en échange de tes faveurs.

Dans l'histoire de ces deux déesses, Déméter et Perséphone, l'idée de la souffrance prédomine. Déméter, déesse de la richesse des moissons, est plus encore une mère divine et inconsolable qui chaque année voit mourir sa fille. Perséphone est l'adolescente radieuse du printemps et de l'été, dont le pas léger, en effleurant le flanc roussi et desséché de la colline, suffit à le faire reverdir et fleurir, ainsi que l'a chanté Sapho.

J'entendis le pas de la fleur du printemps...

— le pas de Perséphone. Mais Perséphone savait combien cette beauté était éphémère : feuillages, fleurs et fruits, toute pousse annuelle sur la terre prend fin quand vint le froid et succombe, comme Perséphone elle-même, au pouvoir de la mort. Après son enlèvement par le souverain du sombre empire souterrain, elle ne fut plus jamais la jeune fille radieuse et gaie, sans trouble ni souci, qui jouait dans le pré fleuri de narcisses. Certes, à chaque printemps, elle revenait d'entre les morts, mais elle emportait avec elle le souvenir du lieu dont elle venait ; malgré son étincelante beauté, il restait en elle quelque chose d'étrange et de terrifiant, et souvent on la désignait comme « celle dont le nom ne doit pas être prononcé ».

Les Olympiens étaient les « dieux heureux », les « immortels », fort éloignés des êtres souffrants et promis à la mort. Mais dans leurs chagrins et à l'heure de la mort, les hommes pouvaient se tourner, pour implorer leur compassion, vers les deux déesses dont l'une n'ignorait pas la douleur et l'autre connaissait la mort.

DIONYSOS OU BACCHUS

Cette histoire et celle de Déméter sont racontées de façon très différente. Dionysos fut le dernier dieu à entrer dans l'Olympe. Homère ne l'y a jamais

> *admis. Il n'existe pas de sources anciennes auxquelles se référer sauf une brève allusion dans Hésiode, vers le VIIIe ou le IXe siècle. Un Hymne Homérique tardif, datant peut-être du IVe siècle, ne donne que le récit concernant le bateau des pirates, et le sort de Penthée fait le sujet des Bacchantes, la dernière œuvre d'Euripide, le plus moderne de tous les poètes grecs, qui vivait au Ve siècle.*

Thèbes était la ville de Dionysos. Il y était né, fils de Zeus et d'une princesse thébaine, Sémélé. Il est l'unique dieu dont les parents ne sont pas tous deux divins.

> *Seulement à Thèbes les femmes mortelles*
> *Enfantent des dieux immortels.*

De toutes les femmes que Zeus aima, Sémélé fut la plus infortunée ; son malheur vint, pour elle aussi, de la jalousie d'Héra.

Follement amoureux d'elle, Zeus dit un jour à Sémélé qu'il lui accorderait tout ce qu'elle lui demanderait ; il jura par le Styx et c'était là un serment que même lui ne pouvait rompre. La réponse de Sémélé fut qu'elle souhaitait par-dessus tout le voir dans sa splendeur de Souverain des Cieux et de Maître de la Foudre. C'était Héra qui lui avait perfidement inspiré ce vœu. Zeus savait que nul mortel ne pouvait le voir dans cet appareil et y survivre, mais ayant juré par le Styx, il n'avait plus le choix. Il apparut donc devant Sémélé comme elle l'avait demandé, au milieu de la foudre et des éclairs et devant cet embrasement de gloire, elle mourut. Mais avant qu'elle ne succombât et disparût dans le brasier, Zeus lui arracha son enfant près de naître ; il le mit dans sa propre cuisse afin de le dissimuler à Héra et l'y garda le temps qu'il fallait avant sa venue au monde. Hermès l'emporta alors et le confia aux nymphes de Nysa — la plus jolie de toutes les vallées terrestres, mais aucun homme ne l'a jamais vue et nul ne sait où elle se trouve. Les uns disent que ces nymphes étaient les Hyades, que Zeus plus tard plaça dans le ciel après les avoir transformées en étoiles, ces étoiles qui amènent la pluie lorsqu'elles approchent de l'horizon.

Et le dieu du Vin naquit ainsi du feu et fut élevé par la pluie — la chaleur brûlante qui mûrit la grappe et l'eau qui empêche le plant de mourir.

Devenu adulte, Dionysos vagabonda dans des contrées lointaines, parmi lesquelles :

Les terres de Lydie, riches en or,
Puis celles de Phrygie ; les plaines brûlées de soleil
De Perse ; les grands murs de la Bactriane,
Les contrées balayées par l'orage où habitent les Mèdes,
Et l'Arabie Heureuse.

Partout il enseigna aux hommes l'art de cultiver la vigne et aussi les mystères de son culte ; et partout on le reçut comme un dieu — sauf quand enfin il revint dans son propre pays.

Un jour, un bateau de pirates s'en vint voguer sur la mer, non loin des côtes de la Grèce. Ils aperçurent, debout sur un promontoire, un bel adolescent. Ses cheveux abondants se répandaient en boucles sombres sur le manteau pourpre qui recouvrait ses fortes épaules. Il semblait bien être un fils de Roi, un jeune homme que ses parents rachèteraient au prix d'une lourde rançon. Exultants, les marins sautèrent sur le rivage et se saisirent de lui. Remontés à bord, ils voulurent le lier avec des cordages solides mais à leur stupéfaction, ils ne purent y parvenir ; les cordages refusaient de se laisser nouer, ils tombaient en touchant les mains ou les pieds du bel adolescent. Lui restait assis et les regardait, avec un sourire au fond de ses yeux sombres.

Seul parmi les pirates, le timonier comprit et cria aux autres que celui-ci devait être un dieu et qu'il fallait tout de suite le libérer, sinon un grand dommage les atteindrait. Mais le capitaine se moqua du timonier qu'il traita de sot, et il ordonna à l'équipage de hisser la voile au plus vite. Le vent gonfla la voile et les hommes tendirent les toiles, mais le navire ne bougea pas. Alors, on vit merveille après merveille. Un vin parfumé coula en ruisseaux sur le pont ; une vigne aux grappes abondantes se déploya sur la voile ; un lierre aux feuilles vert sombre s'enroula autour du mât comme une guirlande garnie de fleurs et de fruits. Frappés de terreur, les pirates ordonnèrent au timonier de virer vers la terre. Trop tard, car tandis qu'ils parlaient, leur captif s'était transformé en lion rugissant et terrible. A cette vue tous sautèrent par-dessus bord et furent changés en dauphins, tous sauf le bon timonier. Le dieu eut pitié de lui, il lui dit de reprendre courage car un dieu en effet lui accordait sa faveur — Dionysos, né de l'union de Zeus et de Sémélé.

Tandis qu'il traversait la Thrace pour s'en revenir en Grèce, le dieu fut insulté par l'un des Rois de la région, Lycurgue, qui s'opposa violemment à ce nouveau culte. Dionysos recula devant lui et même se réfugia dans les profondeurs de la mer. Mais plus tard il revint à la charge, le défit et le punit de sa méchanceté, sans rigueur cependant, en :

L'emprisonnant dans une caverne rocheuse
Jusqu'à ce que sa première rage furieuse
Se dissipât lentement et qu'il apprît à connaître
Le dieu dont il avait osé se moquer.

Mais les autres divinités se montrèrent moins clémentes. Zeus frappa Lycurgue de cécité et celui-ci mourut bientôt après. Qui s'en prend aux dieux ne vit pas longtemps.

Au cours de ses errances, Dionysos rencontra l'inconsolable Ariane, une princesse de Crète qui avait été abandonnée sur le rivage de l'île de Naxos par Thésée, le Prince athénien qu'elle avait sauvé. Dionysos la prit en compassion ; il lui vint en aide, devint amoureux d'elle et l'épousa. Quand elle mourut, il reprit la couronne d'or qu'il lui avait un jour donnée et la plaça parmi les étoiles.

Il pensait toujours à cette mère qu'il n'avait jamais connue ; il désirait si ardemment la voir qu'il se décida enfin à entreprendre la terrible descente dans le monde souterrain afin de l'y chercher. Quand il l'eut trouvée, il défia le pouvoir de la Mort, qui refusait de la lui rendre ; et la Mort céda. Dionysos emmena donc sa mère mais non pour la faire vivre sur la terre ; il la fit pénétrer dans l'Olympe où les dieux consentirent à l'accepter parmi eux, une mortelle, certes, mais la mère d'un dieu et par là digne de vivre parmi les immortels.

Le dieu du Vin savait se montrer bienveillant et aimable mais cruel aussi, à l'occasion ; il lui arrivait de pousser les hommes à accomplir des actions déplorables ; souvent il les rendait fous. Les Ménades, ou les Bacchantes ainsi qu'on les nommait encore, étaient des femmes rendues délirantes par le vin. Hagardes, elles se précipitaient à travers bois, se lançaient à l'assaut des collines et les dévalaient en poussant des cris aigus et en agitant des thyrses, verges emboutées de pommes de pin. Rien ne pouvait les arrêter. Elles mettaient en pièces les animaux sauvages qu'elles croisaient au passage et en dévoraient les lambeaux de chair sanglants. Elles chantaient :

Oh, combien sont doux les chants et les danses sur la montagne
Et la course folle.
Oh, combien il est doux de tomber, épuisée sur la terre,
Après que la chèvre sauvage a été pourchassée et rejointe.
Oh, la joie de ce sang et de cette chair rouge et crue.

Les dieux de l'Olympe aimaient voir régner l'ordre et la beauté dans leurs sacrifices et leurs temples. Ces nymphes folles, les Ménades, n'avaient pas de temples ; la nature inculte, les montagnes les plus sauvages, les forêts les plus profondes leur en tenaient lieu comme si elles voulaient garder vivantes les coutumes d'un temps très ancien, précédant celui où les hommes s'étaient mis en tête de bâtir des maisons pour leurs dieux. Elles préféraient sortir des cités poussiéreuses et surpeuplées ; elles retournaient à la pureté des montagnes inviolées et des forêts. Là, Dionysos les nourrissait et les abreuvait : d'herbes et de baies, et du lait des chèvres sauvages. Elles dormaient sur la mousse tendre, sous les branches couvertes d'épais feuillages, sur le sol, où d'année en année se déposaient les aiguilles de pin. Elles se réveillaient avec une sensation de paix et de fraîcheur célestes ; elles se baignaient dans un clair ruisseau. Il entrait beaucoup de beauté, de bonté et de liberté dans ce culte à ciel ouvert, dans cette joie extatique qui puisait à la source de la splendeur sauvage de la nature. Mais l'horrible festin sanglant y restait toujours présent.

Le culte réservé à Dionysos était centré sur ces deux idées pourtant si divergentes : la liberté, l'extase de joie, et la brutalité sauvage. Le Roi du Vin avait le pouvoir de donner l'une ou l'autre à ses adorateurs. Tour à tour, tout au long du récit de sa vie, il se montre une bénédiction pour l'homme ou la cause de sa ruine. De toutes les actions néfastes qui lui sont imputées, la plus affreuse fut commise à Thèbes, la ville dont était issue sa mère.

Dionysos se rendit à Thèbes pour y instaurer son culte. Selon sa coutume, il était suivi d'une troupe de femmes, toutes revêtues de dépouilles de faon par-dessus leurs robes et qui dansaient et chantaient des chœurs exultants tout en agitant des thyrses entrelacés de lierre. Elles semblaient ivres de joie et chantaient

Evoé, Bacchantes, venez,
O venez.
Chantez toutes Dionysos,
Chantez au son des timbales,
Des timbales à la voix profonde.
Avec joie louez celui qui donne la joie ;
La musique vous appelle,
Allez, allez à la montagne
Cours, Bacchante au pied léger !

Penthée, roi de Thèbes, était le fils de la sœur de Sémélé mais il ne se doutait pas de la parenté qui le liait au meneur de ce cortège de femmes hagardes et hurlantes qui se conduisaient de si étrange façon. Il ignorait qu'au moment de la mort de Sémélé, Zeus avait sauvé son enfant. Ces danses échevelées, ces chants bruyants et, dans l'ensemble, la tenue et le comportement de ces étrangères lui parurent hautement répréhensibles ; il fallait, se dit-il, y mettre aussitôt le holà. Penthée ordonna donc à ses gardes de se saisir et d'emprisonner les visiteurs — et surtout leur guide, « dont le visage est empourpré par le vin et qui est sans nul doute un sorcier trompeur de Lydie ». Mais tandis qu'il prononçait ces mots, quelqu'un derrière lui lança un avertissement solennel : « Cet homme que tu rejettes est un dieu nouveau. Il est le fils de Sémélé, que Zeus a sauvé. Il est, avec la divine Déméter, le plus puissant que les hommes puissent invoquer sur terre ». Celui qui parlait était un vieux devin aveugle nommé Tirésias, qui interprétait comme nul autre les volontés des dieux. Se retournant pour lui répondre, Penthée s'aperçut que le saint homme de Thèbes avait adopté l'accoutrement de ces femmes démentes : une couronne de lierre ceignait ses cheveux blancs, ses vieilles épaules étaient recouvertes d'une peau de faon et il tenait dans sa main tremblante une baguette étrange, surmontée d'une pomme de pin. A cette vue, Penthée eut un rire railleur, puis, avec mépris, il ordonna au vieillard de se retirer de sa vue. Ce faisant, il avait lui-même scellé son destin ; il avait refusé d'entendre la parole des dieux.

Dionysos, encadré par des soldats, fut amené devant Penthée. Les gardes déclarèrent que leur prisonnier n'avait pas tenté de fuir ni même de résister ; il avait tout fait, au contraire, pour leur rendre la tâche facile, si bien que honteux, ils lui avaient dit n'avoir agi que sur ordre et non de leur propre gré. Ils annoncèrent en outre que les jeunes filles qu'ils avaient capturées s'étaient toutes enfuies dans la montagne ; les liens dont ils les avaient chargées se dénouaient aussitôt, les portes de la prison s'étaient ouvertes d'elles-mêmes : « Cet homme », dirent-ils, « apporte avec lui bien des prodiges à Thèbes... »

Penthée, à présent, n'écoutait plus rien que sa colère et son mépris. Il s'adressa rudement à Dionysos, qui répondit avec la plus grande douceur ; on eût dit qu'il tentait de toucher le cœur du Roi et de dessiller ses yeux afin de l'amener à comprendre qu'il se trouvait face à face avec la divinité. Il l'avertit que personne, pas même le Roi, ne pourrait le retenir prisonnier « car dieu viendrait me délivrer ».

— Dieu ? dit Penthée d'un ton railleur.

— Oui, répondit Dionysos. Il est ici et voit ma souffrance.

— Il n'est nulle part où mes yeux puissent l'apercevoir.

— Il est où je suis, répliqua Dionysos. Tu ne peux le voir car tu n'es pas pur.

Avec colère, Penthée donna à ses soldats l'ordre d'enchaîner Dionysos et de le mener à la prison, et Dionysos dit en le quittant : « Les torts que tu me fais, c'est aux dieux que tu les fais. »

Mais le cachot ne pouvait retenir Dionysos. Il sortit et revint trouver Penthée, le suppliant à nouveau de céder au pouvoir divin qui se manifestait si clairement par ces prodiges et de faire bon accueil à ce culte d'un dieu nouveau et puissant. Penthée, cependant, l'accablait d'insultes et de menaces, si bien que Dionysos l'abandonna à son destin. Il ne pouvait en être de plus tragique.

Penthée fit poursuivre les adoratrices du dieu dans les montagnes où s'étaient réfugiées les jeunes femmes après leur évasion. Elles y avaient été rejointes par un grand nombre de Thébaines, parmi lesquelles la propre mère du roi et ses sœurs. Et là, Dionysos se révéla sous son aspect le plus terrible. Il frappa toutes les femmes de démence ; elles prirent Penthée pour un animal sauvage, un lion de la montagne, et elles se jetèrent sur lui, sa mère la première, pour l'abattre. Tandis qu'elles s'acharnaient ainsi sur lui, il comprit enfin qu'il avait lutté contre un dieu et qu'il devait payer ce crime de sa vie. Elles le mirent en pièces, et alors, mais alors seulement, le dieu leur rendit la raison, et la mère de Penthée vit ce qu'elle avait fait. A la vue de son désespoir, les Bacchantes maintenant dégrisées, tous chants et danses abandonnés, se disaient l'une à l'autre :

Les dieux viennent aux hommes par des voies étranges et diffi-
[ciles à reconnaître,
Ils accomplissent bien des choses qui paraissent sans espoir,
Et ce qui était attendu trouve une tout autre issue.
Dieu nous a montré un chemin qui nous était inconnu.
Et c'est pourquoi tout ceci a eu lieu.

Ces idées au sujet de Dionysos semblent, à première vue, contradictoires. Selon l'une, il est le dieu de la joie.

Lui dont les boucles sont cerclées d'or
Bacchus empourpré,
Compagnon des Ménades
A la torche enflammée.

Et selon l'autre, il est le dieu sans cœur, sauvage et brutal.

Lui qui avec un rire moqueur
Pourchasse sa proie
Et avec ses Bacchantes
La traîne en ricanant à sa mort.

Les deux idées, en vérité, sont nées le plus simplement et le plus raisonnablement du monde du fait qu'il est le dieu du Vin. Le vin peut être bon tout autant que mauvais. Il réjouit et réchauffe le cœur des hommes mais il les enivre aussi. Le peuple grec était trop lucide pour méconnaître les deux effets du vin, l'un dégradant et laid, l'autre délicieux. Il ne pouvait fermer les yeux au premier pour ne voir que le second. Dionysos étant le dieu du Vin, il était aussi, par conséquent, une puissance qui parfois incitait les hommes à commettre des crimes atroces. Personne ne pouvait les empêcher ; personne ne tenterait jamais de justifier le sort réservé à Penthée. Mais — se disaient les Grecs — de telles choses se passent dans la réalité lorsque les hommes sont rendus furieux par l'effet du vin ; cette vérité-là ne les rendait pas pour autant aveugles à l'autre, selon laquelle le vin est une source de joie qui rend le cœur des hommes plus léger en leur procurant gaieté et insouciance.

Lorsqu'avec le vin de Dionysos
Les soucis qui rongent les hommes
Quittent tous les cœurs.
Nous voyageons alors vers un pays qui n'a jamais existé.
Le pauvre devient riche, le riche devient généreux,
Les conquérants du monde sont des flèches faites du bois de la [vigne.

Si d'un moment à l'autre Dionysos se montre aussi différent c'est qu'en tant que dieu du Vin, il en a la double nature. Il est le bienfaiteur de l'homme et aussi son destructeur. Sous son aspect bénéfique, il n'est pas seulement le dieu qui rend les hommes heureux, sa coupe :

Donne la vie et guérit tout mal.

Sous son empire, le courage est stimulé et la crainte bannie — du moins sur le moment. Il transporte ses adeptes, il leur insuffle la conviction qu'ils sont capables de réaliser ce qui leur paraissait auparavant bien au-dessus de leurs forces. Toute cette facilité heureuse, toute cette confiance s'évanouissent, certes, selon qu'ils sont sobres ou ivres, mais tant qu'elles durent, elles leur donnent le sentiment d'être possédés par un pouvoir plus grand qu'eux-mêmes. Et c'est pourquoi ce qu'ils éprouvaient envers Dionysos ne ressemblait en rien à ce que leur inspiraient les autres dieux. Dionysos non seulement existait en dehors d'eux-mêmes mais aussi en eux-mêmes ; par lui, ils pouvaient se transformer à sa ressemblance. Ce sens momentané du pouvoir que donne l'ivresse n'était qu'un signe qui montrait aux hommes qu'ils possédaient en eux bien plus qu'ils n'en savaient, « ils pouvaient eux-mêmes devenir des dieux ».

Une telle pensée est très éloignée de l'idée ancienne qui voulait que l'on honorât le dieu en buvant, soit pour trouver la gaieté, soit pour se libérer de ses soucis, ou encore tout simplement pour s'enivrer. Cependant, quelques-uns des adorateurs de Dionysos ne prenaient jamais de vin. On ne sait quand s'opéra la transformation du culte, transformation selon laquelle un dieu qui délivrait les hommes pendant un bref instant au moyen de l'ivresse se trouva remplacé par un dieu qui les libérait au moyen de l'inspiration. Ce changement amena un résultat remarquable, qui fit de Dionysos, pour toutes les générations futures, le plus important des dieux de la Grèce.

Les Mystères d'Eleusis — qui se célébraient surtout en l'honneur de Déméter — ont eu, certes, une très grande importance. Mais leur influence ne se maintint guère, sans doute parce qu'il n'était jamais permis à personne d'en parler ouvertement pas plus que d'en écrire, et vers la fin, il n'en restait plus qu'un souvenir incertain. Il en fut tout autrement pour Dionysos. Tout un chacun participait aux rites de sa fête solennelle, et le monde actuel en garde encore une vive empreinte. Aucun autre festival de la Grèce ne pouvait lui être comparé. Il avait lieu au printemps, quand les pampres font leur apparition, et il se prolongeait pendant cinq jours. C'était un temps de paix et de joie parfaites : on ne pouvait emprisonner personne et les prisonniers étaient même relâchés afin de partager l'allégresse générale. Mais pour honorer le dieu, le peuple ne se rendait pas dans un lieu sauvage rendu horrible par des actions et un festin sanglants, ni même dans l'enceinte d'un temple, où des sacrifices rituels et des cérémonies religieuses se dérouleraient selon un ordre consacré. Il se rassemblait dans un théâtre et la cérémonie, en fait, était un spectacle. Les meilleurs poèmes grecs — qui comptent aussi parmi les meilleurs qui soient au monde — furent écrits en l'honneur de Dionysos. Les auteurs de ces pièces de théâtre, les acteurs et les chanteurs qui y figuraient, étaient tous considérés comme les servants du dieu. Les représentations étaient sacrées ; les spectateurs, au même titre que les poètes et les exécutants, participaient à une action culturelle. Dionysos lui-même était censé être présent : son prêtre occupait le siège d'honneur.

Et voilà pourquoi il apparaît clairement que l'idée du dieu de l'inspiration sacrée, du dieu qui pouvait communiquer son esprit aux hommes et leur donner le moyen d'écrire et d'agir magnifiquement, devait supplanter toutes les autres idées que l'on se faisait de lui auparavant. Les premiers poèmes tragiques, qui sont parmi les plus grands de tous les temps et jamais égalés, sauf par Shakespeare, furent représentés sur la scène du théâtre de Dionysos. On y donnait aussi des comédies, mais les tragédies furent de loin les plus nombreuses et il y avait à cela une raison.

Ce dieu étrange, joyeux cascadeur, chasseur cruel et inspirateur sublime, était aussi une victime. Comme Déméter, il était affligé, mais à l'encontre de la déesse, il souffrait de sa propre peine et non du chagrin d'un autre. Il était la vigne, une plante que l'on émonde plus qu'aucun autre porteur de fruits ; en hiver, chaque branche est élaguée, seul demeure le cep dénudé, une souche de bois mort, un moignon noueux, rugueux, qui paraît incapable de jamais reverdir. Comme Perséphone, Dionysos mourait à l'arrivée du froid, mais si la mort de Perséphone était douce, celle de Dionysos était affreuse : il était mis en pièces — par les Titans, selon les uns, selon les autres sur les ordres d'Héra. Toujours, il revenait à la vie ; il mourait et ressuscitait. C'était cette résurrection joyeuse que l'on célébrait dans son théâtre, mais l'idée du sort atroce subi par lui et celle des actes terribles accomplis par les hommes sous son influence lui étaient trop intimement associées pour être jamais oubliées. Plus que le dieu souffrant, il était le dieu tragique. Il n'y en avait pas d'autre.

Il présentait un autre aspect encore. Il était l'assurance que tout ne prend pas fin avec la mort. Ses adorateurs croyaient que sa mort et sa résurrection leur apportaient la preuve de la survie éternelle des âmes après la destruction des corps par la mort, et cette croyance était à la base des Mystères d'Eleusis. Au début, elle était centrée sur Perséphone qui elle aussi ressuscite à chaque retour du printemps. Mais en tant que souveraine du royaume souterrain des ombres, elle suggérait à chacune de ses réapparitions sur la terre des images affreuses et étranges : comment aurait-elle pu être la figure de la résurrection, du triomphe sur la mort, alors qu'elle ramenait toujours avec elle le souvenir de cette même mort ? Dionysos, par contre, n'était jamais considéré comme une puissance de l'empire des morts.

Vers l'an 80 de notre ère, un grand écrivain grec, Plutarque, apprit un jour qu'il se trouvait loin de son foyer, que sa petite fille était morte. « C'était », dit-il, « une enfant d'une nature très douce ». Dans sa lettre à sa femme, il écrit : « A propos de ce que tu as entendu dire, cher cœur — que l'âme, lorsqu'elle se sépare du corps, disparaît et ne ressent plus rien — tu n'accorderas, je le sais, nulle créance à de telles assertions à cause de ces promesses loyales et sacrées qui nous sont données dans les mystères de Bacchus ; ces promesses, nous les connaissons bien puisque nous appartenons à cette confrérie religieuse. Nous tenons pour vérité certaine que notre âme est incorruptible et immortelle. Nous devons penser (des morts) qu'ils passent dans un monde meilleur et à une condition plus heureuse. Réglons donc notre conduite en conséquence, montrant une vie extérieure ordonnée tandis qu'au-dedans de nous-mêmes, tout doit être plus pur, plus sage, incorruptible. »

Comment furent créés le monde et l'humanité

A l'exception du récit du Châtiment de Prométhée raconté par Eschyle au Ve siècle, j'ai emprunté la plus grande partie de ce chapitre à Hésiode, qui vivait trois siècles au moins auparavant. Nul plus que lui ne fait autorité en matière de récits concernant les origines. La rudesse d'expression de l'histoire de Cronos et la naïveté de celle de Pandore sont caractéristiques de sa manière.

D'abord il y eut Chaos, l'immensurable abîme,
Violent comme une mer, sombre, prodigue, sauvage.

Ces mots sont de Milton mais ils expriment avec précision l'idée que les Grecs se faisaient de l'origine de toutes choses. Bien avant l'apparition des dieux, dans un passé brumeux d'âges immémoriaux, rien n'existait que le désordre confus et vague du Chaos sur lequel planait l'obscurité éternelle. Enfin — mais comment, personne n'a jamais tenté de l'expliquer — enfin deux enfants naquirent de ce néant informe. La Nuit est fille du Chaos, ainsi qu'Erèbe, le gouffre insondable où demeure la mort. Dans tout l'univers, il n'existait rien d'autre ; tout était sombre, vide, silencieux, éternel.

Alors survint la merveille des merveilles. Par quelque cause mystérieuse, de toute cette horreur vide et sans limites, la meilleure des choses prit vie. Un grand écrivain, le poète comique Aristophane, décrit sa venue en termes souvent cités :

La Nuit aux ailes noires
Déposa un œuf né du vent
Dans le sein du sombre et profond Erèbe.
Et tandis que passaient les saisons,
Vint celui que tout attendait,
L'Amour aux ailes d'or étincelantes.

De la nuit et de la mort naquit l'Amour et dès sa naissance l'ordre et la beauté remplacèrent la confusion aveugle. L'Amour créait la Lumière, et avec elle son compagnon obligé, le Jour radieux.

La création de la terre suivit mais là encore, personne ne tenta jamais d'offrir une explication ; elle avait eu lieu et on se contenta de l'admettre. Après la venue de l'amour et de la lumière, il semblait naturel que la terre apparût à son tour. Hésiode, le premier Grec à chercher le comment et le pourquoi des choses, écrivait :

La Terre, la toute belle aux seins épanouis,
Se leva, elle qui est la base inébranlable
De toutes choses. Et la blonde Terre mit d'abord au monde
Le Ciel étoilé, son égal,
Afin qu'il la recouvrît de tous côtés et devînt
La demeure éternelle des dieux immortels.

Dans tout ce que l'on pensait du passé, il n'entrait aucune distinction entre les lieux et les personnes. La Terre était le sol solide mais elle avait aussi une vague personnalité. Le Ciel était la haute voûte azurée mais en certaines occasions il agissait comme le ferait un être humain. Pour ceux qui contaient ces récits, l'univers entier vivait de la même vie qu'ils connaissaient en eux-mêmes ; puisqu'ils étaient des êtres individuels, ils personnifiaient tout ce qui portait des signes évidents de vie, tout ce qui se meut et varie : la terre en hiver et en été, le ciel avec les étoiles qui s'y déplacent, la mer agitée et ainsi de suite. Ce n'était qu'une personnification très floue, quelque chose de vague et d'immense qui en bougeant amenait des transformations et donc était vivant.

Mais lorsqu'ils parlèrent de l'apparition de l'amour et de la lumière, les premiers conteurs plantaient les décors de la scène où figurerait un jour l'humanité et ils commencèrent à personnifier de façon plus précise. Ils donnèrent des formes distinctes aux forces naturelles. Ils les présentèrent comme les précurseurs des hommes et les définirent en tant qu'individus bien plus clairement qu'ils ne l'avaient fait pour le ciel et la terre. Ils les montrèrent agissant en toutes manières comme le faisaient les êtres humains, par exemple marchant, ou mangeant — ce que de toute évidence ne faisaient ni la Terre ni le Ciel ; ces deux-là gardèrent une place à part. S'ils étaient vivants, c'était d'une façon qui n'appartenait qu'à eux seuls.

Les premières créatures auxquelles on accorda l'apparence de la vie furent les enfants de la Terre, Mère Universelle, et du Ciel (Gæa et Ouranos). Ces enfants étaient des monstres. Les Grecs croyaient, tout comme nous le croyons, que la terre fut peuplée jadis de créatures étranges et gigantesques. Cependant ils ne se les représentaient pas sous la forme de lézards énormes ou de mammouths mais tant soit peu comme des hommes et cependant inhumains. Ils possédaient la force irrésistible du tremblement de terre, de l'ouragan et du volcan. Dans les récits qui leur sont consacrés, ils ne semblent pas réellement vivants mais comme appartenant plutôt à un monde où rien de vivant n'aurait encore apparu, secoué seulement par des mouvements énormes produits par des forces assez puissantes pour soulever les montagnes et vider les mers. Les Grecs nourrissaient apparemment des pensées de ce genre puisque dans leurs récits — et bien qu'ils présentent ces créatures comme des êtres vivants — ils les font cependant très différents de toute forme de vie jamais donnée à l'homme.

Trois d'entre eux, doués d'une taille et d'une force monstrueuses, avaient chacun cent mains et cinquante têtes. On donna à trois autres le nom de *Cyclopes* (de *cuclos*, cercle, et *ops*, regard), parce que chacun d'eux n'avait au milieu du front qu'un seul œil énorme, aussi grand et rond qu'une roue. Ces Cyclopes étaient eux aussi gigantesques, leur taille atteignait celle des plus hautes montagnes et leur force était dévastatrice. Venaient enfin les Titans. Très nombreux, ils ne le cédaient en rien en taille et en force aux précédents, mais ils n'étaient pas uniquement funestes ; plusieurs étaient même bienfaisants ; en fait, l'un d'entre eux, après que les hommes eurent été créés, les sauva de la destruction.

Que ces terrifiantes créations fussent les enfants de la Terre, Mère Universelle, surgis de ses profondeurs ténébreuses, il semblait tout naturel de le penser ; mais il est pour le moins étrange qu'ils fussent en même temps les enfants du Ciel ; c'était là cependant ce qu'affirmaient les Grecs et ils en concluaient que le Ciel faisait, en tant que père, bien piètre figure. Car il haïssait ces monstres — ses fils — à cent bras et cinquante têtes, et chaque fois que l'un d'eux naissait, il l'enfermait aussitôt dans un lieu secret, au centre de la terre. Il laissa leur liberté aux Cyclopes et aux Titans, que la Terre furieuse du traitement infligé à ses autres enfants — appela à son aide. Un seul osa répondre, Cronos, le Titan. Il tendit un piège à son père et lui infligea une horrible mutilation. Du sang de la blessure surgit une quatrième race de monstres : les Géants. Toujours de ce même sang naquirent les Erinnyes (les Furies). Gardiennes de la vie humaine, leur mission était de pourchasser et punir les pécheurs et on les appelait « celles qui marchent dans l'ombre » ; leur aspect était affreux, leur chevelure était entortillée de vipères et leurs yeux pleuraient des larmes de sang. Tous les

cyclope naissant de mer [illegible]
du Ciel

monstres furent finalement chassés de la terre, à l'exception des Erinnyes ; tant que le péché demeurerait dans le monde elles ne pourraient en être bannies.

Depuis ce moment et pendant des temps immémoriaux, Cronos — que les Romains, ainsi que nous l'avons vu, nommaient Saturne — régna sur l'univers avec Rhéa, son épouse-sœur (*ops* en latin). Mais lc jour vint où l'un de leurs fils, le futur souverain du ciel et de la terre, appelé Zeus par les Grecs et Jupiter par les Romains, se rebella contre son père. Il avait une bonne raison pour ce faire, car Cronos, ayant appris que l'un de ses enfants le détrônerait un jour, jugea que la seule façon de conjurer le destin était d'exiger de sa femme qu'elle lui livrât chaque nouveau-né, qu'il dévorait aussitôt. Mais Rhéa réussit à soustraire Zeus, son sixième enfant, à ce sort fatal. Quand Zeus vint au monde, elle offrit une grande pierre enveloppée de linge à son époux qui l'avala promptement, la prenant apparemment pour le bébé. Plus tard, devenu adulte, Zeus aidé par sa grand-mère la Terre, força son père à dégorger ladite pierre (en même temps que les cinq premiers enfants) et elle fut déposée à Delphes où longtemps après un grand voyageur nommé Pausanias dit l'avoir vue, vers l'an 180 de notre ère : « une pierre de dimension réduite que les prêtres de Delphes oignent chaque année ».

Survint alors une guerre terrible entre Cronos aidé de ses frères les Titans, d'une part, et de l'autre Zeus, secondé par ses cinq frères et sœurs — une guerre qui faillit détruire l'univers.

Un horrible fracas troublait la mer sans limite.
La terre entière fit entendre un grand cri.
Bouleversé, le ciel immense gémit de douleur.
Le lointain Olympe chancela sous la ruée des dieux immortels
Et le sombre Tartare fut saisi de terreur.

Les Titans furent vaincus, en partie parce que Zeus libéra les monstres aux cent bras qui combattirent pour lui avec leurs armes irrésistibles — tonnerre, foudre et tremblement de terre

— et aussi parce que l'un des fils du Titan Japet, Prométhée, montra sa sagesse en se ralliant à Zeus.

Zeus châtia sans pitié ses ennemis défaits ; ils furent enchaînés et enterrés vifs un peu partout dans le monde, tel Encélade, qui fut enseveli sous l'Etna et dont l'haleine de feu cause les éruptions du Volcan.

Atlas, frère de Prométhée, souffrit un sort plus misérable encore. Il fut condamné à :

... Porter éternellement sur son dos
La voûte du ciel et le poids écrasant du monde ;
Et sur ses épaules, fardeau difficile à soutenir,
Le haut pilier qui sépare le ciel de la terre.

Accablé sous sa charge, il se tient à jamais devant le lieu drapé de nuages et d'obscurité où le Jour et la Nuit s'approchent l'un de l'autre et se saluent ; la maison qui s'y élève ne les retient jamais ensemble, mais toujours l'un s'éloigne pour rendre visite à la terre tandis que l'autre attend dans la maison que sonne l'heure de son voyage ; l'un ramène la lumière à ceux qui vivent sur la terre, tandis que l'autre porte dans ses mains le Sommeil, frère de la Mort.

Malgré la déroute des Titans, la victoire de Zeus n'était pas définitive, car la Terre mit au monde un dernier rejeton, une créature plus effrayante, plus terrible que toutes celles qui l'avaient précédée. Son nom était Typhon.

Un monstre flamboyant surmonté de cent têtes
Qui se dressa contre tous les dieux.
La mort sifflait entre ses mâchoires hideuses
Et ses yeux jetaient des éclairs aveuglants.

Mais Zeus était maintenant maître du tonnerre et de la foudre, devenus ses armes personnelles, et personne d'autre que lui ne pouvait en user. Il terrassa Typhon à l'aide de :

... l'éclair qui jamais ne s'endort
Et du tonnerre à l'haleine embrasée.
Et le feu consuma même le cœur de Typhon,
Sa force fut réduite en cendres.
Il gît à présent comme une chose inutile
Tout près de l'Etna, d'où parfois jaillissent
Des rivières de feu qui dévorent de leurs mâchoires redoutables
Les champs étagés de la Sicile, tout parés de leurs fruits.

Une autre tentative fut faite pour détrôner Zeus : les Géants se révoltèrent. Mais les dieux étaient maintenant puissants et forts et ils étaient aidés par un des fils de Zeus, le vigoureux Héraclès. Les Géants furent défaits et précipités dans le Tartare, et cette fois la victoire des puissances célestes sur les forces brutales de la Terre fut complète. Dès lors, Zeus, ses frères et ses sœurs, régnèrent en souverains incontestés sur tout ce qui existe.

Il n'y avait toujours pas d'êtres humains, mais le monde, purgé de ses monstres, était prêt à accueillir l'humanité ; il était devenu un lieu où l'homme pouvait vivre avec quelque sécurité dans un confort relatif, sans avoir à craindre la soudaine apparition d'un Titan ou d'un Géant. On se représentait alors la terre sous la forme d'un disque rond, divisé en deux parties égales par la Mer — ainsi que la nommaient les Grecs et que nous appelons maintenant la Méditerranée — et par ce que nous connaissons sous le nom de mer Noire et que les Grecs désignèrent d'abord par celui d'Axine, ce qui signifie mer Inamicale, puis plus tard, quand elle leur devint plus familière, d'Euxine, (ou Pont-Euxin) c'est-à-dire mer Amicale. (Il est parfois suggéré qu'ils lui donnèrent cet aimable vocable dans l'espoir de se la concilier.) Le monde terrestre était entouré par un fleuve immense, Océan, que ne troublaient jamais le vent ni la tempête. Sur son rivage le plus lointain vivait un peuple mystérieux, les Cimmériens, mais rares sont ceux qui ont trouvé le chemin de leur pays car personne ne savait s'il était au nord, au sud, à l'est ou à l'ouest. C'était une contrée enveloppée de brumes et de nuages, où la lumière du jour ne pénétrait jamais, sur laquelle la splendeur du soleil ne s'étendait jamais, ni à l'aube, à l'instant où il s'élève dans le ciel étoilé, ni au crépuscule, quand il revient du ciel vers la terre. Une nuit éternelle recouvrait ce pays mélancolique.

Mais sauf cette exception, tous ceux qui vivaient au-delà de l'Océan connaissaient un bonheur extrême. Au-delà du Nord le plus lointain, si loin qu'on le situait derrière le vent du Nord, se trouvait un pays enchanteur, celui des Hyperboréens. A part quelques étrangers, héros fameux, personne ne l'a jamais visité. On ne connaissait nulle route, terrestre ou maritime, menant à ce lieu merveilleux, mais les Muses vivaient non loin de ce peuple privilégié, et ceci explique cela. Car partout on voyait danser des jeunes filles, on entendait résonner le clair appel de la lyre et les notes mélodieuses des flûtes. Entrelaçant leurs cheveux de lauriers d'or, les Hyperboréens festoyaient joyeusement et jamais la mort ni la maladie n'approchaient cette race aimée des dieux. Tout au Sud se trouvait le pays des Ethiopiens dont nous savons seulement que les dieux les tenaient en telle faveur qu'ils ne dédaignaient pas de s'asseoir parmi eux au cours de leurs festins.

Le séjour des ombres des justes se situait lui aussi sur la rive d'Océan ; l'hiver y était doux, jamais la neige ne le recouvrait, pas plus qu'il n'y tombait de pluie ; mais soufflant d'Océan, le Vent d'Ouest chantait d'une voix douce et émouvante afin de consoler les âmes des hommes. C'était là que venaient, après avoir quitté la terre, ceux qui s'étaient gardés purs de tout mal.

Ils ont pour gaie compagne,
La vie à jamais libérée de labeur.
Jamais plus leurs fortes mains ne creuseront la terre ou la mer,
Peinant pour leur arracher une nourriture qui ne rassasie pas.
Parmi ceux que les dieux honorent ils vivent à présent
Une vie qui ne connaît plus de larmes.

Tout était maintenant prêt pour l'apparition de l'humanité, même les lieux où bons et mauvais devraient se rendre après leur mort. Le moment était venu de créer l'homme et plus d'une légende se charge de nous raconter comment la chose se passa. Selon les unes, les dieux déléguèrent à cet effet Prométhée — le Titan rallié à Zeus — et son frère Epiméthée. Prométhée, dont le nom en grec signifie « prévoyant », était sage, plus sage et plus sagace que les dieux eux-mêmes, mais Epiméthée, dont le nom signifie « qui réfléchit trop tard », était un écervelé qui suivait invariablement son impulsion première pour ensuite changer d'avis. C'est ce qu'il fit en cette occasion. Avant de créer l'homme, il distribua tous les dons les meilleurs aux animaux : force, rapidité, courage et ruse, plume, poil, ailes ou coquille et ainsi de suite, si bien que plus rien de bon ne restait pour les hommes, plus d'enveloppe protectrice ni qualité d'aucune sorte propre à leur permettre de lutter contre les animaux. Trop tard comme toujours, Epiméthée regretta son erreur et appela son frère à l'aide. Prométhée prit alors la suite de la création et élabora un plan tendant à assurer la supériorité de l'espèce humaine. Il donna aux hommes une forme plus noble que celle attribuée aux animaux et à l'instar des dieux, il les fit se tenir debout ; puis il se rendit dans les régions célestes, jusqu'au char du soleil, auquel, au moyen d'une torche, il déroba le feu qu'il apporta ensuite sur la terre ; c'était pour les hommes la meilleure des protections, bien plus efficace que toutes celles fournies par poil, plume, ailes, force ou rapidité.

Et dès lors, bien qu'éphémère et fragile,
La race humaine a eu la flamme
Qui lui a permis d'apprendre tant de métiers.

D'après un autre récit, ce seraient les dieux eux-mêmes qui auraient créé les hommes. D'abord, ils façonnèrent une première race, tirée de l'or, et celle-ci, bien que mortelle, vivait comme les dieux sans connaître chagrin, labeur ni souffrance d'aucune sorte. Les champs de blé portaient d'eux-mêmes des épis en abondance ; tous étaient riches en troupeaux et aimés des dieux, et lorsque la tombe les réclamait, ils devenaient des esprits purs, bienfaisants et protecteurs de l'humanité.

Cette version de la création montre les dieux enclins à tenter des expériences au moyen de métaux variés avec — chose curieuse — une tendance à passer de haut en bas du meilleur au bon, au mauvais, au pire, et ainsi de suite. Après l'or, ils essayèrent l'argent, mais cette seconde race était de beaucoup inférieure à la première. Ses représentants montraient si peu d'intelligence qu'ils ne pouvaient se retenir de s'injurier les uns les autres. Ils mouraient eux aussi, mais contrairement à ceux de la race d'or, leurs âmes ne leur survivaient pas. L'airain [1] fut choisi pour la troisième race, celle-ci faite d'hommes terribles, immensément forts et tellement épris de guerre et de violence qu'ils finirent par se détruire complètement et de leurs propres mains. Et ce fut tant mieux, car après eux vint une race splendide de héros qui tous prirent part à des guerres glorieuses ou à de grandes aventures, que les hommes, à travers les siècles, n'ont cessé de conter ou de chanter. Quand ils quittaient ce monde, c'était pour des îles réservées aux seuls bienheureux, où ils vivaient à jamais dans une félicité parfaite.

La cinquième race est celle que l'on voit encore maintenant sur la terre : la race du fer. Ceux qui en font partie coulent des jours pénibles et leur nature est si maligne, elle aussi, qu'ils sont condamnés à ne connaître aucun répit dans le travail et la souffrance. Au fur et à mesure que passent les générations, ils deviennent de plus en plus mauvais ; les fils sont toujours inférieurs à leurs pères. Un jour viendra où leur perversité sera telle qu'ils en viendront à adorer le pouvoir ; la force pour eux remplacera le droit et ils perdront tout respect de ce qui est juste et bon. Et lorsque enfin il ne se trouvera plus parmi eux un seul homme capable d'indignation à la vue du mal, un seul qui ressente de la honte en présence des misérables, Zeus détruira cette race aussi. Mais quelque chose cependant pourrait la sauver : un soulèvement du petit peuple, qui renverserait ses oppresseurs.

•

1. D'après Hésiode, « Ils avaient des armes d'airain, des demeures d'airain ; ils ne se servaient que d'airain. Le fer, ce noir métal, était encore inconnu ».

Bien que différentes, ces deux versions de la création — celle des cinq âges et celle de Prométhée et Epiméthée — ont cependant un point commun : l'absence de femmes. Seuls des hommes habitaient la terre. Zeus se chargea de combler cette lacune ; il y fut poussé par sa colère de voir Prométhée porter tant d'attention aux hommes. Non seulement ce dernier avait dérobé le feu au profit de ses protégés mais encore il avait pris des dispositions pour que les meilleurs parties des animaux offerts en sacrifice leur fussent réservées ; seules les moins bonnes restaient aux dieux. Il dépeça un grand bœuf, il préleva les meilleurs morceaux, les mit dans la dépouille et les recouvrit d'une couche d'entrailles afin de mieux les dissimuler. Puis, à côté de cette dépouille, il dressa un autre tas formé de tous les os qu'il avait au préalable, avec beaucoup d'art et de soin, enrobés de graisse bien blanche ; après quoi, il pria Zeus de faire son choix. Zeus se décida pour la belle graisse blanche ; quand il découvrit la ruse, il se fâcha, mais ayant lui-même désigné son lot, il ne lui restait qu'à le garder. Et voilà pourquoi, par la suite, seuls les os et la graisse étaient brûlés en sacrifice sur les autels consacrés aux dieux. Les hommes gardaient pour eux-mêmes la chair savoureuse.

Cependant le Père des Hommes et des Dieux n'était pas de ceux qui se résignent à un pareil traitement. Il jura de se venger — sur l'espèce humaine d'abord, puis sur l'ami de cette espèce. Il fit forger par Vulcain ce qui devait être une calamité pour l'homme, une créature douce et ravissante ayant l'apparence d'une vierge timide, et tous les dieux, remplis d'admiration, la comblèrent de cadeaux : une robe d'une blancheur éblouissante, un voile brodé, des guirlandes de fleurs, le tout surmonté d'une couronne d'or, bref, une apparition de toute beauté. Enfin, lui ayant fait tant de présents, ils l'appelèrent *Pandore*, ce qui signifie « don de tout ». Zeus la leur présenta solennellement, et dieux et hommes furent saisis d'admiration à sa vue. De cette première femme naquit l'espèce féminine, qui est néfaste à l'homme et dont la nature est portée au mal.

Selon une autre légende, la source de tous les maux serait non pas la mauvaise nature de Pandore mais sa seule curiosité.

Les dieux lui ayant offert une boîte dans laquelle chacun d'eux avait mis une chose nuisible, ils lui recommandèrent de ne l'ouvrir sous aucun prétexte. Puis ils envoyèrent Pandore à Epiméthée qui l'accueillit avec joie bien que Prométhée lui eût conseillé de ne jamais rien accepter de Zeus. Epiméthée reçut donc Pandore et lorsque cette chose dangereuse — une femme — fut devenue sienne, il comprit, mais trop tard, toute la valeur du conseil que lui avait donné son frère. Car Pandore, comme toutes les femmes, était dévorée par la curiosité. Il *fallait* qu'elle sût ce que contenait la boîte. Un jour, n'y tenant plus, elle souleva le couvercle et tous les maux, crimes et chagrins qui depuis affligent l'humanité s'en échappèrent. Terrorisée, Pandore rabattit le couvercle. Hélas, tous les maux s'étaient envolés. Seule restait — unique don heureux parmi tant d'autres néfastes — l'Espérance, qui demeure jusqu'à ce jour le seul réconfort de l'humanité en détresse. Et les mortels apprirent ainsi qu'il est impossible de vaincre Zeus ou même de le tromper. C'est ce que comprit lui aussi le sage et compatissant Prométhée car, lorsque Zeus eut puni l'homme en lui donnant la femme, il se tourna contre le principal coupable. Le nouveau Souverain des dieux devait beaucoup à Prométhée qui l'avait tant aidé dans sa lutte contre les autres Titans, mais aveuglé par sa colère, il oublia sa dette. Il ordonna à ses serviteurs, la Force et la Violence, de se saisir de Prométhée, de le conduire sur le Caucase et de l'attacher

... à la crête d'un rocher élevé
Avec des chaînes que nul, jamais, ne pourrait briser.

En imposant cette torture à l'infortuné Prométhée, Zeus se proposait non seulement de le châtier mais surtout de le forcer à révéler un secret d'une importance capitale pour le Souverain de l'Olympe. Le Destin, qui régit toutes choses, avait décidé que Zeus aurait un jour un fils qui le détrônerait et chasserait les dieux de l'Olympe. Si Zeus était au courant de ce qui l'attendait, seul Prométhée savait qui devait être la mère de ce fils, et tandis qu'il souffrait mort et passion sur son rocher, Zeus lui dépêcha Hermès pour le prier de révéler ce secret. Prométhée répondit :

Va, et persuade les vagues de la mer de ne plus déferler.
Tu n'auras pas moins de peine à me persuader moi-même.

Hermès le mit en garde ; il lui dit que s'il persistait dans son silence obstiné, il subirait des tourments plus affreux encore.

Un aigle rouge de sang viendra, convive non invité à ton ban-
[quet.
Tout le jour il déchirera ta chair en lambeaux
Et avec fureur se repaîtra de ton foie.

Mais rien, pas plus les menaces que les tortures, ne fit céder Prométhée. Si son corps était chargé de chaînes, son esprit restait libre ; il refusait de se soumettre à la cruauté et à la tyrannie. Il avait fidèlement servi Zeus, et il avait bien agi en prenant en pitié l'impuissance des mortels, il le savait ; il souffrait à présent une grande injustice mais il ne céderait jamais à la force brutale, quel qu'en dût être le prix. Il répondit donc à Hermès :

Aucune force ne saurait me dicter mes discours.
Aussi, laisse Zeus brandir son foudre et ses éclairs
Et confondre le monde avec les ailes blanches de la neige,
Avec le tonnerre et les tremblements de terre.
Rien de tout cela ne saurait contraindre ma volonté.

Hermès le quitta, le laissant à ses souffrances, non sans s'être d'abord écrié :

Mais ce sont là de ces mots incohérents
Que l'on entend dire aux fous !

Nous savons que Prométhée fut délivré quelques générations plus tard, mais il n'est clairement dit nulle part comment et pourquoi. Une étrange légende raconte que le Centaure Chiron, tout immortel qu'il fût, proposa de prendre la place de Prométhée et de mourir pour lui, ce qui lui aurait été accordé. Hermès, quand il exhortait Prométhée à céder au désir de Zeus, y avait fait allusion en des termes qui présentaient l'échange comme un sacrifice incroyable :

Tu ne peux espérer la fin de cette agonie
Avant qu'un dieu ne s'offre librement
A prendre pour lui-même ta souffrance,
A descendre pour toi là où le soleil se change en ombre
Dans l'abîme ténébreux de la mort.

C'est ce que fit Chiron cependant, et Zeus semble avoir accepté la substitution. On nous dit encore qu'Héraclès tua l'aigle et libéra Prométhée de ses chaînes, et que Zeus ne s'y opposa pas. Mais nous ne savons pas pourquoi Zeus changea d'avis ni si Prométhée révéla le secret. Une chose est certaine néanmoins ; de quelque façon que s'opérât la réconciliation, ce ne fut pas Prométhée qui céda. A travers tous les siècles, depuis les Grecs jusqu'à nos jours, son nom est resté celui d'un grand rebelle dressé contre l'injustice et l'abus du pouvoir.

•

Il existe encore un autre récit de la création du monde. Selon celui des cinq âges successifs, les hommes descendent de la race du fer. Dans l'histoire de Prométhée, on ne nous dit pas clairement si les hommes qu'il sauva de la destruction appartenaient à cette même race ou à celle du bronze ; à l'une comme à l'autre, le feu aurait été tout aussi nécessaire. Suivant la troisième légende, les hommes seraient issus d'une race de pierre et leur histoire commence par le Déluge.

Sur toute l'étendue de la terre, les hommes étaient devenus si pervers que Zeus décida de les exterminer,

D'envoyer l'orage et la tempête jusqu'aux limites du monde
Et d'en finir avec l'homme mortel.

Il envoya le déluge. Avec son frère, le dieu de la Mer dont il réclama le concours, il noya toute la surface de la terre sous les eaux du ciel tombant en pluies torrentielles et celles des rivières sorties de leur lit.

Les puissances de l'eau submergèrent la sombre terre

jusqu'aux plus hauts sommets des montagnes. Seul le pic le plus élevé, le Parnasse, ne fut pas entièrement recouvert et c'est à cet étroit espace que le genre humain doit d'avoir échappé à la destruction. Quand il eut plu pendant neuf jours et neuf nuits, ce qui semblait être un grand coffre de bois s'en vint en dérivant vers cet endroit, et dans cet esquif, sains et saufs, se trouvaient deux êtres humains, un homme et une femme, Deucalion et Pyrrha. Il était le fils de Prométhée et elle, sa nièce, fille d'Epiméthée et de Pandore. Prométhée, l'être le plus sage de l'univers, avait su protéger sa famille. Sachant que le déluge viendrait, il avait prié son fils de construire un coffre et d'y monter avec sa femme, non sans l'avoir, au préalable, chargé de provisions.

Zeus, par bonheur, ne s'en offensa pas, car ils étaient tous deux de pieux et fidèles adorateurs des dieux. Lorsque l'esquif aborda et qu'ils en descendirent, ils ne virent autour d'eux aucun signe de vie, rien qu'une immensité d'eau ; et Zeus les prit en pitié ; il ordonna aux eaux de se retirer. Lentement, comme une marée baissante, la mer et les rivières se retirèrent et la terre réapparut. Seules créatures vivantes dans un monde mort, Pyrrha et Deucalion descendirent du Parnasse. Ils trouvèrent un temple couvert de vase et de mousse mais pas tout à fait en ruines et là, ils rendirent grâce aux dieux de leur protection et les prièrent de les aider dans cette solitude désolée. Ils entendirent une voix : « Voilez-vous la face, sortez du temple et jetez derrière vous les os de votre mère. » Cet ordre les frappa d'horreur. « Jamais nous n'oserons faire une chose pareille », dit Pyrrha. Deucalion ne pouvait que lui donner raison, mais après avoir longuement réfléchi au sens peut-être caché de ces mots, il l'entrevit tout à coup : « La terre est notre mère commune », dit-il à sa femme, « les pierres sont ses os et nous pouvons les jeter derrière nous sans faire le mal. » C'est ce qu'ils firent, et les pierres en tombant prirent formes d'hommes ou de femmes selon qu'elles étaient jetées par Deucalion ou Pyrrha. Ce fut le peuple de Pierre, une race dure et endurante ainsi qu'il fallait s'y attendre et telle qu'il lui fallait bien être pour arracher la terre à la désolation laissée par le déluge.

Les premiers héros

PROMÉTHÉE ET IO

Les sujets de ce récit sont empruntés à deux poètes, le Grec Eschyle et le Romain Ovide, séparés l'un de l'autre par 450 années et plus encore par leurs dons et leurs tempéraments. Cette légende trouve en eux ses meilleures sources et il est aisé de distinguer quel est, tour à tour, le narrateur, Eschyle grave et direct, Ovide plaisant et léger. Le trait au sujet des mensonges des amants tout comme la brève histoire de Syrinx sont bien dans la manière d'Ovide.

Prométhée venait à peine de donner le feu aux hommes et il était depuis peu enchaîné à son pic rocheux du Caucase, quand il reçut une étrange visiteuse. Une créature éperdue venait vers lui, escaladant gauchement falaises et varappes. Elle s'arrêta net à la vue de Prométhée et s'écria :

Que vois-je ?
Une forme battue des vents
Enchaînée au rocher.
As-tu fait le mal ?
Est-ce là ton châtiment ?
Où suis-je ?
Réponds à l'infortunée vagabonde.
Assez — oh assez — je n'ai que trop souffert déjà —
Cette errance — cette longue, longue errance —
Je ne trouve nul endroit où laisser ma souffrance !
C'est une jeune fille qui te parle
Bien que sa tête porte des cornes.

Prométhée la reconnut. Il n'ignorait rien de son histoire et il l'appela par son nom.

Je te connais, Io, fille d'Inachos.
Tu as enflammé le cœur du dieu
Et Héra t'a prise en haine.
C'est elle qui t'oblige à cette fuite qui ne connaît pas de fin.

Io fut tellement étonnée qu'elle en oublia sa terreur. Elle restait là, immobile, stupéfaite. Son nom — dit par cet étranger, dans ce lieu étrange et solitaire ! Elle l'implora :

Qui donc es-tu, infortuné, toi qui dis la vérité
A celle qui souffre ?

Et il répondit :

Tu vois Prométhée, celui qui donna le feu aux hommes.

Dans ce cas, elle le connaissait, lui et son histoire,

Toi — celui qui sauva toute la race humaine ?
Tu serais Prométhée, l'audacieux, le vaillant...

Alors ils s'entretinrent familièrement, sans contrainte. Il lui raconta comment Zeus l'avait traité et elle lui dit que c'était à Zeus qu'elle-même, jadis une princesse jeune et heureuse, devait d'être changée en :

Un animal, une bête affamée
Qui fuit, affolée, par grands bonds maladroits
O honte...

Héra, l'épouse jalouse du dieu, était la cause directe de ses infortunes mais Zeus restait le grand responsable ; il envoyait :

Dans ma chambre virginale
Toujours des rêves, pendant la nuit,
Qui murmuraient des mots tendres et doux :
« O heureuse, heureuse jeune fille,
Pourquoi garder si longtemps ta virginité ?
La flèche du désir a transpercé Zeus.
Par toi il veut capturer l'amour. »
Et toujours, chaque nuit, de tels rêves s'emparaient de moi.

Mais la crainte que la jalousie d'Héra inspirait à Zeus était plus grande encore que son amour et tout Père des Dieux et des Hommes qu'il fût, il agit, en vérité, avec bien peu de sagesse lorsqu'il tenta de se cacher — et Io avec lui — en enveloppant la terre d'un nuage si épais et si sombre que la nuit sembla chasser le jour. Il devait y avoir une raison à cet étrange phénomène ; Héra le comprit parfaitement et aussitôt soupçonna son époux. Elle se mit à sa recherche et comme elle ne le trouvait nulle part au ciel, elle descendit rapidement sur la terre et donna au nuage l'ordre de disparaître. Mais Zeus avait été tout aussi prompt. Quand Héra l'aperçut, il se tenait debout à côté d'une ravissante génisse — Io, bien entendu. Il jura qu'il ne l'avait jamais vue auparavant et qu'elle venait à l'instant de jaillir de la terre. Et ceci prouve, nous dit Ovide, que les mensonges des amants n'irritent pas les dieux. Cela ne semble pas pour autant les rendre plus efficaces, car Héra n'en crut pas un mot. Elle admit que la génisse était bien jolie : Zeus consentirait-il à lui en faire présent ? Désolé, Zeus cependant comprit aussitôt qu'un refus dénoncerait toute l'affaire. Quelle excuse pouvait-il fournir ? Une petite vache insignifiante... A regret, il donna Io à son épouse, qui trouva sans peine le moyen d'empêcher les amants de se retrouver.

Elle confia Io à Argus, arrangement excellent s'il en fut — en ce qui concerne Héra, tout au moins — car Argus avait cent yeux. Avec un tel gardien, qui pouvait dormir en fermant quelques yeux et veiller avec le reste, Zeus semblait ne plus rien pouvoir tenter. Il vit la détresse d'Io changée en bête, arrachée à sa famille, et il n'osa la secourir. Cependant, il alla enfin trouver son fils Hermès, le messager des dieux, et lui dit de trouver un moyen de tuer Argus. Aucun dieu n'était plus intelligent qu'Hermès. A peine avait-il sauté du ciel sur la terre qu'il déposa tous ses attributs divins et déguisé en paysan, il se dirigea vers Argus en jouant doucement d'un pipeau de roseaux. Ce son plut à Argus, qui pria le musicien d'approcher. « Pourquoi ne viendrais-tu pas t'asseoir près de moi sur ce rocher ? » lui dit-il. « On y est à l'ombre — un bon endroit pour un berger. »

Rien ne pouvait mieux convenir aux projets d'Hermès, et cependant, rien ne se passa. Hermès soufflait dans son pipeau, puis parlait, parlait, du ton le plus monotone ; quelques yeux cédaient à la somnolence et se fermaient, mais les autres restaient ouverts. Une histoire, enfin, eut plus de succès — une histoire au sujet de Pan et de son amour pour une nymphe nommée Syrinx, qui fut changée en touffe de roseaux par ses sœurs, les nymphes, au moment où il allait enfin la saisir. Pan lui dit alors : « Tu seras mienne cependant » et il fit d'elle ce qu'elle est devenue :

Un pipeau de berger
En roseaux joints par de la cire d'abeilles.

Si cette petite histoire ne paraît pas beaucoup plus ennuyeuse que beaucoup d'autres, Argus sembla la trouver telle. Tous ses yeux se fermèrent. Bien entendu, Hermès le tua aussitôt, mais Héra prit ses yeux et les sema sur les plumes du paon, son oiseau favori.

Io semblait délivrée et cependant, il n'en était rien ; Héra, une fois de plus, se tourna contre elle. Elle lui envoya pour la persécuter un taon qui la piquait à la rendre folle. Io dit à Prométhée :

Il me mène tout au long de la grève.
Je ne peux ni noire ni me nourrir,
Et jamais il ne me permet de dormir.

Prométhée tenta de la réconforter mais il ne put rien lui promettre avant un lointain avenir — maintenant, il lui fallait errer encore dans des contrées dangereuses. Bien sûr, la mer qu'elle longerait dans son délire affolé serait un jour appelée Ionienne en son honneur, et le Bosphore, c'est-à-dire le Gué de la Vache, rappellerait à chacun qu'elle l'avait traversé, mais sa vraie consolation lui viendrait d'atteindre enfin le Nil, où Zeus lui rendrait sa forme humaine. Alors, elle lui donnerait un fils nommé Epaphos et elle vivrait à jamais heureuse et honorée. Et :

Apprends ceci, de ta race naîtra
Un être glorieux, au cœur valeureux,
Dont l'arc me libérera.

Ce descendant d'Io serait Héraclès, le plus grand des héros, celui que les dieux eux-mêmes ne dépassaient guère en grandeur et auquel Prométhée devrait sa délivrance.

EUROPE

Ce récit, qui ressemble tellement à l'idée que la Renaissance se faisait du classique — fantastique, délicatement orné, brillamment coloré — est tout entier emprunté à un poème de Moschos, qui vivait au IIIe siècle à Alexandrie et qui fut, de loin, le meilleur narrateur de cette légende.

Io ne fut pas la seule jeune fille qui dut à l'amour de Zeus d'accéder à une renommée géographique. Il y en eut une autre, beaucoup plus connue — Europe, fille du Roi de Sidon. Mais alors que l'infortunée Io paya fort cher d'être ainsi distinguée, Europe au contraire s'en trouva fort bien. Sauf pour les quelques instants de terreur qu'elle éprouva à se trouver traversant la mer sur le dos d'un taureau, elle ne souffrit jamais. L'histoire ne dit pas à quoi s'occupait Héra dans le même temps, mais il est clair que sa vigilance était singulièrement endormie et son mari, en conséquence, libre d'agir à sa fantaisie.

Par une belle matinée printanière et tandis que du haut des cieux, il observait nonchalamment la terre, Zeus aperçut soudain un spectacle charmant. Europe s'était ce jour-là réveillée fort tôt, troublée comme Io l'avait été avant elle par un rêve ; seulement, il ne s'agissait pas cette fois d'un dieu qui serait devenu amoureux d'elle mais de deux continents dont chacun, sous la forme d'une femme, tentait de la posséder, l'Asie prétendant avoir droit de propriété puisqu'elle lui avait donné naissance, et l'autre — sans nom encore — déclarant que Zeus lui donnerait l'adolescente.

Libérée du sommeil en même temps que de cette étrange vision qui lui était venue à l'aube — moment où le plus souvent les vrais rêves viennent aux mortels — Europe décida de ne pas se rendormir mais d'appeler ses compagnes, toutes nées la même année qu'elle et toutes de noble origine, et de leur proposer une escapade dans les prés fleuris en bordure de la mer.

C'était leur lieu de réunion favori, soit pour y danser, soit pour s'y baigner, ou encore pour y cueillir des fleurs.

Cette fois, sachant que les fleurs avaient atteint le moment de leur perfection, toutes se munirent de paniers. Celui d'Europe était en or délicatement ciselé de silhouettes qui racontaient — le fait est à souligner — l'histoire d'Io, ses voyages sous la forme d'une vache, la mort d'Argus, et enfin Zeus la touchant légèrement de sa main et lui rendant sa forme humaine. C'était, on s'en doute, une merveille digne d'admiration et l'œuvre d'un personnage qui n'était rien moins qu'Héphaïstos, le célèbre ouvrier de l'Olympe.

Si le panier était charmant, les fleurs destinées à le remplir ne l'étaient pas moins, narcisses odorants, jacinthes, violettes et crocus jaunes, et par-dessus tout la splendeur cramoisie de la rose sauvage. Enchantées, les fillettes poursuivaient leur cueillette, passant d'une prairie dans l'autre. Elles étaient toutes ravissantes mais Europe brillait parmi elles comme la déesse de l'Amour dépasse les Grâces en éclat. Et ce fut précisément cette déesse de l'Amour qui provoqua ce qui allait ensuite se passer. Tandis qu'accoudé aux célestes balcons, Zeus observait ce joli spectacle, celle qui seule avait le pouvoir de subjuguer le dieu — seule, mais avec le concours de son fils, le malicieux Cupidon — celle-là, donc, prit son arc et d'une flèche perça le cœur de Zeus qui à l'instant même s'éprit d'un fol amour pour Europe. Bien qu'Héra fût pour l'instant absente, il pensa qu'il valait mieux montrer quelque prudence, aussi jugea-t-il plus sage de se changer en taureau pour paraître devant Europe. Non de ces taureaux que l'on voit dans une étable ou paissant dans un pré mais un taureau superbe, comme on n'en avait jamais vu et comme on n'en verra jamais plus, avec une robe couleur de châtaigne, un front marqué d'un disque d'argent et surmonté d'une corne en croissant de lune. Il semblait si doux que les jeunes filles ne s'effrayèrent pas de le voir approcher ; elles l'entourèrent et le caressèrent à l'envi, respirant avec délices le parfum qui venait de lui, un parfum plus odorant encore que celui des fleurs de la prairie. Ce fut vers Europe qu'il se tourna et tandis qu'elle le flattait gentiment de la main, il meugla si

ATHENA - MINERVE
sortit du crâne de Zeus adulte et toute armée. Déesse guerrière, mais aussi déesse de la raison et de la sagesse, Athènes était sa ville d'élection.

La naissance d'Athéna (vase antique).

Deux représentations d'Athéna guerrière, de style grec archaïque.

HERMES-MERCURE *fils de Zeus et de Maïa, était le messager de Zeus, le dieu du commerce... et des voleurs (bronze antique).*

harmonieusement que même une flûte n'eût pu rendre un son plus mélodieux.

Alors il se coucha à ses pieds, semblant lui offrir son large dos, et elle cria aux autres de la rejoindre et de le monter avec elle,

> *Car, j'en suis sûre, il pourrait nous porter toutes ;*
> *Et il semble si doux, si gentil à voir,*
> *Il ressemble plus à un homme qu'à un taureau*
> *Sauf qu'il ne parle pas.*

Elle s'assit en souriant sur le vaste dos, mais les autres, toutes vives qu'elles fussent, n'eurent pas le temps de l'imiter. Le taureau fit un bond et s'en fut à toute allure vers la mer, puis, non dedans mais au-dessus de la grande étendue d'eau. Et tandis qu'il les foulait, les vagues se calmaient sous lui, et toute une procession surgit des profondeurs et le suivit — les étranges divinités marines, Néréides chevauchant des dauphins, Tritons soufflant dans des conques, et le puissant Seigneur de la Mer lui-même, le propre frère de Zeus.

Effrayée tout autant par ces étonnantes créatures que par les eaux mouvantes qui l'entouraient de toutes parts, Europe se retenait d'une main à la corne du taureau et de l'autre relevait sa robe pourpre pour éviter de la mouiller, et les vents :

> *En gonflaient les plis comme une voile*
> *Gonfle sur un bateau, et avec douceur*
> *Ils la faisaient voguer.*

Ce ne peut être un taureau, mais certainement un dieu, pensait Europe ; et elle l'implora d'avoir pitié d'elle et de ne pas l'abandonner, seule, sur quelque terre étrangère. Il répondit, montrant ainsi qu'elle avait justement deviné ce qu'il était en réalité. Il lui dit de ne pas s'épouvanter. Il était Zeus, le plus grand de tous les dieux, et tout ce qu'il faisait en ce moment lui était inspiré par son amour pour elle. Il l'emmenait en Crète, son île, où sa mère l'avait caché dès sa naissance pour le soustraire à Cronos, son père, et là, elle lui donnerait :

Des fils glorieux dont les sceptres exerceraient leur pouvoir
Sur tous les hommes de la terre.

Bien entendu, tout se passa comme Zeus l'avait dit. La Crète fut bientôt en vue ; ils abordèrent et les Saisons, ces gardiennes des portes de l'Olympe, parèrent la jeune fille pour ses noces. Ses fils furent célèbres non seulement en ce monde mais dans l'autre — où deux d'entre eux, Minos et Rhadamanthe, devinrent les juges des morts, en récompense de la justice qu'ils avaient montré sur la terre. Mais c'est le nom d'Europe qui demeure à jamais le mieux connu.

Le cyclope Polyphème

La première partie de ce récit remonte à l'Odyssée ; la seconde n'est contée que par Théocrite, un poète qui vivait au IIIe siècle, à Alexandrie ; seul le satiriste Lucien (IIe s. après J.-C.) pouvait écrire la troisième partie. Mille ans au moins séparent le début de cette légende de sa fin. La vigueur et la puissance de narration d'Homère, les fantaisies aimables de Théocrite, le cynisme intelligent de Lucien apportent tour à tour leur contribution particulière à la littérature grecque.

A l'exception des Cyclopes, toutes les formes monstrueuses de vie créées aux débuts du monde — les êtres aux cent mains, les Géants et les autres — furent, après leur défaite, à jamais bannies de la terre. Aux Cyclopes seuls, il fut permis de revenir et ils devinrent finalement les grands favoris de Zeus. Excellents ouvriers, ils forgeaient les éclairs du dieu. Ils n'étaient que trois au début, mais plus tard, ils devinrent plus nombreux. Zeus les installa dans une contrée fortunée, où les vignes et les champs portaient d'eux-mêmes des fruits abondants sans qu'il fût nécessaire de labourer ou de semer. Les Cyclopes possédaient de grands troupeaux de brebis et de chèvres et vivaient fort à leur aise. Cependant, leur férocité et leur barbarie restaient entières ; ils n'avaient ni lois ni cours de justice et chacun agissait selon son bon plaisir. C'était un pays que les étrangers faisaient bien d'éviter.

Longtemps après que Prométhée eut été châtié, lorsque les descendants des hommes qu'il avait secourus furent devenus civilisés et qu'ils eurent appris à construire des bateaux de grande envergure, un prince grec échoua son navire sur le rivage de cette contrée dangereuse. Son nom était Odysseus (nom grec d'Ulysse) et il s'en revenait chez lui après avoir participé à la destruction de Troie. Jamais au cours des plus durs combats contre les Troyens il n'avait d'aussi près approché la mort.

Non loin de l'endroit où son équipage avait amarré le vaisseau, il y avait une caverne largement ouverte sur la mer. Elle semblait inhabitée ; une barrière solide en défendait l'entrée. Avec douze de ses hommes, Odysseus s'en fut l'explorer. Ils étaient à court de vivres et il prit avec lui une outre en peau de chèvre remplie d'un vin moelleux et puissant qu'il donnerait à l'éventuel habitant de ce lieu en échange de son hospitalité. La barrière n'étant pas fermée, ils entrèrent dans la caverne. Personne ne s'y trouvait mais il sautait aux yeux qu'elle servait de demeure à un personnage fort prospère. Tout au long de ses parois, des enclos retenaient une foule de chevreaux et d'agneaux, et sur des étagères s'empilaient fromages et seaux remplis de lait crémeux, vision délectable pour les voyageurs exténués, qui mangèrent et burent en attendant le retour du maître de céans.

Il vint enfin, hideux et immense, aussi haut qu'un pic montagneux. Poussant son troupeau devant lui, il entra et ferma l'orifice de la caverne avec une énorme dalle de pierre. Regardant alors autour de lui, il aperçut les étrangers et cria d'une voix tonnante : « Qui êtes-vous pour oser pénétrer sans en être priés dans la maison de Polyphème? Des commerçants ou des pirates?» Sa vue les avait tous frappés de terreur et d'horreur, mais Odysseus s'avança pour répondre, et avec fermeté: «Nous sommes des naufragés, combattants de Troie, et tes suppliants, sous la protection de Zeus, le dieu des suppliants.» Mais Polyphème rugit qu'il s'intéressait fort peu à Zeus. Lui-même était plus grand que n'importe quel dieu et n'en craignait aucun. Ayant dit, il étendit deux bras puissants, dans chacune de ses mains il saisit un homme et fit jaillir sa cervelle en lui écrasant le crâne sur le sol. Lentement il se régala de cet affreux festin, puis, repu, il s'étendit en travers de la caverne et s'endormit. Il n'avait pas à craindre d'attaque, personne d'autre que lui ne pouvait rouler la dalle qui bouchait l'entrée et même si les hommes horrifiés avaient trouvé la force et le courage de le tuer, ils se seraient en même temps condamnés à demeurer à jamais emprisonnés.

Pendant cette nuit interminable, Odysseus pensa à l'affreux carnage qui s'était passé et qui serait le lot de chacun d'eux s'il ne trouvait un moyen de fuir. Mais lorsque l'aube se leva et que le bruit du troupeau se rassemblant à la porte réveilla le Cyclope, aucune idée ne lui était encore venue. Il dut assister à la mort de deux de ses compagnons, car Polyphème déjeuna comme il avait dîné. Puis, après avoir fait sortir son troupeau, il bloqua l'entrée en y poussant la grande dalle de pierre aussi facilement qu'un homme ouvre et ferme son carquois. Toute la journée, enfermé dans la caverne, Odysseus réfléchit. Quatre de ses hommes avaient péri d'une mort hideuse. Allaient-ils tous subir le même sort? Enfin, un plan prit forme dans son esprit. Dans un coin, près des parcs à moutons, il y avait un pieu énorme, aussi grand et aussi épais que le mât d'un vaiseau à 20 rames. Odysseus en coupa une bonne partie, puis avec l'aide de ses compagnons, il en aiguisa et durcit une extrémité en la tournant et la retournant dans le feu. Ils avaient à peine achevé et caché le pieu quand le Cyclope revint, et une nouvelle fois, impuissants, ils durent assister à l'horrible festin. Quand il prit fin, Odysseus remplit une coupe du vin qu'il avait apporté avec lui et l'offrit au Cyclope; celui-ci le but avec délices et en réclama encore et encore — jusqu'à ce qu'enfin il succombât à un sommeil d'ivrogne. Alors, Odysseus et ses hommes sortirent le grand pieu de sa cachette et en chauffèrent la pointe dans la braise. Un pouvoir venu d'en-haut leur insuffla un courage désespéré et ils enfoncèrent le pieu incandescent dans l'œil du Cyclope. Avec un hurlement effroyable, celui-ci se leva d'un bond et arracha le pieu de son œil. Il se ruait d'un côté à l'autre de la caverne, cherchant ses bourreaux, mais aveugle comme il l'était à présent, il ne put en atteindre aucun.

Enfin, il repoussa la dalle de pierre et s'assit à l'entrée de la caverne, les bras étendus, pensant ainsi les saisir quand ils tenteraient de sortir. Mais là encore, Odysseus avait un plan. Il pria chaque homme de choisir trois béliers à la toison bien fournie et de les lier l'un à l'autre avec des écorces flexibles et solides, puis d'attendre le lever du jour et le moment où le troupeau serait envoyé au pâturage. L'aube vint enfin ; tandis que les animaux se pressaient pour sortir, Polyphème les fit passer entre ses jambes et leur tâta le dos pour s'assurer qu'aucun d'eux ne portait un homme. Pas un instant il ne pensa à leur tâter le ventre et cependant c'était là que se trouvaient ses prisonniers, chacun d'eux accroché à la toison du bélier du milieu. A peine sortis de l'antre du Cyclope, ils se laissèrent tomber puis, courant vers le vaisseau, ils le mirent à l'eau et montèrent à bord. Mais Odysseus était trop furieux pour partir en gardant un silence prudent. Par-dessus la mer, il lança un grand cri au Cyclope aveugle, toujours debout à l'entrée de sa caverne. « Tu n'étais donc pas assez fort pour manger tous ces hommes chétifs, Cyclope ? Te voilà justement châtié de ce que tu as fait à ceux qui étaient tes hôtes, dans ta maison. »

Ces mots piquèrent Polyphème au vif. Il se leva d'un bon, saisit un énorme quartier de rocher qui se trouvait par là et le jeta sur le vaisseau. Le rocher manqua d'un cheveu la proue du navire mais souleva un tel remous que l'équipage dut appuyer de toutes ses forces sur les rames pour s'éloigner de la terre. Quand Odysseus vit qu'ils étaient enfin en sécurité, il ne put résister à l'envie de crier de nouveau, d'un ton de mépris provocant : « Cyclope, Odysseus, le destructeur de cités, a crevé ton œil — dis-le à tous ceux qui te poseront des questions. »

Le géant ne pouvait plus rien, ils étaient déjà trop loin. Il s'assit sur la grève, aveugle.

Pendant bien des années, ce fut le seul récit consacré à Polyphème. Les siècles passaient, il restait le même monstre immense, effrayant, sans forme, avec un œil crevé. Puis il se transforma, comme il arrive qu'avec le temps la laideur et la méchanceté deviennent moins agressives. Peut-être un conteur vit-il un objet de pitié dans la créature souffrante et réduite à l'impuissance qu'Odysseus laissait derrière lui. Toujours est-il que la légende suivante concernant Polyphème nous le montre sous un jour fort plaisant ; ce n'est plus un être terrifiant mais un pauvre monstre crédule et tout à fait ridicule, aussi conscient de sa laideur et de sa gaucherie que de la répulsion qu'il inspire, et fort misérable, car il aime, à en perdre la raison, la charmante et moqueuse nymphe de la mer, Galatée. Cette fois, il vit en Sicile, et son œil lui est revenu d'une façon ou d'une autre, peut-être par quelque miracle de son père qui dans cette histoire se trouve être Poséidon, le puissant dieu de la Mer. Le géant amoureux savait que jamais Galatée ne répondrait à ses sentiments ; son cas était désespéré. Et cependant, lorsqu'il tentait d'endurcir son cœur contre la cruelle en se répétant : « Pais donc tes propres brebis, pourquoi poursuivre ce qui te fuit ? », la coquine s'approchait de lui à la dérobée et soudain une grêle de pommes s'abattait sur son troupeau et la voix de la Néréide résonnait à son oreille, raillant sa timidité en amour. Mais à peine se levait-il pour essayer de l'atteindre, qu'elle s'enfuyait en raillant sa lourdeur à la course. Il ne restait plus au pauvre Cyclope qu'à se rasseoir sur la grève, misérable et impuissant, mais cette fois sans rage meurtrière, se contentant seulement de chanter des complaintes d'amour désolées pour attendrir le cœur de la Néréide.

Dans un récit beaucoup plus tardif, Galatée se montre aimable, non parce que l'exquise, la délicate jeune fille au teint de lait — comme l'appelle Polyphème dans ses chansons — se sent prise d'un tendre sentiment pour cette créature hideuse et borgne (ici aussi, Polyphème a retrouvé son œil) mais parce que voyant en lui le fils favori du Souverain de la Mer, elle en conclut prudemment qu'il n'est certes pas à dédaigner. Et c'est pourquoi elle dit à Doris, sa sœur Néréide, qui, ayant elle-même quelque peu caressé l'espoir de séduire le Cyclope, avait entamé la conversation par ces mots dédaigneux : « Un beau galant que tu as là — ce berger sicilien. Tout le monde en parle. »

Galatée : Ne prends pas tes grands airs, je te prie. Il est le fils de Poséidon. Voilà !

Doris : Et pourquoi pas celui de Zeus, pour ce qu'il m'intéresse ! Une chose est certaine, c'est une brute hideuse et mal-élevée.

Galatée : Je te dirai ceci, Doris, il y a quelque chose de viril en lui. Il n'a qu'un œil, c'est entendu, mais il y voit tout autant avec celui-là que s'il en avait deux.

Doris : Mais tu sembles l'aimer, ma foi !

Galatée : Moi... aimer Polyphème ! Tu n'y penses pas. Mais je devine pourquoi tu parles ainsi. Tu sais parfaitement qu'il ne t'a jamais remarquée, il ne s'intéresse qu'à moi.

Doris : Un berger qui n'a qu'un œil te trouve jolie ! Il y a bien de quoi s'enorgueillir ! De toute façon, tu n'auras pas à cuisiner pour lui. Si j'en crois la rumeur, il semble pouvoir transformer un voyageur en fort bon repas.

Mais Polyphème ne conquit jamais Galatée. Elle s'éprit d'un jeune et beau prince nommé Acis, que Polyphème, furieusement jaloux, tua. Acis, cependant, fut changé en fleuve et cette histoire-là, tout au moins, a une fin heureuse. Mais nulle part on ne nous dit si Polyphème aima jamais une autre que Galatée, ni s'il fut lui-même jamais aimé d'une autre nymphe.

Mythes floraux : Narcisse, Hyacinthe, Adonis

Le premier récit de la création du narcisse nous est donné par un seul Hymne Homérique fort ancien, du VIIe ou VIIIe siècle ; j'ai pris à Ovide la seconde narration. Il existe une grande divergence entre les deux poètes que non seulement 6 ou 7 siècles séparent l'un de l'autre mais plus encore la différence fondamentale entre Grec et Romain. L'Hymne est écrit dans un style simple, direct, objectif et sans ombre d'affectation. Le poète pense à son sujet. Ovide, par contre, est comme toujours conscient de son auditoire mais il narre fort bien cette histoire. Le passage concernant l'ombre qui tente de s'apercevoir dans le fleuve de la mort témoigne de cette nuance subtile si caractéristique du poète latin et si étrangère à tous les auteurs grecs. Nous devons à Euripide la meilleur description du festival d'Hyacinthe, dont Apollodore et Ovide rapportent eux aussi l'histoire. Tous les passages vifs et colorés de ma narration peuvent être, en toute certitude, attribués à Ovide ; Apollodore ne se laisse jamais entraîner à un style de ce genre. J'ai emprunté la légende d'Adonis à deux poètes du IIIe siècle, Théocrite et Dion ; tendre, un peu doucereuse mais toujours d'un goût exquis, elle est typique de la manière des poètes d'Alexandrie.

La Grèce est parée des plus jolies fleurs sauvages. Partout ailleurs, elles seraient ravissantes, mais la Grèce n'est pas une contrée riche et fertile en prairies ou vergers, où les fleurs sembleraient chez elles. C'est une terre rocheuse, avec des collines semées de pierres et des montagnes raboteuses, et dans un tel sol, une éclosion de fleurs exquises et sauvages, de toutes teintes et de toutes formes,

Une profusion ravissante,
Gaie, et d'un éclat prodigieux

a de quoi surprendre. Les sommets les plus exposés sont tapissés de couleurs éclatantes, des fleurs jaillissent de chaque crevasse ou fente à flanc de montagne. L'attention est éveillée par le contraste entre cette beauté riante et luxuriante et la grandeur austère du décor environnant. Partout ailleurs, les fleurs sauvages peuvent passer inaperçues mais jamais en Grèce.

Ceci était aussi vrai aux temps anciens que de nos jours. Alors, et tandis que les contes mythologiques prenaient lentement forme, les hommes trouvaient une source inépuisable d'émerveillement et de joie dans les brillantes floraisons du printemps grec. Ces hommes séparés de nous par des milliers d'années et dont nous ne savons presque rien, réagissaient comme nous devant le miracle de la beauté — chaque fleur, si délicate, et toutes ensemble recouvrant la terre comme une écharpe irisée jetée par-dessus les montagnes. Les premiers narrateurs contaient mille histoires à leur sujet, ils disaient comment elles avaient été crées et pourquoi elles étaient si belles.

Rien n'était plus naturel que de les apparenter aux dieux. Toutes choses, au ciel et sur la terre, étaient mystérieusement liées aux pouvoirs divins — toutes, mais plus encore celles qui apportent la beauté. Souvent, on attribuait la création d'une fleur particulièrement exquise à l'intervention directe d'un dieu agissant dans un dessein personnel. C'est le cas du narcisse qui, à l'encontre de la fleur que nous appelons de ce nom, en désignait alors une autre toute de pourpre et d'argent. Zeus la créa pour venir en aide à son frère, le seigneur du sombre empire souterrain, lorsque celui-ci se mit en tête d'enlever la jeune fille dont il s'était épris, Perséphone, fille de Déméter. Avec ses compagnes, elle cueillait des fleurs dans une prairie de la vallée d'Enna, une prairie dont l'herbe tendre était semée de roses, de crocus, de violettes, d'iris et de jacinthes. Soudain, elle aperçut une forme inconnue d'elle, une fleur comme elle n'en avait jamais vu et plus belle que toutes les autres, une merveille, tant pour les dieux immortels que pour les hommes mortels. Les bourgeons jaillissaient par centaines de ses racines et son parfum était très doux. Le vaste ciel et toute la terre riaient à la voir, et aussi la vague salée de la mer.

Seule Perséphone l'avait remarquée ; les autres jeunes filles se trouvaient à l'autre bout de la prairie. De se voir ainsi isolée l'effrayait bien un peu mais elle ne pouvait résister à la tentation de cueillir cette fleur ravissante — et c'était là précisément ce que Zeus avait prévu. Ravie, elle tendit la main vers l'objet de son désir mais avant qu'elle ait eu le temps d'y toucher, un gouffre se creusa dans la terre et des chevaux noirs comme le jais en jaillirent, traînant un char et menés par un être d'une splendeur sombre, majestueuse et terrible. Il la saisit et la tint serrée contre lui. Un instant plus tard elle quittait la terre rayonnante dans la lumière du printemps, pour entrer dans le monde des morts, enlevée par le roi de ce royaume de la Nuit.

Cette légende n'est pas la seule consacrée au narcisse. Il en existe une autre, tout aussi magique bien que très différente. Elle a pour héros un joli garçon nommé Narcisse. Sa beauté était si grande que toutes les filles rêvaient de lui appartenir, mais il n'en regardait aucune. Il répondait par une parfaite indifférence aux avances de la plus séduisante et les adolescentes au cœur brisé ne l'intéressaient pas. Le chagrin de la charmante nymphe Echo ne réussit pas davantage à l'émouvoir. Elle était une favorite d'Artémis, la déesse des bois et des créatures sauvages, mais elle déplut à une déesse plus puissante encore, à Héra en personne, qui vaquait à ses activités habituelles c'est-à-dire qu'elle cherchait à découvrir celles de Zeus, son époux. Héra soupçonnait celui-ci d'entretenir une intrigue amoureuse avec l'une des nymphes, mais laquelle ? C'est ce qu'elle voulait savoir et elle décida de mener une enquête. Ses investigations furent aussitôt freinées par le gai bavardage d'Echo. Tandis que la déesse l'écoutait, amusée, les deux autres s'esquivèrent furtivement et Héra dut renoncer pour cette fois à découvrir sur qui s'était porté la fantaisie vagabonde du seigneur de l'Olympe. Avec son injustice habituelle, elle tourna sa fureur contre Echo ; elle la condamna à ne plus se servir de sa langue que pour répéter ce qui lui était dit : « Tu auras toujours le dernier mot, mais jamais plus tu ne parleras la première », lui dit Héra.

Le châtiment était dur, rendu plus cruel encore par l'amour qu'Echo, comme toutes les jeunes filles, portait à Narcisse. Elle le suivait partout, mais elle ne pouvait lui parler. Comment, dans ces conditions, parviendrait-elle à attirer l'attention d'un jeune homme qui faisait profession de mépriser toutes les femmes ? Un jour cependant, elle se crut sur le point de réussir. Il appelait ses compagnons : « L'un de vous est-il ici ? », et elle répondit, enchantée : « Ici — ici. » Elle était encore cachée par les arbres, il ne pouvait la voir, et il cria : « Viens ! », le mot qu'elle avait toujours brûlé de lui dire. Elle répéta joyeusement : « Viens ! », et elle sortit du bois en tendant les bras. Mais il se détourna d'elle avec dégoût. « Pas cela », dit-il. « Je mourrai avant que je te donne pouvoir sur moi. » Humblement, d'un ton suppliant, elle ne put que dire : « Je te donne pouvoir sur moi », mais déjà, il était parti. Elle cacha sa rougeur et sa honte dans une grotte solitaire et ne se consola jamais. Depuis, elle vit dans des antres et des creux de rochers, et l'on dit que ses regrets l'ont tant fait maigrir et dépérir, que seule sa voix lui reste.

Narcisse poursuivit sa carrière cruelle, se moquant toujours de l'amour. Mais un jour, l'une de celles qu'il avait blessées adressa aux dieux une prière qui fut exaucée : « Que celui-là qui n'aime aucun autre s'éprenne de lui-même ». La grande Némésis, déesse de la juste colère, se chargea de mener ce vœu à bien. Tandis que Narcisse se penchait pour boire sur le bord d'une claire fontaine, il y aperçut sa propre image et s'en éprit sur-le-champ. « Je sais maintenant ce que d'autres ont souffert par moi », s'écria-t-il, « car je brûle d'amour pour moi-même — et cependant, comment pourrais-je approcher cette beauté que je vois reflétée dans l'eau ? Mais je ne peux m'en éloigner. Seule la mort me libérera ». Et il en fut ainsi. Perpétuellement penché sur l'eau limpide, ne se lassant pas de regarder sa propre ressemblance, il languit et dépérit. Echo se tenait à ses côtés, mais elle ne pouvait rien pour lui ; seulement, quand en mourant il s'adressa à son image : « Adieu, — adieu », alors elle répéta ces mots, comme une dernière plainte.

On dit que lorsque l'ombre de Narcisse traversa la rivière qui encercle le monde des morts, elle se pencha par-dessus le bord de la barque pour entrevoir une dernière fois son reflet dans l'eau.

Une autre fleur naquit de la mort d'un bel adolescent : l'Hyacinthe, ou jacinthe. Elle n'a rien de commun, elle non plus, avec la fleur que nous appelons de ce nom ; autrefois, elle était pourpre — d'aucuns disent cramoisie — son calice avait la forme de celui du lys. Ce fut une mort tragique et elle était commémorée chaque année par :

Le festival d'Hyacinthe
Qui dure tout au long de la nuit tranquille.
Au cours d'une joute avec Apollon, il mourut.
Ensemble, ils jouaient aux palets
Et celui du dieu dépassa le but qu'il visait...

et atteignit Hyacinthe au front, lui faisant une affreuse blessure. Or Hyacinthe était le plus cher compagnon d'Apollon ; aucune rivalité ne les séparait quand chacun d'eux tentait de lancer le disque au plus loin ; pour eux, ce n'était qu'un jeu. Le dieu fut saisi d'horreur à la vue du sang qui coulait à flots et de l'adolescent pâli qui tombait sur le sol. Il prit son ami dans ses bras et tenta de le ranimer. Mais il était trop tard. La tête du jeune homme retomba comme une fleur dont la tige est brisée. Il était mort, et Apollon, s'agenouillant près de lui, pleura amèrement la perte de tant de jeunesse et de beauté. Sans aucune faute de sa part, il était la cause de cette mort et il s'écria : « Oh, que ne puis-je donner ma vie en échange de la tienne, ou mourir avec toi ! » Il parlait encore et voici que l'herbe tachée de sang se mit à reverdir ; une fleur merveilleuse apparut, celle qui devait à jamais perpétuer le nom de l'adolescent. Sur ses feuilles, Apollon lui-même inscrivit soit, selon les uns, les deux premières lettres du mot qui en grec signifie : « hélas », soit, selon les autres, les initiales d'Hyacinthe. D'une façon comme de l'autre, le témoignage demeure de la grande douleur d'un dieu.

D'après une autre légende, la cause directe de cette mort fut

Zéphyre, le vent d'Ouest, et non Apollon, car celui-là aussi aimait le plus beau des adolescents et dans sa fureur jalouse de se voir préférer le dieu, il aurait soufflé sur le palet pour le détourner et le diriger ensuite vers Hyacinthe.

Ces contes charmants, qui narrent le destin de jeunes gens aimables mourant au printemps de la vie pour se transformer en fleurs printanières, ont vraisemblablement un arrière-plan fort sombre. Ils laissent entendre que, dans un passé très lointain, des rites cruels étaient imposés. Bien avant que ces légendes ou poèmes aient été dits ou chantés en Grèce, avant même, peut-être, l'apparition des conteurs et des poètes, il se pourrait qu'alors, lorsque les champs entourant le village restaient infructueux, ou si le blé refusait de germer, l'on sacrifiât l'un des villageois — ou villageoises — pour répandre ensuite son sang sur la terre stérile. L'idée des dieux radieux de l'Olympe — qui auraient rejeté avec horreur un sacrifice aussi odieux — n'était encore venue à personne. A ce moment reculé, seules les semailles et les moissons assuraient entièrement la subsistance de l'humanité et celle-ci en concluait, vaguement, qu'entre elle-même et la terre devait exister un rapport profond, et que le sang des hommes, nourri par le blé, pouvait à son tour nourrir le sol si besoin était. Si un bel adolescent avait été tué ainsi et qu'ensuite la terre se fût couverte de narcisses et de jacinthes, quoi de plus naturel que de le voir lui-même ressurgir dans ces fleurs, transformé et vivant à nouveau? Et les hommes et les femmes se racontaient que c'était bien ainsi que la chose s'était passée — un merveilleux miracle qui faisait paraître cette mort moins horrible. Puis, les siècles passant, l'idée que la terre avait besoin de sang pour porter des fruits s'effaça, tout ce que ces légendes avaient de cruel fut abandonné et peu à peu oublié. Personne ne voulait plus se souvenir qu'autrefois des actions affreuses avaient été commises. Hyacinthe, disaient-ils, n'est pas mort tué par les siens afin que leur nourriture soit assurée, il est mort à la suite d'une erreur désolante.

•

La plus célèbre de ces morts et résurrections fleuries est celle d'Adonis. Chaque année les jeunes filles de la Grèce pleuraient sa perte et chaque année elles se réjouissaient lorsque renaissait sa fleur, l'anémone pourprée. Aphrodite l'aima ; la déesse de l'Amour, qui perce de ses flèches le cœur des dieux comme celui des hommes, eut-elle aussi à souffrir la même peine.

Aphrodite vit naître Adonis et dès cet instant s'éprit de lui ; elle décida qu'il lui appartiendrait. Elle le porta à Perséphone et le lui confia, mais Perséphone s'éprit de lui à son tour et lorsque la déesse descendit aux Enfers pour le lui réclamer, elle refusa de le rendre. Ni l'une ni l'autre n'ayant voulu céder, Zeus lui-même dut trancher le débat. Il décida qu'Adonis passerait la moitié de l'année avec chacune, l'automne et l'hiver avec la Reine des Morts, le printemps et l'été avec la déesse de l'Amour et de la Beauté.

Pendant tout le temps qu'il était avec Aphrodite, elle ne cherchait qu'à lui plaire. Il était fervent de chasse, et souvent elle abandonnait son char traîné par des cygnes et avec lequel elle glissait dans l'espace, pour le suivre à travers bois et broussailles, vêtue en chasseresse. Mais vint un triste jour, un jour où par malheur elle ne l'accompagnait pas et où il trouva la trace d'un grand sanglier. Avec l'aide de ses chiens, il mit la bête aux abois, il jeta sa lance sur elle mais ne réussit qu'à la blesser. Avant qu'il ait eu le temps de se jeter sur le côté, le sanglier, rendu furieux par la souffrance, s'élança sur lui et lui fit avec ses défenses une profonde entaille à la cuisse. Aphrodite, qui voguait bien au-dessus de la terre dans son char ailé, entendit le gémissement de son amant et vola vers lui. Adonis exhalait doucement sa vie, avec son souffle ; son sang coulait en flots rouges sur sa chair neigeuse et ses yeux se voilaient. Elle le prit dans ses bras, mais Adonis mourut sans savoir qu'elle l'avait embrassé. Si cruelle que fut sa blessure, celle du cœur d'Aphrodite était plus profonde encore. Bien qu'elle sût qu'il ne pouvait plus l'entendre, elle lui parla :

Tu meurs, ô trois fois désiré,
Et mon désir a fui comme un songe.

Avec toi est parti le joyau de ma beauté.
Mais il me faut vivre encore, moi qui suis immortelle,
Et je ne peux te suivre.
Une fois encore, embrasse-moi,
Donne-moi un dernier et long baiser
Jusqu'à ce que j'aspire ton âme entre mes lèvres
Et m'abreuve de ton amour.

Les montagnes appelaient, et les chênes répondaient,
Oh, las, las, pour Adonis. Il est mort.
Et la nymphe Echo répétait : Oh, las, las, pour Adonis.
Sur lui pleuraient tous les Amours, et aussi toutes les Muses.

Mais du monde souterrain où il était descendu, Adonis ne pouvait les entendre. Il ne voyait pas non plus la fleur qui jaillit partout où une goutte de son sang avait empourpré la terre.

DEUXIÈME PARTIE

RÉCITS D'AMOUR ET D'AVENTURE

Cupidon et Psyché

Ce récit n'est conté que par Apulée, auteur latin du IIe siècle de notre ère. Les noms latins des dieux seront donc employés. C'est une histoire fort joliment dite dans la manière d'Ovide. L'auteur se divertit à ce qu'il écrit ; il n'en croit pas un mot.

Il y avait une fois un roi, père de trois filles ravissantes. La plus jeune, Psyché, surpassait si grandement ses sœurs en éclat, qu'auprès d'elles, elle paraissait être une déesse frayant avec de simples mortelles. La renommée de sa beauté s'étendit sur toute la terre et de tous côtés les hommes se mettaient en route pour venir la contempler avec émerveillement et adoration, et aussi pour lui rendre hommage comme si, en vérité, elle était une immortelle. Ils allaient jusqu'à dire que Vénus elle-même ne pouvait rivaliser avec cette mortelle. Et tandis que de plus en plus nombreux ils se pressaient autour d'elle, plus aucun d'eux n'accordait une pensée à Vénus. Les temples de la déesse étaient négligés, ses autels recouverts de cendres froides; désertées, ses villes consacrées tombaient en ruines. Tous les honneurs qui lui avaient été jusque-là réservés allaient maintenant à une simple jeune fille destinée à mourir un jour.

La déesse, on s'en doute, ne pouvait accepter pareille façon d'agir. Comme à chaque fois qu'elle se trouvait dans l'embarras, elle requit l'aide de son fils, que d'aucuns appellent Cupidon et d'autres l'Amour, et contre les flèches duquel il n'existe aucune défense, pas plus au ciel que sur la terre. Elle lui dit ses griefs et comme toujours, elle le trouva prêt à obéir à ses ordres. « Use de ton pouvoir », lui dit-elle, « et fais en sorte que cette petite effrontée s'éprenne follement de la plus vile, de la plus méprisable créature qui soit au monde ». Il l'aurait fait, bien certainement, si Vénus — perdant de vue, dans sa fureur jalouse, ce que tant de beauté pourrait inspirer même au dieu de l'Amour — ne lui avait d'abord montré Psyché. Lorsqu'il la vit, ce fut comme si lui-même s'était percé le cœur d'une de ses propres flèches. Il ne dit rien à sa mère ; en vérité, il n'avait plus la force de proférer un mot, et Vénus le quitta persuadée qu'il mènerait rapidement Psyché à sa perte.

Les choses, toutefois, se passèrent bien autrement qu'elle n'y comptait. Psyché ne s'éprit nullement d'un scélérat ; en fait, elle ne s'éprit de personne et chose plus étrange encore, personne ne s'éprit d'elle. Les hommes se contentaient de la contempler, de l'admirer, de l'adorer — puis passaient et en épousaient une autre. Ses deux sœurs, bien qu'infiniment moins séduisantes, avaient fait des mariages splendides — chacune d'elles avait trouvé un roi pour mari. Psyché, la toute belle, restait triste et solitaire, toujours admirée, jamais aimée. Aucun homme, semblait-il, ne la voulait pour femme.

Ceci, bien entendu, était une grande cause de souci pour ses parents. Son père se rendit finalement auprès d'un oracle d'Apollon, pour demander le moyen de trouver un bon mari pour Psyché. Le dieu consentit à répondre, mais ses paroles furent terribles. Après lui avoir raconté toute l'affaire, Cupidon lui aussi était venu implorer son aide. En conséquence, Apollon décréta que Psyché, vêtue d'habits de deuil, devait être menée sur le sommet d'une colline et y rester seule ; là, le mari qui lui était destiné, un serpent ailé, terrifiant, et plus fort que les dieux eux-mêmes, viendrait à elle et ferait d'elle sa femme.

On peut imaginer le désespoir qui s'empara de tous lorsque le père de Psyché rapporta ces nouvelles lamentables. On para la jeune fille comme pour ses funérailles et avec plus de lamentations encore que s'il se fût agi de la porter à sa tombe, on la mena sur la colline. Psyché seule gardait tout son courage. « C'est beaucoup plus tôt que vous auriez dû pleurer sur moi », leur dit-elle « à cause de cette beauté qui m'a valu la jalousie du ciel. Partez maintenant, et sachez que je suis heureuse d'en voir venir la fin. » Ils partirent donc, désespérés, abandonnant à son destin la ravissante et malheureuse jeune fille ; ils s'enfermèrent dans leur palais pour s'affliger sur elle tout au long de leurs jours.

Sur la colline, dans l'obscurité, Psyché restait assise, attendant elle ne savait quelle épouvante. Là, tandis qu'elle pleurait et tremblait, à travers le calme de la nuit un léger souffle parvint jusqu'à elle, la douce haleine de Zéphyre, le plus doux des vents. Elle sentit qu'il la soulevait. Elle glissa dans l'air, depuis la colline rocheuse jusqu'à une prairie moelleuse comme un lit, odorante de fleurs. Il y faisait si paisible qu'elle en oublia tous ses soucis et s'endormit. Elle se réveilla près d'une rivière scintillante, au bord de laquelle s'élevait un château aussi imposant et magnifique que s'il était destiné à un dieu, avec des colonnes en or, des murs en argent et des dallages incrustés de pierres précieuses. On n'entendait aucun son ; l'endroit semblait désert et Psyché s'approcha, intimidée par la vue d'une telle splendeur. Comme elle hésitait sur le seuil, son oreille perçut des sons ; elle ne voyait personne mais les mots lui parvenaient clairement. « La maison est à toi », disaient-ils. « Entre sans crainte, baigne-toi, rafraîchis-toi ; ensuite on dressera pour toi la table du banquet. »

Jamais elle n'avait pris de bain plus délicieux ni goûté à des mets plus délectables. Tandis qu'elle dînait, une douce musique se répandait autour d'elle — une harpe accompagnant un chœur nombreux, semblait-il ; elle ne faisait que les entendre, sans les voir. Toute la journée, et sauf pour l'étrange compagnie des voix, elle resta seule ; mais sans pouvoir se l'expliquer, elle était certaine qu'à la tombée de la nuit, son mari viendrait. Et il en fut ainsi. Quand elle le sentit près d'elle et qu'elle entendit sa voix murmurer doucement à son oreille, toutes ses craintes l'abandonnèrent. Sans le voir, elle savait qu'il n'était ni un monstre ni une forme d'épouvante, mais bien l'amant et l'époux qu'elle avait si longuement désiré et attendu.

Cette demi-présence ne pouvait pleinement la satisfaire ; cependant, elle était heureuse et le temps passait vite. Mais une nuit, son cher bien qu'invisible époux lui parla gravement et l'avertit qu'un danger la menaçait — sous la forme de ses deux sœurs. « Elles se rendent sur la colline où tu as disparu, afin d'y pleurer sur toi », lui dit-il. « Mais à aucun prix il ne faut qu'elles t'aperçoivent. Sinon, tu deviendrais pour moi la cause d'une grande peine et pour toi, celle de ta propre destruction. » Elle promit de ne pas se laisser voir, mais passa toute la journée suivante à pleurer en pensant à ses sœurs et à la défense qui lui était faite de les consoler. Elle pleurait encore quand son mari revint et même les caresses qu'il lui prodigua ne purent tarir ses larmes. Enfin, avec chagrin, il céda : « Fais ce que tu veux », dit-il, « mais je te le répète, tu prépares toi-même ta propre destruction ». Alors, solennellement, il lui dit de ne se laisser persuader par personne de tenter à le voir, sous peine d'être à jamais séparée de lui. Psyché se récria. Elle ferait comme il l'en priait. Elle préférait mourir cent fois à vivre sans lui. « Mais accorde-moi la joie de revoir mes sœurs », dit-elle. Tristement, il le lui promit.

Le lendemain, portées par Zéphyre, les deux sœurs descendirent de la montagne. Heureuse, le cœur battant, Psyché les attendait. Avant que toutes trois pussent se parler, un long moment s'écoula ; leur joie était trop grande pour s'exprimer sauf par des larmes et des étreintes. Enfin, elles entrèrent dans le palais et les deux aînées en virent tous les trésors sans pareils ; attablées devant le somptueux festin, elles entendirent la merveilleuse musique. Et l'envie, l'amère envie s'empara d'elles, ainsi qu'une curiosité dévorante. Qui était le seigneur de toute cette magnificence ? Qui était l'époux de leur sœur ? Elles voulaient le savoir. Mais Psyché tint parole. Elle se contenta de répondre que son mari était un homme jeune et que pour le moment il participait à une expédition de chasse. Puis, après avoir rempli leurs mains d'or et de joyaux, elle pria Zéphyre de les ramener sur la colline. Elles quittèrent Psyché assez volontiers, mais le feu de la jalousie brûlait dans leurs cœurs. Comparées à celles de Psyché, toutes leurs propres richesses et leur heureuse fortune leur semblaient réduites à néant, et leur colère envieuse grandit tellement en elles, qu'elles en vinrent finalement à comploter ensemble la perte de leur sœur.

Cette nuit-là, l'époux de Psyché la mit une fois de plus en garde. Mais elle ne voulut rien écouter quand il la supplia de ne pas laisser revenir ses sœurs. Elle lui rappela qu'elle ne pouvait jamais le voir. Fallait-il qu'on lui interdît de voir qui que ce soit, même ses sœurs qui lui étaient si chères ? Il céda de nouveau, et bientôt les deux méchantes femmes arrivèrent, leur complot soigneusement mis au point. Les mots hésitants de leur sœur et ses réponses pleines de contradictions quand elles lui avaient demandé de leur décrire son mari avaient alerté leur attention, et elles étaient maintenant convaincues que non seulement Psyché n'avait jamais posé les yeux sur lui mais qu'elle ignorait aussi ce qu'il était en réalité. Elles ne lui dirent rien de tout ceci mais elles lui reprochèrent de dissimuler sa désolante condition à ses propres sœurs. Elles avaient appris, ajoutèrent-elles, et elles étaient maintenant assurées du fait, que son mari n'était pas du tout un homme mais bien l'affreux serpent annoncé par l'oracle d'Apollon. Il se montrait doux pour l'instant, mais une nuit viendrait où il se jetterait sur elle pour la dévorer.

Psyché, consternée, sentait que la terreur envahissait son cœur et en chassait l'amour. Elle-même s'était si souvent demandé pourquoi il ne lui permettait pas de le voir. Il devait y avoir à cela une terrible raison. Que savait-elle de lui, en réalité ? Et s'il n'était pas affreux, pourquoi avait-il la cruauté de se dérober à sa vue ? Misérable à l'excès, troublée, balbutiante, elle laissa entendre à ses sœurs qu'elle ne pouvait nier ce qu'elles lui avaient dit car jusqu'ici, son mari ne l'avait rejointe que dans l'obscurité la plus profonde. « Il doit y avoir quelque chose d'horrible en lui pour qu'il craigne ainsi la lumière du jour », dit-elle en sanglotant, et elle les pria de lui donner un conseil.

Elles le tenaient tout prêt, l'ayant préparé à l'avance. Cette nuit-là, Psyché devrait cacher un couteau bien effilé et une lampe à côté de son lit. Quand son mari serait profondément endormi, elle se lèverait, elle allumerait la lampe et se saisirait du couteau, puis, rassemblant toutes ses forces, elle le plongerait vivement dans la forme affreuse que la lueur de la lampe lui révélerait certainement. « Nous serons tout près de toi », dirent-elles, « et nous t'emmènerons avec nous dès qu'il sera mort ».

Elles la quittèrent, la laissant déchirée par le doute et éperdue, ne sachant que faire. Elle l'aimait ; il était son cher époux. Non, il était un horrible serpent et elle le haïssait. Elle le tuerait — elle n'en ferait rien. Il lui fallait une certitude — elle ne voulait pas de certitude. Et ainsi tout le jour, ses pensées luttèrent entre elles. Quand vint le soir, elle avait abandonné le combat. Mais elle était bien décidée à une chose : elle le verrait.

Quand enfin il s'endormit paisiblement, elle rassembla son courage et alluma la lampe. Sur la pointe des pieds, elle s'approcha du lit et élevant la lampe, elle regarda celui qui était étendu sous ses yeux. Oh, de quel soulagement et de quelle extase son cœur fut rempli ! La lueur n'éclairait pas un monstre mais la plus belle des créatures. Envahie par la honte de sa folie et de son manque de confiance, Pysché tomba à genoux et s'il n'était tombé de ses mains tremblantes, elle aurait plongé le couteau dans son propre sein. Mais ces mêmes mains mal assurées qui l'avaient sauvée la trahirent aussi, car tandis qu'elle restait penchée sur lui, incapable de se refuser la joie de contempler tant de beauté, une goutte d'huile brûlante tomba de la lampe sur l'épaule du bel endormi. Il s'éveilla en sursaut ; il vit la lumière — et la déloyauté de Psyché ; et sans un mot, il s'enfuit.

Elle courut derrière lui dans la nuit. Elle ne pouvait le voir mais elle entendait sa voix qui lui parlait. Il lui apprit son nom et tristement lui dit adieu. « L'amour ne peut vivre sans confiance », et sur ces derniers mots, il la quitta. « Le dieu de l'Amour », pensa-t-elle. « Il était mon époux, et moi, misérable, j'ai manqué de foi en sa parole. Est-il parti à jamais ? De toute façon... », se dit-elle encore, le courage lui revenant, « je peux passer le reste de ma vie à sa recherche. S'il n'éprouve plus aucun amour pour moi, je saurai, moi, lui montrer combien je l'aime. » Et elle se mit en route, sans aucun but bien précis ; elle ne savait qu'une chose, jamais elle ne renoncerait à le retrouver.

Lui, cependant, était allé rejoindre sa mère dans sa chambre, pour lui demander de panser sa blessure ; mais quand Vénus entendit son histoire et quand elle apprit qu'il avait choisi Psyché, elle le quitta avec colère, le laissant seul avec sa peine ; et elle partit en quête de cette jeune fille dont il l'avait rendue plus jalouse encore. Vénus était décidée à montrer à Psyché ce qu'il en coûte de s'attirer le courroux d'une déesse.

La pauvre Psyché, dans ses vagabondages désolés, tentait de se concilier les dieux. Elle leur adressait perpétuellement des prières ardentes, mais aucun d'eux ne voulut faire quoi que ce soit qui pût attirer l'inimitié de Vénus. Elle comprit enfin qu'il n'y avait aucun espoir pour elle de ce côté et elle prit une grande décision. Elle s'adresserait à Vénus elle-même ; elle s'offrirait humblement à la servir et elle essaierait d'apaiser sa colère. « Et qui sait », se dit-elle, « qui sait s'il n'est pas lui-même dans la maison de sa mère. » Elle se mit donc en route pour retrouver la déesse qui elle-même la cherchait partout.

Quand enfin elles se rencontrèrent, Vénus se mit à rire et lui demanda avec mépris si elle cherchait un mari, celui qu'elle avait eu refusant de la voir depuis qu'il avait failli mourir de la brûlure qu'elle lui avait infligée. « Mais, en vérité », dit la déesse, « tu es si laide et tu paies si peu de mine que jamais tu ne trouveras un amoureux, si ce n'est en te rendant utile avec diligence et peine. Pour te montrer ma bonne volonté, je vais donc t'enseigner comment t'y prendre. » Elle prit une quantité des graines les plus petites — de blé, de coquelicot, de millet, et d'autres encore — et les mélangeant toutes ensemble, elle en fit un grand tas. « Dans ton propre intérêt, veille à ce que tout ceci soit trié pour ce soir», dit-elle. Et sur ces mots, elle s'en alla.

Restée seule, Psyché s'assit et contempla le tas de graines. Elle ne savait où donner de la tête tant la cruauté de cet ordre la désorientait — et vraiment, il semblait bien inutile de s'atteler à une tâche aussi manifestement impossible. Mais celle qui n'avait su éveiller la compassion ni chez les mortels, ni chez les immortels, fut, dans cet instant pénible, prise en pitié par les plus petites des créatures, par les fourmis, ces ouvrières infatigables. «Venez, ayez pitié de cette pauvre jeune fille; aidons-la avec diligence», se criaient-elles les unes aux autres. Elles répondirent toutes aussitôt à l'appel; elles vinrent par vagues successives, et elles travaillèrent avec acharnement, séparant, triant, amoncelant; et ce qui n'avait été qu'une masse confuse devint une série de monticules bien ordonnés, chacun composé d'une seule variété de semence. C'est ce que trouva Vénus à son retour et cette vue la mit fort en colère. «Ton travail n'en est pas pour autant terminé», dit-elle. Elle donna une croûte de pain à Psyché et lui ordonna de dormir à même le sol, tandis qu'elle-même s'en allait s'étendre sur sa couche molle et parfumée.

Si elle pouvait lui imposer longtemps un travail dur et pénible et aussi l'affamer à demi, la beauté odieuse de cette fille ne pourrait y résister. En attendant, elle veillerait à ce que son fils ne quittât pas la chambre où il se trouvait encore, souffrant de sa blessure. Dans l'ensemble, Vénus était satisfaite de la tournure que prenaient les événements.

Le matin suivant, elle trouva une nouvelle tâche pour Psyché, une tâche dangereuse, cette fois. «En bas, près de la rivière, là où poussent ces épais buissons, se trouvent des moutons dont la toison est d'or», lui dit-elle. «Va me chercher un peu de leur laine brillante.» Quand la jeune fille, exténuée, atteignit le gracieux cours d'eau, un grand désir lui vint de s'y jeter et d'amener ainsi la fin de ses peines et de son désespoir. Mais comme elle se penchait, elle entendit une petite voix qui s'élevait du sol, et baissant les yeux, elle comprit que la voix provenait d'un roseau. Il lui disait qu'elle ne devait pas se noyer; les choses ne se présentaient pas mal à ce point. Les moutons étaient, certes, très violents et méchants, mais si Psyché consentait à attendre le moment où, vers le soir, ils sortaient des broussailles pour se reposer et s'abreuver au bord de la rivière, il ne lui resterait plus qu'à entrer dans les fourrés et à y récolter toute la laine dorée accrochée aux ronces.

Ainsi parla le doux et gentil roseau, et Psyché, ayant suivi ses conseils, fut à même de rapporter une grande quantité de fils d'or à sa cruelle maîtresse. Vénus s'en saisit avec un sourire plein de fiel. « Quelqu'un t'a aidée », dit-elle d'un ton brusque. « Seule tu n'aurais pu en venir à bout. Je vais te donner une nouvelle occasion de prouver que tu as le cœur aussi résolu que tu le prétends. Vois-tu cette eau noire qui descend de cette colline ? C'est la source du fleuve terrible et haï, le Styx. Tu y rempliras le flacon que voici. » C'était la plus dure des tâches imposées jusqu'ici ; Psyché s'en aperçut en arrivant à la cascade. Les rochers qui l'entouraient de tous côtés étaient si escarpés et si glissants, l'eau s'y précipitait d'une façon si terrifiante, que seule une créature ailée eût pu s'en approcher. Mais dès à présent il devient évident à tous les lecteurs de cette histoire (et peut-être Psyché, dans le fond de son cœur, en avait-elle conscience elle aussi) que tout impossibles et incroyablement dures que parussent ces épreuves, un excellent moyen de les surmonter lui était toujours fourni au moment voulu. Son sauveur, cette fois, fut un aigle qui planait sur ses grandes ailes non loin de là. Avec son bec, il lui prit le flacon des mains, le remplit d'eau noire et le lui rapporta.

Mais Vénus s'entêtait. On ne peut s'empêcher de la soupçonner d'un peu de stupidité. Tout ce qui se passait avait pour seul effet de l'inciter à de nouvelles tentatives. Elle donna une boîte à Psyché avec pour consigne de la porter dans le monde souterrain et de prier Proserpine d'y mettre un peu de sa beauté. Psyché devait insister et faire comprendre à Proserpine que Vénus en avait un urgent besoin, car elle s'était usée et épuisée à soigner son fils malade. Obéissante comme toujours, Psyché s'en fut à la recherche du chemin conduisant au Hadès. Comme elle passait devant une tour, celle-ci s'offrit à la guider ; elle lui donna un itinéraire détaillé qui la mènerait au palais de Proserpine : il fallait passer d'abord par un grand trou dans la terre, puis par la rivière de la mort où elle donnerait une obole au nocher Charon afin qu'il la déposât sur l'autre rive. De là, la route descendait droit au palais. Cerbère, le chien aux trois têtes, gardait la porte, mais si elle lui offrait un gâteau, il s'apprivoiserait et la laisserait entrer.

Tout se passa bien entendu comme la tour l'avait annoncé. Proserpine ne demandait pas mieux que de rendre service à Vénus ; Psyché, grandement encouragée, reprit la boîte et s'en revint avec bien plus de célérité qu'elle était venue.

Par sa curiosité, et plus encore par sa vanité, elle provoqua elle-même l'épreuve suivante. Elle voulait voir le charme de beauté que contenait la boîte et peut-être en user un peu pour elle-même. Aussi bien que Vénus, elle savait que son apparence souffrait de tout ce qu'elle endurait, et l'idée ne la quittait pas qu'à tout instant elle pourrait rencontrer Cupidon. Si seulement elle pouvait se rendre plus belle pour lui ! Elle fut incapable de résister à la tentation ; elle ouvrit la boîte. A son grand désappointement, elle n'y trouva rien ; la boîte paraissait vide. Cependant, une langueur mortelle la prit aussitôt et elle tomba dans un profond sommeil.

A ce moment critique, le dieu de l'Amour intervint. La blessure de Cupidon était maintenant cicatrisée et il désirait ardemment retrouver Psyché. Il est difficile d'emprisonner l'Amour. Vénus avait verrouillé les portes, mais il restait les fenêtres. Rien de plus aisé pour Cupidon que de s'envoler par l'une d'elles et de se mettre ensuite à la recherche de sa femme. En un instant, il enleva le sommeil des yeux de Psyché pour le remettre dans la boîte. Puis il réveilla sa femme en la piquant légèrement de la pointe d'une de ses flèches ; il la gronda un peu pour sa curiosité, il lui dit de porter à sa mère la boîte de Proserpine et enfin lui affirma que tout se passerait bien désormais.

Tandis que l'heureuse Psyché s'empressait d'obéir, le dieu de l'Amour s'envolait vers l'Olympe. Il voulait s'assurer que Vénus ne leur causerait plus de difficultés, et il porta l'affaire devant Jupiter lui-même. Le Père des dieux et des hommes consentit aussitôt à tout ce que Cupidon lui demandait. « Bien que » lui dit-il, « tu m'aies fait grand tort dans le passé, tu as sérieusement endommagé ma réputation et ma dignité en m'obligeant à me changer en taureau, en cygne et j'en passe… Néanmoins, je ne peux rien te refuser. »

Il convoqua les dieux en assemblée plénière ; il leur annonça (à Vénus comme aux autres) que Cupidon et Psyché étaient officiellement mariés et il proposa d'accorder l'immortalité à l'épousée. Mercure enleva Psyché au ciel et la déposa dans le palais des dieux ; Jupiter lui-même la fit goûter à l'ambroisie qui la rendit immortelle. Ceci, naturellement, changeait complètement la situation. Vénus ne pouvait trouver à redire à ce qu'une déesse devînt sa belle-fille ; cette alliance était maintenant éminemment sortable. Elle se dit aussi que Psyché, vivant au ciel avec un mari et des enfants dont il lui faudrait s'occuper, n'aurait plus guère le temps de descendre sur la terre pour y tourner la tête aux hommes et s'immiscer dans son propre culte.

Tout se termina donc le plus heureusement du monde. L'Amour et l'Ame, (car c'est là ce que signifie Psyché en grec) s'étaient cherchés et après de dures épreuves s'étaient enfin trouvés. Et cette union ne devait jamais plus se briser.

Huit brèves histoires d'amoureux

Pyrame et Thisbé

On ne trouve cette histoire que dans Ovide. Elle a la caractéristique de sa meilleure manière : elle est bien racontée. On y trouve quelques monologues éloquents et, en passant, un petit essai sur l'Amour.

Il fut un temps où les baies pourpres du mûrier étaient aussi blanches que neige. Leur changement de couleur vint de façon étrange et triste. La mort de deux jeunes amoureux en fut la cause.

Pyrame et Thisbé, lui le plus bel adolescent et elle la plus ravissante jeune fille de l'Orient, vivaient à Babylone, cité de la Reine Sémiramis, dans des maisons si proches l'une de l'autre qu'un mur leur était commun. Grandissant ainsi côte à côte, ils apprirent à s'aimer. Ils désiraient ardemment s'épouser mais leurs parents s'y opposaient. L'amour, cependant, ne peut être contraint. Plus la flamme est dissimulée, et plus elle brûle. Et l'amour se fraie toujours un chemin. Il était impossible que ces deux cœurs embrasés fussent séparés l'un de l'autre.

Dans le mur que se partageaient les deux maisons, il y avait une petite lézarde. Personne jusque-là ne l'avait aperçue, mais il n'est rien qu'un amoureux ne remarque. Nos deux jeunes gens la découvrirent et par elle, ils purent échanger de tendres murmures, Thisbé d'un côté, Pyrame de l'autre. Ce mur odieux qui les séparait devenait ainsi pour eux le moyen de se rejoindre. « Sans toi, nous pourrions nous toucher, nous embrasser », disaient-ils. « Du moins tu nous laisses nous parler. Tu es la voie par laquelle nos mots amoureux peuvent glisser vers des oreilles amoureuses. Nous ne sommes pas des ingrats. » C'est ainsi qu'ils parlaient, et quand la nuit tombait et qu'il leur fallait se séparer, chacun déposait sur le mur des baisers qui ne pouvaient le traverser pour aller jusqu'aux lèvres appuyées sur l'autre paroi.

Chaque matin, quand l'aube chassait les étoiles et que le soleil séchait la gelée blanche sur l'herbe, ils se glissaient vers la lézarde et là, inclinés vers le mur, ils prononçaient des mots brûlants d'amour ou se lamentaient sur la cruauté de leur sort, mais leurs voix n'étaient jamais plus qu'un doux chuchotement. Vint un jour où ils ne purent le supporter davantage. Ils décidèrent que cette nuit même, ils tenteraient de se faufiler furtivement au-dehors et à travers la ville, jusqu'à la pleine campagne, où ils pourraient enfin être ensemble en toute liberté. Ils convinrent de se retrouver en un lieu fort connu, la tombe de Ninus, sous un grand mûrier blanc tout près duquel coulait un clair ruisseau. Ce projet les rendit tout heureux et la journée leur parut ne pas vouloir s'achever.

Enfin, le soleil sombra dans la mer et la nuit tomba. Thisbé sortit à pas de loup de la maison et se dirigea, dans l'ombre, vers la tombe. Pyrame n'y était pas ; enhardie par son amour, elle décida de l'attendre. Mais soudain, dans la clarté de la lune, elle aperçut une lionne. Sa gueule était ensanglantée, elle avait tué et maintenant elle venait étancher sa soif au ruisseau. Elle était assez loin encore et Thisbé put s'échapper, mais si vite, qu'elle laissa tomber son voile. La lionne, en retournant vers son antre, le trouva au passage, le mit en pièces et l'ensanglanta avant de disparaître dans les bois. Pyrame, quand il arriva quelques instants plus tard, aperçut les lambeaux tachés de sang et les traces que la lionne avait laissées dans la poussière. La conclusion était inévitable et Pyrame l'admit au premier coup d'œil. Thisbé était morte. Il avait laissé son amour, une tendre jeune fille, venir seule dans un lieu rempli de dangers et il n'était pas là le premier, pour la protéger. « C'est moi qui t'ai tuée », dit-il. Dans la poussière piétinée, il ramassa ce qui restait du voile, le couvrit de baisers et le déposa sur le mûrier. « Maintenant, tu boiras aussi mon sang », dit-il. Il tira son épée et la plongea dans son flanc. Le sang gicla sur les baies et elles furent teintes en rouge sombre.

Thisbé, bien que terrifiée par la lionne, craignait plus encore de faillir à son amoureux. Elle se risqua à revenir vers l'arbre du rendez-vous, le mûrier aux fruits luisants et blancs. Elle ne put le trouver. Il y avait bien un arbre mais pas une lueur blanche ne se voyait sur ses branches. Comme elle le regardait, quelque chose bougea sur le sol. Elle recula, frissonnante. Elle scruta l'ombre et vit une forme étendue. C'était Pyrame, qui se mourait, baignant dans son sang. Elle vola vers lui, l'entoura de ses bras. Elle baisa ses lèvres froides et le supplia de la regarder, de lui parler. « C'est moi, ta Thisbé, ton amour », criait-elle. En entendant ce nom, il releva pour un dernier regard ses paupières alourdies, puis la mort les referma.

Elle aperçut l'épée tombée des mains de Pyrame et près d'elle, son voile taché et déchiré. Elle comprit tout. « Ta propre main t'a tué, et aussi ton amour pour moi », dit-elle. « Moi aussi, je saurai me montrer brave. Moi aussi je sais aimer. Seule la mort aurait eu le pouvoir de nous séparer ; elle ne l'aura pas maintenant. » Elle plongea dans son cœur l'épée humide encore du sang de la vie Pyrame.

Les dieux se montrèrent enfin compatissants et aussi les parents des amoureux. Les fruits pourpres du mûrier rappellent à jamais le souvenir de ces vrais amants et une seule urne recueillit les cendres de deux êtres que même la mort ne put séparer.

Orphée et Eurydice

L'épisode d'Orphée et des Argonautes n'est relaté que par Apollonius de Rhodes, un poète grec du IIIe s. Ce sont deux poètes romains, Virgile et Ovide, qui ont le mieux raconté et presque dans le même style, le reste de cette histoire ; c'est pourquoi nous employons les noms latins des dieux. Virgile, ici, subit fortement l'influence d'Apollonius. En vérité, le récit tel qu'il se présente, aurait pu être écrit dans sa totalité par chacun de ces trois poètes.

Les premiers musiciens furent les dieux. Athéna ne se distinguait pas dans cet art mais ce fut elle qui inventa la flûte bien qu'elle n'en jouât jamais. Hermès créa la lyre, dont il fit présent à Apollon, et celui-ci en tirait des sons si mélodieux quand il en jouait dans l'Olympe, que les dieux en oubliaient tout le reste. Pour lui-même Hermès fit encore le fifre du berger, dont la musique était enchanteresse. Pan créa le pipeau de roseau, dont le chant est aussi doux que celui du rossignol au printemps. Les Muses n'avaient pas d'instrument qui leur fût propre mais leurs voix étaient sans pareilles.

Venaient ensuite quelques mortels qui excellaient dans leur art au point d'égaler ou presque les divins exécutants. Parmi ceux-là Orphée fut de loin le plus grand. Par sa mère il était plus qu'un mortel ; en effet, il était le fils d'une Muse et d'Œagre, roi de Thrace. Il tenait de sa mère le don de la musique que la Thrace, pays où il grandit, devait encore développer, car les Thraces étaient le peuple le plus musicien de la Grèce ; mais pas plus chez eux qu'ailleurs — sauf chez les dieux — Orphée ne trouvait de rival. Lorsqu'il chantait ou jouait, son pouvoir ne connaissait pas de limite et rien ni personne ne pouvait lui résister,

Dans les bois profonds et tranquilles des montagnes de Thrace,
Orphée, avec sa lyre chantante entraînait les arbres,
Et les bêtes sauvages du désert accouraient à ses pieds.

Tout ce qui était animé ou inanimé le suivait ; les rochers, les collines se déplaçaient et les fleuves changeaient leur cours.

On sait peu de chose de sa vie avant son infortuné mariage qui plus encore que sa musique, l'a rendu célèbre, mais on nous dit qu'il prit part à une expédition fameuse pendant laquelle il se montra fort utile. Avec Jason il prit la mer sur l'*Argo* et lorsque les héros étaient las ou lorsque le travail des rames leur devenait particulièrement pénible, Orphée faisait vibrer sa lyre ; aussitôt, un nouveau zèle les prenait et d'un seul mouvement leurs avirons frappaient la mer, au rythme de la mélodie. Ou encore, quand une querelle menaçait, il tirait de son instrument des sons si tendres, si apaisants, que les plus violents se calmaient ou oubliaient leur colère. Grâce à lui, les héros furent sauvés des Sirènes dont le chant enchanteur leur parvint un jour par-dessus les flots. Oublieux de toute autre pensée, ils furent alors pris d'un désir désespéré d'en entendre davantage et ils tournèrent leur navire vers la grève où se tenaient les Sirènes. Mais Orphée, saisissant sa lyre, en tira une mélodie si claire et vibrante, qu'elle étouffa le son de ces voix ensorcelantes et fatales. Le navire reprit son cap et les vents l'entraînèrent loin de ce lieu périlleux. N'eût été la présence d'Orphée, les Argonautes, eux aussi, auraient laissé leurs os sur l'île des Sirènes.

On ne nous dit nulle part où et comment il rencontra la jeune fille qu'il aima, Eurydice ; mais il est clair qu'aucune jeune fille distinguée par lui n'aurait pu résister au pouvoir de son chant. Ils s'épousèrent donc, mais leur joie fut brève. La noce à peine achevée, comme la jeune épousée marchait avec ses demoiselles d'honneur dans une prairie, une vipère la mordit au pied et elle mourut. La douleur d'Orphée fut accablante, il ne put l'endurer. Il décida de se rendre dans le royaume des morts pour tenter d'en arracher Eurydice. Il se disait :

Avec mon chant
Je charmerai la fille de Déméter,
Je charmerai le Souverain des Ombres ;
J'attendrirai leurs cœurs avec ma mélodie
Et loin du Hadès, j'emporterai Eurydice.

Il osa ce qu'aucun homme, jamais, n'avait osé pour son amour. Il entreprit le redoutable voyage dans le monde souterrain. Arrivé là, il fit résonner sa lyre et toute cette vaste multitude, prise au charme, s'immobilisa. Le chien Cerbère relâcha sa garde ; la roue d'Ixion cessa de tourner ; Sisyphe s'appuya sur sa pierre ; Tantale oublia sa soif ; pour la première fois, les visages des Furies, déesses de l'épouvante, se couvrirent de larmes. Le maître du Hadès et sa Reine s'approchèrent afin de mieux entendre. Orphée chanta.

O dieux qui gouvernez le monde de l'ombre et du silence,
Tous ceux qui sont nés de la femme doivent un jour venir à
[vous.
Toute beauté doit un jour descendre dans votre royaume.
Un instant nous nous attardons sur la terre
Puis nous vous appartenons à jamais.
Mais celle que je cherche est venue à vous trop tôt,
Avant de fleurir le bourgeon fut cueilli.
J'ai tenté en vain de supporter ma perte ;
L'Amour est un dieu trop puissant. O Roi,
Si ce vieux récit dit par les hommes est vrai,
Tu sais comment, un jour, les fleurs ont vu le rapt de Proser-
[pine.
Alors, tisse à nouveau pour la douce Eurydice
Le voile de la vie trop tôt enlevé du métier.
Vois, je te demande si peu,
Seulement que tu me la prêtes et non que tu me la donnes ;
A la fin du cours de ses années terrestres,
Elle sera tienne à jamais.

Sous l'envoûtement de sa voix, personne ne pouvait rien lui refuser.

Il fit couler des larmes de fer
Au long des joues de Pluton
Et l'Enfer accorda ce qu'implorait l'Amour.

Ils firent venir Eurydice et la rendirent à Orphée, mais à une condition : il ne se retournerait pas pour la regarder avant d'avoir atteint le monde des vivants. L'un derrière l'autre, ils passèrent les grandes portes du Hadès et gravirent le sentier en pente qui les éloignerait de l'obscurité. Il savait qu'elle le suivait pas à pas mais il aurait voulu jeter ne fût-ce qu'un coup d'œil pour s'en assurer. Ils avaient maintenant presque atteint leur but, l'ombre devenait grise. Un pas encore, et il entra, joyeux, dans la lumière du jour. Alors, il se retourna. Trop tôt : elle était encore dans la caverne. Il la vit dans la lumière indécise et lui tendit les bras ; mais dans le même instant, elle disparut. Elle avait glissé dans l'ombre à nouveau, et il n'entendit qu'un faible mot : « Adieu ».

Il tenta désespérément de se précipiter à sa suite pour descendre avec elle, mais en vain. Les dieux ne lui permirent pas de pénétrer une seconde fois, vivant, dans le monde des morts. En proie à la plus grande désolation, il dut retourner seul sur la terre. Il renonça à la compagnie des humains et erra désormais dans les solitudes sauvages de la Thrace, chant et pleurant sa peine en s'accompagnant sur la lyre. Et les rochers, les rivières et les arbres, dont il avait fait ses seuls amis, l'écoutaient avec ravissement. Un jour enfin, une troupe de Ménades le rencontra par hasard. Elles étaient aussi délirantes que celles qui avaient si cruellement tué Penthée. Elles fondirent sur le gentil musicien, elles le mirent en pièces. Elles jetèrent sa tête dans l'Hèbre et les eaux du fleuve la portèrent jusqu'aux abords de l'île de Lesbos. Les Muses la trouvèrent et lui donnèrent une sépulture dans le sanctuaire de l'île ; elles rassemblèrent ses membres épars et les déposèrent dans une tombe au pied du

Mont Olympe, et là, jusqu'à ce jour, le chant des rossignols se fait entendre plus doux que partout ailleurs*.

CÉYX ET ALCYONE

La meilleure source, pour ce récit, se trouve dans Ovide. L'exagération de la tempête est typiquement romaine. La description du séjour du Sommeil et ses détails charmants prouvent le talent descriptif d'Ovide. Bien entendu, les noms des dieux sont latins.

Céyx, un roi de Thessalie, était fils de Lucifer, le conducteur des Astres et de la Lumière, l'étoile qui fait naître le jour, et la joie brillante de son père illuminait son visage. Sa femme, Alcyone, était elle aussi de noble naissance; elle était fille d'Eole, le roi des Vents. Ils avaient l'un pour l'autre un tendre attachement et s'ils venaient à se séparer, c'était toujours à regret. Un jour vint, cependant, où Céyx décida de quitter Alcyone pour un long voyage à travers les mers. Plusieurs affaires lui causaient du souci et il voulait consulter l'oracle, refuge des hommes en peine. Quant Alcyone apprit son projet, elle fut accablée de chagrin et de crainte. Le visage baigné de pleurs et la voix brisée par les sanglots, elle lui dit qu'elle connaissait mieux que personne le pouvoir des vents sur la mer. Dès son enfance, du palais de son père, elle avait observé leurs rencontres orageuses, les nuages sombres auxquels ils faisaient appel et les grands éclairs rouges. « Et bien souvent, sur la grève, j'ai vu les planches brisées des vaisseaux naufragés », lui dit-elle. « Oh, ne pars pas. Mais si je ne peux te persuader, du moins, emmène-moi avec toi. Je peux tout supporter du sort si nous sommes ensemble. »

---

* Une autre légende conservée par Pausanias rapporte qu'Orphée aurait été foudroyé par Zeus pour avoir révélé des mystères sacrés aux mortels.

Céyx fut profondément ému, car son amour égalait celui d'Alcyone, mais sa décision était prise. Il sentait qu'il lui fallait le conseil de l'oracle et il ne voulait à aucun prix que sa femme partageât avec lui les périls du voyage. Elle dut céder, et il partit seul. Elle resta sur la grève jusqu'à ce que le navire disparût à l'horizon.

Cette même nuit, une violente tempête se leva. Les vents se réunirent tous dans un fol ouragan et les vagues s'élevèrent comme des montagnes. La pluie tombait en nappes au point qu'on eût dit que tout le ciel se précipitait dans la mer tandis que la mer semblait bondir jusqu'aux nuages. Sur le vaisseau qui craquait de partout et se délabrait, les hommes étaient fous de terreur — tous, sauf l'un d'eux, qui ne pensait qu'à Alcyone et se réjouissait de la savoir en sécurité. Son nom était sur ses lèvres quand le bateau sombra et que les eaux se refermèrent sur lui.

Alcyone comptait les jours. Elle s'activait cependant, tissant une robe pour lui, qu'elle lui donnerait à son retour, et une autre pour elle-même, afin qu'il la trouvât belle lorsqu'il reviendrait. Et bien des fois, chaque jour, elle priait les dieux pour lui, Junon plus que les autres. La déesse fut touchée de ces prières dites pour un être qui était mort depuis longtemps déjà. Elle appela Iris, sa messagère, et lui ordonna de se rendre à la demeure de Somnus, dieu du Sommeil, et de le prier d'envoyer à Alcyone un rêve qui lui révélerait la vérité sur le sort de Céyx.

Le dieu du Sommeil avait sa demeure dans le sombre pays des Cimmériens, au fond d'une vallée profonde où jamais le soleil ne brillait, où toutes choses étaient drapées d'une ombre crépusculaire. Aucun coq n'y chantait jamais; aucun chien de garde n'y brisait le silence; les branches n'y bruissaient pas dans le vent et jamais la clameur des voix n'en rompait la paix. Un seul son s'y faisait entendre, celui du lent et paisible Léthé, le fleuve de l'Oubli, dont les eau murmurantes incitent au sommeil. Devant la porte fleurissaient des pavots. A l'intérieur de la maison, le père des Songes reposait sur une couche moelleuse. C'est là que se rendit Iris, drapée dans ses voiles aux multiples couleurs, traçant derrière elle dans les nues la courbe d'un arc-en-ciel ; et la sombre demeure en fut tout illuminée. Ce ne fut pas sans peine, cependant, qu'elle obtint que le dieu soulevât ses lourdes paupières et comprît ce qui lui était demandé. Quand elle fut assurée qu'il était bien éveillé, Iris, sa mission accomplie, repartit en hâte de crainte de s'endormir elle aussi à jamais.

Le bon vieux dieu du Sommeil réveilla son fils Morphée, versé dans l'art de prendre n'importe quelle forme humaine, et lui transmit les ordres de Junon. Sur ses ailes silencieuses, Morphée vola à travers l'obscurité jusqu'au pied du lit d'Alcyone. Il avait emprunté le visage et la forme de Céyx alors qu'il se noyait. « Pauvre femme », dit-il. « Regarde, voici ton époux. Me reconnais-tu, ou bien mon visage est-il changé par la mort ? Je suis mort, Alcyone. Ton nom était sur mes lèvres quand les eaux m'ont submergé. Il n'y a plus d'espoir pour moi. Mais donne-moi tes larmes afin que je ne descende pas sans être pleuré dans le royaume de l'ombre. » Dans son sommeil, Alcyone gémit et tendit les bras pour l'étreindre. Elle cria : « Attends-moi. J'irai avec toi », et son cri la réveilla. Elle avait maintenant la conviction que son mari était mort ; c'était bien lui qu'elle avait vu, ce n'était pas un rêve. « Il paraissait si pitoyable », se dit-elle. « Il est mort et bientôt je mourrai moi aussi. Comment pourrais-je vivre ici alors que son pauvre corps est ballotté par les flots ? Jamais je ne t'abandonnerai, mon cher époux ; je vais essayer de ne plus vivre. »

Aux premières lueurs de l'aube, elle se rendit sur la grève, sur le promontoire où elle s'était tenue quand il était parti. Et tandis qu'elle scrutait la mer, elle vit quelque chose qui flottait au loin. La marée montait et la chose approchait de plus en plus, et elle savait maintenant que c'était un cadavre. Le cœur rempli de pitié et d'horreur, elle le regardait dériver lentement vers elle. Il était maintenant près du promontoire, presque tout près d'elle. C'était lui, Céyx, son époux. Elle courut, se jeta dans l'eau, criant : « Mon époux, mon amour ! » Et alors, ô merveille, au lieu de s'abîmer dans les flots voici qu'elle les survolait. Elle avait des ailes, son corps était recouvert de plumes. Elle était transformée en oiseau. Les dieux étaient bons et bienveillants. Ils firent de même pour Céyx. Comme elle volait vers le corps, il disparut et, changé en oiseau comme elle, la rejoignit. Mais leur amour n'avait pas varié. On les voit toujours ensemble, volant ou voguant sur les vagues.

Il y a sept jours, chaque année, pendant lesquels la mer se fait tranquille et calme ; aucun souffle de vent n'agite les eaux. Alcyone alors couve son nid qui flotte sur la mer. Le charme est rompu quand les oisillons éclosent ; mais chaque hiver, ces jours de paix parfaite reviennent et on les appellent les jours d'Alcyone.

Quand les oiseaux du calme couvent sur la vague ensorcelée.

PYGMALION ET GALATÉE

Seul Ovide raconte cette légende et c'est pourquoi la déesse de l'Amour y est appelée Vénus. C'est un excellent exemple de la manière dont Ovide présente un mythe.

A Chypre un jeune sculpteur de talent, nommé Pygmalion, était résolument misogyne :

Haïssant les défauts dont la nature avait comblé les femmes,

il avait décidé de ne jamais se marier. Son art lui suffisait, se disait-il. Soit qu'il ne pût aussi facilement chasser de son esprit que de sa vie l'objet de sa désapprobation, soit qu'il ait décidé, en modelant une femme parfaite, de démontrer aux hommes les déficiences d'une espèce qu'il leur fallait bien supporter, toujours est-il que la statue à laquelle il consacrait tout son génie représentait une femme.

Avec un soin infini, il passa et repassa longtemps son ciseau sur la statue d'ivoire qui devint enfin une œuvre d'art exquise.

Mais il n'était pas satisfait. Jour après jour, il y travaillait et sous ses doigts habiles elle devenait de plus en plus belle. La femme n'était pas née, la statue n'avait jamais été créée qui auraient pu rivaliser avec celle-là. Quand le jour vint où il n'y eut plus rien à ajouter à ses perfections, son créateur connut un sort étrange : il s'éprit profondément, passionnément de la forme née de ses doigts. En manière d'explication, il convient de préciser que la statue ne ressemblait pas à une statue ; personne ne l'aurait crue d'ivoire ou de marbre mais bien de chair humaine figée pour un instant seulement dans l'immobilité. Car tel était le merveilleux pouvoir de ce jeune homme dédaigneux ; il avait atteint l'accomplissement suprême de l'art, l'art de dissimuler l'art.

Mais dès ce moment, le sexe qu'il avait tant méprisé prit sa revanche. Nul amoureux transi d'une vierge vivante ne connut jamais une peine aussi désespérée que Pygmalion. Il posait ses lèvres sur ces lèvres attirantes — elles ne pouvaient lui rendre son baiser ; il caressait les mains, le visage — ils restaient insensibles ; il la prenait dans ses bras — et elle n'était toujours qu'une forme passive et froide. Pendant quelque temps, il tenta de feindre, comme font les enfants avec leurs jouets. Il l'habillait de vêtements somptueux, faisant chatoyer une couleur après l'autre, et il essayait de s'imaginer qu'elle en était heureuse. Il la comblait de ces présents qui plaisent tant aux vraies jeunes filles, des petits oiseaux et des fleurs et ces brillantes larmes d'ambre que pleurent les sœurs de Phaëton, et ensuite, il imaginait qu'elle le remerciait avec effusion. Le soir il l'étendait sur un lit et l'enveloppait de chaudes et moelleuses couvertures comme font les petites filles pour leurs poupées. Mais il n'était plus un enfant ; il ne put longtemps continuer ce jeu et bientôt il y renonça. Il aimait un objet sans vie et il était désespérément misérable.

Cette passion singulière ne demeura pas longtemps ignorée de la déesse de l'Amour. Vénus s'intéressa à ce sentiment qu'elle ne rencontrait pas souvent, à cet amant d'une espèce nouvelle, et elle décida d'aider un jeune homme qui pouvait être à la fois amoureux et cependant original.

La fête de Vénus, comme il se doit, était tout particulièrement célébrée à Chypre, l'île qui avait accueilli la déesse après qu'elle fut née de l'écume. On lui offrait en grand nombre des génisses blanches comme neige et aux cornes dorées ; l'odeur divine de l'encens s'élevait de ses nombreux autels pour se répandre dans toute l'île ; des foules se pressaient dans ses temples ; nul amoureux éconduit qui ne fût là, suppliant que l'objet de son amour se laissât enfin attendrir. Et là aussi, naturellement, se trouvait Pygmalion. N'osant en demander davantage, il priait la déesse de lui faire rencontrer une jeune fille pareille à sa statue. Mais Vénus savait ce qu'il souhaitait en réalité, et pour lui montrer qu'elle accueillait favorablement sa prière, elle permit que par trois fois s'élevât dans l'air, lumineuse et brûlante, la flamme de l'autel devant lequel il se trouvait.

Rendu pensif par ce signe de bon augure, Pygmalion revint à sa maison et à son amour, cette forme qu'il avait façonnée et qui avait pris tout son cœur. Elle était là, sur son socle, plus belle que jamais. Il la caressa — puis recula. Etait-ce une illusion, ou avait-il vraiment senti une tiédeur sous ses mains ? Il posa un long baiser sur ses lèvres, et elles s'adoucirent sous les siennes. Il toucha les bras, les épaules ; comme une cire qui fond au soleil, leur dureté disparut. Il lui prit le poignet ; le pouls y battait. Vénus, se dit-il. C'était l'œuvre de la déesse. Avec une gratitude et une joie débordantes, il prit son amour dans ses bras. Rougissant, elle sourit.

Vénus honora leur mariage de sa présence, mais de ce qu'il advint ensuite nous ne savons rien, sauf que Pygmalion donna à la jeune femme le nom de Galatée et que leur fils, Paphos, donna le sien à la cité favorite de Vénus.

Philémon et Baucis

Seul Ovide narre cette histoire. Il y montre son amour des détails et cet art consommé dont il use pour donner de la réalité à un conte de fées. Les dieux y portent leurs noms latins.

Dans une région montagneuse de la Phrygie, il y avait jadis deux arbres que les paysans se montraient du doigt, de près ou de loin, et pour cause, car l'un était un chêne, l'autre un tilleul et cependant ils n'avaient qu'un seul tronc. L'histoire qui raconte comment ceci advint fournit la preuve de l'immense pouvoir des dieux et de la façon dont ils récompensent les humbles et les pieux.

Parfois, lorsque Jupiter se lassait de goûter au nectar et à l'ambroisie de l'Olympe ou même, un peu, d'écouter la lyre d'Orphée et de regarder danser les Muses, il lui arrivait de descendre sur la terre pour y courir l'aventure, déguisé en simple mortel. Pour ces randonnées, son compagnon favori était Mercure, le plus amusant de tous les dieux, le plus sagace et le plus fertile en ressources. L'excursion qui nous occupe avait un but bien déterminé ; Jupiter voulait savoir jusqu'à quel point le peuple phrygien pratiquait l'hospitalité. Le père des dieux et des hommes s'intéressait très particulièrement à cette vertu puisque tous les hôtes, tous ceux qui cherchent refuge dans un pays étranger se trouvaient sous sa protection personnelle.

Les deux dieux prirent donc l'apparence de pauvres vagabonds coureurs de routes et se promenèrent au hasard à travers le pays, frappant à chaque chaumière basse, à chaque grande maison qu'ils venaient à passer, demandant partout de quoi se restaurer et un coin pour se reposer. Personne ne voulut les recevoir ; toujours, on les congédiait avec insolence et la porte se refermait. Cent fois et davantage, ils répétèrent leur essai ; partout ils furent traités de même. Ils arrivèrent enfin devant une cabane à l'aspect le plus humble ; c'était la plus pauvre de toutes celles qu'ils avaient vues jusqu'ici et couverte d'un simple toit de roseaux. Mais là, quand ils frappèrent, la porte s'ouvrit toute grande et une voix aimable les pria d'entrer. Ils durent se courber pour passer le seuil tant la porte était basse, mais quand ils eurent pénétré à l'intérieur, ils se trouvèrent dans une pièce chaude et accueillante et surtout très propre, où un vieil homme et une vieille femme aux bons visages leur souhaitèrent la bienvenue de la façon la plus amicale et s'affairèrent à les mettre à l'aise.

Le vieil homme poussa un banc devant l'âtre et les pria de s'y étendre pour reposer leurs membres fatigués et la vieille femme y jeta une couverture. Elle se nommait Baucis, dit-elle aux étrangers, son mari s'appelait Philémon. Ils vivaient depuis leur mariage dans cette chaumière et ils y avaient toujours été heureux. « Nous sommes de pauvres gens, mais la pauvreté n'est pas un si grand malheur quand on est prêt à l'accepter, et un esprit accommodant peut être lui aussi d'un grand secours », conclut-elle. Tout en parlant, elle vaquait à de menues tâches et se préoccupait de leur bien-être. Elle souffla sur les braises du foyer jusqu'à ce qu'un bon feu y reprît vie ; au-dessus des flammes, elle suspendit une petite marmite pleine d'eau ; comme celle-ci commençait à bouillir, le mari rentra, portant un beau chou qu'il était allé cueillir dans le jardin. Le chou alla dans la marmite, avec une grande tranche du lard qui pendait à une poutre. De ses vieilles mains tremblantes, Baucis prépara la table qui était bien un peu boiteuse, mais elle y remédia en glissant un éclat de poterie cassée sous un pied. Sur la table elle déposa des olives, des radis et quelques œufs cuits sous la cendre. Le chou et le lard étaient maintenant à point ; le vieil homme approcha deux couches délabrées de la table et pria ses hôtes d'y prendre place et de faire honneur au repas.

Un instant plus tard il posait devant eux des coupes en bois de hêtre, et une jarre en terre cuite contenant un vin qui avait un goût prononcé de vinaigre et largement coupé d'eau. Mais Philémon semblait heureux et fier de pouvoir joindre cet appoint à leur souper et il prenait grand soins de remplir chaque coupe à peine vidée. Les deux vieillards étaient si contents et tellement surexcités par le succès de leur hospitalité, qu'il leur fallut tout un temps pour s'apercevoir d'un étrange phénomène. La jarre restait toujours pleine ; quel que fût le nombre de coupes versées le niveau du vin ne baissait pas. Quand enfin ils se rendirent compte du prodige, ils échangèrent un regard terrifié et ensuite, baissant les yeux, ils prièrent en silence. Puis, tout tremblants et d'une voix mal assurée, ils implorèrent leurs hôtes de leur pardonner la pauvreté des mets offerts. « Nous avons une oie », dit le vieil homme. « Nous aurions dû la donner à vos Seigneuries. Mais si vous consentez à patienter un peu, nous allons la préparer pour vous. » Mais la capture de l'oie s'avéra une entreprise qui dépassait leurs maigres forces. Ils s'y essayèrent en vain et s'y épuisèrent, tandis que Jupiter et Mercure, grandement divertis, observaient leurs efforts.

Et quand Philémon et Baucis, haletants et exténués, durent enfin abandonner leur chasse, les dieux sentirent que le moment d'agir était venu pour eux. Ils se montrèrent, en vérité, très bienveillants. « Ce sont des dieux que vous avez hébergés et vous en serez récompensés », dirent-ils. « Quant à ce pays inhospitalier qui méprise le pauvre étranger, il sera châtié, mais pas vous. » Ils prièrent les deux vieillards de sortir avec eux de la chaumière et de regarder autour d'eux. Stupéfaits, Philémon et Baucis ne virent plus que de l'eau partout. La région tout entière était submergée, un grand lac les entourait. Les voisins ne s'étaient jamais montrés bien aimables pour le vieux couple, qui néanmoins pleura sur eux. Mais une autre merveille sécha les larmes des bons vieillards. La cabane qui depuis si longtemps était leur demeure se transformait sous leurs yeux en un temple majestueux, au toit d'or soutenu par des colonnes du plus beau marbre.

« Bonnes gens », dit Jupiter, « exprimez un vœu et nous vous l'accorderons aussitôt. » Les deux vieillards chuchotèrent un instant, puis Philémon parla : « Qu'il nous soit permis d'être vos ministres et les gardiens de ce temple — Oh, et puisque nous avons si longtemps vécu ensemble — ne laissez aucun de nous demeurer seul, un jour ; accordez-nous de mourir ensemble. »

Emus, les deux dieux acquiescèrent. Longtemps le vieux couple servit dans le grand édifice, et l'histoire ne dit pas s'il leur arriva parfois de regretter leur chaumière douillette et les flammes joyeuses de son âtre. Mais un jour qu'ils se tenaient l'un près de l'autre devant la magnificence dorée du temple, ils se mirent à parler de leur vie ancienne, si dure et cependant si heureuse. Ils étaient maintenant parvenus à un âge très avancé, et soudain, comme ils échangeaient leurs souvenirs, chacun s'aperçut que l'autre se couvrait de feuilles. Puis une écorce les entoura. Ils n'eurent que le temps de s'écrier tendrement : « Adieu, cher compagnon » ; les mots avaient à peine passé leurs lèvres qu'ils étaient transformés en arbres. Mais ils étaient toujours ensemble ; le chêne et le tilleul n'avaient qu'un seul tronc.

De partout on venait admirer le prodige et des guirlandes de fleurs garnissaient toujours les branches pour honorer ce couple pieux et fidèle.

Endymion

> *J'ai emprunté ce récit à un poète du IIIe siècle, Théocrite, qui le raconte dans la manière grecque la plus traditionnelle, simple et sans contrainte.*

Cet adolescent au nom si fameux a une histoire fort courte. Certains poètes disent qu'il était roi ; pour d'autres, il était un chasseur, mais la plupart en font un berger. Tous s'accordent pour célébrer sa beauté, qui fut la cause de son destin singulier.

> *Endymion le berger*
> *Fut aperçu par Séléné, la Lune.*
> *Elle le vit et l'aima.*
> *Elle descendit des cieux*
> *Jusqu'à la grotte de Latmos,*
> *Elle l'embrassa et s'étendit près de lui.*
> *Que son sort est fortuné ;*
> *Sans un geste, immobile,*

A jamais il sommeille
Endymion le berger.

Jamais il ne se réveille pour voir la forme brillante et argentée qui se penche sur lui. Dans tous les récits qui lui sont consacrés, il dort à jamais, immortel mais toujours inconscient ; toujours aussi beau, il repose étendu sur le flanc de la montagne, aussi lointain et immobile que dans la mort mais chaud et vivant ; et nuit après nuit, la Lune lui rend visite et le couvre de baisers. On dit que ce sommeil magique est son œuvre, qu'elle l'aurait endormi afin de pouvoir à tout moment le rejoindre et l'embrasser. Mais on dit aussi que sa passion ne lui apporte que peine, une peine qui s'exhale en de nombreux soupirs.

DAPHNÉ

Seul Ovide relate cette légende et seul un Romain pouvait l'écrire. Jamais un poète grec n'aurait pensé à la coiffure d'une nymphe si songé à la vêtir d'une robe élégante.

Daphné était une autre de ces jeunes chasseresses indépendantes et réfractaires au mariage et à l'amour que nous rencontrons si souvent dans les récits mythologiques. Elle fut, dit-on, le premier amour d'Apollon, et qu'elle l'ait fui n'a rien de surprenant. L'une après l'autre, ces infortunées jeunes filles se voyaient forcées soit de tuer secrètement leur enfant, soit de mourir elles-mêmes. Au mieux, elles pouvaient s'attendre à l'exil et bien des femmes estimaient ce sort pire encore que la mort. Les Néréides qui rendaient visite à Prométhée sur son pic rocheux du Caucase, témoignaient d'un élémentaire bon sens quand elles lui disaient :

Puissiez-vous ne jamais oh, jamais me voir
Partageant la couche d'un dieu.
Que jamais ne m'appartienne
L'amour que connaissent les dieux.
La lutte contre un amant divin n'est pas une lutte,
C'est le désespoir.

Daphné aurait sans réserve partagé ce point de vue. Mais en vérité, elle refusait aussi tout amant mortel. Son père, le dieu-fleuve Pénée, se chagrinait beaucoup de la voir éconduire l'un après l'autre tous les jeunes gens beaux et acceptables qui la recherchaient. Il la grondait gentiment et gémissait : « N'aurai-je donc jamais un petit-fils ? » Mais elle jetait ses bras autour du cou de Pénée et le cajolait : « Père chéri, laissez-moi suivre l'exemple de Diane. » Alors il cédait et elle retournait courir dans les forêts profondes, ravie de sa liberté.

Mais un jour Apollon l'aperçut et pour elle tout s'acheva. Elle chassait ; sa robe courte lui venait aux genoux, ses bras étaient nus et ses cheveux en désordre. Sa beauté, malgré cela, restait enchanteresse et Apollon pensa : « Que serait-ce si elle était convenablement vêtue et si ses cheveux étaient coiffés ? » A cette idée, le feu qui dévorait son cœur brûla plus vif encore et il s'élança à la poursuite de Daphné. Celle-ci fuyait ; elle excellait à la course et Apollon lui-même eut quelque peine à la rattraper, mais bien entendu il y parvint bientôt. Tout en courant, il lançait sa voix devant lui, suppliante, persuasive, rassurante : « Ne crains rien », criait-il. « Arrête, reconnais-moi. Je ne suis ni un rustre ni un berger, je suis le Seigneur de Delphes et je t'aime. »

Mais Daphné fuyait toujours, plus effrayée que jamais. Si c'était bien Apollon qui la poursuivait, son sort devenait désespéré, cependant elle était bien décidée à lutter jusqu'au dernier moment. Il n'était plus loin ; déjà elle sentait le souffle du dieu sur sa nuque, lorsque devant elle les arbres s'écartèrent et elle vit le fleuve de son père. Elle cria : « Père, aide-moi, sauve-moi ! » A ces mots, une torpeur la prit, elle sentit que ses pieds s'enracinaient dans ce sol qu'un instant plus tôt elle foulait si légèrement et avec tant de célérité. Une écorce l'enveloppait maintenant et des feuilles jaillissaient. Elle était transformée en arbre, en laurier.

Avec consternation, Apollon suivait des yeux la métamorphose. « O la plus belle des jeunes filles, tu es perdue pour moi », gémit-il. « Mais du moins tu seras mon arbre. Le front de mes vainqueurs sera ceint de tes feuilles. Tu prendras part à tous mes triomphes. Apollon et son laurier seront unis partout où des chants s'élèveront, où des poèmes seront dits. »

Bruissante et ondoyante, la tête du bel arbre aux feuilles luisantes parut acquiescer joyeusement.

ALPHÉE ET ARÉTHUSE

Seul Ovide raconte en entier cette histoire et il n'y a rien de marquant à relever dans sa manière de la relater. Les vers qui servent d'épilogue à ce conte sont dus au poète alexandrin Moschos.

Dans l'île d'Ortygie, tout près de Syracuse, la plus grande ville de Sicile, se trouve une fontaine sacrée appelée Aréthuse. Jadis cependant, ce nom ne désignait pas une fontaine ni même une Néréide, mais bien une chasseresse jeune et belle et disciple d'Artémis. Tout comme sa déesse favorite, elle éprouvait une aversion profonde pour les hommes et comme elle encore, elle aimait avec passion la chasse et la vie libre de la forêt.

Un jour, lasse et hors d'haleine d'avoir poursuivi le gibier, elle s'arrêta au bord d'un clair ruisseau ombragé par des saules. On ne pouvait rêver meilleur endroit pour se baigner. Aréthuse laissa tomber ses vêtements et se glissa dans l'onde fraîche et délicieuse. Pendant quelques instants, elle nagea paresseusement dans une paix absolue ; puis, elle crut sentir une agitation dans les profondeurs de l'eau. Effrayée, elle sauta sur la berge et alors elle entendit une voix : « Pourquoi tant de hâte, ma belle ? » Sans un regard en arrière, elle quitta au plus vite le ruisseau et courut avec une célérité décuplée par la peur vers le refuge des grands bois. Mais elle était poursuivie et par quelqu'un de tout aussi rapide qu'elle-même sinon davantage. L'inconnu lui cria d'interrompre sa course ; il lui dit qu'il était le dieu de la rivière, Alphée, et que seul l'Amour le portait à cette poursuite. Mais elle ne voulait rien entendre ; elle n'avait qu'une pensée, lui échapper. Ce fut une longue course mais son issue ne fut jamais en doute ; il pouvait courir beaucoup plus longtemps qu'elle. Epuisée, Aréthuse implora la déesse et ce ne fut pas en vain. Artémis la changea en fontaine, puis fendit la terre de telle façon qu'un tunnel relia soudain, par-dessous la mer, la Grèce à la Sicile. Aréthuse y plongea et émergea dans l'île d'Ortygie, et le lieu où jaillit sa fontaine est sacré, il est dédié à Artémis.

Mais même alors elle ne put se libérer d'Alphée. La légende nous dit que le dieu, reprenant sa forme de fleuve, la suivit dans le tunnel et c'est pourquoi aujourd'hui encore ses eaux vont se mêler à celles de la fontaine. On dit aussi que souvent on y voit des fleurs venues de Grèce, et qu'une coupe de bois jetée dans l'Alphée, en Grèce, réapparaît dans le puits d'Aréthuse, en Sicile.

Les eaux d'Alphée creusent leur chemin bien au-dessous du
[fond de la mer,
A la fontaine d'Aréthuse elles portent des présents de noces,
[des fleurs et des feuilles.
L'Amour, ce fripon, ce brandon de discorde, a d'étranges for-
[mules,
Par sa magie, il a fait plonger une rivière.

La conquête de la Toison d'Or

C'est le titre d'un long poème, très populaire aux temps classiques ; il est dû à un poète du IIIe siècle, Apollonius de Rhodes, qui relate toute l'histoire de cette expédition à l'exception de l'épisode concernant Jason et Pélias ; j'ai emprunté celui-ci à Pindare, auquel il fournit le thème de l'une de ses odes les plus célèbres, écrite dans la première partie du Ve siècle. Apollonius termine son œuvre par la relation du retour des héros en Grèce. J'ai ajouté le récit de ce que Jason et Médée accomplirent dans ce pays, récit que j'ai pris à Euripide, poète tragique grec du Ve siècle, qui en a fait le sujet de l'une de ses meilleurs œuvres.

Ces trois écrivains sont très différents les uns des autres. Aucune paraphrase en prose ne saurait donner une idée de la manière de Pindare ; à peine pourrait-elle, peut-être, nous faire entrevoir son don particulier pour la description alerte et minutieuse. Apollonius fera revivre le souvenir de Virgile chez les lecteurs de l'Enéide. La différence entre la Médée d'Euripide, l'héroïne d'Apollonius et la Didon de Virgile donne la mesure de ce qu'était alors la tragédie grecque.

Le chef de l'expédition de la Toison d'Or fut le premier héros qui, en Europe, entreprit un long voyage. Il est censé avoir précédé d'une génération le voyageur grec le plus fameux, le héros de *l'Odyssée*. Il s'agit, bien entendu, d'un voyage par mer. Les rivières, les lacs, les mers étaient à cette époque les seules voies de communication ; il n'existait pas de routes. Le voyageur avait tout de même à faire face à des périls non seulement sur les abîmes maritimes mais encore sur terre. Les vaisseaux ne naviguaient pas de nuit et tout endroit où les marins faisaient escale pouvait abriter un monstre ou un magicien plus néfastes encore que la tempête ou le naufrage. Pour voyager, un grand courage était requis, et plus encore si l'on quittait la Grèce.

Aucune histoire n'en fournit mieux la preuve que le récit des souffrances endurées par les héros qui s'embarquèrent sur l'*Argo* pour s'en aller à la recherche de la Toison d'Or. En vérité, on peut douter s'il y eut jamais un autre voyage pendant lequel les marins eurent à lutter contre un tel nombre et une telle variété de dangers. Quoi qu'il en soit, tous étaient des héros de grand renom, certains même parmi les plus célèbres de la Grèce, et ils se montrèrent à la hauteur de leurs aventures.

Au début de la légende de la Conquête de la Toison d'Or, il y a un Roi grec, Athamas, qui se lassa de sa femme, la répudia et en épousa une autre, la Princesse Ino. Néphélé, la première épouse, s'inquiétait pour ses deux enfants, pour son fils surtout, Phryxos. Elle craignait que celle qui l'avait remplacée ne cherchât à le tuer afin que son propre fils héritât du royaume. Néphélé n'avait pas tort. Cette seconde épouse appartenait à une fort noble famille, son père était Cadmos, l'excellent Roi de Thèbes ; sa mère et ses trois sœurs menaient une vie irréprochable ; mais elle-même, Ino, décida de provoquer d'une façon ou d'une autre la mort du petit garçon et elle dressa un plan minutieux pour y parvenir. Elle réussit, on ne sait trop comment, à s'emparer de tous les grains de semence et elle les fit griller avant que les hommes n'allassent les répandre dans les champs. Naturellement, cette année-là il n'y eut pas de récoltes. Quand le Roi dépêcha un messager à l'oracle pour lui demander ce qu'il convenait de faire dans une aussi terrible conjoncture, Ino persuada cet homme (il est même probable qu'elle le soudoya) de rapporter que l'oracle avait déclaré qu'à moins d'offrir le jeune prince en holocauste, le blé ne germerait plus dans le royaume.

Le peuple, menacé par la famine, força le Roi à céder et à permettre la mort du jeune garçon. Plus tard, des siècles ayant passé, l'idée d'un tel sacrifice devint tout aussi odieuse aux Grecs qu'elle nous l'est à nous-mêmes aujourd'hui, et presque toujours ils remplaçaient l'immolation par une offrande moins révoltante. Telle qu'elle nous est parvenue, la légende nous montre le jeune Prince mené à l'autel et déjà prêt au sacrifice, quand un grand bélier à la toison d'or surgit et les saisit, lui et sa sœur, et les emporte sur son dos à travers l'espace. C'était la réponse d'Hermès à la prière de leur mère.

Tandis qu'ils traversaient le détroit qui sépare l'Europe de l'Asie, la petite fille — dont le nom est Hellé — glissa et tomba dans la mer. Elle se noya ; et le détroit s'appela désormais Hellespont, la mer d'Hellé. Phryxos aborda sain et sauf en Colchide, pays qui confine à la Mer Inamicale (la mer Noire, laquelle n'était pas encore devenue Amicale). Les habitants de cette région étaient fort sauvages ; ils firent cependant bon accueil à Phryxos et leur Roi. Æétès lui donna une de ses filles en mariage. Si étrange que cela paraisse, Phryxos, en témoignage de gratitude, sacrifia à Zeus le bélier qui l'avait sauvé ; à Æétès, il fit présent de la précieuse Toison d'Or.

Phryxos avait un oncle, Æson, qui par droit de naissance était Roi d'Iolcos en Thessalie, mais s'était vu dépouillé de son royaume par son neveu Pélias. Jason, le plus jeune fils du Roi et héritier légitime de la couronne, avait été porté secrètement dans un lieu sûr. Devenu adulte, il revint hardiment réclamer le royaume à son méchant cousin.

L'oracle avait un jour prédit à Pélias, l'usurpateur, qu'il mourrait de la main d'un de ses proches et qu'il lui fallait se défier de quiconque se présenterait devant lui chaussé d'une seule sandale. En temps voulu, un tel homme se montra dans la ville. Il avait un pied nu bien qu'en toute autre manière il fût fort bien habillé — un vêtement qui mettait en valeur sa bonne mine et, sur les épaules, une peau de léopard. Il n'avait pas coupé ses beaux cheveux brillants qui retombaient en ondulant sur son dos. Il entra sans hésitation dans la ville et se dirigea sans crainte vers la place du marché, à l'heure précisément où les multitudes s'y rassemblaient.

Personne ne le connaissait, mais tous s'émerveillaient à sa vue. « Serait-ce Apollon ? Ou le Seigneur d'Aphrodite ? Ce ne peut être l'un de ces fils audacieux de Poséidon, puisqu'ils sont tous morts. » Ils s'interrogeaient ainsi l'un l'autre. Mais Pélias, venu en hâte aux nouvelles, s'effraya en ne lui voyant qu'une sandale. Il dissimula sa terreur et s'adressa à l'étranger : « Quel pays est le tien ? Pas de mensonges, je te prie. Dis-moi la vérité. » L'autre répondit courtoisement : « Je suis revenu dans ma patrie pour y recouvrer l'ancien honneur de ma maison et ce pays que Zeus avait donné à mon père et qui n'est plus justement gouverné. Je suis ton cousin et l'on m'appelle Jason. Toi et moi devons suivre la loi et respecter le droit — sans faire appel à l'épée ni aux flèches. Garde toutes les richesses que tu as prises, les troupeaux et le bétail au pelage fauve, et les champs, mais rends-moi le trône et le sceptre souverain, afin que nulle vile querelle ne s'élève entre nous à leur sujet. »

Pélias répondit avec douceur : « Qu'il en soit ainsi. Mais auparavant une chose doit être accomplie. Phryxos, avant de mourir, nous a priés de ramener la Toison d'Or en Grèce afin qu'avec elle ses mânes reviennent elles aussi dans sa demeure. L'oracle a parlé. Pour moi, la vieillesse est déjà ma compagne, tandis que ta jeunesse commence à peine à fleurir. Pars toi-même à la recherche de la Toison d'Or, et à ton retour, je te rendrai le trône, j'en prends Zeus à témoin. » C'est ainsi qu'il parla, persuadé dans le fond de son cœur que nul ne pourrait tenter pareille entreprise sans y perdre la vie.

L'idée de cette grande aventure enchanta Jason. Il acquiesça et fit répandre à la ronde l'annonce de cette exaltante expédition ; et les jeunes gens de la Grèce l'accueillirent avec joie ; ils vinrent, tous parmi les meilleurs et les plus nobles, s'offrir à y participer. Héraclès le plus grand des héros, était là ; et Orphée, le maître musicien, Castor et son frère Pollux, Pélée, père d'Achille, et bien d'autres. Héra aidait Jason et ce fut elle qui fit naître en chacun d'eux le désir de renoncer à une vie sans péril, sous l'aile maternelle, pour boire — fût-ce au prix de la mort — avec des valeureux compagnons l'élixir sans pareil du courage. Ils montèrent à bord de l'*Argo*, Jason prit un gobelet d'or dans ses mains, il versa une libation de vin dans la mer et pria Zeus, dont l'éclair est la lance, de les mener rapidement au but.

De grands périls les attendaient et plusieurs payèrent de leur vie d'avoir bu cet élixir sans pareil. Ils abordèrent d'abord à Lemnos, une île étrange habitée seulement par des femmes. Elles s'étaient révoltées contre les hommes et les avaient tous égorgés, tous sauf un seul, le vieux Roi Thoas. La fille de celui-ci, Hypsipylé, Reine de toutes ces femmes, avait sauvé son père en lui faisant prendre la mer dans un coffre qui le porta jusqu'à l'île de Chio. Ces sauvages créatures réservèrent cependant bon accueil aux Argonautes et ne les laissèrent repartir qu'après les avoir comblés de dons : vin, nourriture et vêtements.

Peu après avoir quitté Lemnos, les Argonautes perdirent Héraclès. Son écuyer, un jeune garçon nommé Hylas et auquel il était très attaché, plongeait sa jarre dans une source quand il fut attiré par une dryade ; celle-ci, ayant aperçu l'éclat nacré de sa beauté, voulut l'embrasser ; elle jeta ses bras autour du cou d'Hylas et l'entraîna dans les profondeurs ; on ne le vit plus. Comme un fou, Héraclès le chercha partout, criant son nom et s'enfonçant de plus en plus profondément dans la forêt, s'éloignant de plus en plus de la mer. La Toison, l'*Argo*, ses compagnons, il avait tout oublié, sauf Hylas. Il ne reparut pas et le vaisseau dut appareiller sans lui.

L'aventure suivante fut leur rencontre avec les Harpies, ces monstres ailés au bec et au griffes crochus qui laissaient toujours derrière elles une odeur si infecte qu'elle donnait la nausée à toute créature vivante. Tout près de l'endroit où les héros avaient mis leur nef à l'échouage, vivait un vieillard solitaire et misérable qu'Apollon, le véridique, avait doué du don de prophétie ; il prédisait infailliblement l'avenir et ceci déplaisait à Zeus qui aimait draper ses actes de mystère — en quoi il se montrait judicieux aux yeux de tous ceux qui connaissaient Héra. Mécontent, Zeus avait donc affligé un affreux châtiment au vieil homme. Chaque fois qu'il se proposait de prendre un repas, les Harpies — que l'on nommait aussi la meute de Zeus — s'abattaient sur sa nourriture et la souillaient, la laissant si peu appétissante que personne ne pouvait plus s'en approcher et moins encore la manger. Quand les Argonautes aperçurent ce pauvre vieillard — qui s'appelait Phineus — il ressemblait à un spectre se traînant sur des pieds desséchés —, il tremblait de faiblesse et seule sa peau retenait ensemble les os de son corps. Il les accueillit avec transports et les supplia de lui venir en aide. Son don prophétique lui avait appris que seuls deux hommes pouvaient le sauver des Harpies — deux hommes qui se trouvaient précisément sur l'*Argo*, les fils de Borée, le Vent du Nord. Tous l'écoutèrent avec pitié, et les deux frères lui promirent avec empressement leur concours.

Tandis que les autres lui offraient de la nourriture, les fils de Borée se tinrent à ses côtés, leurs épées dégainées. Il avait à peine porté une bouchée à ses lèvres que les détestables Harpies fondirent du ciel sur les mets, les dévorèrent et repartirent à tire-d'aile, laissant derrière elles une odeur méphitique. Mais les fils rapides du Vent les poursuivirent ; ils les rattrapèrent, les frappèrent de leurs épées et les auraient certainement taillées en pièces si Iris, la messagère des dieux, glissant sur son arc-en-ciel, ne les en avaient empêchés. Il leur fallait renoncer à exterminer la meute de Zeus, leur dit-elle, mais elle jura par les eaux du Styx, le serment que nul ne peut rompre, que les monstres ne reviendraient plus jamais troubler Phineus. Tout heureux, les deux frères revinrent ; ils réconfortèrent le vieillard qui, dans sa joie, festoya toute la nuit avec les héros.

Il leur donna aussi de sages conseils au sujet des dangers qui les attendaient et il les mit tout particulièrement en garde contre les Symplègades, ces écueils mobiles qui s'entrechoquent perpétuellement tandis que la mer bouillonne autour d'eux. La seule façon de procéder, leur dit-il, était de tenter un premier essai avec une colombe. Si celle-ci forçait saine et sauve le passage, ils auraient eux aussi de grandes chances d'y parvenir. Mais si elle échouait, il ne leur resterait plus qu'à revenir en arrière en abandonnant tout espoir de retrouver la Toison d'Or.

Ils levèrent l'ancre le lendemain matin, emmenant une colombe, naturellement, et ils arrivèrent bientôt en vue des Symplègades. Se frayer un chemin entre ces grands écueils semblait une entreprise impossible, mais ils lâchèrent la colombe et la suivirent des yeux. Elle vola entre les écueils et passa, saine et sauve. Seul le bout de ses ailes avait touché les grands rocs mobiles et ceux-ci s'étaient aussitôt écartés. Forçant l'allure, les héros suivirent la colombe. Les écueils s'écartèrent, les rameurs employèrent toute leur énergie et à leur tour réussirent à passer sans dommage. Il était temps, car lorsque les rochers se rapprochèrent, l'extrémité de la poupe fut emportée et ils échappèrent de justesse à la destruction. Mais depuis le passage de l'*Argo*, les écueils se sont scellés les uns aux autres et jamais plus ils n'ont causé de désastre aux marins.

Non loin de là se trouvait le pays de ces femmes guerrières, les Amazones — si étrange que cela paraisse, elles étaient filles de cette nymphe tellement éprise de paix, la douce Harmonie. Mais leur père était Arès, le dieu terrible de la guerre et elles tenaient bien plus de lui que de leur mère. Les héros se seraient volontiers arrêtés pour leur livrer bataille et la lutte n'aurait pas été sans effusion de sang, car les Amazones étaient des adversaires sans pitié, mais le vent se montrant favorable, ils estimèrent plus sage de poursuivre leur route. Comme ils passaient à toutes voiles au large du Caucase, ils entrevirent Prométhée sur son roc et entendirent le battement d'ailes du grand aigle qui se précipitait à son sanglant festin. Ils ne s'arrêtèrent nulle part et au crépuscule de ce même jour, ils atteignirent la Colchide, le pays où se trouvait la Toison d'Or.

Ils passèrent la nuit dans l'attente d'ils ne savaient quel péril et tous avaient le sentiment qu'ils ne pouvaient espérer de secours que dans leur seule valeur. Dans l'Olympe cependant, on délibérait à leur sujet. Héra, émue du danger qu'ils couraient, s'en était allée demander l'aide d'Aphrodite. La déesse de l'Amour s'étonna de cette démarche car Héra n'était guère de ses amies, mais le fait que la Reine de l'Olympe implorât son concours l'impressionna et elle promit de faire tout ce qui était en son pouvoir. Ensemble, les deux divinités tissèrent un plan; il fut convenu que Cupidon, le fils d'Aphrodite, rendrait la fille du Roi de Colchide amoureuse de Jason. Ce plan était excellent — pour Jason. La jeune fille, qui se nommait Médée, possédait un grand pouvoir magique et si elle en usait au profit des Argonautes, elle parviendrait sans aucun doute à les sauver. Aphrodite s'en fut donc trouver Cupidon et lui dit qu'elle lui donnerait un jouet ravissant, un ballon d'or brillant et d'émail bleu, s'il consentait à faire ce qu'elle lui demandait. Enchanté, Cupidon saisit son arc et son carquois et prit son vol à travers les vastes espaces qui séparent l'Olympe de la Colchide.

Entre-temps les héros s'étaient mis en route pour la ville afin de prier le Roi de leur remettre la Toison d'Or. Aucun obstacle ne se dressa sur leur chemin car Héra les enveloppa d'un brouillard épais, ce qui leur permit d'atteindre le palais sans être vus. Quand ils arrivèrent devant les grilles, le brouillard se dissipa et les gardiens, apercevant soudain cette troupe d'étrangers jeunes et splendides, les firent entrer fort civilement et envoyèrent prévenir le Roi de leur arrivée.

Il vint aussitôt et leur souhaita la bienvenue. Ses serviteurs s'empressèrent, allumant de grands feux, chauffant de l'eau pour les bains, préparant le repas. Curieuse d'apercevoir les visiteurs, la Princesse Médée se glissa furtivement sur ce théâtre d'intense activité et comme ses yeux se posaient sur Jason, Cupidon leva prestement son arc et lança une flèche dans le cœur de la jeune fille. Elle y brûla comme une flamme. Une douce souffrance attendrit le cœur de Médée et son visage pâlit et rougit tour à tour. Interdite, décontenancée, elle se retira sans bruit dans sa chambre.

Ce fut seulement après que les héros se furent baignés et rafraîchis que le Roi Æétès put leur demander qui ils étaient et la raison de leur venue. Dans ces temps-là, il était fort discourtois de poser la moindre question à un hôte avant qu'il ait satisfait à ses désirs. Jason répondit qu'ils étaient tous hommes de la plus grande naissance, fils et petits-fils des dieux, et qu'ils avaient quitté la Grèce dans l'espoir que le Roi leur donnerait la Toison d'Or en échange de tout service qu'il lui plairait de leur demander. Ils vaincraient ses ennemis pour lui et rempliraient toute condition qu'il jugerait à propos de leur imposer.

Comme il écoutait, une grande colère envahissait le cœur du Roi Æétès. Pas plus que les Grecs, il n'aimait les étrangers, il préférait les tenir éloignés de son pays, et il se disait : « Si ceux-ci n'avaient mangé à ma table, je les tuerais. » Il réfléchissait en silence et un projet germait en lui.

Il dit à Jason qu'il ne saurait en vouloir à des hommes courageux ; s'ils faisaient la preuve de leur valeur, il leur donnerait la Toison d'Or. « Et pour mesurer votre bravoure, je ne vous demanderai rien de plus que je n'aie fait moi-même », ajouta-t-il. Il s'agissait de mettre sous le joug deux taureaux qui avaient les pieds en airain et qui vomissaient des flammes, puis de leur faire défricher un champ ; ensuite, les dents d'un dragon devaient être semées comme des graines dans les sillons et elles donneraient à l'instant une moisson d'hommes armés qu'il fallait aussitôt exterminer. « Tout ceci, je l'ai accompli moi-même et je ne remettrai la Toison qu'à un homme aussi brave que moi », dit-il. Jason resta d'abord muet. L'épreuve semblait impossible, bien au-delà des forces de quiconque. Enfin, il répondit : « Toute monstrueuse qu'elle paraisse, j'accepte cette épreuve, même s'il est dans mon destin d'y succomber. » Alors il se leva et ramena ses compagnons au navire pour y passer la nuit. Mais les pensées de Médée le suivaient ; tout au long de cette interminable nuit, elle crut le voir dans toute sa grâce et sa beauté, elle se figurait entendre encore les mots qu'il avait prononcés. Son cœur était tourmenté de crainte pour lui, car elle devinait ce que son père préparait au héros.

Revenus au vaisseau, les Argonautes tinrent conseil et l'un

après l'autre, ils supplièrent Jason de leur laisser prendre sa place; mais en vain; Jason ne voulut céder à aucun d'eux. Comme ils parlaient encore, survint un petit-fils du Roi que Jason avait un jour sauvé et qui leur révéla le pouvoir magique de Médée. « Il n'y a rien qui lui soit impossible », dit-il. « Elle peut arrêter la course des étoiles et même celle de la lune. » Si on parvenait à la persuader de leur prêter son concours, elle aiderait Jason à vaincre les taureaux et les hommes-dragons. Ce plan de campagne semblait le seul qui parût offrir quelque espoir et tous supplièrent Jason de retourner au palais pour tenter de convaincre Médée. Ils ignoraient que le dieu de l'Amour s'en était déjà chargé.

Elle était seule dans sa chambre ; elle pleurait et se reprochait de s'être à jamais couverte de honte en s'éprenant à tel point d'un étranger qu'elle se sentait toute prête à céder à sa passion et à s'opposer à son propre père. « Mieux vaut mourir », se dit-elle. Elle prit une cassette qui contenait des herbes meurtrières, puis, la tenant toujours dans ses mains, elle s'assit et se prit à songer à la vie, à toutes ces choses délicieuses qui existent dans le monde; et le soleil lui parut plus doux que jamais auparavant. Elle déposa la cassette; sans plus hésiter, elle résolut d'employer son pouvoir pour secourir l'homme qu'elle aimait. Elle possédait un onguent magique qui rendait invulnérable pour la journée celui qui s'en enduisait tout le corps. La plante dont il provenait avait jailli à l'endroit où le sang de Prométhée s'était pour la première fois répandu sur la terre. Elle cacha l'onguent dans son sein et s'en fut à la recherche de son neveu, le Prince que Jason avait autrefois secouru. Elle le rencontra alors que lui-même venait la trouver pour la supplier de faire ce qu'elle venait précisément de décider. Elle acquiesça aussitôt à toutes ses demandes et l'envoya dire à Jason de la rejoindre sans délai au lieu qu'elle lui indiquait. A peine avait-il entendu le message que Jason quittait le navire, et Héra l'enveloppa d'un tel halo de grâce radieuse que tous, à sa vue, étaient émerveillés. Quand il l'approcha, Médée crut que son cœur la quittait pour aller au-devant de lui ; un nuage passa devant ses yeux et elle n'eut plus la force de faire un geste. Tous deux se tenaient face à face, sans un mot, comme des grands pins par un jour sans vent, qui se mettent à murmurer doucement quand la brise se lève. Ainsi ces deux-là, mus par le souffle de l'Amour étaient eux aussi destinés à se confier l'un à l'autre leur histoire.

Il parla le premier et il l'implora de se montrer secourable. Il lui était facile d'espérer, lui dit-il, car la beauté de Médée montrait clairement qu'elle excellait aussi à faire le bien. Elle, de son côté, ne savait comment lui parler ; elle aurait voulu lui dire dès cet instant tout ce qu'elle ressentait. Silencieusement, elle prit l'onguent et le lui tendit ; elle lui aurait donné son âme s'il la lui avait demandée. A présent, décontenancés, chacun d'eux fixait le sol puis jetait un regard à l'autre, avec un sourire rempli d'amoureux désir.

Enfin, Médée parla ; elle lui dit comment employer le charme, d'abord sur lui-même puis sur ses armes, qui deviendrait elles aussi invincibles s'il les aspergeait. Et s'il était assailli par un trop grand nombre d'hommes-dragons, il devait lancer une pierre dans leurs rangs ; elle les ferait se tourner les uns contre les autres et s'entretuer jusqu'au dernier. « Il faut maintenant que je rentre au palais », dit-elle. « Mais lorsque tu seras revenu sain et sauf à ta demeure, souviens-toi de Médée comme elle se souviendra de toi, à jamais. » Il répondit avec passion : « De jour et de nuit, toujours je me souviendrai de toi. Et si jamais tu viens en Grèce, tu y seras vénérée pour tout ce que tu as fait pour nous, et la mort seule pourra nous séparer. »

Ils partirent, elle vers le palais pour y pleurer sa trahison envers son père, lui vers le vaisseau pour envoyer deux de ses compagnons réclamer les dents du dragon. Lui-même, dans le même temps, étendit l'onguent sur son corps et aussitôt un pouvoir terrible, irrésistible, le pénétra, et tous les héros exultèrent. Néanmoins, quand ils arrivèrent au champ où les attendaient le Roi et ses sujets, et quand ils virent les taureaux s'élancer en crachant des flammes, ils furent tous envahis par la terreur. Mais Jason supporta l'assaut de ces terrifiantes créatures comme dans la mer un grand rocher résiste à l'assaut des vagues. Il força d'abord l'un puis l'autre à plier les genoux et fixa le joug sur leur nuque, tandis que tous autour de lui s'émerveillaient de cette prouesse. Il leur fit labourer le champ, lui-même pesant fermement sur le soc et semant les graines dans les sillons. Quand le labour prit fin, la moisson jaillit, des hommes en armures qui fondirent sur lui. Mais Jason se souvint des mots de Médée et il jeta une pierre parmi eux. Aussitôt les combattants se tournèrent les uns contre les autres et tombèrent sous leurs propres lances et javelots tandis que les sillons se gorgeaient de sang. L'épreuve de Jason s'achevait en triomphe, à l'amère déconvenue du roi Æétès.

Le Roi revint dans son palais en ruminant de nouvelles traîtrises à l'encontre des héros et en se jurant que jamais ils n'auraient la Toison d'Or. Mais Héra travaillait pour eux. Elle fit tant que Médée, égarée par son amour et son chagrin, décida de fuir avec Jason. Cette même nuit, elle quitta furtivement la maison et courut tout au long du sentier obscur jusqu'au vaisseau où les héros, sans penser à mal, fêtaient leur bonne fortune. Elle tomba à genoux devant eux et les supplia de l'emmener. Il leur fallait tout de suite s'emparer de la Toison d'Or, leur dit-elle, puis appareiller en toute hâte, sinon ils seraient tous tués. Un serpent monstrueux veillait sur la Toison, mais elle l'assoupirait avec un charme et il ne leur ferait aucun mal. Elle parlait avec angoisse mais Jason, lui, se réjouit de l'entendre ; il la releva avec douceur, l'embrassa et lui promit le mariage dès leur retour en Grèce. Après l'avoir fait monter à bord, ils se dirigèrent sous sa conduite vers le bosquet sacré où la Toison était suspendue à un hêtre. Le serpent qui la gardait était certes terrible, mais Médée l'approcha sans trembler et elle l'endormit en lui chantant une douce mélopée magique. Alors Jason enleva la merveille dorée de l'arbre qui la retenait et en hâte ils revinrent tous au navire comme l'aube se levait. Les plus vigoureux se mirent aux avirons et ramant de toutes leurs forces, ils descendirent la rivière jusqu'à la mer.

Mais à cette heure, le Roi avait appris ce qui s'était passé. Il lança son fils Absyrtos — le frère de Médée — à la poursuite des héros, avec une armée si nombreuse qu'il semblait exclu que le petit groupe pût la vaincre ou même lui échapper. Ici encore Médée intervint ; elle sauva les Argonautes et cette fois par une action horrible. Elle tua son frère. D'après les uns, elle lui aurait fait savoir qu'elle désirait ardemment revenir dans sa demeure et qu'elle lui apporterait la Toison s'il consentait à venir la retrouver, la nuit suivante, dans un endroit qu'elle lui désignait. Sans rien soupçonner, Absyrtos serait venu au rendez-vous et Jason l'aurait alors égorgé ; et la robe de Médée aurait été souillée du sang de son frère. Privée de son chef, l'armée se serait débandée, ouvrant ainsi aux héros la route de la mer.

D'autres disent — mais sans en donner la raison — qu'Absyrtos s'embarqua avec Médée sur l'*Argo* et que le Roi en personne les poursuivit. Comme son vaisseau les gagnait de vitesse, Médée aurait elle-même égorgé son frère, puis l'ayant coupé en morceaux, elle aurait semé ses membres dans la mer ; le Roi ralentit sa course pour recueillir les restes de son fils et l'*Argo* fut ainsi sauvé.

Cependant, les aventures des Argonautes touchaient à leur terme. Une dangereuse épreuve les attendait encore lors de leur passage du détroit qui sépare le roc nu de Scylla du gouffre de Charybde, où la mer rugit et rejaillit à jamais, où les vagues furieuses montent jusqu'à toucher les nues. Mais Héra veillait ; à sa demande, Téthys et ses nymphes guidèrent le navire qui poursuivit sa route sans encombre ni dommage.

Ensuite, ce fut la Crète — où ils auraient abordé s'il n'y avait eu Médée. Elle leur dit que Talos vivait en cet endroit, le dernier homme de la race d'airain, une créature faite tout entière de ce métal sauf au-dessus de la cheville, seul point où il était vulnérable. Elle parlait encore quand il se montra, menaçant d'écraser leur navire sous des rocs s'ils approchaient de la côte. Ils s'arqueboutèrent sur leurs rames pour freiner, et Médée, s'agenouillant, pria les chiens courants de Hadès de le détruire. Les pouvoirs du mal l'entendirent. Comme l'homme d'airain soulevait un quartier de roc pour le précipiter sur l'*Argo*, une veine de sa cheville se rompit dans l'effort et le sang jaillit à gros bouillons ; il mourut peu après et les héros purent aborder et se reposer en prévision de la route qu'il leur restait encore à parcourir.

A leur retour en Grèce, ils se dispersèrent, chaque héros regagnant sa demeure. Jason, accompagné de Médée, se dirigea vers le palais pour remettre la Toison à Pélias. Ils apprirent alors les événements affreux qui s'y étaient déroulés. Pélias avait forcé le père de Jason à se tuer et sa mère en était morte de chagrin. Résolu à punir ces crimes, Jason pria Médée de lui apporter ici encore l'aide qu'elle ne lui avait jamais refusée. Et cette fois, elle employa la ruse. Elle dit aux filles de Pélias qu'elle connaissait un secret qui rendait la jeunesse aux vieillards et pour preuve de ses dires, elle dépeça devant elles un bélier chargé d'ans et en jeta les morceaux dans une chaudière remplie d'eau bouillante. Elle récita alors une formule magique et de la chaudière sauta un agneau qui se sauva en gambadant. Les jeunes filles furent convaincues. Médée fit boire à Pélias un puissant soporifique et persuada les filles d'égorger leur propre père et de le couper ensuite en morceaux. Malgré tout leur désir de le voir recouvrer sa jeunesse, elles durent se faire violence, mais enfin l'affreuse besogne fut accomplie et les restes jetés dans la chaudière ; elles se tournèrent alors vers Médée pour qu'elle prononçât les mots magiques qui leur rendraient leur père dans sa jeunesse retrouvée. Mais Médès avait disparu — elle avait quitté le palais et la ville ; horrifiées, les malheureuses comprirent qu'elles avaient elles-mêmes tué leur père. Jason était bien vengé, en vérité.

Une autre légende veut que Médée ait rendu la vie au père de Jason en même temps que sa première verdeur, et qu'elle ait donné à Jason le secret de la perpétuelle jeunesse. Mais quoi qu'elle ait fait, en bien ou en mal, elle l'accomplit pour lui seul et il la récompensa en la trahissant lâchement.

Après la mort de Pélias, tous deux s'en vinrent à Corinthe. Deux fils leur étaient nés et leur sort paraissait heureux. L'exil lui-même ne semblait pas peser à Médée ; la perte de sa famille et de son pays lui était peu de chose en regard de son immense amour pour Jason. Mais tout héros qu'il fût ou prétendît être, Jason montra alors la bassesse qu'il portait en lui : il s'éprit de la fille du Roi de Corinthe et l'épousa. C'était pour lui une alliance splendide et il oublia tout sentiment d'amour ou de gratitude pour ne plus penser qu'à satisfaire son ambition. Sous

APOLLON *était le fils de Zeus et de Léto, le dieu solaire de la lumière et de la vérité (sculpture grecque du Vᵉ siècle av. J.-C.).*

Bronze archaïque.
(Vᵉ siècle av. J.-C.)

Apollon et les Muses (tableau de Martin de Vos).

Apollon à la poursuite de Daphné transformée en laurier (tableau de Maratti).

DIONYSOS-BACCHUS
était le fils de Zeus et de Sémélé ; il apprit aux hommes l'art de cultiver la vigne (Bacchus sur son char, détail d'une amphore italique).

Bacchus et le faune (marbre antique).

l'emprise de sa surprise et de son angoisse devant cette trahison, Médée laissa échapper des mots qui firent croire au Roi de Corinthe qu'elle se vengerait sur sa fille — il devait être un homme singulièrement dépourvu de défiance pour n'y avoir pas pensé plus tôt — et il signifia à Médée qu'elle devait aussitôt quitter le pays avec ses deux fils. C'était un sort bien pire que la mort. Exilée, une femme chargée de petits enfants ne pouvait espérer aide et protection de personne.

Immobile, prostrée, Médée songeait sombrement à ce qu'il lui restait à faire, à ses griefs, à son destin misérable, appelant la mort qui mettrait un terme à une vie qu'elle ne se sentait plus la force de supporter ; parfois, avec des larmes, elle pensait à son père, à son pays, elle frissonnait au souvenir de son frère et de cette tache sanglante que rien ne pouvait effacer ; mais toujours, elle restait consciente de cette passion sauvage et violente, cause de tout ce mal et de son propre malheur — et soudain, Jason parut devant elle. Sans un mot, elle le regarda. Il était là, tout près d'elle, et cependant elle était loin de lui, seule avec son amour outragé et sa vie détruite. Mais Jason ne se sentait pas contraint au silence par la violence de ses sentiments ; il lui dit avec froideur qu'il avait toujours su combien elle était peu maîtresse de son caractère. Sans les paroles insensées, venimeuses qu'elle avait laissé échapper, sans ses menaces envers la nouvelle épouse, rien ne l'aurait empêchée de vivre paisiblement à Corinthe. Lui-même avait fait de son mieux pour lui trouver des excuses et c'était à lui seul et à son intercession qu'elle devait de n'être qu'exilée et non tuée. Il n'avait épargné aucun effort pour persuader le Roi, et s'il venait à elle maintenant, c'est qu'il n'était pas homme à abandonner ses amis ; il veillerait à ce qu'on lui donnât de l'or et tout le nécessaire pour le voyage.

C'en était trop. Médée laissa jaillir le torrent de ses griefs. « Tu viens à moi », dit-elle…

A moi, de toute la race humaine ?
Mais tu as bien fait de venir,
Car je libérerai mon cœur de son fardeau

Si je parviens à rendre ta vilenie manifeste.
Je t'ai sauvé. Tout homme, en Grèce, le sait.
Les taureaux, les hommes-dragons, le serpent qui gardait la [Toison,
Je les ai tous vaincus. Je t'ai rendu victorieux.
J'ai tenu le flambeau qui a permis ton salut.
Père, foyer — j'ai tout quitté pour une terre étrangère,
J'ai dispersé tes adversaires
Et mené Pélias vers une mort hideuse.
Maintenant tu me trahis.
Où irai-je ? Retournerai-je dans la maison de mon père ?
Vers les filles de Pélias ? Pour toi je suis devenue
L'ennemie de tous.
Avec aucun de ceux-là je n'avais moi-même de querelle.
Ah, j'ai trouvé en toi
Un époux loyal, digne d'être admiré des hommes.
Me voici exilée — ô Dieu, ô Dieu,
Personne ne peut m'aider. Je suis seule.

La réponse de Jason fut qu'il n'avait pas été sauvé par elle mais bien par Aphrodite qui l'avait rendue amoureuse de lui, et qu'elle devait lui être reconnaissante de l'avoir amenée en Grèce, un pays civilisé. Elle pouvait encore le remercier d'avoir raconté partout combien elle avait aidé les Argonautes, ce dont chacun maintenant la louait. Si seulement elle avait eu quelque bon sens, elle se serait réjouie de ce mariage qui en fin de compte lui aurait été profitable, à elle-même et à ses enfants. Elle ne pouvait vraiment que s'en prendre à elle-même si elle était maintenant exilée.

Médée manquait peut-être de bon sens mais certainement pas d'intelligence. Sauf pour refuser son or, elle ne perdit plus de temps à lui parler. Elle n'accepta rien de lui, pas même son aide. Jason s'écarta d'elle avec colère. Ton orgueil obstiné, lui dit-il :

Eloigne de toi tous ceux qui te veulent du bien,
Tu ne t'en repentiras que davantage.

Mais dès cet instant Médée savait qu'elle emploierait tout son pouvoir à sa vengeance.

Elle décida de tuer sa rivale, et alors — alors ? Mais elle ne voulait pas penser à ce qui l'attendait alors. « Sa mort, avant toute autre chose », se dit-elle.

Dans un coffre, elle prit une robe ravissante, qu'elle aspergea d'un suc mortel ; puis elle la mit dans une cassette et la fit porter par ses fils à la nouvelle épousée, en leur recommandant de la prier de s'en vêtir aussitôt en signe d'acceptation. La princesse les reçut gracieusement et acquiesça à leur demande. A peine avait-elle revêtu la robe qu'un feu dévorant l'enveloppa. Elle tomba, morte, sur le sol, la chair calcinée.

Quand Médée apprit la fin de sa rivale, elle prit une nouvelle résolution, plus atroce encore. Pour ses enfants, elle ne pouvait espérer aucune aide, aucune protection, tout au plus l'esclavage. « Je ne les laisserai pas vivre pour être maltraités par des étrangers », se dit-elle,

Ni mourir d'une main plus cruelle que la mienne.
Non ; moi qui leur ai donné la vie, je leur donnerai aussi la [mort.
Oh, pas de lâcheté, à présent ; il me faut oublier leur jeune âge,
Combien ils sont mignons, et leur premier cri.
Pas cela — j'oublierai pour un instant,
Pour un court instant, qu'ils sont mes fils —
Puis, à jamais, la douleur.

Quand Jason revint, rempli de fureur et résolu à tuer sa femme, les deux petits garçons étaient morts et Médée, du toit de la maison, montait dans un char traîné par des dragons. A travers l'espace, ils l'emportèrent hors de sa vue, tandis qu'il la maudissait. Mais ses épreuves l'avait brisé et jamais plus il ne fut ce qu'il avait été.

Quatre grandes aventures

PHAËTON

C'est l'un des meilleurs contes d'Ovide ; il est narré de façon fort vivante et les détails sont là non par simple souci décoratif mais pour rehausser l'effet.

Le palais du Soleil était un lieu radieux. L'or y brillait, l'ivoire y reluisait, les joyaux y scintillaient. Dedans, dehors, tout y étincelait, rayonnait, flamboyait. Midi y était l'heure unique et le crépuscule n'en assombrissait jamais l'éclat. L'ombre et la nuit y étaient inconnues. Rares étaient les mortels qui auraient pu supporter cette éternité lumineuse, mais rares aussi étaient ceux qui en avaient trouvé le chemin.

Un jour cependant, un adolescent — mortel par sa mère —

osa s'en approcher. Souvent, il dut s'arrêter pour reposer ses yeux éblouis, mais l'objet de sa course était tellement urgent qu'il persista, et forçant le pas, il se dirigea vers le palais, puis à travers les portes polies, jusqu'à la salle du trône où, entouré par une splendeur aveuglante, se tenait le dieu Soleil. Là, le jeune garçon dut enfin s'arrêter ; il n'en pouvait plus.

Rien n'échappe aux yeux du Soleil. Il aperçut aussitôt le jeune garçon et le regarda avec une très grande bienveillance. « Quelle raison t'a mené jusqu'ici ? » lui demanda-t-il. « Je suis venu », répondit hardiment l'autre, « pour découvrir si oui ou non vous êtes mon père. Ma mère l'affirme, mais les garçons, à l'école, se moquent de moi quand je leur dis que je suis votre fils. Ils ne veulent pas me croire. J'en ai parlé à ma mère et elle m'a dit que je ferais mieux de venir vous le demander. » Souriant, le Soleil enleva sa couronne de lumière afin que le garçon pût le regarder sans en souffrir. « Approche-toi, Phaëton », dit-il. « Tu es mon fils. Ta mère t'a dit la vérité. J'espère que tu ne douteras pas aussi de ma parole ? Mais je vais t'en donner une preuve. Exprime un vœu. Quel qu'il soit — j'en jure par le Styx, le fleuve du serment —, je te l'accorderai. »

A n'en pas douter, Phaëton avait souvent observé la course du Soleil à travers l'espace et s'était dit alors avec un sentiment fait pour moitié de crainte et pour moitié de fierté : « Voici mon père, là-haut », se demandant ce qu'on pouvait éprouver à être dans ce char, à mener les chevaux dans leur course vertigineuse, à donner la lumière au monde. A présent, les mots de son père rendaient possible ce rêve insensé. Sur-le-champ, il s'écria : « Je choisis de prendre ta place, père. C'est mon seul désir. Pour un jour, un seul, laisse-moi conduire ton char. »

Le Soleil comprit sa propre folie. Comment avait-il pu prêter ce serment fatal, pourquoi s'était-il engagé à céder au premier caprice qui passerait par la tête folle d'un jeune étourdi ? « Cher garçon », dit-il, « c'est la seule chose que je t'aurais refusée. Je sais que je ne peux plus le faire, j'ai juré par le Styx, et si tu persistes, il faudra que je cède. Mais je veux espérer que tu renonceras. Ecoute-moi, et je te dirai ce que signifie ton vœu. Tout autant que le mien, tu es le fils de Clymène. Tu es donc mortel et nul mortel ne peut conduire mon char. En vérité, aucun dieu sauf moi-même ne peut le faire, pas plus le Maître de l'Olympe que les autres. Pense à la route qu'il te faudrait suivre. Elle s'élève de la mer par une pente si raide que les chevaux ont peine à la gravir, tout frais qu'ils soient dans le jeune matin. A mi-ciel, elle est déjà si haut que j'ose à peine moi-même jeter un coup d'œil vers le bas. Mais pire que tout le reste est la descente ; elle est tellement précipitée que les dieux de la Mer, qui attendent ma venue, se demandent comme je parviens à éviter la chute. Et guider les coursiers est une lutte perpétuelle. Leur fougue s'échauffe au fur et à mesure de leur ascension et ils supportent avec peine mon contrôle. Que feraient-ils sous le tien ?

» Tu t'imagines peut-être qu'il y a là-haut toutes sortes de merveilles, des cités célestes remplies de splendeur ? Rien de tout cela. Tu rencontrerais des bêtes, des bêtes de proie féroces, et rien qu'elles ; le Taureau, le Lion, le Scorpion, le Cancer, et chacun d'eux tenterait de te faire du mal. Laisse-toi persuader. Regarde autour de toi ; vois tous les biens que t'offre ce monde généreux ; choisis parmi eux celui que ton cœur désire et il t'appartiendra. Si tu cherches la preuve que tu es bien mon fils, mes craintes pour toi prouvent à suffisance que je suis ton père. »

Mais rien dans ce discours si sage ne put convaincre Phaëton. Déjà il se voyait fièrement debout dans ce char prodigieux, ses mains guidant triomphalement ces coursiers que Jupiter lui-même ne pouvait maîtriser. Aux dangers que son père énumérait, il n'accorda pas une pensée ; il n'éprouva pas un seul frisson de crainte, pas un doute au sujet de ses forces. Voyant qu'il n'obtenait rien, le Soleil renonça enfin à le dissuader. D'ailleurs le temps pressait ; le moment du départ approchait. Déjà les portes de l'Est s'empourpraient et l'aurore avait ouvert ses parvis roses. Les étoiles quittaient le ciel et même l'étoile du matin pâlissait.

Aucune hâte n'était nécessaire mais tout était prêt. Les Saisons, ces concierges de l'Olympe, attendaient le moment d'ouvrir toutes grandes les portes. Les chevaux étaient bridés et attelés au char. Heureux et fier, Phaëton y monta et les coursiers s'élancèrent. Il avait fait son choix ; maintenant, quoi qu'il arrivât, il ne pouvait plus changer de voie. Il n'en avait nulle envie d'ailleurs, grisé par ce premier et enivrant envol à travers l'éther, tellement rapide que le Vent d'Est fut gagné de vitesse et de loin dépassé. Les sabots ailés des chevaux foulaient les bancs de nuages bas amoncelés sur l'océan, puis, plus haut, toujours plus haut, ils entraînèrent le char jusqu'au firmament. Pendant quelques instants, Phaëton connut une sorte d'extase. Il se crut le Seigneur des Cieux. Mais soudain, tout changea. Le char oscillait, le galop s'accélérait, Phaëton n'avait plus les chevaux en mains ; c'était eux et non plus lui qui dirigeaient la course. Ce poids léger, ces faibles mains qui se cramponnaient aux rênes leur avaient dit que leur conducteur n'était pas là ; ils étaient donc les maîtres puisque nul autre ne pouvait les dominer. Ils quittèrent la route et s'élancèrent au hasard de leur caprice, à droite, à gauche, en haut, en bas. Ils évitèrent de justesse une collision avec le Scorpion et faillirent heurter le Cancer. De terreur, le pauvre conducteur de char était maintenant à demi évanoui et il laissa tomber les rênes.

Ce fut le signal d'une course plus folle encore et toujours plus téméraire. Les chevaux bondirent au plus haut du ciel puis plongèrent, tête baissée, vers la terre, et ils mirent le monde à feu. Les montagnes les plus élevées furent les premières à s'embraser. Le mont Ida, l'Hélicon où demeurent les muses, le Parnasse et l'Olympe qui perce les nues. Courant au long des pentes rapides, les flammes gagnèrent les vallées profondes et les sombres forêts, jusqu'à ce qu'enfin tout ne fût plus qu'un immense brasier. Les ruisseaux furent transformés en buée, les rivières se tarirent. On dit que c'est alors que le Nil s'enfuit et cacha sa tête, que l'on n'a pas encore retrouvée.

Enveloppé de fumée épaisse et d'intense chaleur comme dans une fournaise ardente, Phaëton se maintenait avec peine dans le char. Il n'avait plus qu'un désir, voir la fin de cette horreur et de cette épouvante ; il aurait accueilli la mort avec soulagement. La Mère Terre, elle aussi, ne pouvait en supporter davantage ; elle poussa un grand cri qui parvint jusqu'aux dieux. Du haut de l'Olympe, ils jetèrent les yeux sur elle et ils virent que si le monde devait être sauvé, il leur fallait agir promptement. Jupiter saisit son fondre et le lança sur le conducteur étourdi et repentant. Il le tua, il fracassa le char et il précipita les chevaux affolés dans la mer.

Tout en feu, Phaëton tomba à travers l'espace jusqu'à la terre. L'Eridan, ce fleuve mystérieux que nul œil mortel n'a jamais vu, le reçut ; il éteignit les flammes et rafraîchit le pauvre corps. Emues de pitié envers ce jeune homme si hardi et trop jeune encore pour la mort, les naïades l'ensevelirent et gravèrent sur sa tombe :

Ici repose Phaëton, qui conduisit le char du Soleil.
Il échoua grandement mais il avait grandement osé.

Ses sœurs, les Héliades, filles elles aussi d'Hélios, le Soleil, vinrent pleurer sur sa tombe ; elles furent changées en peupliers, sur les berges de l'Eridan,

Où leurs pleurs à jamais se mêlent aux eaux du torrent.
Chacune de leurs larmes brille dans l'onde
Comme une goutte d'ambre étincelante.

PÉGASE ET BELLÉROPHON

Deux épisodes de cette légende sont empruntés aux premiers poètes. Hésiode, au VIIIe ou IXe siècle, nous parle de la Chimère, tandis que l'Iliade nous conte les amours d'Antée et la triste fin de Bellérophon. C'est Pindare, au début du Ve siècle, qui a le premier et le mieux narré le reste de l'histoire.

A Ephyre, la ville plus tard appelée Corinthe, Glaucos était Roi. Il était le fils de Sisyphe, celui qui dans le Hadès doit à jamais tenter de rouler une grande roche jusqu'au haut d'une montagne parce qu'il avait un jour révélé un secret de Zeus. Glaucos, lui aussi, s'attira le courroux du ciel. C'était un cavalier accompli et afin de rendre ses chevaux plus ardents dans les batailles, il les nourrissait de chair humaine. Des actes aussi monstrueux indignaient toujours les dieux et ils lui firent subir le traitement qu'il imposait aux autres. Il fut précipité de son char et ses chevaux, après l'avoir dépecé, le dévorèrent.

Dans la cité, un hardi et beau jeune homme nommé Bellérophon passait en général pour être son fils. Cependant, le bruit courait aussi que Bellérophon avait pour père un personnage bien plus puissant encore, Poséidon lui-même, le Souverain de la Mer, et l'on disait que les dons exceptionnels d'esprit et de corps dont l'adolescent était comblé rendaient cette filiation très vraisemblable. De plus, Eurynome, sa mère, bien que mortelle, avait été l'élève d'Athéna jusqu'au jour où, en intelligence comme en sagesse, elle se révéla l'égale des dieux. Pour toutes ces raisons, comment ne pas s'attendre à ce que Bellérophon parût aux yeux de tous plus divin que mortel ? Les grandes aventures devaient attirer un tel être, qu'aucun péril ne pourrait jamais faire reculer. Et cependant l'action qui l'a fait le plus largement connaître n'exigea aucun courage ni même le moindre effort. En vérité, elle prouvait que :

Ce que se promet l'homme ne peut être accompli
Ni même espéré — Seul le Grand Pouvoir qui nous gouverne
Le lui met en main, avec une facile maîtrise.

Plus que tout au monde, Bellérophon voulait s'emparer de Pégase, un cheval merveilleux né du sang de la Gorgone Méduse quand elle fut tuée par Persée. C'était :

Un coursier ailé, inlassable à la course
Et qui passe dans l'air comme une rafale de vent.

Il opérait des prodigues. La source favorite des poètes, l'Hippocrène, avait jailli sur l'Hélicon, la montagne des Muses, à l'endroit où son sabot heurta la terre. A qui serait-il donné de capturer et de dresser une pareille créature ? Bellérophon était torturé d'un désir sans espoir.

Le plus sage des voyants d'Ephyre (Corinthe), auquel il avait confié sa peine, lui conseilla de se rendre dans le temple d'Athéna et d'y dormir. Les dieux parlaient souvent aux hommes dans leurs rêves. Bellérophon s'en vint donc dans ce lieu sacré et tandis qu'il sommeillait près de l'autel, il crut voir la déesse debout devant lui et tenant un objet doré dans sa main. Elle lui dit : « Endormi ? Non, réveille-toi. Voici ce qui te permettra de charmer le coursier que tu convoites. » Il se leva d'un bond. Il ne vit aucune déesse mais sur le sol, il y avait un objet merveilleux, un mors tout en or comme on n'en avait jamais vu. Enfin rempli d'espoir et serrant le mors dans sa main, il se hâta vers les prés pour y chercher Pégase. Quant il l'aperçut, le cheval prodigieux s'abreuvait à la fontaine de Pyrène, une source fameuse qui jaillissait au pied de la citadelle de Corinthe. Il s'approcha sans bruit ; tranquille, Pégase le regarda venir sans effroi et se laissa docilement brider. Le charme donné par Athéna opérait ; Bellérophon était maître de cette créature merveilleuse.

Revêtu de son armure d'airain, il se hissa sur son dos et le fit parader ; et le cheval semblait tout autant que lui-même se complaire à ce jeu. Maintenant il était le maître de l'air, il volerait au gré de son désir, envié de tous. Comme les événements le démontrèrent par la suite, Pégase se révéla une aide tout autant qu'une joie, car de dures épreuves attendaient Bellérophon.

Sauf que ce fut par accident, on ne nous dit pas de façon précise comment Bellérophon eut le malheur de tuer son frère ; il se réfugia ensuite à la Cour du Roi d'Argos, Proetos, qui le purifia. Et c'est là que commencèrent ses épreuves et aussi ses actions d'éclat. Antéia, la femme de Proetos, s'éprit de lui, mais quand il l'écarta de lui et refusa de répondre à ses sentiments, elle en conçut un vif dépit. Devant son mari, elle l'accusa d'avoir voulu la séduire et demanda sa mort. Malgré sa colère, Proetos refusa. Bellérophon avait mangé et bu à sa table, il ne pouvait donc user de violence envers lui. Cependant, il tissa un plan qui devait en fin de compte amener le même résultat. Il pria le jeune homme de porter une lettre à Iobatès, Roi de Lycie en Asie, et Bellérophon accepta de bonne grâce. Sur le dos de Pégase, tout voyage devenait facile. Le Roi de Lycie le reçut avec toute l'hospitalité des temps antiques et pendant neuf jours lui offrit festins et réjouissances, avant de demander à voir la lettre. Alors seulement il lut que Proetos lui demandais de faire tuer le jeune homme.

Mais Iobatès y répugnait pour la même raison que Proetos : l'hostilité bien connue de Zeus envers ceux qui trahissaient les lois de l'hospitalité. Néanmoins, aucune objection ne s'opposait à envoyer l'étranger, et avec lui son cheval ailé, au-devant d'une aventure. Et c'est pourquoi, persuadé qu'il n'en reviendrait pas, il pria Bellérophon d'aller combattre la Chimère. Celle-ci passait pour invincible. C'était un monstre des plus singulier, lion par-devant, serpent par-derrière, chèvre entre les deux,

Une créature terrifiante, immense, au pied rapide, et forte,
Dont l'haleine était une flamme impossible à éteindre.

Mais pour Bellérophon monté sur Pégase, point n'était nécessaire de s'approcher du monstre embrasé. Sans aucun risque pour lui-même, il le survola et le tua de ses flèches.

Quand il retourna chez Proetos, celui-ci dut aviser à d'autres moyens de se défaire de ce jeune homme. Il le persuada de s'engager dans une expédition contre les Solymes, des guerriers renommés, et quand Bellérophon fut revenu en vainqueur, dans une guerre contre les Amazones, qui obtint le même succès, Proetos fut enfin gagné par tant de vaillance et peut-être aussi par tant d'heureuse fortune ; il se réconcilia avec Bellérophon et lui donna sa fille en mariage.

Dès lors et pendant de longues années, Bellérophon vécut dans la félicité ; puis il s'attira la colère des dieux. Sa dévorante ambition jointe à l'orgueil de ses grands succès le portèrent à « des pensées trop grandes pour un homme », la chose entre toutes qui déplaisait le plus aux dieux. Toujours monté sur Pégase, il voulut s'élever jusqu'à l'Olympe. Il se croyait digne de prendre place parmi les immortels. Le cheval montra plus de sagesse. Il refusa l'ascension et désarçonna son cavalier. De ce jour et jusqu'à sa mort, haï des dieux et solitaire, Bellérophon erra ici et là, évitant les sentiers suivis par les hommes et « dévorant son âme ».

Pégase trouva asile dans les écuries célestes de l'Olympe, parmi les coursiers de Zeus. Entre tous, il venait en tête, ainsi que le prouve le fait extraordinaire rapporté par les poètes et selon lequel, lorsque Zeus voulait user de son foudre, c'était Pégase qui lui apportait l'éclair et le tonnerre.

Otos et Ephialtès

On trouve une allusion à cette légende dans l'Odyssée et dans l'Enéide, mais seul Apollodore la raconte en entier. Il est probable qu'il écrivait au Ier ou IIe siècle de notre ère. C'est un auteur assez ennuyeux, bien qu'il le soit moins que d'habitude dans ce conte.

Ces deux frères jumeaux étaient des Géants mais ils ne ressemblaient pas aux monstres des temps anciens. Ils avaient le corps droit et leur visage était noble. Homère nous dit qu'ils étaient :

Les plus grands que la terre féconde ait nourris de son pain
Et les plus beaux aussi, après l'incomparable Orion.

Virgile parle surtout de leur ambition insensée :

Jumeaux gigantesques qui de leurs mains tentèrent de détruire [la voûte céleste
Et de renverser Jupiter de son trône surnaturel.

Selon les uns, ils seraient les fils d'Iphimédéia et selon les autres de Canace. Mais quelle que fût leur mère, leur père était certainement Poséidon, bien qu'on les appelât d'ordinaire les Aloades, les fils d'Alous, du nom du mari de leur mère.

Tout jeunes encore, ils décidèrent de prouver leur supériorité sur les dieux. Ils capturèrent Arès, le chargèrent de chaînes d'airain et l'emprisonnèrent. Les Olympiens répugnaient à le libérer au moyen de la force. Ils déléguèrent l'astucieux Hermès à son aide et celui-ci, sous le couvert de la nuit, réussit à le faire sortir furtivement de sa geôle. Alors les jeunes arrogants osèrent davantage encore. Ils menacèrent d'entasser le Mont Pélion sur le Mont Ossa et d'escalader le ciel, comme dans le temps jadis les Géants avaient entassé l'Ossa sur le Pélion. Ceci était plus que la patience des immortels n'en pouvait supporter et Zeus se prépara à les frapper de son foudre ; mais avant qu'il ait eu le temps de le lancer, Poséidon vint l'implorer d'épargner ses fils et lui promit de les soumettre désormais à une rigoureuse discipline. Zeus se laissa fléchir et Poséidon tint parole. Les jumeau renoncèrent à guerroyer contre les cieux et Poséidon se félicita. En fait, Otos et Ephialtès s'étaient tournés vers des activités plus intéressantes.

Otos, en effet, pensait qu'enlever Héra serait une excellente aventure ; quant à Ephialtès, il était épris d'Artémis ou croyait l'être. En réalité, les deux frères n'avaient d'affection pour personne sinon l'un pour l'autre ; ils s'aimaient tendrement. Pour décider lequel se saisirait le premier de sa dame, ils tirèrent au sort et la fortune favorisa Ephialtès. Aussitôt, par les collines et par les bois, partout ils cherchèrent Artémis, et quand enfin ils l'aperçurent, elle était sur la grève et se dirigeait droit vers la mer. Elle n'ignorait rien de leur vil dessein et elle savait aussi comment elle les châtierait. Ils s'élancèrent à sa poursuite mais elle continua sa course au-dessus des flots. Or, tous les fils de Poséidon avaient le même pouvoir : ils couraient à pied sec sur la mer comme sur la terre ferme ; sans aucune difficulté, ces deux-ci suivirent donc la déesse. Elle les conduisit vers l'île boisée de Naxos et là, comme ils étaient sur le point de la rejoindre, elle disparut. A sa place, ils virent une biche ravissante, blanche comme neige, qui d'un bon sauta dans la forêt. Ils oublièrent la déesse pour se lancer sur les traces de la charmante créature. L'épaisseur des bois la leur fit bientôt perdre de vue et pour doubler leurs chances de la retrouver, ils se séparèrent. Ils l'aperçurent en même temps, dans une clairière, immobile et les oreilles dressées ; mais ni l'un ni l'autre ne vit que derrière elle, dans les arbres, se tenait son frère. Ils jetèrent leurs javelots et la biche disparut. Les armes volèrent à travers la clairière vide jusqu'au bois, et là, elles trouvèrent leur cible. Les corps gigantesques des jeunes chasseurs s'écrasèrent sur le sol, chacun transpercé par le fer de l'autre, chacun à la fois victime et meurtrier de l'unique être qu'il aimât.

Et ce fut ainsi qu'Artémis se vengea.

DÉDALE ET ICARE

Ovide et Apollodore racontent tous les deux cette histoire. Il semble qu'Apollodore ait vécu un siècle après Ovide et, à l'encontre de celui-ci, c'est un écrivain fort prosaïque. Dans ce cas-ci, j'ai cependant suivi Apollodore. Le récit d'Ovide nous montre en effet le poète sous son jour le plus mauvais, à la fois sentimental et déclamatoire.

Dédale était cet architecte qui construisit, en Crète, le Labyrinthe pour le Minotaure et qui montra à Ariane comment Thésée pourrait en sortir. En apprenant que les Athéniens avaient trouvé le moyen de s'en échapper, le roi Minos fut aussitôt convaincu qu'ils n'auraient pu y réussir sans l'aide de Dédale. En conséquence, il emprisonna l'architecte et son fils dans ce même labyrinthe, ce qui tendrait à prouver l'excellence du plan de cet enclos, puisque sans indication, même son auteur ne pouvait en découvrir l'issue. Mais le grand inventeur n'était pas en peine pour si peu. Il dit à son fils :

La fuite peut-être entravée par la terre et par l'eau
Mais l'air et le ciel sont libres.

et il fabriqua deux paires d'ailes, qu'il fixa avec de la cire à ses épaules et à celles de son fils Icare. Avant de prendre leur envol, Dédale recommanda à Icare de ne pas s'élever trop haut sur la mer, car, dit-il, en approchant de trop près le soleil, la cire pourrait fondre et les ailes se détacheraient. Mais comme tant d'histoires nous le montrent, la jeunesse ne tient guère compte de ce que disent les aînés. Tous deux s'élevèrent donc, légèrement et sans effort, et quittèrent la Crète ; le ravissement de ce nouveau et merveilleux pouvoir grisa l'adolescent. Il monta de plus en plus haut, refusant d'entendre les appels angoissés de son père. Et ses ailes se détachèrent. Il tomba dans la mer et les eaux se refermèrent sur lui. Le père affligé poursuivit sa route sans accident et atterrit en Sicile où il fut fort bien accueilli par le roi Cocalos.

Rendu furieux par cette fuite, Minos décida de retrouver Dédale. Pour y parvenir, il employa la ruse. Il fit proclamer partout qu'il accorderait une grande récompense à quiconque réussirait à passer un fil dans les volutes d'une coquille aux spirales particulièrement enchevêtrées. Dédale déclara au Roi de Sicile qu'il se faisait fort d'y parvenir. Il perça d'un petit trou l'extrémité de la coquille, fixa un fil à la patte d'une fourmi, introduisit la fourmi dans l'orifice, qu'il boucha. Quand la fourmi sortit enfin par l'autre extrémité de la coquille, le fil, bien entendu, l'avait suivie dans tous ses tours et détours. « Seul Dédale pouvait imaginer pareil stratagème », dit Minos, qui se mit en route pour la Sicile afin de se saisir de l'architecte. Mais le roi Cocalos refusa de le livrer et dans la lutte qui suivit, Minos trouva la mort.

TROISIÈME PARTIE

LES GRANDS HÉROS QUI PRÉCÉDÈRENT LA GUERRE DE TROIE

Persée

Cette légende tient du conte de fée. Hermès et Athéna agissent comme la marraine-fée de Cendrillon et les bissac et bonnet magiques figurent parmi les accessoires qui abondent dans les récits de ce genre. Le mythe de Persée est le seul où l'on voie la magie jouer un rôle décisif et il semble avoir été très populaire en Grèce. De nombreux poètes y font allusion. La description de Danaé dans le coffre de bois est le passage le plus fameux d'un poème célèbre de Simonide de Céos, grand poète lyrique du VIe *siècle. L'histoire tout entière est racontée par Ovide et Apollodore ; le second, qui vécut, croit-on, un siècle après Ovide, s'y montre de beaucoup supérieur au premier ; son récit est simple et direct, tandis que celui d'Ovide est extrêmement verbeux — il ne lui faut pas moins de cent lignes pour venir à bout du serpent de mer.*

J'ai suivi le texte d'Apollodore mais j'ai ajouté un fragment pris à Simonide et aussi quelques courtes citations empruntées à d'autres poètes, surtout à Hésiode et à Pindare.

Acrisios, Roi d'Argos, n'avait qu'une fille, Danaé. Elle était la plus belle des femmes de ce pays mais ceci ne suffisait pas à consoler le Roi de n'avoir pas de fils. Il se rendit à Delphes pour demander au dieu s'il lui restait quelque espoir d'être un jour père d'un enfant mâle. La prêtresse répondit par la négative et pis encore, ajouta que Danaé, sa fille, mettrait au monde un fils qui plus tard le tuerait. Elle dit aussi que le seul moyen pour le Roi d'échapper à ce sort fatal était de mettre Danaé à mort — et de s'en charger lui-même, pour plus de sûreté. Mais Acrisios s'y refusa. Comme les événements le prouvèrent par la suite, si sa tendresse paternelle était assez tiède, il n'en allait pas de même de la crainte que lui inspiraient les dieux ; or ceux-ci châtiaient sévèrement ceux qui répandent le sang de leurs proches. Acrisios n'osa pas tuer sa fille, mais il fit construire une tour d'airain dont le toit s'ouvrait sur le ciel afin que l'air et la lumière puissent y pénétrer, et il l'y enferma,

Et ainsi Danaé, la toute belle,
Passa de la lumière heureuse du jour à des murs d'airain,
Et dans cette chambre secrète et close comme une tombe,
Elle vécut en captive. Mais un jour, elle reçut la visite
De Zeus dans sa pluie d'or.

En effet, comme elle vivait là depuis d'interminables jours, sans rien à faire, sans rien voir sinon les nuages qui passaient au-dessus d'elle, un événement mystérieux se produisit : tombant du ciel, une averse d'or remplit sa chambre. On ne nous dit pas comment il lui fut révélé que c'était bien Zeus qui venait à elle sous cette forme, mais pas un instant elle ne douta que l'enfant qu'elle porta ensuite était bien le fils du dieu.

Pendant quelque temps elle cacha sa naissance au Roi son père, mais dans les limites étroites de cette tour d'airain, le secret devenait de plus en plus difficile à garder, et un beau jour, le petit garçon — il s'appelait Persée — fut aperçu par son grand-père. « Ton enfant ! » s'écria Acrisios, au comble de la fureur. « Qui est son père ? » Mais quand Danaé répondit fièrement : « Zeus », il ne voulut pas la croire. Pour lui, une seule chose était certaine : la vie de cet enfant mettait la sienne en péril. Mais la même raison qui l'avait empêché de tuer sa propre fille valait aussi pour son petit-fils ; Zeus et les Furies poursuivaient sans pitié de tels meurtres et il en était épouvanté. Cependant, s'il ne pouvait les mettre à mort sur-le-champ, il trouverait bien un moyen à peu près sûr d'amener leur fin. Il fit faire un grand coffre de bois et les y plaça tous les deux ; puis le coffre fut emmené au large, sur un bateau, et enfin jeté à la mer.

Danaé et son petit garçon voguèrent donc à la dérive dans cet étrange esquif. La lumière du jour pâlit, disparut, et ils restèrent seuls sur la mer. Tout au long de la nuit, dans le coffre ballotté par les vagues, Danaé écouta le bruit des eaux qui à tout moment semblaient devoir les submerger. L'aube vint enfin, mais sans lui apporter de réconfort car elle ne pouvait la voir, pas plus qu'elle ne pouvait savoir qu'autour d'elle des îles, beaucoup d'îles s'élevaient. Tout à coup, elle crut sentir que les flots la soulevaient, la portaient en avant, puis se retiraient, la laissant sur un sol immobile et ferme. Ils avaient abordé, ils étaient sauvés des périls de la mer, mais ils restaient toujours enfermés dans le coffre et sans aucun moyen d'en sortir.

Le sort voulut — ou peut-être Zeus, qui jusqu'ici n'avait pas fait grand-chose pour l'objet de son amour et son enfant — qu'ils fussent découverts par un brave homme, un pêcheur nommé Dictys. Il aperçut le coffre, le brisa pour l'ouvrir, et y trouva l'infortunée cargaison, toujours en vie. Il emmena la mère et l'enfant chez lui et les confia à sa femme. Elle était tout aussi bonne que lui et comme ils n'avaient pas d'enfants, ils adoptèrent les naufragés et ne les laissèrent manquer de rien. Ils vécurent tous ensemble pendant bien des années et Danaé ne demandait rien de plus que de voir son fils partager l'humble et paisible métier du bon pêcheur. Mais un jour, de nouvelles difficultés s'élevèrent. Polydecte, le Roi de la petite île, était le frère de Dictys ; il ne lui ressemblait en rien, car c'était un homme brutal et cruel. Il semble avoir mis longtemps à s'apercevoir de l'existence de la mère et du fils, puis Danaé attira enfin son attention. Bien que Persée fût maintenant adulte, sa mère était toujours radieusement belle et Polydecte devint amoureux d'elle. Mais s'il tenait à la mère, la présence du fils lui parut nettement superflue, et il se mit à la recherche d'un moyen de s'en débarrasser.

Il existait alors des créatures monstrueuses nommées Gorgones. Elles vivaient dans une île, mais de près comme de loin, leur pouvoir néfaste était connu et craint de tous. Polydecte, bien entendu, parla d'elles à Persée, et il est plus que probable qu'il lui laissa entendre qu'il souhaitait plus que tout au monde avoir la tête de l'une d'elles ; les dispositions qu'il prit pour assurer la disparition de Persée semblent confirmer cette hypothèse. Il annonça son prochain mariage et convia tous ses amis à venir assister à sa célébration ; Persée fut compris dans cette invitation. Selon la coutume, chaque convive apporta un présent destiné à la future épouse ; seul Persée vint les mains vides, car il ne possédait rien qu'il pût donner. Jeune et orgueilleux, il en fut profondément mortifié, et il fit alors ce que le Roi, précisément, avait espéré qu'il ferait : il se leva devant l'assemblée entière et déclara qu'il apporterait mieux encore que tous les dons déjà offerts. Il irait tuer Méduse, il lui couperait la tête, qu'il donnerait à Polydecte. Rien ne pouvait mieux convenir au Roi. Jamais un homme sensé n'aurait fait une telle offre. Méduse était une Gorgone,

Et elles sont trois, les Gorgones ; elles ont des ailes.
Une chevelure hérissée de serpents et funeste aux mortels.
Leur vue enlève à l'homme le souffle de la vie

et ce jour pour l'excellente raison qu'elles avaient le pouvoir de changer en pierre quiconque les regardait. Il est clair que pour proférer une telle vantardise, Persée s'était laissé entraîner par son orgueil blessé ; sans aide, aucun homme ne pouvait espérer tuer Méduse.

Mais malgré sa folie, Persée fut épargné ; deux puissants dieux veillaient sur lui. N'osant confier ses projets à sa mère, il quitta le palais sans la revoir et monta aussitôt à bord d'un bateau qui devait le conduire en Grèce ; il apprendrait là où trouver le repaire des Gorgones. Il se rendit d'abord à Delphes ; la prêtresse se borna à lui conseiller de rechercher le pays où les hommes se nourrissent non du grain doré de Déméter mais de glands. Il partit donc pour Dodone, le pays des chênes, où ces arbres parlent et transmettent les messages de Zeus et où vivent les Selles, mangeurs de glands. Toutefois, ils ne purent lui révéler qu'une chose : que les dieux le protégeaient. Ils ignoraient tout du lieu où vivaient les Gorgones.

Où et comment Hermès et Athéna vinrent à son aide n'est dit dans aucun récit, mais avant d'obtenir leur secours, il dut connaître quelques moments d'amer désespoir. Finalement, après avoir beaucoup erré, il rencontra un étrange et splendide personnage. Bien des poèmes nous décrivent son apparence ; c'était un jeune homme dont les joues s'ornaient de ce premier duvet de la jeunesse à son moment le plus charmant, et il portait comme nul adolescent ne l'a jamais fait une baguette d'or pourvue d'ailes, un chapeau et des sandales, ailés eux aussi. Ce ne pouvait être qu'Hermès, le guide, le dispensateur du bien, et à sa vue, le cœur de Persée retrouva certainement l'espoir.

Ce radieux personnage lui conseilla de se munir d'armes adéquates avant de s'attaquer à Méduse, et il lui dit que celles dont il aurait besoin se trouvaient chez les nymphes du Nord. Pour arriver au lieu où elles demeuraient, il leur faudrait s'adresser aux Grées, qui seules en connaissaient le chemin. Ces Grées, dont le nom en grec signifie *vieilles femmes*, habitaient une région où tout était sombre et enveloppé de crépuscule ; jamais un rayon de soleil ne l'éclairait et la lune ne s'y montrait jamais pendant la nuit. Les trois vieilles femmes vivaient dans ce lieu terne et gris, toutes grises elles-mêmes et comme fanées par le grand âge. C'étaient d'étranges créatures, en vérité, et surtout parce qu'elles n'avaient qu'un œil à elles trois dont elles se servaient chacune à leur tour, l'une le passant à l'autre après en avoir fait usage pendant quelque temps.

Tout ceci, Hermès l'apprit à Persée, puis il lui proposa un plan d'action. Lui-même guiderait Persée jusqu'aux Grées; arrivés là, Persée resterait caché jusqu'au moment où il verrait l'une d'elles enlever l'œil de son front pour le passer à l'une de ses sœurs. A cet instant, profitant de ce qu'aucune ne pouvait le voir, il devait s'élancer, s'emparer de l'œil et refuser de le rendre avant qu'elles lui aient révélé comment atteindre les nymphes du Nord.

Hermès lui promit alors de lui donner une épée qui lui permettrait d'attaquer Méduse, car c'était une lame que les écailles de la Gorgone, si dures fussent-elles, ne pouvaient ni briser, ni même courber. C'était sans nul doute un don merveilleux, mais comment en user si la créature à pourfendre avait le pouvoir de pétrifier à distance le sabreur? Mais une autre déité se tenait prête à intervenir. Pallas Athéna se montra à son tour à Persée; elle ôta le bouclier de bronze poli qui couvrait sa poitrine et le lui tendit. « Dispose ceci devant toi et regarde-le lorsque tu attaqueras la Gorgone », lui dit-elle. « Alors tu l'apercevras comme dans un miroir et tu éviteras ainsi son pouvoir mortel. »

Persée avait à présent toute raison d'espérer. Le voyage jusqu'au pays crépusculaire fut long; il fallut traverser le fleuve Océan et longer le sombre pays des Cimmériens, mais Hermès le guidait, il ne pouvait s'égarer. Enfin ils trouvèrent les Grées; dans la lumière tremblotante, elles ressemblaient à des oiseaux gris; leur corps, en effet, avait la forme de celui du cygne, mais leur tête était humaine et leurs ailes recouvraient des bras et des mains. Persée suivit toutes les recommandations d'Hermès; il se cacha jusqu'au moment où il en vit une qui retirait l'œil de son front. Alors, sans lui laisser le temps de le passer à sa sœur, il l'arracha de sa main. Il fallut quelques instants au trio pour comprendre ce qu'il lui arrivait. Chacune pensait que l'autre détenait l'œil. Mais Persée parla; il leur dit qu'il l'avait pris et ne le leur rendrait que lorsqu'elles lui auraient appris comment se rendre chez les nymphes du Nord. En hâte, elles lui fournirent toutes les directives; elles étaient prêtes à tout pour récupérer leur œil. Il le leur rendit, puis se mit en marche par le chemin qu'elles lui avaient indiqué. Bien qu'il n'en sût rien, c'était aussi celui qui menait au pays bienheureux des Hyperboréens, bien au-delà du Vent du Nord et dont il est dit : « Nul jamais, ni par mer, ni par terre, ne trouvera la route enchantée qui conduit au lieu de réunion des Hyperboréens ». Mais Persée avait Hermès à ses côtés et la route lui était ouverte. Bientôt il se trouva parmi ce peuple privilégié qui toujours festoie et se divertit en joyeuses orgies. Les Hyperboréens lui témoignèrent une grande amitié : ils l'invitèrent à leurs fêtes, et les jeunes filles qui dansaient au son de la lyre et de la flûte, interrompant un instant leurs ébats, allèrent chercher ce qu'il était venu demander. Ces objets étaient au nombre de trois : des sandales ailées, une besace magique qui avait la propriété de prendre toujours la taille de ce qu'elle renfermait, et enfin, plus important encore, un bonnet qui rendait invisible quiconque le portait. Ainsi muni, et avec encore le bouclier d'Athéna et l'épée d'Hermès, Persée était prêt pour attaquer les Gorgones. Hermès savait où les trouver ; quittant donc cet heureux pays, tous deux prirent leur vol par-dessus Océan, par-dessus la mer, jusqu'à l'île habitée par les Terribles Sœurs.

Par une extrême bonne fortune, elles dormaient toutes les trois lorsque Persée les aperçut. Il les voyait clairement reflétées dans le bouclier poli, des créatures aux ailes immenses, au corps recouvert d'écailles dorées, à la chevelure faite d'affreux serpents. Mais Athéna comme Hermès était maintenant à ses côtés. Ils lui désignèrent Méduse — ce qui était fort important car des trois, elle seule pouvait être tuée, les deux autres étant immortelles. Chaussé de ses sandales ailées, Persée plana au-dessus d'elles, prenant toutefois bien soin de ne regarder que son bouclier. Il visa la gorge de Méduse, et Athéna guida sa main. D'un seul coup de son épée, il trancha le cou de la Gorgone, puis sans un regard sur elle, les yeux toujours fixés sur le bouclier, il descendit et saisit la tête tranchée ; il la jeta dans la besace qui se referma sur elle. Il n'avait plus à la craindre désormais. Mais les deux autres Gorgones, maintenant réveillées et horrifiées par le spectacle du cadavre de leur sœur, tentèrent de poursuivre son meurtrier. Persée, cependant, ne courait aucun danger ; elles ne pouvaient le voir, il avait posé le bonnet sur sa tête —

> *Et ainsi, sur la mer, le fils de Danaé,*
> *Persée, fuyait sur ses sandales ailées*
> *Et volait, rapide comme la pensée.*
> *Dans une besace d'argent, merveilleuse à voir,*
> *Il emportait la tête du monstre,*
> *Tandis qu'Hermès, le fils de Maïa,*
> *Le Messager de Zeus,*
> *Volait à ses côtés.*

Sur le chemin du retour — Hermès l'avait maintenant quitté — Persée s'arrêta en Ethiopie. Là il apprit, comme Héraclès devait le faire plus tard, qu'une ravissante jeune fille venait d'être offerte à un horrible serpent, prêt à la dévorer. Elle s'appelait Andromède et elle était la fille d'une femme vaine et sotte,

> *Cette reine étoilée d'Ethiopie qui tenta*
> *De faire louer sa beauté*
> *Plus que celle des nymphes de la mer*
> *Et ainsi les offensa.*

Elle s'était vantée d'être plus belle que les Néréides, filles du dieu de la Mer. Or, dans ces temps-là, il n'existait pas de plus sûr moyen de s'attirer un sort misérable que de réclamer pour soi-même une supériorité quelconque sur n'importe quelle déité ; les gens, néanmoins, ne s'en privaient jamais. Dans le cas qui nous occupe, le châtiment de cette arrogance tant détestée des dieux tomba non sur la Reine Cassiopée, mère d'Andromède, mais sur sa fille. Nombre d'Ethiopiens avaient déjà été victimes de la voracité du serpent, mais ayant appris de l'oracle qu'ils ne seraient sauvés que si Andromède était offerte en holocauste au monstre, ils forcèrent son père, le Roi Céphée, à y consentir. Quand Persée arriva, la jeune fille était déjà liée à un rocher au milieu de la mer et elle attendait la venue du serpent. Persée la vit et dans l'instant s'en éprit. Avec elle, il attendit que l'affreux reptile vînt chercher sa proie ; alors, tout comme il l'avait fait pour la Gorgone, il lui trancha la tête. Le corps décapité retomba dans la mer ; Persée rendit Andromède à ses parents et leur demanda sa main, qu'ils lui accordèrent avec joie.

Avec elle, il revint vers son île et vers sa mère, mais il ne trouva personne dans la maison où il avait si longtemps vécu. La femme du pêcheur était morte depuis des années et les deux autres, Danaé et Dictys, l'homme qui lui avait servi de père, s'étaient vus forcés de fuir la colère de Polydecte, furieux que Danaé refusât de l'épouser. On leur apprit que l'un et l'autre avaient trouvé refuge dans un temple, et aussi que le Roi offrait au palais un banquet à tous ses partisans. Persée comprit aussitôt tout le parti qu'il pouvait tirer de cette occasion. Il se rendit au palais et se dirigea vers la salle du festin. Debout sur le seuil, la poitrine couverte par le bouclier d'Athéna, la besace d'argent sur l'épaule, il attira sur lui les yeux de tous les hommes présents. Avant qu'aucun d'eux ait eu le temps de détourner son regard, il leva la tête de la Gorgone ; à cette vue, du cruel Roi au moindre de ses serviles courtisans, tous furent changés en pierre. Immobiles comme une rangée de statues, tous restèrent figés dans l'attitude qu'ils avaient prise quand Persée s'était montré.

En apprenant qu'ils étaient délivrés de leur tyran, les habitants de l'île consentirent sans difficulté à révéler où se cachaient Danaé et Dictys. Persée donna la couronne à Dictys, mais lui-même et sa mère décidèrent de retourner en Grèce avec Andromède ; ils voulaient l'un et l'autre tenter de se réconcilier avec Acrisios ; tant d'années s'étaient écoulées depuis le moment où il les avait enfermés dans le coffre, peut-être serait-il maintenant adouci et se montrerait-il heureux de revoir sa fille et son petit-fils ? Mais en arrivant à Argos, ils apprirent qu'Acrisios en avait été banni et personne ne put leur dire où il s'était réfugié. Peu après leur retour, Persée entendit parler d'un grand concours d'athlétisme qu'organisait le Roi de Larissa, dans le Nord. Il décida aussitôt d'y participer. Quand vint son tour de lancer le disque, le lourd projectile fit un écart et tomba parmi les spectateurs. Acrisios, qui était venu rendre visite au Roi de Larissa, se trouvait dans la foule, et ce fut lui que le disque frappa. Le coup lui fut fatal, il mourut sur-le-champ.

Ainsi, une fois de plus, l'oracle d'Apollon se révéla véridique. Si Persée éprouva quelque chagrin, il dut cependant avoir la consolation de se dire que son grand-père avait tout fait pour les tuer, sa mère et lui. Avec la mort d'Acrisios, leurs peines prenaient fin. Persée et Andromède connurent un long bonheur. Leur fils, Electryon, fut le grand-père d'Héraclès.

La tête de Méduse devint la propriété d'Athéna qui la fixa sur l'égide, le bouclier de Zeus, qu'elle portait toujours pour lui.

Thésée

Ce héros particulièrement cher aux Athéniens a attiré l'attention de bien des écrivains. Ovide, qui vivait à l'époque d'Auguste, a raconté sa vie en détail tout comme l'a fait Apollodore au Ier ou au IIe siècle de notre ère et Plutarque vers la fin du Ier siècle après J.-C. Euripide a choisi Thésée pour l'un des personnages les plus importants de trois de ses œuvres et Sophocle pour l'une des siennes. Tout comme les poètes, bien des prosateurs font allusion à ce héros. Dans l'ensemble, j'ai suivi Apollodore, mais j'ai pris à Euripide les récits de l'appel à Adraste, de la folie d'Hercule et du destin d'Hippolyte, à Sophocle celui de sa compassion pour Œdipe, à Plutarque enfin celui de sa mort qu'Apollodore résume en une seule phrase.

Thésée est par excellence le héros athénien. Il eut tant d'aventures et prit part à tant de grandes entreprises qu'un proverbe naquit à Athènes : « Rien sans Thésée ».

Il était le fils d'un Roi athénien, Egée. Toutefois, il passa sa jeunesse dans la patrie de sa mère, Trézène, une ville de la Grèce méridionale. Egée revint à Athènes avant la naissance de l'enfant mais avant de quitter Trézène, il mit son épée et ses chaussures dans un trou qu'il recouvrit d'une grande pierre, puis il dit à sa femme que lorsque le garçon — si ce devait être un garçon — serait assez fort pour soulever la pierre et prendre ce qu'elle cachait, elle devait le lui envoyer à Athènes où il se ferait reconnaître par son père.

Ce fut un garçon qui naquit et en grandissant il se montra tellement plus fort que ses contemporains, que sa mère se décida bientôt à lui montrer la pierre, qu'il souleva sans le moindre effort. Elle lui révéla alors que le temps était venu pour lui de retrouver son père, et son grand-père mit un bateau à sa disposition. Mais Thésée refusa de prendre la mer car ce genre de voyage lui paraissait trop sûr et trop aisé. Il caressait le rêve de devenir au plus vite un héros et une facile sécurité ne lui en fournirait pas le moyen. L'image d'Héraclès, le plus magnifique des héros de la Grèce, ne quittait pas son esprit et il était décidé à imiter ses exploits, ce qui n'avait rien que de très naturel puisqu'ils étaient cousins.

Refusant fermement le bateau que sa mère et son grand-père le suppliaient de prendre, il leur dit que naviguer à son bord équivaudrait à une fuite méprisable devant le danger, et, par la voie terrestre, il se mit en route pour Athènes.

Le voyage fut long et très périlleux, à cause des bandits qui infestaient les chemins. Néanmoins, il les tua tous, il n'en laissa vivre aucun qui pût menacer les futurs itinérants. Sa façon de rendre la justice était simple mais efficace : il infligeait à chacun ce qu'il avait fait subir aux autres. Sciron, par exemple, qui forçait ses captifs à s'agenouiller devant lui pour lui laver les pieds et les envoyait ensuite d'un coup de pied dans la mer, fut jeté par Thésée dans un précipice ; Sinis, qui tuait les gens en les attachant à deux pins courbés jusqu'à terre et lâchait ensuite les arbres, mourut lui-même de la même mort. Procuste fut étendu sur la couche dont il usait pour ses victimes ; il rognait ou coupait ceux qui étaient trop longs, il étirait ceux qui étaient trop courts à la longueur du lit de fer sur lequel il les enchaînait. L'histoire ne dit pas laquelle des deux méthodes fut employée dans son cas, mais l'alternative ne présentait guère d'avantage ni dans un sens ni dans l'autre, et la carrière de Procuste prit fin.

Comme on peut se l'imaginer, la Grèce entière chantait les louanges du jeune homme qui avait débarrassé le pays de ces fléaux. Quand enfin il atteignit Athènes, sa réputation de héros était bien établie et le Roi l'invita à un banquet — sans savoir, bien entendu, que Thésée était son fils. En fait, la grande popularité du jeune homme l'effrayait ; il craignait qu'elle n'incitât le peuple à en faire son souverain et c'est avec l'arrière-pensée de l'empoisonner qu'il le convia au festin. L'idée ne venait pas de lui mais de Médée, l'héroïne de la Conquête de la Toison d'Or qui grâce à sa magie connaissait l'identité réelle de Thésée. En quittant Corinthe sur son char ailé, elle s'était réfugiée à Athènes et s'y était assuré une grande influence sur Egée, une influence qu'elle ne voulait pas perdre au profit d'un fils retrouvé. Mais quand elle lui tendit la coupe, Thésée, qui voulait se faire reconnaître au plus vite par son père, tira son épée. Le Roi la reconnut aussitôt et d'un geste brusque fit tomber la coupe sur le sol. Comme toujours, Médée réussit à se sauver et se réfugia saine et sauve en Asie. Dans une proclamation au peuple, Egée déclara alors que Thésée était son fils et son futur successeur. Le nouvel héritier présomptif eut bientôt l'occasion de se rendre cher aux Athéniens.

Bien des années avant son arrivée à Athènes, un terrible malheur s'était abattu sur la cité. Androgée, fils unique de Minos, le puissant Roi de Crète, perdit la vie au cours d'une visite qu'il faisait au Roi athénien. Celui-ci, au mépris de toutes traditions, avait envoyé son hôte dans une expédition pleine de périls — il s'agissait de tuer un taureau redoutable. Ce fut le taureau qui tua l'adolescent et Minos, en représailles, envahit le pays, prit Athènes et déclara qu'il raserait la ville jusqu'au sol à moins que les Athéniens ne s'engagent à lui livrer tous les neuf ans un tribut de sept jeunes gens et autant de jeunes filles. Un sort affreux attendait ces malheureux. Dès leur arrivée en Crète, ils étaient donnés en pâture au Minotaure.

C'était un monstre mi-taureau, mi-homme, rejeton de la femme de Minos, Pasiphaé, et d'un taureau d'une beauté merveilleuse. Poséidon avait un jour donné ce taureau à Minos afin que celui-ci le lui offrît en holocauste, mais Minos ne put se décider à le sacrifier et le garda pour lui. En guise de châtiment, Poséidon rendit Pasiphaé amoureuse de la bête.

Quand naquit le Minotaure, Minos ne le tua pas. Il ordonna à Dédale, le grand architecte et inventeur, d'édifier un lieu de réclusion d'où il serait impossible de s'enfuir, et Dédale construisit le Labyrinthe, devenu fameux dans le monde entier. Une fois entré dans cet enchevêtrement de méandres, on n'en pouvait sortir. C'est là qu'étaient menés les jeunes Athéniens destinés à devenir les victimes du Minotaure. Ils n'avaient aucun moyen de lui échapper car s'ils couraient, ils risquaient de rencontrer le monstre à chaque détour de l'enclos comme il pouvait surgir à tout moment s'ils restaient immobiles. Tel était le destin funeste promis aux quatorze jeunes Athéniens et Athéniennes quelques jours après l'arrivée de Thésée dans la cité. L'heure avait sonné d'une nouvelle livraison du tribut.

Aussitôt Thésée se présenta et offrit de se ranger parmi les victimes. Tous apprécièrent sa générosité et admirèrent sa grandeur d'âme, mais personne ne soupçonna qu'il se proposait de tuer le Minotaure. Cependant, il confia son intention à son père et lui promit, en cas de réussite, de changer en voile blanche la voile noire que l'on hissait toujours sur le bateau transportant la lamentable cargaison ; ainsi Egée apprendrait bien avant qu'il ne touche terre que son fils lui revenait sain et sauf.

Quand ils débarquèrent en Crète et avant d'être menés au Labyrinthe, les jeunes Athéniens durent défiler devant les habitants de l'île. Ariane, la fille de Minos, se trouvait parmi les spectateurs ; elle vit passer Thésée et s'en éprit à première vue. Elle fit venir Dédale et lui demanda de lui indiquer un moyen de sortir du Labyrinthe ; puis elle envoya chercher Thésée ; elle lui dit qu'elle assurerait sa fuite à la condition qu'il lui promette

APHRODITE - VENUS *déesse de l'Amour et de la Beauté. Selon Homère, elle était fille de Zeus et de Dioné ; d'autres traditions la font naître de l'écume de la mer.*

La Vénus de Milo (ci-contre).

La Vénus d'Urbin (tableau de Titien, ci-dessous).

La naissance de Vénus (tableau de Botticelli). ▶

Mars et Vénus (tableau de Botticelli).

Cupidon chevauchant un dauphin (esquisse de Rubens).

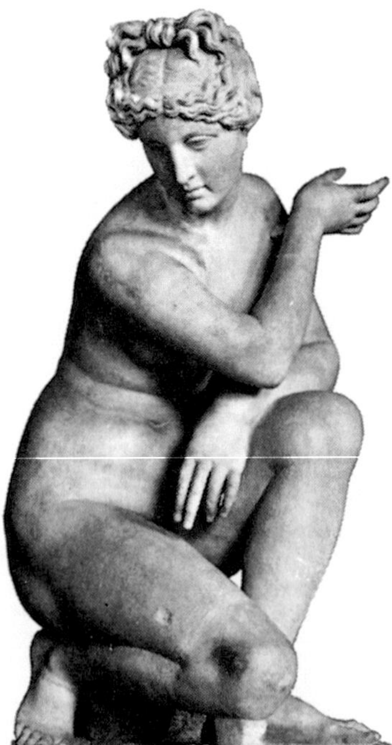

Vénus agenouillée (marbre antique).

de l'emmener avec lui à Athènes pour l'épouser. On se doute qu'il ne fit aucune difficulté pour y consentir ; alors elle lui donna ce qu'elle avait reçu de Dédale, un peloton de fil qu'il devait attacher par une extrémité à l'intérieur de la porte et dérouler au fur et à mesure de son avance. Ce qu'il fit, et désormais assuré de pouvoir retourner sur ses pas, il partit hardiment à la recherche du Minotaure. Le monstre dormait quand il le trouva ; Thésée s'élança l'épée levée et le cloua au sol ; alors, avec ses poings — il n'avait plus d'autre arme — il martela la bête à mort :

Comme un chêne tombe sur la colline
Ecrasant tout sous son poids
Ainsi fit Thésée. Il exprima la vie
De la brute sauvage et maintenant elle est morte.
Seule la tête bouge encore mais les cornes sont inutiles.

Quand Thésée se redressa après ce combat terrifiant, le peloton de fil était encore où il l'avait laissé tomber — il ne lui restait plus qu'à reprendre le chemin de la sortie. Les autres suivirent, et emmenant Ariane avec eux, ils coururent au bateau qui revint à Athènes après avoir traversé la mer.

En cours de route, ils relâchèrent dans l'île de Naxos et ce qu'il advint alors nous est relaté avec quelques variantes. Un récit veut que Thésée y ait abandonné Ariane. Elle dormait et il en aurait profité pour reprendre la mer, sans elle. Dionysos l'aurait alors rencontrée et consolée. L'autre version est beaucoup plus favorable à Thésée. Ariane souffrant d'un violent mal de mer, le héros la fit déposer à terre pour qu'elle y prît un court repos tandis que lui-même remontait à bord pour y vaquer à quelque tâche urgente. Un vent de tempête entraîna le navire au large, l'y retenant longtemps. A son retour, le héros apprit qu'Ariane avait succombé et il en fut grandement affligé.

Les deux versions conviennent qu'il oublia de hisser la voile blanche en approchant d'Athènes ; peut-être sa joie du succès de son voyage avait-elle chassé toute autre pensée de son esprit, ou encore son chagrin d'avoir perdu Ariane. Quoi qu'il en soit, la voile noire resta fixée au mât et de l'Acropole où depuis des jours il s'abîmait les yeux à observer la mer, son père l'aperçut. C'était pour lui le signe de la mort de son fils ; du haut d'un rocher il se précipita dans les flots et mourut. Et depuis lors la mer dans laquelle il tomba porte son nom, Egée.

Thésée devint donc Roi d'Athènes, et un souverain sage et désintéressé s'il en fut. Il déclara aussitôt qu'il n'avait aucun désir de régner mais souhaitait un gouvernement du peuple par le peuple, où tous seraient égaux. Il renonça donc au pouvoir royal et instaura la république ; il fit édifier une salle du conseil où tous les citoyens se réuniraient désormais et voteraient. Il ne garda pour lui-même que la charge de Commandant en Chef. Et ainsi Athènes devint de toutes les cités du monde la plus heureuse et la plus prospère, l'unique foyer d'une réelle liberté, le seul endroit sur la terre où les hommes se gouvernaient eux-mêmes. Et ce fut pour cette raison que pendant la grande Guerre des Sept contre Thèbes, quand les Thébains victorieux refusèrent la sépulture à ceux de leurs ennemis qui avaient succombé, les vaincus se tournèrent vers Thésée et Athènes, persuadés que des hommes libres conduits par un tel homme ne consentiraient jamais à une telle injustice envers les morts. Leur prière ne fut pas vaine. Thésée mena son armée contre Thèbes, conquit la cité et l'obligea à accorder la sépulture aux morts. Mais le héros triomphant refusa de rendre aux Thébains le mal pour le mal et se conduisit en parfait chevalier. Il interdit à ses soldats d'entrer dans la ville et de la piller ; il n'était pas venu pour châtier les Thébains mais pour enterrer les morts argiens et son devoir accompli, il ramena son armée à Athènes.

Il fait preuve des mêmes qualités dans bien d'autres récits encore. Il accueillit Œdipe vieillissant que tous avaient rejeté ; il resta à son côté quand il mourut, le soutenant et le réconfortant. Il protégea les deux filles sans appui du même Œdipe et à la mort de leur père les renvoya saines et sauves dans leur pays. Quand, dans un accès de folie, Héraclès tua sa femme et ses enfants et voulut ensuite se tuer en retrouvant la raison, Thésée seul demeura près de lui. Craignant d'être contaminés par la présence d'un homme coupable d'un tel crime, tous les autres amis d'Héraclès avaient fui, mais Thésée lui tendit la main, releva son courage, lui fit comprendre que se donner la mort serait une lâcheté et enfin le ramena avec lui à Athènes.

Cependant tous les devoirs d'Etat et tous les exploits requis d'un chevalier-errant pour défendre les faibles et les opprimés ne pouvaient suffire à refréner la passion de Thésée pour le danger en soi. Il se rendit au pays de ces femmes guerrières, les Amazones — les uns disent avec Héraclès, les autres, seul —, et il enleva leur Reine, parfois nommée Antiope et parfois Hippolyte. Il est certain que le fils qu'elle donna à Thésée s'appelait Hippolyte et qu'après sa naissance les Amazones envahirent l'Attique, le pays qui entoure Athènes, et réussirent même à pénétrer dans la cité. Elles furent finalement vaincues et tant que vécut Thésée, nul autre ennemi n'entra jamais plus dans Athènes.

Il eut bien d'autres aventures. Il fut de ceux qui s'embarquèrent sur l'*Argo* et partirent à la Conquête de la Toison d'Or. Il prit part à la grande Chasse Calydonienne, quand le Roi de Calydon fit appel aux princes les plus nobles de la Grèce pour l'aider à exterminer le terrible sanglier qui ravageait son pays. Ce fut alors que Thésée sauva la vie de Pirithoüs, son téméraire et impétueux ami, comme il devait encore le faire bien souvent par la suite. Si Pirithoüs était tout aussi aventureux que Thésée, il ne remportait certes pas les mêmes succès et se trouvait ainsi perpétuellement en difficulté. Thésée, qui lui était fort attaché, l'aidait chaque fois à se tirer d'affaire. Cette amitié naquit à l'occasion d'un acte particulièrement irréfléchi — même de la part de Pirithoüs. Un jour, l'idée lui vint de se rendre compte par lui-même si Thésée méritait bien sa réputation ; il pénétra donc en Attique et vola une partie du bétail du héros. Quand il apprit que Thésée le poursuivait, loin de se hâter de fuir, il revint en arrière à sa rencontre, dans l'intention de se mesurer avec lui et de décider en champ clos lequel des deux était le plus brave. Mais tandis qu'ils se tenaient face à face, Pirithoüs, impulsif comme toujours, se laissa emporter par son admiration pour l'autre et en oublia tout le reste. Il tendit la main et s'écria : « Je me soumettrai à toute pénalité qu'il te plaira de m'imposer. Je te laisse juge ! » Thésée, ravi de ce geste chaleureux, répondit : « Je ne demande qu'une chose, t'avoir pour ami et frère d'armes ». Et ils se jurèrent une amitié éternelle.

Quand Pirithoüs, qui était Roi des Lapithes, se maria, Thésée se trouvait bien entendu parmi les convives et se montra fort utile en la circonstance. Ce festin de noces est peut-être l'un des plus malheureux qui aient jamais eu lieu. Les Centaures, créatures dont chacune avait le corps d'un cheval et la tête et le tronc d'un homme, étaient parents de la fiancée et à ce titre invités au mariage. Ils s'enivrèrent et décidèrent de s'emparer des femmes présentes. Thésée bondit au secours de la mariée et tua le centaure qui tentait de l'enlever. Une mêlée terrible suivit mais les Lapithes furent vainqueurs et avec l'aide de Thésée, qui combattit avec eux jusqu'à la fin, ils chassèrent du pays toute la race des Centaures.

Mais dans la dernière aventure qu'ils entreprirent ensemble, Thésée ne put sauver son ami. Après la mort de l'épousée de ce désastreux festin de noces, Pirithoüs, par un trait bien typique de son caractère, décida que sa seconde femme devait être la dame la mieux protégée de l'univers, nulle autre que Perséphone elle-même. Thésée accepta bien entendu de lui prêter secours, mais probablement stimulé par la perspective d'une entreprise si magnifiquement dangereuse, il déclara qu'il voulait lui-même d'abord enlever Hélène, la future héroïne de Troie alors encore une enfant, pour l'épouser plus tard, quand elle aurait grandi. Ceci, bien que moins hasardeux que le rapt de Perséphone, présentait assez de péril cependant pour satisfaire le plus ambitieux. Hélène avait deux frères, Castor et Pollux, qui étaient de taille à lutter contre n'importe quel mortel. Thésée réussit — on ne nous dit pas comment — à enlever la petite fille, mais les deux frères marchèrent contre la ville où elle avait été menée et la délivrèrent. Heureusement pour lui, ils n'y trouvèrent pas Thésée ; avec Pirithoüs, il était en route pour le monde souterrain.

Nous ne connaissons rien des détails de leur voyage et de leur arrivée — sauf le fait que le Seigneur du Hadès était parfaitement au courant de leur intention et se divertissait fort de la contrarier d'une façon originale. Il ne les tua pas, bien entendu, puisqu'ils étaient déjà parvenus dans le royaume des morts, mais en geste amical il les convia à s'asseoir en sa présence. Ils prirent donc place sur le siège qu'il leur désignait — et ils y demeurèrent. Ils ne pouvaient s'en relever. Ce siège était appelé la Chaise de l'Oubli. Celui qui s'y asseyait était figé dans l'immobilité, son esprit se vidait, il perdait toute mémoire. C'est là que Pirithoüs est fixé à jamais, mais Thésée fut délivré par son cousin. Quand Héraclès descendit dans le monde souterrain, il souleva Thésée du siège et le ramena sur terre. Il tenta de faire de même pour Pirithoüs mais en vain. Le Roi des Morts, sachant que celui-ci avait formé le projet d'enlever Perséphone, n'allait pas le relâcher.

Dans les dernières années de sa vie, Thésée épousa la sœur d'Ariane, Phèdre, et par là il attira bien des malheurs sur lui-même, sur sa femme et sur Hippolyte, le fils que lui avait donné l'Amazone. Il avait envoyé Hippolyte, encore enfant, dans la vieille cité méridionale où il avait lui-même passé sa jeunesse. Le jeune garçon devint un jeune homme splendide, un athlète accompli et un grand chasseur n'ayant que mépris pour ceux qui vivent dans un luxe facile et plus encore pour ceux qui sont assez sots et faibles pour succomber à l'amour. Il dédaignait Aphrodite et ne vénérait qu'Artémis, la belle et chaste chasseresse. Les choses en étaient là lorsque Thésée revint à son ancienne demeure, amenant Phèdre avec lui. Une grande affection unit aussitôt le père et le fils ; ils n'étaient jamais aussi heureux que lorsqu'ils se trouvaient ensemble. Quant à Phèdre, son beau-fils ne s'aperçut même pas de sa présence ; jamais il ne remarquait les femmes. Mais il en allait tout autrement avec elle. Follement, désespérément, elle s'éprit du jeune homme ; bien qu'accablée par la honte d'un tel amour, elle se sentait tout à fait incapable d'y résister. Aphrodite, qui en voulait à Hippolyte et était bien résolue à le châtier durement, était à l'arrière-plan de cette sinistre situation.

Désespérée, épouvantée, ne voyant nulle part où trouver du secours, Phèdre prit la décision de se donner la mort sans en révéler la raison à personne. Thésée était alors absent mais la vieille nourrice de Phèdre — qui lui était toute dévouée et n'aurait pu blâmer le moindre de ses désirs — découvrit tout ; sa passion secrète, son désespoir, et ses projets de suicide. N'ayant qu'une pensée en tête, celle de sauver sa maîtresse, elle s'en fut droit chez Hippolyte.

— Elle meurt d'amour pour vous, lui dit-elle. Rendez-lui la vie. Rendez-lui amour pour amour.

Hippolyte recula avec horreur. L'amour de n'importe quelle femme lui aurait répugné mais cette passion coupable lui donnait la nausée et le révoltait. Il se précipita dans la cour du palais, elle sur ses talons, le suppliant toujours. Phèdre s'y trouvait assise mais il ne la vit pas. Avec une colère indignée, il se tourna vers la vieille femme :

— Scélérate, qui veut me faire trahir mon père ! dit-il. — D'entendre de telles paroles, déjà je me sens souillé. Oh femmes, viles femmes — chacune d'elles est vile ! Jamais plus je n'entrerai dans cette maison en l'absence de mon père.

Il s'enfuit ; la nourrice regarda Phèdre qui s'était levée et dont le visage avait une expression qui effraya la vieille femme.

— Je t'aiderai encore, bégaya-t-elle.

— Tais-toi, dit Phèdre. Je m'occuperai moi-même de mes propres affaires. Sur ces mots, elle entra dans la maison et la nourrice, tremblante, s'y glissa derrière elle.

Quelques minutes plus tard, on entendit des voix d'hommes qui accueillaient le maître de céans, et Thésée entra dans le vestibule. Des femmes en pleurs vinrent à sa rencontre. Elles lui dirent que Phèdre était morte. Elle s'était tuée — elles venaient de la trouver, sans vie, mais sa main tenait encore une lettre adressée à son époux.

— O très chère, dit Thésée — m'aurais-tu écrit là tes derniers désirs ? Voici ton sceau — le sceau de celle qui jamais plus ne me sourira.

Il ouvrit la lettre, la lut, la relut. Puis il se tourna vers les serviteurs groupés dans le vestibule.

— Cette lettre clame à grands cris, dit-il. — Les mots parlent — ils ont une voix. Sachez tous que mon fils a porté les mains sur ma femme. O Poséidon, ô dieu, entends ma malédiction et charge-toi de l'accomplir.

Le silence qui suivit fut rompu par un bruit de pas rapides. Hippolyte entra.

— Que s'est-il passé ? s'écria-t-il. — Comment est-elle morte ? Père, apprends-le moi toi-même. Ne me cache pas ta peine.

— On devrait pouvoir mesurer l'affection à son aune, dit Thésée. — Il devrait exister un moyen de reconnaître à qui se fier, de qui se défier. Vous tous ici, regardez mon fils — que la main de la morte accuse. Il lui a fait violence — les mots que voici l'emportent sur tous ceux qu'il pourrait prononcer. Va-t'en. Tu es banni de ce pays. Va vers ta ruine, à l'instant même.

— Père, répondit Hippolyte — je n'ai aucun talent pour les mots et il n'existe aucun témoin pour te dire mon innocence ; la seule qui pourrait le faire est morte. Je ne peux que jurer sur Zeus, le très haut, que jamais je n'ai porté la main sur ton épouse, jamais je n'ai souhaité le faire, jamais je ne lui ai accordé une pensée. Que je meure dans les tourments si je suis coupable !

— Morte, elle en donne la preuve, dit Thésée. — Va-t'en. Tu es banni.

Hippolyte partit, mais non en exil ; pour lui aussi la mort était proche. Comme il se dirigeait vers la route longeant la mer et s'éloignait du foyer qu'il quittait à jamais, la malédiction de son père s'accomplit. Un monstre surgit des flots et les chevaux terrifiés, échappant au ferme contrôle de leur conducteur, s'emballèrent. Hippolyte tomba du char fracassé, blessé à mort.

Thésée ne fut pas épargné. Artémis lui apparut et lui révéla la vérité.

Ce n'est pas un secours que je t'apporte mais seulement de la [peine
Afin de te convaincre de l'honneur de ton fils.
Ta femme était coupable ; folle d'amour pour lui,
Elle lutta contre sa passion et elle mourut.
Mais ce qu'elle a écrit n'est que mensonge.

Thésée l'écoutait encore, accablé par une telle accumulation d'événements affreux, quand on apporta Hippolyte.

Il haleta : — J'étais innocent. Artémis, te voilà ? Ma déesse, ton chasseur se meurt.

— Et nul autre ne peut te remplacer, toi qui m'es le plus cher des mortels, lui dit-elle.

Hippolyte détourna les yeux de cette vision radieuse pour les porter sur son père effondré.

— Père, cher père, dit-il. — Rien de tout ceci n'est de ta faute.

— Si seulement je pouvais mourir pour toi, s'écria Thésée.

La voix douce et calme de la déesse se fit entendre. — Prends ton fils dans tes bras, Thésée. Ce n'est pas toi mais Aphrodite qui l'a tué. Apprends ceci : jamais Hippolyte ne sera oublié. Toujours les hommes se souviendront de lui dans leurs chants et leurs récits.

Elle disparut, mais Hippolyte lui aussi les avait quittés. Déjà il cheminait sur la route qui mène au royaume de la Mort.

La fin de Thésée fut, elle aussi, pitoyable. Il se trouvait à la cour d'un ami, le Roi Lycomède, celle-là même où quelques années plus tard Achille devait chercher refuge sous un déguisement féminin. Les uns disent que Thésée s'y était rendu parce qu'Athènes l'avait banni. Quoi qu'il en soit, le Roi son hôte et ami, le tua, sans qu'on nous dise pourquoi.

Banni ou non par les Athéniens, ceux-ci, après sa mort, l'honorèrent plus qu'aucun autre mortel. Ils lui élevèrent un superbe tombeau et décrétèrent que ce lieu serait désormais le sanctuaire de tous les esclaves, de tous les pauvres et opprimés, en mémoire de celui qui toute sa vie s'était fait le protecteur des êtres sans défense.

Hercule

Ovide relate la vie d'Hercule mais très brièvement, sans suivre sa méthode habituellement détaillée à l'extrême. Il n'aime guère s'étendre sur des exploits héroïques et préfère de beaucoup une histoire pathétique. A première vue, il peut paraître étrange qu'il taise le fait qu'Hercule tua sa femme et ses enfants, mais ce récit avait été conté déjà par Euripide, le poète du Ve siècle, et la réticence d'Ovide s'explique peut-être par son intelligence ; il trouvait fort peu à dire au sujet des mythes déjà traités par les grands tragiques. Il passe également sous silence les légendes les plus fameuses qui ont Hercule pour héros, entre autres celle où il sauva Alceste de la mort, alors qu'Euripide en fait le sujet d'une autre de ses tragédies. Sophocle, contempo-*

* En grec : *Héraclès*.

rain d'Euripide, décrit la mort du héros. Son aventure avec les serpents alors qu'il était tout enfant, est racontée par Pindare au Ve siècle et par Théocrite au IIIe siècle. Dans ma relation, j'ai suivi les récits donnés par les deux poètes tragiques et par Théocrite de préférence à Pindare, qui est l'un des poètes les plus difficiles à traduire et même à paraphraser. Pour le reste, j'ai suivi Apollodore, un prosateur du Ier ou du IIe siècle de notre ère qui avec Ovide est le seul écrivain à conter toute la vie d'Hercule. Si j'ai choisi son texte de préférence à celui d'Ovide, c'est qu'en cette unique occasion, il se montre plus prodigue de détails.

Hercule fut le plus grand héros de la Grèce. C'était un personnage d'un tout autre ordre que le grand héros athénien, Thésée. Il représentait ce que la Grèce entière, à l'exception d'Athènes, admirait au plus haut point. Les Athéniens différaient des autres Grecs, leur héros devait donc être lui aussi, tout autre. Thésée, bien entendu, était un brave entre les braves ainsi que le sont tous les héros, mais contrairement à ces mêmes héros, il se montrait aussi compatissant que courageux, et il alliait une grande intelligence à une exceptionnelle vigueur physique. Il était donc tout naturel que les Athéniens se choisissent un tel héros puisque plus qu'aucun autre peuple de la Grèce, ils prisaient la pensée et les idées. Leur idéal se trouvait incarné dans la personne de Thésée. Mais Hercule incarnait ce que le reste de la Grèce appréciait par-dessus tout. Ses qualités étaient celles que les Grecs en général honoraient et admiraient et, sauf le courage stoïque, elles n'étaient pas celles par lesquelles Thésée se signalait.

Hercule était l'homme le plus fort de la terre et il possédait cette suprême confiance en soi que donne une magnifique vigueur physique. Il s'estimait l'égal des dieux — et non sans quelque raison. Ceux-ci durent faire appel à son aide pour vaincre les Géants ; dans le combat final des Olympiens contre les fils bestiaux de la Terre, les flèches d'Hercule jouèrent un rôle important. Il traitait les dieux en conséquence. Un jour que la prêtresse de Delphes dédaignait de répondre à sa question, il saisit le trépied sur lequel elle se tenait et déclara qu'il l'emporterait et proférerait l'oracle lui-même à sa façon. Bien entendu, c'était une chose qu'Apollon ne pouvait admettre, mais Hercule était tout prêt à se mesurer avec lui et Zeus dut intervenir. Toutefois, la querelle fut aisément vidée. Hercule se montra fort accommodant. Il ne voulait pas se disputer avec Apollon, il ne demandait qu'une réponse de son oracle ; si Apollon consentait à la donner, l'affaire serait réglée en ce qui concernait Hercule. De son côté, Apollon, confronté avec ce personnage intrépide et pénétré d'admiration pour tant de hardiesse, ordonna à la prêtresse de transmettre la réponse.

Toute sa vie, Hercule eut la conviction absolue qu'il ne pouvait être vaincu par un adversaire, quel qu'il fût, et les faits justifièrent sa confiance. L'issue d'un combat engagé par lui était connue d'avance en toute certitude. Seule une force surnaturelle pouvait triompher de lui. Héra usa de la sienne contre lui et il succomba finalement à la magie, mais rien de ce qui vivait dans l'air, la mer, ou sur terre ne put jamais le vaincre.

L'intelligence n'entrait guère dans tout ce qu'il entreprenait, souvent même elle en était manifestement absente. Un jour qu'il se sentait incommodé par la chaleur, il pointa une flèche vers le soleil et menaça de l'éteindre. Une autre fois, comme les flots ballottaient le bateau sur lequel il se trouvait, il dit aux vagues qu'il les punirait si elles refusaient de se calmer. Son intelligence manquait de vivacité mais non ses émotions. Elles étaient vite éveillées et susceptibles d'échapper à tout contrôle, ainsi qu'il advint lorsque désespéré par la disparition de son jeune écuyer Hylas, il abandonna l'*Argo* et oublia ses compagnons et la Conquête de la Toison d'Or. Cette sensibilité affective de la part d'un homme si démesurément fort avait quelque chose d'étrangement attachant, mais elle causait aussi des maux immenses. Il se déchaînait parfois en colères furieuses, qui se révélaient toujours fatales pour leurs objets souvent innocents. Quand sa rage se calmait et qu'il se reprenait, il montrait un repentir désarmant et acceptait humblement toute punition infligée. Sans son consentement, personne n'aurait pu le châtier — cependant, personne jamais n'endura plus de châtiments. Il passa la plus grande partie de sa vie à expier des actions infortunées et jamais il ne se révolta contre les exigences impossibles qui lui furent imposées. Il lui arrivait de se punir lui-même lorsque les autres inclinaient à l'absoudre.

Il aurait été absurde de lui confier un royaume, ainsi qu'il fut fait pour Thésée. Il n'avait que trop de peine à se gouverner lui-même. Jamais, comme le héros athénien passe pour l'avoir fait, il n'aurait pu méditer une nouvelle et grande idée. Ses réflexions se limitaient à chercher un moyen de tuer un monstre qui menaçait de le tuer lui-même. Toujours est-il qu'il montrait une vraie grandeur, non parce qu'il avait un courage absolu basé sur une force irrésistible — ce qui va de soi — mais parce qu'il témoignait d'une véritable noblesse d'âme dans ses remords après une faute et dans son désir de la réparer. Si seulement il avait eu aussi quelque grandeur d'esprit, il aurait été l'incarnation du héros parfait.

Il naquit à Thèbes et longtemps on le crut fils d'Amphitryon, un stratège fort distingué. Il fut d'abord appelé Alcide ou descendant d'Alcée, père d'Amphitryon. Mais en réalité il était le fils de Zeus, qui vint trouver Alcmène, femme d'Amphitryon, sous la forme de son mari alors que le stratège était à la guerre. Elle mit au monde deux enfants, Hercule, fils de Zeus, et Iphiclès, fils d'Amphitryon. L'origine différente des jumeaux se manifesta clairement dans leur réaction devant un grand danger qui les menaça alors qu'ils n'avaient pas atteint leur première année. Héra, comme toujours, était furieusement jalouse et elle avait résolu de tuer Hercule.

Un soir, Alcmène baigna les enfants, les nourrit et les déposa dans leur berceau ; elle les caressa, leur murmura de tendres mots : « Dormez, mes tout-petits, âmes de mon âme. Que votre sommeil soit heureux et votre réveil aussi. » Elle balança le berceau et les bébés s'endormirent. Mais au plus sombre de la nuit, alors que tout était silencieux dans la maison, deux grands serpents se glissèrent dans la chambre des enfants ; une lumière y brillait, les deux reptiles se coulèrent dans le berceau, têtes et langues oscillantes, et les enfants se réveillèrent. Iphiclès cria et tenta de fuir le berceau, mais Hercule se dressa et saisit les deux mortelles créatures par le cou. Elles se contorsionnèrent, enroulèrent leurs anneaux autour de son corps mais il ne lâchait pas prise. La mère entendit les cris d'Iphiclès et appelant son époux, elle se précipita dans la chambre. Elle y trouva Hercule, assis et riant aux éclats, tenant dans chacune de ses mains un long corps flasque et mou. Joyeusement, il les tendit à Amphitryon. Ils étaient morts. Tous comprirent alors que l'enfant était destiné à de grandes choses. Tirésias, le prophète aveugle de Thèbes, dit à Alcmène : « Plus d'une femme en Grèce, j'en fais le serment, tout en filant la laine chantera ce fils qui est le tien et toi, qui l'as porté. Il sera le héros de l'humanité. »

On prit grand soin de son éducation, mais lui enseigner ce qu'il refusait d'apprendre était une tâche dangereuse. Il paraît ne pas avoir aimé la musique qui cependant tenait une grande place dans l'éducation d'un adolescent grec — ou peut-être n'éprouvait-il qu'antipathie pour son professeur en cet art. Il se mit un jour en colère contre lui et lui fracassa la tête avec son luth. C'était la première fois qu'il donnait un coup fatal sans en avoir l'intention. Jamais il n'avait eu le dessein de tuer l'infortuné musicien ; sous l'impulsion du moment, il frappa sans réfléchir, à peine conscient de sa force. Il en fut sincèrement désolé, ce qui ne l'empêcha pas de recommencer encore et encore.

On lui enseigna aussi la lutte, l'escrime, l'équitation, pour lesquelles il montra plus de goût, et dans ces branches du savoir, tous ses maîtres survécurent. A 18 ans, il avait atteint sa pleine croissance et il tua à lui seul un grand lion qui vivait dans les bois de Cithéron. De la peau du lion thespien, Hercule se fit un vêtement dont la tête formait le capuchon et il s'en recouvrit désormais.

Combattre et vaincre les Myniens qui taxaient les Thébains d'un lourd tribut fut son exploit suivant. Les citoyens reconnaissants lui offrirent en récompense la main de la Princesse Mégarée. Il lui fut fort attaché ainsi qu'aux enfants qu'il en eut, et cependant il dut à ce mariage le plus grand chagrin de sa vie, sans compter une suite de dangers et d'épreuves comme personne n'en connut avant ou après lui. Quand Mégarée lui eut donné trois fils, il devint fou. Héra, qui n'oubliait jamais une offense, le frappa de démence. Il tua ses enfants ainsi que Mégarée qui tentait de protéger le plus jeune. Puis la raison lui revint. Il se retrouva dans une salle de sa demeure tout éclaboussée de sang, et autour de lui gisaient les cadavres de ses fils et de sa femme. De ce qui s'était passé, comment ils étaient tous morts, il n'avait aucune idée. Il croyait se souvenir qu'un moment plus tôt, ils parlaient tous ensemble. Terrifiés, les témoins du drame qui observaient son trouble à distance, virent que la crise était passée et Amphitryon osa s'approcher. On ne pouvait cacher la vérité à Hercule, il devait l'apprendre, si atroce fût-elle et Amphitryon se chargea de la lui dire. Hercule l'écouta ; puis il dit : « Ainsi je suis moi-même le meurtrier de ceux que j'aimais le plus au monde. »

— Oui, répondit Amphitryon tremblant. — Mais tu avais perdu la raison.

Hercule ne prêta aucune attention à l'excuse implicite.

— Epargnerai-je alors ma propre vie ? dit-il. — C'est sur moi-même que je vengerai ces morts.

Mais avant qu'il ait eu le temps de se précipiter au dehors pour se donner la mort, son dessein désespéré fut empêché et sa vie épargnée. Ce miracle — car c'en est un — qui ramena Hercule d'un délire affolé et d'une action violente à une sobre raison et à une résignation désolée, n'était pas dû à l'intervention d'un dieu descendu du ciel mais à une amitié humaine. Thésée, son ami, s'avança vers lui et étreignit dans les siennes ces mains tachées de sang. Selon la coutume généralement admise chez les Grecs, par ce geste il était maintenant souillé lui aussi et le crime d'Hercule devenait aussi le sien.

— Ne t'écarte pas de moi, dit-il à Hercule. — Ne me refuse pas de tout partager avec toi. Le mal que je partage avec toi n'est pas un mal pour moi. Ecoute-moi. Les hommes à l'âme grande supportent sans fléchir les coups du ciel.

Hercule dit : — Sais-tu ce que j'ai fait ?

— Je le sais, répondit Thésée. — Tes peines montent de la terre jusqu'au ciel.

— Et c'est pourquoi je veux mourir, dit Hercule.

— Nul héros n'a jamais prononcé de tels mots, dit Thésée.

— Que puis-je faire sinon mourir ? cria Hercule. — Vivre ? Un homme marqué d'infamie dont tous diront : « Regardez. Voici celui qui a tué sa femme et ses enfants ! » Partout des geôliers, les scorpions empoisonnés de la langue.

— Même alors, souffre et montre-toi fort, répondit Thésée. — Tu vas venir avec moi à Athènes. Tu partageras ma demeure et tout ce qui m'appartient. En retour, tu me donneras, à moi et à la cité, la gloire de t'avoir aidé.

Un long silence suivit. Hercule parla enfin, avec des mots lents et lourds. « Qu'il en soit ainsi », dit-il. « Je serai fort et j'attendrai la mort. »

Ensemble, ils se rendirent à Athènes, mais Hercule n'y resta pas longtemps. Thésée, le penseur, rejetait l'idée qu'un homme pût être coupable d'un meurtre commis dans un moment de folie et que ceux qui l'aidaient fussent eux-mêmes souillés. Les Athéniens partageaient cet avis et ils firent bon accueil au pauvre héros. Mais lui ne pouvait comprendre de telles subtilités. En fait, il n'était capable que de sentir, non de penser. Il avait tué sa famille ; il était donc souillé et souillait les autres ; il méritait d'être pour tous un objet d'horreur. A Delphes où il se rendit pour consulter l'oracle, la prêtresse le confirma dans ce sentiment. Il devait se purifier, lui dit-elle, et il ne pourrait y parvenir qu'en faisant sévèrement pénitence. Elle lui ordonna donc de se rendre chez son cousin Eurysthée, Roi de Mycènes (de Tyrinthe, selon d'autres récits) et de se soumettre à tout ce que celui-ci exigerait de lui. Hercule, prêt à tout ce qui lui rendrait les mains nettes, partit docilement. Il apparaît clairement du reste de l'histoire que la Pythie connaissait Eurysthée et savait qu'il se chargerait sans la moindre faiblesse de purifier Hercule.

Cet Eurysthée n'était certes pas stupide mais il témoignait d'un esprit fort inventif ; lorsque l'homme le plus fort de la terre se présenta devant lui et lui proposa humblement d'être son esclave, il imagina une série de pénitences qui, du point de vue du danger et de la difficulté, n'auraient pu être plus ingénieuses. A sa décharge, il doit être dit qu'Héra l'aidait et l'exhortait ; jusqu'à la fin de la vie d'Hercule, elle en voulut à celui-ci d'être le fils de Zeus. Les tâches imposées par Eurysthée au héros sont appelées les « Travaux d'Hercule ». On en compte douze, dont aucun ne paraît réalisable.

Le premier fut de tuer le lion de Némée, une bête qu'aucune arme ne pouvait blesser. Hercule résolut la difficulté en l'étranglant. Puis il chargea l'énorme carcasse sur ses épaules et la porta dans Mycènes. Dès lors, Eurysthée, homme prudent, lui interdit l'accès de la cité et lui donna désormais ses ordres à distance.

Le second fut de se rendre à Lerne pour y tuer un monstre à neuf têtes appelé l'Hydre, qui vivait dans une mare des alentours. C'était une entreprise des plus difficiles car l'une des têtes était immortelle et les autres terrifiantes : lorsqu'on en coupait une, deux autres naissaient à sa place. Hercule fut aidé par son neveu Iolas, qui lui apporta un tison enflammé avec lequel il cautérisa les cous au fur et à mesure qu'il tranchait les têtes, empêchant ainsi celles-ci de repousser. Quand toutes furent abattues, il se défit sûrement de celle qui était immortelle en l'enfouissant sous une grande roche.

Pour le troisième, il dut ramener vivant un cerf aux cornes d'or consacré à Artémis et qui vivait dans les forêts de Cérynée. Il aurait pu le tuer sans aucune difficulté mais le capturer vivant était une tout autre affaire et il lui fallut un an pour y réussir.

Le quatrième fut la capture d'un grand sanglier dont la bauge se trouvait sur le Mont Erymanthe. Il épuisa la bête en la pourchassant d'un lieu à un autre ; enfin il la mena dans la haute neige où il la prit au piège.

Pour le cinquième de ses travaux, il nettoya les écuries d'Augias en un jour. Ce Roi d'Elide possédait des bœufs par milliers mais depuis des années, leurs étables n'avaient pas été nettoyées. Hercule détourna les cours de deux fleuves et les fit passer à travers les étables. Tout le fumier fut emporté par le courant en moins de temps qu'il n'en faut pour le dire.

Par son sixième travail, il extermina les oiseaux du lac Stymphale, devenus par leur nombre un fléau pour les habitants de cette région. Athéna l'aida à les attirer hors de leurs couverts et comme ils s'envolaient, il les tua tous de ses flèches.

Pour son septième travail il se rendit en Crète afin de s'emparer du superbe taureau sauvage que Poséidon, jadis, avait donné à Minos. Hercule le dompta, le mit sur un bateau et l'amena à Eurysthée.

Le huitième travail consista à enlever les cavales mangeuses d'hommes du Roi de Thrace, Diomède. Hercule tua d'abord Diomède puis s'empara des chevaux sans rencontrer de résistance.

Pour le neuvième des travaux qui lui étaient imposés, il s'agissait d'apporter à Eurysthée la ceinture d'Hippolyte, Reine des Amazones. Quand Hercule se présenta, elle vint aimablement à sa rencontre et lui dit qu'elle lui donnerait la ceinture, mais Héra suscita des difficultés. Elle fit croire aux Amazones qu'Hercule se proposait d'enlever leur Reine et elles assaillirent le bateau du héros. Hercule, sans une pensée pour la bonté que la Reine lui avait témoignée, en fait sans plus penser du tout, tint Hippolyte pour responsable de l'attaque et la tua sur-le-champ. Il réussit ensuite à se défaire des Amazones et leva l'ancre en emportant la ceinture.

Pour son dixième travail, Hercule emmena les troupeaux de Géryon, lequel était un monstre à trois corps qui vivait en Erythie, une île occidentale. En cours de route, comme il touchait la terre à l'extrémité de la Méditerranée, il sépara deux montagnes rocheuses appelées depuis les Colones d'Hercule (Gibraltar et Ceuta). Ensuite il s'empara des bœufs et les emmena à Mycènes.

Le onzième travail offrait plus de difficultés encore que les précédents. Il s'agissait d'enlever les Pommes d'Or du jardin des Hespérides, et il ne savait où les trouver. Atlas, qui portait la voûte du ciel sur ses épaules, était le père des Hespérides : Hercule s'en fut donc le trouver et le pria de cueillir les pommes pour lui. Il lui offrit de se charger lui-même du fardeau céleste pendant l'absence d'Atlas. Celui-ci, voyant là une occasion d'être à jamais soulagé de sa lourde tâche, accepta avec joie. Il revint avec les pommes mais refusa de les donner à Hercule. Il lui dit qu'il pouvait continuer à soutenir le ciel car lui-même, Atlas, porterait les fruits à Eurysthée. Hercule, en la circonstance, ne pouvait compter que sur son ingéniosité pour se tirer d'affaire — sa force était tout entière employée à supporter cette pesante charge. La stupidité d'Atlas plus que sa propre intelligence permit au héros de réussir. Hercule consentit au projet d'Atlas mais lui demanda de reprendre un instant le ciel, le temps de glisser un coussinet sur ses épaules pour diminuer la pression. Atlas accepta. Hercule ramassa les pommes et s'en alla.

Le douzième travail fut le pire de tous. Il entraîna Hercule dans le monde souterrain et c'est alors qu'il délivra Thésée de la Chaise de l'Oubli. Le but de cette dernière tâche était de faire sortir Cerbère, le chien à trois têtes, du Hadès. Pluton donna son consentement à la condition qu'Hercule renonçât à l'usage des armes pour l'y contraindre. Il ne pourrait se servir que de ses mains. Hercule réussit cependant. Il souleva Cerbère et le porta tout au long de la route qui mène à la terre, et jusqu'à Mycènes. Fort sagement, Eurysthée refusa de le garder et ordonna à Hercule de le ramener où il l'avait trouvé. Ce fut son dernier travail.

Toutes les tâches étant remplies et le meurtre de sa femme et de ses enfants ayant été lavé par une expiation complète, Hercule, semble-t-il, aurait mérité de passer le reste de sa vie dans le calme et la tranquillité. Il n'en fut rien. Un exploit tout aussi difficile que ses travaux fut sa victoire sur Antée, un Géant et athlète redoutable qui forçait les passants à lutter contre lui à la condition de tuer ceux qu'il vaincrait. Il élevait un temple dont le toit était fait des crânes de ses victimes. Tant qu'il touchait terre, il était invincible ; s'il lui arrivait de tomber, il se relevait avec une force renouvelée par chaque contact avec le sol. Hercule le souleva et le tenant en l'air, l'étrangla.

Un récit après l'autre relate ses aventures. Il combattit le dieu-fleuve Achéloüs parce qu'Achéloüs s'était épris de la jeune fille que lui-même voulait épouser. Plus personne ne se souciait de se mesurer avec Hercule, Achéloüs pas plus que les autres, et il entreprit de raisonner le héros. C'était un procédé qui, avec Hercule, ne menait à rien sinon à le mettre en colère. Il dit : « Ma main vaut mieux que ma langue. Laisse-moi vaincre en luttant, tu pourras vaincre en parlant. » Achéloüs se donna la forme d'un taureau et attaqua furieusement son adversaire. Mais dompter les taureaux n'avait rien de nouveau pour Hercule. Il terrassa celui-ci et lui arracha une de ses cornes. L'enjeu du combat, une jeune Princesse nommée Déjanire, devint la femme d'Hercule.

Il voyagea dans bien des pays et accomplit bien d'autres exploits. A Troie, il sauva une vierge menacée du sort jadis promis à Andromède et qui attendait sur la grève qu'un monstre marin la dévorât. Elle était la fille du Roi Laomédon, qui frustra Apollon et Poséidon de leur récompense après qu'à la demande de Zeus, ils eurent bâti pour le Roi les murailles de Troie. Pour se venger de cette perfidie, Apollon envoya la peste dans la cité, et Poséidon le serpent marin. Hercule consentit à sauver la jeune fille à la condition que son père lui donnât les chevaux que Zeus, jadis, avait offerts à son grand-père. Laomédon promit, mais quand Hercule eut terrassé le monstre, le Roi refusa de tenir sa parole. Hercule investit la ville, tua le Roi et donna la jeune fille à son ami Télamon de Salamine qui l'avait aidé.

En allant trouver Atlas pour lui demander des indications au sujet des Pommes d'Or, Hercule passa par le Caucase où il délivra Prométhée en tuant l'aigle qui lui dévorait le foie.

En sus de ces exploits glorieux, il y en eut d'autres qui l'étaient moins ou pas du tout. Il tua d'un geste maladroit un jeune garçon qui lui versait de l'eau sur les mains avant un banquet. C'était un accident et le père de l'adolescent pardonna à Hercule qui, lui, ne put se pardonner et se condamna pour quelque temps à l'exil. Bien plus grave fut le meurtre délibéré d'un de ses bons amis pour venger l'insulte que lui avait faite le père du jeune homme, le Roi Eurytos. Pour cette vile action, Zeus lui-même se chargea de la punition : il envoya le héros en Lydie pour y être l'esclave de la Reine Omphale, les uns disent pendant un an, les autres trois ans. Elle se moquait de lui et l'obligeait parfois s'habiller en femme et à se livrer à des travaux féminins comme filer et tisser. Il se soumit humblement, comme toujours, mais il se sentait avili par sa servitude ; avec un complet illogisme, il en tint Eurytos pour responsable et se jura qu'aussitôt libéré, il l'en punirait sévèrement.

Tous les récits qui le concernent sont caractéristiques, mais la meilleure peinture que nous ayons de lui est la relation d'une visite qu'il rendit alors qu'il était en route pour effectuer son huitième travail, l'enlèvement des chevaux anthropophages de Diomède. La maison où il avait projeté de passer la nuit, celle de son ami Admète, Roi de Thessalie, était à ce moment et bien qu'il n'en sût rien, un lieu de désolation et de deuil. Admète venait de perdre sa femme de façon fort étrange.

La cause de cette mort remontait au passé, au temps où Apollon, irrité contre Zeus qui avait tué son fils Esculape, se vengea en tuant les ouvriers de Zeus, les Cyclopes. En châtiment, Apollon fut condamné à un an d'esclavage sur terre et Admète fut le maître qu'il se choisit ou que Zeus lui imposa. Pendant sa servitude, Apollon se lia d'amitié avec toute la maisonnée, surtout avec le chef de la famille et avec Alceste, sa femme, et lorsqu'il avait l'occasion de leur prouver sa reconnaissance, il la saisissait aussitôt. Il apprit un jour que les trois Moires (Parques), ayant filé tout le fil de la vie d'Admète, s'apprêtaient à le couper. Il obtint d'elles un sursis. Si quelqu'un consentait à mourir pour Admète, celui-ci pourrait vivre encore. Apollon transmit l'information à Admète, qui se mit aussitôt en quête d'un remplaçant. Avec une confiante assurance, il se rendit d'abord chez ses père et mère. Ils étaient âgés et l'aimaient tendrement. Nul doute que l'un ou l'autre consentirait à prendre sa place dans le monde des morts. A sa profonde stupéfaction, il découvrit que l'un et l'autre s'y refusaient. Ils lui dirent : « La lumière du jour est douce même aux vieillards. Nous ne te demandons pas de mourir pour nous. Nous ne mourrons pas pour toi. » Et ils ne furent nullement émus de sa colère méprisante : « Oh, vous, qui vous tenez déjà paralysés, aux portes de la mort, et que la mort cependant effraie ! »

Néanmoins, il ne renonça pas. L'un après l'autre, il alla trouver tous ses amis et les supplia de mourir et de le laisser vivre. De toute évidence, il croyait sa vie si précieuse que quelqu'un certainement la sauverait, fût-ce au prix du sacrifice suprême. Mais partout il se heurta à un invariable refus. En désespoir de cause, il revint dans sa propre demeure, et là, il trouva enfin un remplaçant. Sa femme Alceste s'offrit à mourir pour lui. Il n'est pas nécessaire de dire au lecteur parvenu jusqu'à ces lignes qu'il accepta aussitôt. Il se sentait navré pour elle et plus encore pour lui-même, qui allait perdre une aussi bonne épouse, et il resta près d'elle en pleurant cependant qu'elle mourait. Quand elle l'eut quitté, il fut accablé de chagrin et décréta qu'elle aurait des funérailles grandioses.

C'est à ce moment qu'Hercule arriva, bien décidé à se reposer et à se réjouir sous le toit d'un ami avant de poursuivre sa route vers le nord, et vers Diomède et ses cavales. La façon dont Admète le traita montre mieux que tout autre récit connu combien les lois de l'hospitalité étaient alors prisées et combien l'on exigeait d'un hôte envers son visiteur.

Dès qu'Admète fut prévenu de l'arrivée d'Hercule, il vint à sa rencontre sans montrer la moindre apparence de deuil sauf dans ses vêtements. Son accueil fut celui d'un homme heureux de retrouver son ami. A la question d'Hercule demandant qui était mort, il répondit avec calme qu'une femme de sa maison, non une parente, devait être ensevelie ce jour-là. Hercule déclara aussitôt qu'il ne voulait pas l'encombrer de sa présence en un tel moment, mais Admète refusa fermement de le laisser aller ailleurs. « Tu ne dormiras pas sous un autre toit que le mien », lui dit-il. Il ordonna à ses serviteurs de mener son visiteur dans une chambre éloignée, où aucun bruit de pleurs ne pourrait l'importuner, et où un repas lui serait servi.

Hercule dîna seul, mais il admit fort bien qu'Admète, par convenance, dût assister aux funérailles et le fait ne l'empêcha pas de festoyer gaiement. Les serviteurs restés pour le servir s'activaient à satisfaire son énorme appétit et plus encore à remplir sa coupe de vin ; Hercule devint très heureux, très ivre et très bruyant. Il chanta à tue-tête des chansons, dont quelques-unes hautement répréhensibles, et se conduisit d'une manière rien moins qu'indécente si l'on songe que des obsèques avaient lieu dans la maison. Lorsque les serviteurs marquaient leur désapprobation, il leur criait de ne pas se montrer si solennels. Ne pouvaient-ils de temps en temps lui sourire, en braves gens qu'ils étaient ? Leurs figures lugubres lui coupaient l'appétit. « Buvez une coupe avec moi », s'écria-t-il, « beaucoup de coupes ! »

L'un d'eux lui répondit timidement que le jour n'était ni à la joie ni au rire.

— Et pourquoi donc ? tonna Hercule. — Parce qu'une femme étrangère est morte ?

— Une étrangère ? dit le serviteur d'une voix tremblante.

— Eh bien ! c'est ce que m'a dit Admète, répondit Hercule, fâché. — Vous n'allez pas prétendre qu'il m'a menti, je suppose.

— Oh non, dit le serviteur. — Seulement… il exagère l'hospitalité. Mais je vous en prie, prenez encore un peu de vin. Notre chagrin ne concerne que nous-mêmes.

Il se tourna pour remplir la coupe, mais Hercule le saisit — et jamais personne ne méprisait cette étreinte.

— Il se passe ici des choses étranges, dit-il à l'homme apeuré. — Qu'avez-vous tous ?

— Vous avez pu voir par vous-même que nous sommes en deuil, répondit l'autre.

— Mais pourquoi ? cria Hercule. — Mon hôte s'est-il moqué de moi ? Qui est mort ?

— Alceste, murmura le serviteur. — Notre Reine.

Il y eut un long silence. Puis Hercule jeta sa coupe sur le sol.

— J'aurais dû le savoir, dit-il. — Il avait pleuré, je l'ai vu. Ses yeux étaient rouges. Mais il m'a juré qu'il s'agissait d'une étrangère. Il m'a fait entrer, Oh, l'excellent ami et hôte incomparable. Et moi — je me suis enivré, j'ai ri, dans cette maison endeuillée. Oh, il aurait dû tout me dire.

Alors il fit comme à l'accoutumée. Il amoncela les torts sur sa tête. Il avait été un imbécile, un ivrogne imbécile, alors que l'homme qu'il aimait était accablé de chagrin. Comme toujours aussi, ses pensées se tournaient en hâte à la recherche d'un moyen de se racheter. Comment réparer sa faute ? Il n'y avait rien qu'il pût faire, il en était certain, mais comment aider mon ami ? Enfin la lumière lui vint. « Mais naturellement », se dit-il, « je sais ce qu'il me reste à faire. J'enlèverai Alceste du séjour des morts. Cela va de soi, rien ne saurait être plus clair. J'irai trouver cette vieille compagne, la Mort. Elle se tient certainement au bord de la tombe, je lutterai avec elle ; je ferai craquer son corps entre mes bras jusqu'à ce qu'elle me rende Alceste. Si elle ne se trouve pas à côté de la tombe, je descendrai jusqu'au Hadès pour la trouver. Oh, je rendrai à mon ami tout le bien qu'il m'a fait ! » Il se précipita au dehors, très satisfait de lui-même et ravi à la perspective d'un combat qui promettait d'être excellent.

Quand Admète revint dans sa maison vide et désolée, Hercule l'accueillit et à côté de lui se trouvait une femme. « Regarde-la, Admète », dit-il. « Ressemble-t-elle à quelqu'un que tu connais ? » Et lorsque Admète cria : « Un fantôme ! Serait-ce une farce… quelque moquerie des dieux ? » Hercule répondit : « C'est ta femme. J'ai combattu la Mort pour elle et je l'ai forcée à me la rendre. »

Aucun autre récit ayant Hercule pour héros ne dépeint mieux son caractère tel que les Grecs le voyaient ; sa candeur et sa stupidité maladroite ; son incapacité de résister à la tentation de s'enivrer bruyamment dans une maison qui abritait une morte ; ses remords immédiats et son désir de réparer à n'importe quel prix ; sa confiance absolue dans sa force et sa certitude que la Mort elle-même ne pouvait lutter contre lui. C'est là le portait d'Hercule. Certes, il serait plus exact encore s'il l'avait montré dans une crise de rage et tuant les serviteurs dont les visages lugubres l'ennuyaient, mais le poète Euripide laisse clairement entendre que ceci n'aurait eu aucun rapport direct avec la mort d'Alceste et son retour à la vie. Une ou deux morts de plus, toutes naturelles que la présence d'Hercule les eût fait paraître, auraient brouillé le tableau qu'il voulait peindre.

Comme Hercule en avait fait le serment lorsqu'il était encore l'esclave d'Omphale, il n'était pas plutôt libéré qu'il entreprit de châtier le Roi Eurytos parce que lui-même avait été puni par Zeus pour le meurtre du fils d'Eurytos. Il leva une armée, investit la cité du Roi et le tua. Mais Eurytos lui aussi fut vengé, car cette victoire fut la cause indirecte de la mort d'Hercule.

Avant que la ville fût complètement détruite, Hercule envoya chez lui — où Déjanire, sa fidèle épouse, attendait patiemment le retour de Lydie de l'esclave d'Omphale — tout un groupe de jeunes filles dont une, Iole, fille du Roi, surpassait toutes les autres en beauté. L'homme qui les amena à Déjanire lui dit qu'Hercule était follement épris de cette Princesse. Cette information ne fut pas aussi pénible à Déjanire qu'on aurait pu s'y attendre, car elle possédait ce qu'elle croyait être un puissant charme d'amour, qu'elle gardait depuis des années en prévision précisément de ce malheur : voir dans sa maison une femme qui lui serait préférée. Aussitôt après son mariage, comme Hercule la ramenait chez lui, ils furent arrêtés dans leur voyage par un fleuve dont les eaux avaient grossi ; le Centaure Nessus y faisait le passeur, transportant les voyageurs d'un bord à l'autre. Il prit donc Déjanire sur son dos et au milieu du courant, il l'insulta. Elle cria et Hercule, de l'autre rive, lui décocha une flèche qui le transperça. Mais avant de mourir, il dit à Déjanire de prendre un peu de son sang et de s'en servir comme d'un charme si Hercule, un jour, lui préférait une autre femme. Lorsqu'elle entendit parler d'Iole, Déjanire pensa que le moment était venu ; elle choisit une tunique splendide, l'oignit de ce sang et chargea le messager de la porter à Hercule.

Quand le héros la revêtit, l'effet fut le même que celui produit par la robe envoyée par Médée à la rivale que Jason se proposait d'épouser. Dans son agonie, il se tourna contre le messager de Déjanire qui était, bien entendu, complètement innocent, il le saisit et le précipita dans la mer. Mais s'il pouvait encore tuer les autres, il semblait ne pouvoir mourir lui-même. Cette souffrance atroce l'affaiblissait à peine. Ce qui en un instant avait tué la Princesse de Corinthe paraissait impuissant à détruire Hercule. Il endurait une torture mais il vivait encore ; on le transporta chez lui. Déjanire, qui depuis longtemps avait appris l'effet de son présent, s'était donné la mort. Il fit comme elle. Puisque la mort ne voulait pas venir à lui, il irait donc à la mort. A ceux qui l'entouraient, il donna l'ordre d'élever un grand bûcher sur le Mont Œta et de l'y porter. Quand enfin il y parvint et quand il sut qu'il pourrait maintenant mourir, il se réjouit : « Voici le repos », dit-il. « Voici la fin. » Ils le soulevèrent pour le déposer sur le bûcher ; il s'y coucha, comme celui qui s'étend sur ses coussins devant une table de festin.

Il pria Philoctète, son ami, de prendre une torche et de mettre le feu au bûcher ; et il lui donna son arc et ses flèches, qui dans la main du jeune homme devaient devenir si célèbres à Troie. Alors les flammes montèrent et on ne vit plus Hercule sur terre. Il fut enlevé au ciel, où il se réconcilia avec Héra dont il épousa la fille, Hébé, et où

> *Après ses travaux grandioses, il trouva le repos*
> *Et sa plus belle victoire, l'éternelle paix*
> *Au séjour de l'éternelle félicité.*

Mais il n'est pas facile de l'imaginer jouissant, content et satisfait, de la paix et du repos — ou permettant aux dieux bienheureux de les goûter.

Atalante

Son histoire n'est racontée en entier que par deux écrivains tardifs, Ovide et Apollodore, mais c'est une légende très ancienne. Un poème attribué à Hésiode — mais probablement postérieur à lui et peut-être du début du VIIe s. — parle de la course et des Pommes d'Or, et l'Iliade fait allusion à la chasse au sanglier de Calydon. Ma relation suit celle d'Apollodore, qui l'écrivait sans doute au Ier ou au IIe s. de notre ère. Celle d'Ovide n'est pas tout entière d'une qualité égale. Il dépeint de façon charmante Atalante parmi les chasseurs, épisode que j'ai introduit dans mon texte, mais souvent — comme par exemple dans la description du sanglier — il fait preuve d'une exagération frisant le ridicule. Apollodore n'est peut-être pas pittoresque, mais jamais il n'est absurde.

Il est parfois dit que deux héroïnes portèrent ce nom. Il est certain que l'on attribue à deux hommes, Jasios et Schoenios, la paternité d'une Atalante, mais dans ces légendes anciennes, il arrive souvent que des noms différents soient donnés à des personnages sans importance. S'il existe vraiment deux Atalante, il est certes remarquable que l'une et l'autre tinrent à s'embarquer sur l'*Argo*, que toutes deux prirent part à la chasse au sanglier de Calydon, épousèrent un homme qui les vainquit à la course et furent finalement changées en lions. Puisque leurs histoires sont pratiquement semblables, il est plus simple de présumer qu'il n'y eut qu'une seule héroïne de ce nom. En effet, même s'il s'agit de contes mythologiques, il semble que les limites du probable seraient dépassées si l'on supposait qu'à la même époque il existait deux jeunes filles tout aussi éprises d'aventure que le héros le plus audacieux, capables toutes deux de vaincre à la course, à la lutte et à la chasse des hommes appartenant à l'une des deux grandes époques héroïques.

Quel que soit son nom, le père d'Atalante fut amèrement déçu quand une fille et non un fils lui naquit. Il décida qu'elle ne méritait pas de vivre et ordonna d'abandonner la minuscule créature sur le flanc d'une montagne où elle ne tarderait pas à succomber au froid et à la faim.

Mais ainsi qu'il arrive souvent dans les contes, les animaux se montrèrent moins cruels que les humains. Une ourse adopta l'enfant, la nourrit, la réchauffa, et le bébé devint une petite fille pleine de vivacité et d'audace. De braves chasseurs la découvrirent et l'emmenèrent vivre parmi eux. Elle fut bientôt mieux que leur égale en adresse et en endurance, vertus essentielles de cette rude vie. Un jour, deux Centaures — bien plus rapides et plus forts que n'importe quel mortel — l'aperçurent alors qu'elle était seule et la poursuivirent. Elle ne s'enfuit pas, c'eût été folie. Elle leur fit front, fixa une flèche à son arc et tira. Une seconde flèche suivit. Les deux centaures tombèrent, blessés à mort.

Alors survint la fameuse chasse au sanglier de Calydon. C'était une créature monstrueuse qu'Artémis avait envoyée ravager le pays de Calydon pour en punir le Roi, Œnée, coupable d'avoir oublié cette déesse quand il sacrifia aux dieux les premiers fruits de la moisson. La brute sauvage dévastait les campagnes, détruisait le bétail et tuait les hommes qui tentaient de l'abattre. Enfin Œnée appela à l'aide les hommes les plus braves de la Grèce et une troupe splendide de jeunes héros se rassembla, dont beaucoup s'embarquèrent plus tard sur l'*Argo*. Parmi eux, cela va sans dire, se trouvait Atalante, « l'orgueil des forêts d'Arcadie ». Nous avons d'elle une description qui nous la dépeint au milieu de cette assemblée masculine : « Une agrafe brillante retenait sa robe au cou ; ses cheveux, simplement coiffés, étaient noués sur sa nuque. Un carquois d'ivoire pendait à son épaule gauche et sa main tenait un arc. Elle était ainsi parée. Quant à son visage, il paraissait trop virginal pour être celui d'un garçon et trop garçonnier pour être celui d'une jeune fille. » Pour l'un des hommes présents, cependant, elle était plus belle et plus désirable que toutes les jeunes filles qu'il avait jamais rencontrées. Le fils d'Œnée, Méléagre, s'éprit d'elle au premier regard. Mais nous pouvons être assurés qu'Atalante le traita en bon camarade et non en prétendant possible. Elle n'avait aucun goût pour les hommes, sauf en tant que compagnons de chasse, et elle était résolue à ne jamais se marier.

Parmi les héros, quelques-uns étaient irrités par la présence d'Atalante ; chasser avec une femme les humiliait, mais Méléagre insista et ils finirent par lui céder. Ils firent bien, car lorsqu'ils encerclèrent le sanglier, la brute les chargea avec une telle célérité que deux hommes furent tués avant que les autres aient eu le temps de les secourir, et fait tout aussi sinistre, un troisième tomba percé par un javelot mal dirigé. Dans cette mêlée confuse d'hommes agonisants et d'armes volant à l'aveuglette, Atalante garda sa présence d'esprit et blessa le sanglier. Sa flèche fut la première à l'atteindre. Méléagre courut alors à la bête abattue et lui porta un coup de couteau au cœur. Techniquement parlant, ce fut lui qui la tua, mais les honneurs de la chasse allèrent à Atalante qui reçut la peau en hommage, sur les instances de Méléagre.

Assez étrangement, ceci fut la cause lointaine de la mort du jeune homme. Huit jours après sa naissance, les Moires étaient apparues à sa mère, Althée, et avaient jeté une bûche dans le feu qui flambait dans la chambre. Alors, filant comme elles le faisaient toujours, tournant la quenouille et tordant le fil de la destinée, elles chantèrent :

A toi, ô enfant nouveau-né, nous faisons don
De vivre jusqu'à ce que ce bois se consume en cendres.

Althée courut retirer le tison du foyer, l'éteignit et le cacha dans un coffre. Ses frères étaient parmi ceux qui participaient à la chasse de Calydon. Ils se sentaient humiliés et irrités de voir le prix attribué à une jeune fille — ce qui, sans nul doute, était aussi le cas pour les autres — mais étant les oncles de Méléagre, ils n'avaient pas à user de cérémonie envers lui. Ils déclarèrent donc qu'Atalante n'avait aucun droit à la peau du sanglier et ils dirent à leur neveu qu'il n'avait pas plus que les autres celui d'en disposer.

Althée ne tarda pas à apprendre ce qui se passa ensuite. Ses frères bien-aimés avaient été tués par son fils parce que celui-ci s'était rendu ridicule à propos d'une petite effrontée qui chassait avec les hommes. Une grande rage la prit ; elle se précipita vers le coffre, y prit la bûche et la jeta dans le feu. Comme elle s'embrasait, Méléagre tomba mourant sur le sol, et quand elle fut consumée, l'esprit du jeune homme avait quitté son corps. Il est dit qu'Althée, horrifiée de ce qu'elle avait fait, se pendit. Et ainsi la chasse au sanglier de Calydon s'acheva dans la tragédie.

Pour Atalante, toutefois, ce n'était que le début de ses aventures. D'aucuns disent qu'elle s'embarqua avec les Argonautes, d'autres que Jason la persuada de n'en rien faire. Elle n'est jamais mentionnée dans le récit de leurs exploits — et comme elle n'était certes pas de ceux qui hésitent à participer à des actions audacieuses, il semble assez probable qu'elle ne fut pas de l'expédition. C'est après le retour des Argonautes que pour la première fois nous entendons reparler d'elle, lorsque Médée tua Pélias, l'oncle de Jason, sous le prétexte de lui rendre sa jeunesse. Aux joutes qui eurent lieu en l'honneur des funérailles de ce prince, Atalante parut parmi les compétiteurs et triompha du jeune homme qui devait plus tard devenir le père d'Achille, le grand héros Pélée.

Ce fut après cette victoire qu'elle découvrit l'identité de ses parents et s'en fut vivre avec eux, son père s'étant apparemment résigné à accepter une fille qui, en vérité, valait bien un garçon. Il peut sembler étrange que bien des hommes aspiraient à l'épouser parce qu'elle excellait à la chasse, à la course et à la lutte, et cependant, il en était ainsi ; elle avait de très nombreux prétendants. Elle choisit une façon fort aimable et facile de les décourager : elle déclara qu'elle épouserait celui qui la vaincrait à la course, sachant fort bien qu'il n'existait aucun homme capable d'y parvenir. Elle passa d'heureux moments. De toutes parts, des jeunes gens au pied léger arrivaient pour lutter de vitesse avec elle et elle les distançait tous.

Mais enfin il en vint un qui usa de sa tête autant que de ses talons. Il se savait moins bon coureur qu'elle, mais il avait un plan. Par la grâce d'Aphrodite, toujours à l'affût des vierges qui méprisaient l'amour, ce jeune homme ingénieux — dont le nom est soit Mélanion, soit Hippomène — s'empara de trois pommes merveilleuses, toutes de l'or le plus pur et aussi belles que celles du Jardin des Hespérides. Aucune créature vivante ne pouvait les voir sans désirer les posséder.

Sur la piste de course, comme Atalante — prête pour le signal du départ et cent fois plus belle dévoilée que vêtue — jetait un regard vif autour d'elle, tous ceux qui la voyaient furent saisis d'admiration mais plus encore que les autres, l'homme qui se préparait à se mesurer avec elle. Il n'en perdit pas la tête, cependant, et il tenait fermement les pommes dans ses mains. Ils s'élancèrent, elle comme une flèche, les cheveux répandus sur ses blanches épaules, une ondée rose teintant son corps neigeux. Elle le dépassait quand il fit rouler l'une des pommes juste devant elle. Il ne lui fallut qu'un moment pour se baisser et ramasser la ravissante chose, mais cette brève pause suffit à Hippomène qui parvint à sa hauteur. Un instant plus tard, il lança la seconde pomme, cette fois un peu sur le côté.

Elle dut faire un écart pour l'atteindre et il la dépassa. Toutefois, elle le rattrapa presque aussitôt et le but était maintenant tout proche. Mais alors la troisième sphère d'or passa comme un éclair devant elle et roula dans l'herbe, au bord de la piste. Elle vit le miroitement dans la verdure et ne put y résister. Tandis qu'elle ramassait la pomme, son prétendant, essoufflé et presque hors d'haleine, toucha le but. Elle était à lui. Ses jours de liberté dans la forêt et ses victoires athlétiques prenaient fin.

On dit qu'ils furent tous deux changés en lions à cause de quelque affront à Zeus ou à Aphrodite dont ils se seraient rendus coupables. Mais avant cela, Atalante donna naissance à un fils, Parthénopée, qui fut l'un des Sept contre Thèbes.

Quatrième partie

Les héros de la guerre de Troie

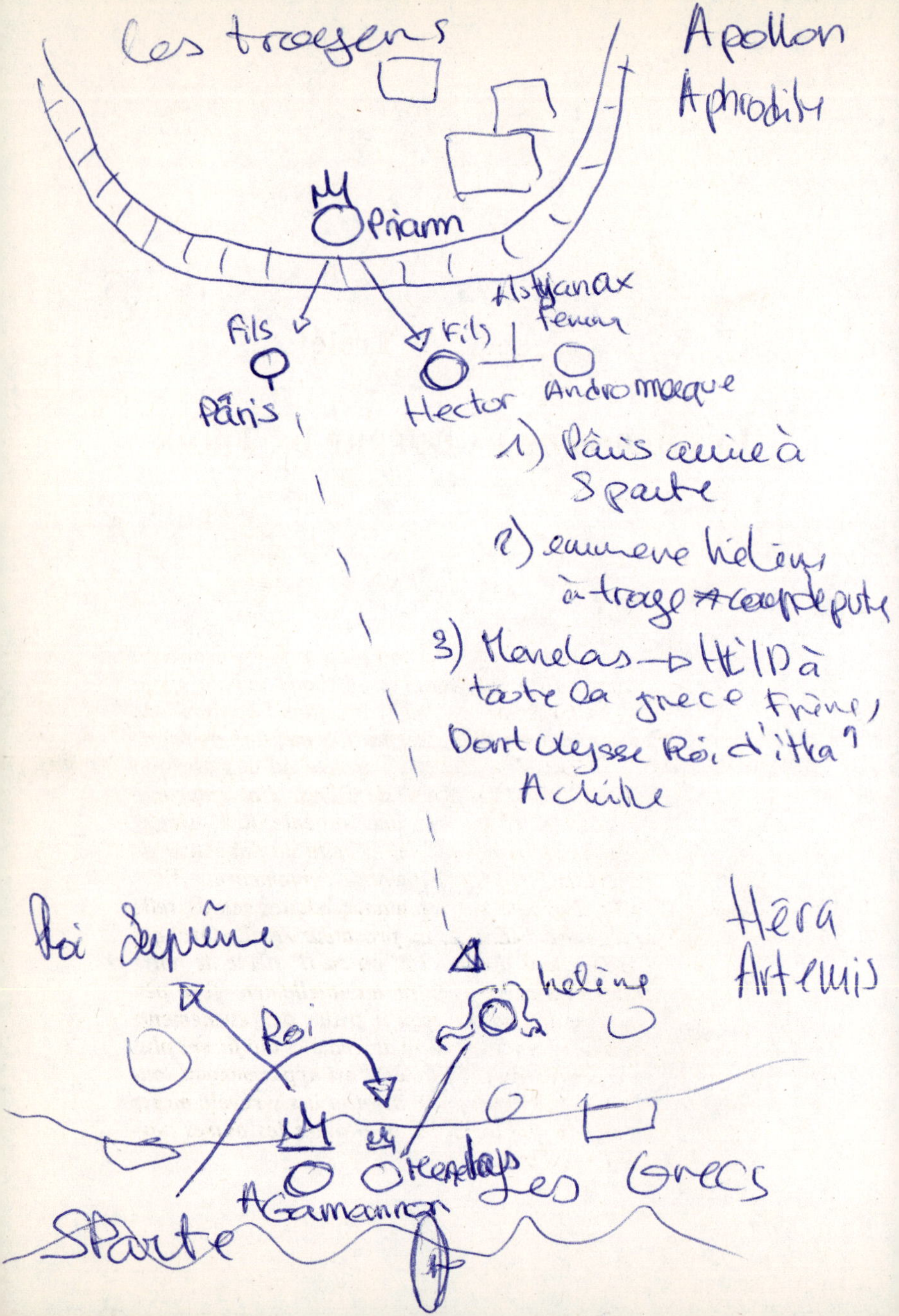

Les troyens
Apollon
Aphrodite
Priam
Fils
Fils
Astyanax
femme
Pâris
Hector
Andromaque
1) Pâris arrive à Sparte
2) emmène hélène à troye ≠ coup de pute
3) Menelas → H.I.D à toute la grece frère, Dont Ulysse Roi d'itha? Achille
Roi Suprême
Hêra
Artemis
hélène
Roi
Agamemnon
Menelas
Les Grecs
Sparte

La guerre de Troie

*Bien entendu, cette histoire est prise presque en entier à Homère. Toutefois, l'Iliade débute après que les Grecs ont atteint Troie, quand Apollon leur envoie la peste. Il n'y est pas fait mention du sacrifice d'Iphigénie et on n'y trouve qu'une allusion incertaine au Jugement de Pâris. J'ai emprunté l'histoire d'Iphigénie à une tragédie du Ve siècle, l'*Agamemnon *d'Eschyle, et celle du Jugement de Pâris aux* Troyennes, *œuvre du contemporain d'Eschyle, Euripide, en y ajoutant quelques détails, telle la légende d'Œnone, du prosateur Apollodore, qui l'écrivit sans doute au Ier ou au IIe siècle de notre ère. Celui-ci se montre habituellement fort peu intéressant, mais lorsqu'il traite des événements qui amenèrent la Guerre de Troie et qui furent plus tard décrits dans l'Iliade, il est apparemment touché par la grandeur du sujet et il s'y révèle moins ennuyeux que dans presque toutes les autres parties de son œuvre.*

Plus de mille ans avant le Christ, à l'extrémité orientale de la Méditerranée, il y avait une grande cité qui ne le cédait à aucune autre en richesse et en puissance. Son nom était Troie, et aujourd'hui encore nulle n'est plus fameuse. La cause de cette renommée immortelle est une guerre chantée par l'un des plus grands poèmes jamais écrits, et la cause de cette guerre remonte à une querelle entre trois déesses jalouses.

PROLOGUE : LE JUGEMENT DE PÂRIS

Eris, la méchante déesse de la Discorde, n'était guère populaire dans l'Olympe — ce qui ne surprendra personne — et lorsque les dieux donnaient un banquet, ils avaient tendance à l'oublier. Profondément froissée, elle résolut de se montrer désagréable et y réussit parfaitement. A l'occasion d'un mariage fort important, celui du Roi Pélée et de la Néréide Thétis, auquel seule de tous les dieux, elle n'avait pas été conviée, elle jeta dans la salle du festin une pomme d'or portant l'inscription : *« A la plus belle »*. Bien entendu, toutes les déesses la convoitaient, mais le choix se limita enfin à trois d'entre elles : Aphrodite, Héra et Pallas Athéna. Elles demandèrent à Zeus de leur servir d'arbitre, mais très sagement, il refusa de se mêler de cette affaire. Il leur dit de se rendre sur le Mont Ida, non loin de Troie, où le jeune Prince Pâris (appelé aussi Alexandre) faisait paître les troupeaux de son père. C'était un excellent juge en beauté, leur dit Zeus. Bien que prince royal, Pâris était berger parce que Priam, son père, Roi de Troie, ayant été averti que son fils causerait un jour la ruine de son pays, avait jugé plus prudent de l'éloigner. Pâris, au moment qui nous occupe, vivait avec une nymphe ravissante nommée Œnone.

On imagine sa stupéfaction lorsqu'il vit apparaître devant lui les formes merveilleuses des trois grandes déesses. Cependant, on ne lui demanda pas de contempler les radieuses divinités et de désigner ensuite celle qui lui paraîtrait la plus belle ; on le pria seulement de considérer les cadeaux que chacune lui apportait dans le but de le soudoyer et de choisir celui qui lui semblerait le plus avantageux. Le choix n'était pas facile. Tout ce qui plaît le plus aux hommes lui fut proposé. Héra lui promit la souveraineté sur l'Europe et l'Asie ; Athéna, qu'il mènerait les Troyens à la victoire contre les Grecs et la Grèce à la ruine ; Aphrodite, que la plus belle femme du monde lui appartiendrait. Pâris, qui était de caractère faible et quelque peu lâche aussi comme les événements le prouvèrent dans la suite, choisit la dernière offre. Il donna la pomme à Aphrodite.

Ce fut le Jugement de Pâris, bien connu dans le monde parce qu'il fut la cause réelle de la Guerre de Troie.

La guerre de Troie

La plus belle femme du monde était Hélène, fille de Zeus et de Léda, et sœur de Castor et Pollux. La renommée de sa beauté était telle qu'il n'existait pas un seul jeune prince, en Grèce, qui ne souhaitât l'épouser. Quand ses prétendants se rassemblèrent dans sa demeure pour demander officiellement sa main, ils étaient si nombreux que son père putatif, le Roi Tyndare, époux de sa mère, s'effraya d'en élire un parmi eux dans la crainte que les autres s'unissent tous contre lui. C'est pourquoi il commença par exiger d'eux le serment qu'ils soutiendraient la cause du mari d'Hélène, quel qu'il fût, si jamais un tort lui était fait à la suite de son mariage. Somme toute, tous trouvaient avantage à ce serment puisque chacun d'eux espérait être l'heureux élu ; tous s'engagèrent donc à châtier avec la plus extrême rigueur quiconque enlèverait ou tenterait d'enlever Hélène. Tyndare choisit alors Ménélas, frère d'Agamemnon, et le fit Roi de Sparte par surcroît.

Les choses en étaient là quand Pâris donna la pomme d'or à Aphrodite. La déesse de l'Amour et de la Beauté savait fort bien où trouver la plus belle femme du monde. Sans une pensée pour l'infortunée Œnone, elle mena le jeune homme à Sparte, où Ménélas et Hélène l'accueillirent très gracieusement. Les liens entre hôte et invité étaient alors très puissants. Chacun d'eux se devait d'aider l'autre, de ne jamais lui causer de tort. Mais Pâris rompit cette obligation. Ménélas, pour qui elle était sacrée, partit confiant pour la Crète, laissant Pâris dans la maison. Alors :

Quand il vint,
Pâris entra dans l'accueillante demeure d'un ami,
Il couvrit de honte la main qui l'avait nourri
En enlevant une femme.

Ménélas revint pour découvrir qu'Hélène était partie, et il appela toute la Grèce à l'aide. Les Chefs répondirent comme ils s'y étaient engagés — ravis de cette grande entreprise, de traverser la mer et de réduire Troie, la puissante, en cendres. Parmi ceux du plus haut rang, deux manquaient cependant : Odysseus, Roi de l'île d'Ithaque, et Achille, fils de Pélée et de la Néréide Thétis. Odysseus, qui comptait parmi les hommes les plus sagaces et les plus sensés de la Grèce, répugnait à abandonner famille et maison pour s'embarquer dans une aventure romanesque à cause d'une femme infidèle. Il simula donc la folie, et lorsqu'un messager de l'Armée Grecque se présenta, le Roi labourait un champ et y semait du sel au lieu de grain. Mais le messager était astucieux, lui aussi. Il saisit le petit garçon d'Odysseus et le déposa devant le soc. Aussitôt, le père détourna le soc, prouvant par là qu'il avait gardé tout son esprit. A contre-cœur, il rejoignit l'Armée.

Achille en fut empêché par sa mère. La Néréide savait que s'il se rendait à Troie, il était voué à y succomber. Elle l'envoya à la cour de Lycomède, le Roi qui avait traîtreusement tué Thésée, et l'obligea à porter des vêtements féminins et à se dissimuler parmi les jeunes filles. Odysseus fut chargé par les Chefs de découvrir sa retraite. La rumeur s'étant répandue que le jeune homme s'y trouvait, Odysseus se rendit donc à la cour de Lycomède, déguisé en colporteur, avec un ballot contenant de ces gais colifichets qui plaisent tant aux femmes — et quelques fort jolies armes. Tandis que les jeunes filles s'attroupaient autour des breloques et parures, Achille tâtait du doigt lames et dagues. Odysseus le reconnut alors ; il n'eut aucune peine à lui faire oublier ce qu'avait dit sa mère ni à l'emmener avec lui au camp grec.

La grande flotte était prête à appareiller. Mille navires transportaient l'Armée. Ils se rassemblèrent à Aulis, un lieu de vents violents et marées dangereuses, impossible à quitter tant que soufflait le vent du nord. Et il souffla, jour après jour,

Il brisa le cœur des hommes,
N'épargna ni vaisseau ni câble.
Le temps coulait lentement,

et l'Armée se désespérait. Enfin, Calchas, le devin, déclara que les dieux lui avaient parlé : Artémis était irritée. Les Grecs avaient tué une de ses chères créatures sauvages, un lièvre, et la seule façon de calmer le vent et de s'assurer une heureuse traversée jusqu'à Troie était d'apaiser la déesse en lui sacrifiant une vierge royale, Iphigénie, la fille aînée du Commandant en Chef, Agamemnon. Cet holocauste parut affreux à toute l'armée, mais pour le père, il était à peine supportable,

S'il faut que j'égorge
La joie de ma demeure, ma fille.
Les mains d'un père
Souillées du flot sombre
Du sang de son enfant,
Mis à mort devant l'autel.

Néanmoins, il céda. Sa réputation était en jeu devant l'armée entière, comme son ambition de vaincre Troie et d'exalter la Grèce.

Il osa
Egorger son enfant pour aider la guerre.

Il envoya un messager la chercher et écrivit à sa femme qu'il avait préparé un grand mariage pour sa fille — avec Achille, qui s'était déjà révélé le meilleur et le plus valeureux de tous les Chefs. Mais lorsqu'elle arriva pour ce qu'elle croyait ses épousailles, on la porta devant l'autel pour y être égorgée.

Et toutes ses prières — ses cris : Père, Père,
Sa jeune vie virginale,
Ils les comptèrent pour rien,
Ces féroces guerriers, fous de batailles.

Elle mourut, et le vent du nord cessa et les vaisseaux grecs appareillèrent sur une mer sereine, mais le prix affreux qu'ils avaient payé devait un jour amener le malheur sur eux tous.

Quand ils atteignirent l'embouchure du Simoïs, l'un des fleuves de Troie, le premier à sauter sur la grève fut Protésilas. C'était là un acte de grande bravoure, car l'oracle avait prédit que le premier à toucher terre serait aussi le premier à mourir. C'est pourquoi, lorsqu'il tomba percé par une lance troyenne, les Grecs lui rendirent les honneurs dus à un dieu, et les dieux eux aussi le distinguèrent grandement. Ils chargèrent Hermès de le ramener du séjour des morts afin qu'il pût, une dernière fois, apercevoir sa femme inconsolable, Laodomie. Elle refusa de le perdre une seconde fois, et lorsqu'il retourna dans le monde souterrain, elle l'y suivit ; elle s'était donné la mort.

Les mille vaisseaux portaient une multitude de guerriers et l'Armée Grecque était très puissante, mais la cité Troyenne ne l'était pas moins. Priam, le Roi, et Hécube, sa Reine, avaient des fils nombreux et courageux pour mener l'attaque et défendre les murailles ; l'un d'eux surtout, Hector, celui que nul et en aucun lieu ne valait en noblesse et en bravoure et auquel on ne pouvait opposer qu'un seul plus grand guerrier, Achille, le champion des Grecs. Chacun d'eux savait qu'il tomberait avant la chute de Troie. Achille en avait été prévenu par sa mère : « Très bref sera ton destin. Plût au ciel que larmes et soucis te soient épargnés, car tu ne dureras pas longtemps, mon enfant, éphémère entre tous les hommes, et pitoyable. » Aucune divinité n'avait averti Hector, mais sa conviction était pareille. « Dans mon cœur et dans mon âme, je sais que le jour viendra où Troie sera détruite et Priam et le peuple de Priam », dit-il à sa femme Andromaque. Les deux héros combattaient à l'ombre d'une mort certaine.

Pendant neuf ans, la victoire oscilla, tantôt d'un côté, tantôt de l'autre. Aucun n'était de force à s'assurer un avantage décisif. Alors une querelle s'éleva entre deux Grecs, Achille et Agamemnon, et pendant quelque temps le sort tourna en faveur des Troyens. Une fois encore, la cause en était une femme, Chryséis, fille du prêtre d'Apollon, que les Grecs avaient enlevée et donnée à Agamemnon. Son père vint implorer sa libération, mais Agamemnon refusa. Alors le prêtre adressa ses prières au dieu puissant qu'il servait et Phébus Apollon l'entendit. De son char du soleil, il décocha des flèches embrasées sur l'Armée Grecque, et les hommes tombaient malades et mouraient en masses, et les bûchers funérailles flambaient continuellement.

Enfin, Achille réunit une assemblée des Chefs. Il leur dit qu'ils ne pouvaient lutter à la fois contre la peste et les Troyens, et qu'il leur fallait ou trouver un moyen d'apaiser Apollon ou reprendre le chemin du retour. Alors Calchas, le prophète, se leva ; il leur dit qu'il connaissait la raison de la colère d'Apollon mais que, trop effrayé pour parler, il ne la leur révélerait que si Achille consentait à se porter garant de sa sécurité. « J'y consens », répondit Achille, « même si tu accuses Agamemnon. » La signification de ces mots n'échappa à personne ; ils savaient tous comment le prêtre d'Apollon avait été traité. Quand Calchas déclara que Chryséis devait être rendue à son père, il eut tous les Chefs pour lui, et Agamemnon, grandement irrité, se vit forcé de céder. « Mais si je la perds, elle qui était ma prise d'honneur, je veux qu'une autre prenne sa place », dit-il à Achille.

En conséquence, lorsque Chryséis l'eut quitté pour retourner chez son père, Agamemnon envoya deux de ses écuyers dans la tente d'Achille pour y enlever la prise d'honneur de ce héros, la vierge Briséis. De fort mauvais gré, ils s'y rendirent et se tinrent devant Achille, dans un silence profond. Mais lui, qui connaissait leur mission, les rassura ; il leur dit qu'il ne les tenait pas pour responsables du tort qui lui était fait. Sans crainte pour eux-mêmes, qu'ils emmènent la jeune fille, mais d'abord qu'ils écoutent le serment fait par lui, Achille, devant les dieux et les hommes, d'obliger Agamemnon à payer chèrement son forfait.

Cette nuit-là, la mère d'Achille, Thétis, la Néréide aux pieds d'argent, vint le trouver. Elle était aussi irritée que lui. Elle lui dit de ne plus se mêler des affaires des Grecs, et sur ces mots s'éleva jusqu'au ciel pour prier Zeus de donner la victoire aux Troyens. Zeus se montra très réticent. La guerre avait maintenant gagné l'Olympe, et les dieux se rangeaient les uns contre les autres. Aphrodite, naturellement, prenait le parti de Pâris, alors qu'évidemment Héra et Artémis se dressaient contre lui. Arès, le dieu de la Guerre, s'alliait comme toujours à Aphrodite, tandis que Poséidon, le seigneur de la Mer, favorisait les Grecs, peuple marin et grands navigateurs. Apollon s'intéressait à Hector et à cause de lui, aidait les Troyens ; Artémis, sa sœur faisait de même. Dans l'ensemble, Zeus préférait les Troyens, mais souhaitait rester neutre parce qu'Héra se montrait tellement désagréable lorsqu'on s'opposait à elle ouvertement. Toutefois, il ne put résister à Thétis. Héra, qui l'avait comme d'habitude percé à jour, lui fit passer quelques vilains moments et finalement, il menaça de la battre si elle ne cessait pas de parler. Elle se tut, mais son esprit cherchait activement un moyen d'aider les Grecs et de circonvenir Zeus.

Le plan de Zeus était simple. Il savait que sans Achille les Grecs étaient inférieurs aux Troyens et il envoya un rêve mensonger à Agamemnon, lui promettant la victoire s'il passait à l'attaque. Tandis qu'Achille restait sous sa tente, un combat féroce s'engagea, le plus rude qui ait eu lieu jusque-là. Du haut des murailles de Troie, le vieux Roi Priam et les autres vieillards, tous remplis d'expérience dans l'art de la guerre, observaient la bataille ; Hélène vint à eux, elle, la cause de toutes ces morts et angoisses, et malgré tout, en la voyant, ils ne purent la blâmer : « Les hommes doivent combattre pour une femme telle que celle-là » se dirent-ils les uns aux autres, « car son visage est pareil à une âme immortelle ». Elle resta parmi eux, leur donnant les noms de tel ou tel héros grec, jusqu'au moment où, à leur stupéfaction, la bataille s'interrompit. Les armées se rangèrent chacune de leur côté et dans l'espace resté libre, seuls Pâris et Ménélas demeurèrent face à face. De toute évidence, une solution raisonnable avait été trouvée, celle de laisser aux deux principaux intéressés le soin de vider eux-mêmes leur querelle.

Pâris frappa le premier, mais Ménélas para le javelot avec son bouclier, puis jeta le sien. Il déchira la tunique de Pâris mais sans le blesser. Ménélas tira son épée, seule arme qui lui restât à présent, mais ce faisant la brisa, et elle tomba de sa main. Désarmé mais toujours intrépide, il bondit sur Pâris et le saisissant par le cimier de son casque, il le souleva de terre. Il l'aurait traîné victorieusement jusqu'aux lignes grecques, sans l'intervention d'Aphrodite. Elle arracha la jugulaire du casque et celui-ci resta dans la main de Ménélas. Quant à Pâris lui-même, qui n'avait rien fait d'autre que lancer son javelot, elle l'enleva dans un nuage et le ramena à Troie.

Furieusement, Ménélas parcourut les rangs des Troyens à la recherche de Pâris, et ils l'auraient aidé car tous haïssaient Pâris, mais celui-ci avait disparu, nul ne savait où ni comment. Agamemnon s'adressa alors aux deux armées, déclarant Ménélas vainqueur et priant les Troyens de rendre Hélène. Ceci était équitable, et les Troyens y auraient consenti si Athéna, à l'instigation d'Héra, ne s'en était mêlée. Héra avait décidé que la guerre durerait tant que Troie ne serait pas détruite. Athéna descendit rapidement sur le champ de bataille et persuada Pandarus, un Troyen au cœur étourdi, de rompre la trêve et de décocher une flèche sur Ménélas, ce qu'il fit. Ménélas fut légèrement blessé, mais les Grecs, rendus furieux par cette traîtrise, se tournèrent contre les Troyens et la bataille reprit. La Terreur, la Destruction et la Dissension, dont l'acharnement jamais ne se relâche et toutes trois amies de l'homicide Roi de la Guerre, se trouvaient là, elles aussi, pour exciter les hommes à s'entre-tuer. Alors les cris d'agonie et de triomphe se firent entendre et la terre se gorgea de sang.

Du côté grec, Achille étant absent, les deux plus grands champions étaient Ajax et Diomède. Ce jour-là, ils combattirent glorieusement et plus d'un Troyen mordit la poussière sous leurs coups. Le meilleur et le plus valeureux après Hector, le Prince Enée, faillit mourir de la main de Diomède. Il était plus que de sang royal, car sa mère n'était autre qu'Aphrodite elle-même, et elle se hâta de descendre sur le champ de bataille pour le sauver. Elle le souleva dans ses tendres bras, mais Diomède — sachant qu'elle était une déesse pusillanime et non de celles qui, telle Athéna, sont des guerrières parmi les guerriers — bondit vers elle et la blessa à la main. Poussant un cri de douleur, elle laissa tomber Enée et retourna en pleurant dans l'Olympe où Zeus, souriant de voir la déesse du rire toute en larmes, la pria de rester éloignée des batailles et de se souvenir que ses œuvres étaient d'amour et non de guerre. Cependant, malgré l'abandon de sa mère, Enée ne fut pas tué. Apollon l'entoura d'un nuage et l'emporta jusqu'à la sainte Pergame, le lieu consacré de Troie, où Artémis cicatrisa sa blessure.

Mais Diomède se déchaînait toujours, causant des ravages parmi les rangs troyens jusqu'à ce qu'il arrivât enfin devant Hector. Là, à sa consternation, il vit aussi Arès. Le cruel et sanglant dieu de la Guerre combattait pour Hector. A cette vue, Diomède trembla et cria aux Grecs de se replier, mais sans hâte cependant, et en gardant toujours leurs visages tournés vers les Troyens. Alors Héra se fâcha. Elle enleva ses coursiers vers l'Olympe et pria Zeus de l'autoriser à chasser du champ de bataille Arès, ce fléau de l'humanité. Zeus, qui ne l'aimait pas plus que ne le faisait Héra bien qu'il fût leur fils, le lui accorda volontiers. Avec tout autant de célérité, elle redescendit sur terre et se plaçant à côté de Diomède, elle exhorta à frapper sans crainte le dieu terrible. A ces mots, la joie envahit le cœur du héros. Il s'élança sur Arès et jeta sur lui son javelot ; Athéna dirigea l'arme, qui pénétra dans le corps d'Arès. Le rugissement du dieu de la Guerre fut plus assourdissant que mille cris de bataille et à ce son affreux, un tremblement saisit les armées, tant grecque que troyenne.

Arès, qui n'était à tout prendre qu'un bravache, incapable de supporter ce que lui-même faisait souffrir à des multitudes innombrables, s'enfuit vers l'Olympe et se plaignit amèrement à Zeus de la violence d'Athéna. Mais Zeus le regarda sévèrement, lui dit qu'il était aussi intolérable que sa mère et lui ordonna de cesser de geindre. Toutefois, après le départ d'Arès, les Troyens furent forcés de reculer. A cet instant crucial, un frère d'Hector, habile à discerner la volonté des dieux, l'exhorta à se rendre en toute hâte dans la ville pour prier la Reine, sa mère, d'offrir sa plus belle robe à Athéna et de la supplier de les prendre tous en pitié. Hector comprit la sagesse de ce conseil et courut au palais où sa mère consentit à tout ce qu'il lui demandait. Elle choisit une robe si précieuse qu'elle en brillait comme une étoile et la déposant sur les genoux de la déesse, elle implora celle-ci : « Dame Athéna, épargne la cité et les femmes des Troyens et les petits enfants ». Mais Pallas Athéna repoussa cette prière.

Comme Hector retournait au combat, il fit un détour pour apercevoir une fois encore — et peut-être la dernière — son épouse tendrement aimée, Andromaque, et son fils Astyanax. Il la rencontra sur la muraille où, terrifiée, elle s'était rendue pour observer la bataille après avoir appris que les Troyens se repliaient. Une servante l'accompagnait, qui portait le petit garçon. Hector sourit et les regarda sans parler, mais Andromaque prit entre les siennes la main de son mari et pleura : « Mon cher seigneur », dit-elle, « toi qui es pour moi un père, une mère et un frère tout autant qu'un époux, reste avec nous. Ne fais pas de moi une veuve et de ton fils un orphelin. » Il refusa avec douceur ; il ne pouvait se montrer lâche, lui dit-il. Sa place était au premier rang du combat. Mais qu'elle sache qu'en aucun moment il n'oublierait l'angoisse qu'elle éprouverait s'il venait à mourir ; cette pensée le troublait plus qu'aucune autre, plus encore que ses nombreux soucis. Il l'écarta, mais avant de les quitter tous les deux, il tendit les bras à son fils. Le petit garçon se rejeta en arrière, effrayé par le casque et son cimier empanaché. Hector rit et retira le casque scintillant. Alors, prenant l'enfant dans ses bras, il l'embrassa et pria : « O Zeus, dans les années à venir, puissent les hommes dire de celui-ci, mon fils, quand il reviendra de la bataille : il est plus valeureux encore que ne l'était son père. »

Il remit l'enfant à sa mère et elle le reprit, souriante malgré ses larmes. Et Hector eut pitié d'elle ; il la toucha tendrement de sa main et lui dit : « Très chère, ne sois pas si affligée. Le destin doit s'accomplir, mais aucun homme ne peut me tuer si mon destin s'y oppose. » Reprenant alors son casque, il la quitta et elle regagna sa demeure, non sans se retourner souvent pour le voir et pleurant amèrement.

Revenu sur le champ de bataille, il avait retrouvé son ardeur et pendant quelque temps, la fortune parut lui sourire. Zeus s'était souvenu de la promesse qu'il avait faite à Thétis de venger le tort subi par Achille. Il ordonna à tous les immortels de regagner l'Olympe et d'y demeurer ; lui-même descendit sur la terre, pour y aider les Troyens. Le coup fut rude pour les Grecs. Leur grand champion était loin; Achille, resté seul sous sa tente, ruminait ses griefs. Par contre, le grand champion troyen ne s'était jamais montré plus brillant et plus brave : Hector semblait invincible, nul ne paraissait pouvoir lui résister. Le dompteur de chevaux — ainsi que l'appelaient toujours les Troyens — menait son char à travers les rangs grecs comme si un même esprit animait les coursiers et leur conducteur. Son casque étincelant était partout à la fois et un valeureux guerrier après l'autre tombaient sous sa terrible lance de bronze. Quand le crépuscule interrompit le combat, les Troyens avaient ramené les Grecs presque jusqu'à leurs bateaux.

Cette nuit-là, il y eut allégresse dans Troie, mais chagrin et désespoir dans le camp grec. Agamemnon lui-même parla d'abandonner et de réembarquer. Toutefois, Nestor, qui était le plus âgé des chefs et, partant, le plus sage, plus sage même que le sagace Odysseus, discourut avec force et audace ; il dit à Agamemnon que s'il n'avait offensé Achille, ils n'auraient pas été défaits. « Essaie de trouver un moyen de l'apaiser, au lieu de parler de revenir en Grèce dans le déshonneur. » Tous applaudirent ces mots et Agamemnon admit qu'il avait agi en insensé. Il renverrait Briséis, leur promit-il, et avec elle des présents nombreux et splendides ; et il implora Odysseus de transmettre son offre à Achille.

Odysseus et les deux chefs désignés pour l'accompagner trouvèrent le héros avec son ami Patrocle qui, de tous les hommes de la terre, lui était le plus cher. Achille les accueillit courtoisement et leur offrit nourriture et boissons, mais quand ils lui dirent la raison de leur venue et tous les présents qui seraient siens s'il consentait à céder, quand ils le supplièrent d'avoir pitié de ses concitoyens aux abois, ils n'obtinrent qu'un refus. Tous les trésors d'Egypte ne pourraient l'acheter, assura-t-il. Il se préparait à appareiller et à reprendre le chemin du retour ; ils seraient sages de l'imiter.

Tous refusèrent ce conseil quand Odysseus leur apporta la réponse. Le jour suivant, ils retournèrent au combat avec le courage désespéré d'hommes valeureux mais acculés. De nouveau, ils furent repoussés, cette fois jusqu'à la grève où leurs vaisseaux les attendaient. Mais le secours n'était plus loin. Héra avait ourdi ses plans. Elle avait vu Zeus, assis sur le mont Ida, observant la victoire des Troyens, et elle s'était dit qu'elle le détestait. Mais elle n'avait qu'un moyen de l'emporter sur lui, elle le savait : se montrer à lui, si belle, qu'il ne pourrait lui résister. Quand il la prendrait dans ses bras, elle ferait en sorte qu'un doux sommeil s'empare de lui et il oublierait les Troyens. Elle se retira donc dans sa chambre et usa de tous les artifices qu'elle connaissait pour se rendre irrésistible. A Aphrodite, elle emprunta même sa ceinture, qui contenait tous ses enchantements, et munie de ce charme de plus, elle se présenta devant Zeus. Quand il la vit, l'amour prit à ce point possession de son cœur qu'il en oublia sa promesse à Thétis.

Aussitôt la bataille tourna en faveur des Grecs. Ajax jeta Hector au sol mais avant qu'il ait eu le temps de le blesser, Enée le releva et l'emporta. Hector parti, les Grecs purent repousser les Troyens bien loin des bateaux, et dès ce jour-là, Troie aurait pu être saccagée si Zeus ne s'était réveillé. Il se leva d'un bond, il vit les Troyens en fuite et Hector gisant dans la plaine. Il comprit tout clairement et sa fureur se tourna contre Héra. « Ceci est ton œuvre », dit-il, « le résultat de tes manœuvres tortueuses, cauteleuses. » Il inclinait à lui donner sur-le-champ une bonne correction. Lorsqu'il en venait à ce genre d'arguments, Héra se savait impuissante. Promptement, elle nia être pour quoi que ce fût dans la défaite des Troyens ; toute la faute en revenait à Poséidon, dit-elle, et de fait, contrairement aux ordres de Zeus, le dieu de la Mer avait bien aidé les Grecs, mais seulement parce qu'elle l'en avait prié. Zeus se sentit toutefois assez soulagé d'avoir ainsi une excuse qui le dispensait de porter la main sur elle. Il la renvoya dans l'Olympe et il chargea Iris, la messagère à l'arc-en-ciel, de transmettre à Poséidon l'ordre de quitter le champ de bataille. Le dieu marin obéit de mauvaise grâce et une fois de plus, la fortune des armes tourna contre les Grecs.

Apollon, ayant ranimé Hector défaillant, lui avait insufflé une vigueur nouvelle. Devant ces deux-là — le dieu et le héros —, les Grecs n'étaient plus qu'un troupeau de moutons apeurés, chassés par des lions de montagnes. Ils couraient en désordre vers les vaisseaux et le mur qu'ils avaient élevé pour les défendre tomba comme ces fortifications que les enfants bâtissent dans le sable puis piétinent en jouant. Les Troyens s'étaient à ce point rapprochés des navires qu'ils auraient presque pu y mettre le feu. Les Grecs, désespérés, ne pensaient plus qu'à mourir bravement.

Patrocle, l'ami tant aimé d'Achille, observait la déroute avec horreur. Fût-ce pour l'amour d'Achille, rester loin du combat lui parut insupportable. « Tu peux nourrir ta colère pendant que tes concitoyens se font tailler en pièces, mais pas moi ! » cria-t-il à son ami. « Donne-moi ton armure. S'ils me prennent pour toi, peut-être les Troyens s'arrêteront-ils un instant et les Grecs auront ainsi le temps de se reprendre. Toi et moi sommes dispos, nous pouvons encore repousser l'ennemi. Mais si tu t'obstines à bercer ton courroux, prête-moi au moins ton armure. » Comme il parlait, l'un des vaisseaux grecs prit feu. « Ils pourraient de cette façon couper la retraite aux Grecs », dit Achille. « Va, prends mon armure et mes hommes aussi, et défends les bateaux. Je ne puis y aller, je suis un homme déshonoré. Je combattrai pour mes propres navires, si la bataille s'en approche. Mais je ne combattrai pas pour des hommes qui m'ont déshonoré. »

Patrocle revêtit l'armure splendide d'Achille que tous les Troyens connaissaient et craignaient, puis il mena les Myrmidons, les hommes d'Achille, au cœur de la bataille. Dès le premier assaut de cette troupe nouvelle de guerriers, les Troyens vacillèrent ; ils les croyaient conduits par Achille. Et pendant un moment, Patrocle combattit tout aussi glorieusement que l'aurait fait le grand héros lui-même. Mais il se trouva bientôt face à face avec Hector et son destin fut alors aussi sûrement scellé que celui d'un sanglier qui rencontrerait un lion. La lance d'Hector lui porta une blessure fatale et son âme quitta son corps pour descendre dans le Hadès. Alors Hector, ôtant sa propre armure, prit celle qui recouvrait Patrocle et s'en revêtit. On eût dit qu'il empruntait en même temps la force d'Achille, car nul parmi les Grecs ne parvint plus à lui résister.

Le soir tomba, qui met fin aux batailles. Assis sous sa tente, Achille attendait le retour de Patrocle. Mais à sa place il vit venir à lui, en courant, le fils du vieux Nestor, Antiloque aux pieds légers, qui pleurait des larmes brûlantes : « Amères nouvelles », cria-t-il, « Patrocle est tombé et Hector porte son armure ». Le chagrin s'empara d'Achille, tellement violent que tous ceux qui l'entouraient craignirent pour sa vie. Du fond des grottes marines, sa mère vit son désespoir et elle se hâta d'accourir pour tenter de le réconforter. « Je ne veux plus vivre parmi les hommes si Hector ne me paie pas de sa mort celle de Patrocle », lui dit-il. Alors Thétis, tout en larmes, lui rappela qu'il était lui-même voué à mourir aussitôt après Hector. « Qu'il en soit ainsi pour moi, qui n'ai pas su secourir mon ami lorsqu'il en avait si grandement besoin », répondit Achille. « Je tuerai le meurtrier de celui que j'aimais, puis j'accueillerai la mort lorsqu'elle se présentera. »

Thétis n'essaya pas de le retenir. « Attends tout au moins le matin », dit-elle, « et tu n'iras pas sans armes au combat. Je t'en apporterai qui seront façonnées par le divin armurier, le dieu Héphaïstos lui-même. »

Fidèle à sa parole, Thétis revint avec des armes splendides, dignes de leur créateur et comme nul homme sur la terre n'en avait jamais portées. Les Myrmidons les regardèrent avec admiration et une lueur de joie enflamma les yeux d'Achille tandis qu'il les revêtait. Alors il quitta enfin la tente sous laquelle il s'était si longtemps retiré et il gagna l'endroit où les Grecs étaient rassemblés : une compagnie misérable, Diomède grièvement blessé, Odysseus, Agamemnon et bien d'autres encore. Devant eux, il se sentit honteux ; il voyait maintenant, leur dit-il, à quel point il avait été insensé de tout oublier parce qu'une simple jeune fille lui était enlevée. Mais il ne s'agissait plus de cela, à présent ; il était prêt à prendre leur tête, comme auparavant. Que tous, dès maintenant, se préparent au combat. Les chefs applaudirent avec joie, mais Odysseus parla pour tous et déclara qu'il leur fallait d'abord boire du vin et se nourrir à leur content, car des hommes à jeun faisaient de pauvres guerriers. « Nos compagnons gisent morts dans la plaine et tu parles de nourriture », répondit Achille avec mépris. « Rien ne passera ma gorge avant que mon frère d'armes ait été vengé. » Et il se dit à lui-même : « O le plus cher des amis, toi parti, je ne peux plus me nourrir, je ne peux plus boire ».

Quand les autres eurent assouvi leur faim, il les mena à l'attaque. C'était le dernier combat que se livreraient les deux champions, tous les immortels le savaient comme ils savaient aussi quelle en serait l'issue. Zeus suspendit sa balance d'or et dans l'un des plateaux, il déposa la mort d'Hector, dans l'autre celle d'Achille. Le plateau d'Hector s'abaissa. Il mourrait donc.

La victoire, toutefois, fut longtemps indécise. Sous la conduite d'Hector, les Troyens combattirent comme le font des hommes vaillants devant les murs de leur demeure. Même le grand fleuve de Troie, que les dieux nomment Xanthe et les hommes Scamandre, prit part à la lutte et tenta de submerger Achille alors qu'il traversait ses eaux. En vain, car rien ne pouvait l'arrêter tandis qu'il fondait sur l'ennemi, abattant tout sur son passage et cherchant Hector partout. A présent, les dieux combattaient comme les hommes et avec tout autant d'acharnement, et Zeus, à l'écart dans l'Olympe, riait tout seul à voir une divinité affrontant l'autre : Athéna jetait Arès au sol ; Héra, qui après avoir arraché l'arc des épaules d'Artémis, l'en frappait à tour de bras ; Poséidon couvrant Apollon de sarcasmes et le provoquant à frapper le premier. Le dieu Soleil refusa le défi ; il savait qu'il n'était plus temps de combattre pour Hector.

Les lourdes portes Scées* furent alors ouvertes toutes grandes, car les Troyens, maintenant en pleine déroute, refluaient en foule dans la ville. Seul Hector se tenait, inébranlable, devant la muraille. De la poterne, le vieux Priam, son père, et sa mère Hécube le suppliaient de les rejoindre et de se mettre à l'abri, mais il n'en tenait aucun compte. Il pensait : « Je commandais aux Troyens. Je suis cause de leur défaite. Comment alors pourrais-je épargner ma vie ? Et cependant... que se passerait-il si je déposais bouclier et lance et m'en allais vers Achille pour lui dire que nous rendons Hélène, et avec elle la moitié des trésors de Troie ? Inutile. Il me tuerait désarmé, comme si j'étais une femme. Mieux vaut le défier maintenant, même si je dois succomber. »

Achille approchait, aussi glorieux que le soleil quand il se lève. A côté de lui se tenait Athéna, mais Hector était seul. Apollon l'avait abandonné à son destin. A la vue de ce couple, Hector se retourna et prit la fuite. Trois fois, autour des murs de Troie, poursuivi et poursuivant coururent sur des pieds ailés. Ce fut Athéna qui arrêta la course d'Hector. Elle lui apparut sous la forme de Déiphobe, son frère, et Hector, abusé, le prenant pour un allié, fit face à Achille. Il lui cria : « Si je te tue, je rendrai ton corps à tes amis ; fais de même pour moi ». Mais Achille répondit : « Insensé, entre les moutons et les loups pas plus qu'entre toi et moi il n'y a de traité qui tienne ». Parlant encore, il jeta sa lance. Elle manqua son but mais Athéna la ramena. Alors Hector toucha sa cible, le centre du bouclier d'Achille. Mais à quoi bon ? Cette armure était magique, elle ne pouvait être transpercée. Hector se tourna rapidement vers Déiphobe pour lui emprunter sa lance, mais Déiphobe n'était plus là. Hector comprit ; Athéna l'avait trompé et il ne lui restait aucun

---

* Portes de l'Orient du grec scaïos : gauche, de mauvais augure.

espoir de salut. « Les dieux m'ont condamné », se dit-il, « je ne mourrai pas sans combattre, mais dans un grand fait d'armes que les hommes encore à venir se raconteront les uns aux autres. » Il tira son épée, sa seule arme à présent, et il s'élança sur son ennemi. Mais Achille avait une lance, celle-là même qu'Athéna lui avait rendue. Avant qu'Hector ait pu approcher, Achille, qui connaissait bien cette armure prise par Hector sur le corps de Patrocle, visa une ouverture près de la gorge et y plongea la pointe de son arme. Hector tomba, mourant enfin. Avant son dernier souffle, il pria : « Rends mon corps à mon père et à ma mère ». « Pas de prière de toi à moi, chien », répondit Achille. « Je voudrais pouvoir dévorer ta chair sanglante, pour le mal que tu m'as fait. » Alors l'âme d'Hector s'envola de son corps vers le Hadès, pleurant son destin et laissant derrière elle vigueur et jeunesse.

Achille dépouilla le corps de l'armature sanglante et les Grecs accourus s'émerveillaient de le voir, gisant là devant eux, si grand et si noble aussi. Mais l'esprit d'Achille se tournait vers d'autres objets. Il transperça les pieds de l'homme mort et avec des lanières de cuir, il les attacha à l'arrière de son char, laissant pendre la tête jusqu'au sol. Alors il cravacha ses chevaux, et plusieurs fois, autour des murs de Troie, il traîna ce qui restait du glorieux Hector.

Quand enfin son âme violente fut rassasiée de vengeance, il s'arrêta près du cadavre de Patrocle et dit : « De la maison de Hadès où tu demeures maintenant, entends-moi. J'ai traîné Hector derrière mon char et devant ton bûcher funéraire, je le ferai dévorer par les chiens. »

Dans l'Olympe, cependant, la discorde régnait. A l'exception d'Héra, Athéna et Poséidon, ces outrages à un mort déplaisaient à tous les immortels et surtout à Zeus. Il envoya Iris à Priam avec l'ordre de se rendre sans crainte devant Achille avec une riche rançon et de lui réclamer le corps d'Hector. De plus, la messagère devait dire au vieux Roi qu'Achille, tout violent qu'il fût, n'était pas foncièrement mauvais mais capable d'accueillir ainsi qu'il convenait un suppliant.

Alors le vieux Priam chargea un char de trésors fabuleux, de tout ce que Troie possédait de plus précieux, et il traversa la pleine jusqu'au camp grec. Hermès vint à sa rencontre et s'offrit à le guider jusqu'à la tente d'Achille. Ainsi escorté, le vieillard passa devant les gardes et se présenta devant celui qui avait tué et maltraité son fils. Il lui étreignit les genoux, il baisa ses mains, et Achille fut pénétré de respect et de gêne, comme aussi tous ceux qui assistaient à la scène et qui échangeaient entre eux des regards furtifs. « Souviens-toi, Achille », dit Priam, « souviens-toi de ton propre père, aussi chargé d'ans que moi et pleurant un fils comme moi. Et cependant je suis bien plus à plaindre que lui, moi qui me suis imposé ce qu'aucun autre homme ne s'est encore jamais imposé, tendre la main au meurtrier de mon fils. »

A ces mots, le cœur d'Achille fut ému de chagrin. Doucement, il releva le vieil homme. « Assieds-toi près de moi, laissons notre peine s'apaiser en nous. Le malheur est le lot des hommes, mais nous devons cependant garder notre courage. » Alors il donna à ses serviteurs l'ordre de laver et d'oindre le corps d'Hector et de le couvrir ensuite d'un vêtement précieux, de peur qu'à le voir si affreusement mutilé le vieux Priam ne pût contenir sa colère. Lui-même craignait de ne pouvoir se maîtriser si Priam le vexait. « Combien de jours vous faut-il pour ses funérailles ? » demanda-t-il. « Car jusque-là je retiendrai les Grecs loin du champ de bataille. » Alors Priam ramena Hector dans sa demeure et jamais personne, dans Troie, ne fut pleuré davantage. Même Hélène versa des larmes. « Les autres Troyens m'ont fait des reproches », dit-elle, « mais toujours tes douces paroles et ta gentillesse m'ont consolée. Toi seul étais mon ami. »

Ils se lamentèrent sur lui pendant neuf jours ; puis ils le déposèrent au sommet d'un immense bûcher et ils y mirent le feu. Quant tout fut consumé, ils éteignirent la flamme avec du vin et ils rassemblèrent les ossements dans une urne d'or après les avoir enveloppés dans un suaire de douce soie pourpre. Alors ils déposèrent l'urne dans une tombe profonde, sur laquelle ils entassèrent de grandes pierres.

Telles furent les funérailles d'Hector, le dompteur de chevaux. Et sur elles s'achève *l'Iliade*.

ODysseus
Ulysse

La chute de Troie

La plus grande partie de cette légende provient de Virgile. La prise de Troie forme le sujet du deuxième livre de l'Enéide et elle est l'un des meilleurs, sinon le meilleur récit que Virgile ait écrit — net, concis, vivant. Le début et la fin de mon texte ne sont pas empruntés à Virgile. J'ai pris à deux tragédies du poète Sophocle (Ve s.) l'histoire de Philoctète et celle de la mort d'Ajax. La fin, ce qu'il advint aux Troyennes après la chute de la cité, provient d'un contemporain de Sophocle, Euripide. Elle contraste étrangement avec l'esprit martial de l'Enéide. Pour Virgile comme pour tous les poètes Romains, la guerre était la plus noble et la plus glorieuse de toutes les activités humaines. Quatre cents ans plus tôt, un poète Grec la voyait tout autrement. Quel fut le résultat de cette lutte célèbre ? semble se demander Euripide. Ceci, et rien d'autre : Une cité détruite, un enfant mort et quelques femmes désolées.

Hector mort, Achille savait, car sa mère le lui avait prédit, que sa propre fin était proche. Avant que ses combats soient à jamais achevés, il accomplit encore un haut fait d'armes. Le Prince Memnon d'Ethiopie, fils de la déesse de l'Aurore, vint à la rescousse de Troie avec une grande armée et pendant quelque temps, malgré l'absence d'Hector, les Grecs furent durement harcelés et perdirent plus d'un vaillant guerrier; parmi eux, Antiloque aux pieds légers, le fils du vieux Nestor. Finalement, au cours d'un combat furieux, Achille tua Memnon et ce fut la dernière victoire du héros grec. Alors il tomba lui-même devant les portes de Troie. Il avait repoussé les Troyens devant lui, jusqu'aux murs de la Ville. Là, Pâris lui décocha une flèche, qu'Apollon guida, et qui toucha son pied au seul endroit qui chez lui pouvait être blessé. A sa naissance, sa mère Thétis voulant le rendre invulnérable, l'avait plongé dans l'eau du Styx; mais elle était négligente, elle oublia de mouiller le talon du pied par lequel elle le tenait. Il mourut, et Ajax emporta son corps loin de la bataille tandis qu'Odysseus contenait les Troyens. On raconte qu'après l'avoir brûlé sur le bûcher funéraire, on déposa ses ossements dans l'urne qui contenait déjà ceux de son ami Patrocle.

Ses armes, ses armes merveilleuses que Thétis avait demandées pour lui à Héphaïstos, furent cause de la mort d'Ajax. Il avait été décidé en assemblée plénière que de tous les héros, Ajax et Odysseus méritaient plus que les autres d'en hériter. Ensuite, un vote secret les départagea et ce fut Odysseus qui l'emporta. Une telle décision revêtait alors une grande importance. Non seulement le gagnant était honoré mais le perdant était tenu pour déshonorer. Ajax se considéra comme tel et dans une crise de rage furieuse, il résolut de tuer Agamemnon et Ménélas qu'il soupçonnait, non sans raison, d'avoir influencé le scrutin à son désavantage. Au crépuscule, il se mit à leur recherche et il avait atteint leurs quartiers lorsque Athéna le frappa de démence. Il crut voir l'Armée dans les troupeaux et le bétail des Grecs et il s'élança, l'épée levée, pensant abattre tantôt un Chef, tantôt un autre. Enfin il traîna sous sa tente un bélier que son esprit égarée prenait pour Odysseus, il l'attacha au mât et le battit sauvagement. Alors sa frénésie le quitta ; la raison lui revint ; il comprit que le déshonneur de se voir refuser les armes n'était qu'une ombre auprès de la honte que ses propres agissements lui vaudraient. Sa colère, sa folie seraient manifestes à chacun : partout sur le champ gisaient des animaux égorgés. « Pauvres créatures, que ma main a tuées sans motif aucun », se dit-il. « Me voici seul maintenant, haïssable aux dieux comme aux hommes. Dans une telle situation ; seulement un lâche se cramponne à la vie. Un homme qui ne peut vivre avec grandeur se doit de mourir avec noblesse. » Il tira son épée et se tua. Les Grecs refusèrent de brûler son corps ; ils l'enterrèrent. Ils tenaient qu'un suicidé ne pouvait recevoir les honneurs du bûcher et de l'urne funéraire.

La mort d'Ajax, suivant de si près celle d'Achille, décontenança les Grecs. Le victoire paraissait toujours aussi lointaine. Calchas, leur prophète, leur dit qu'aucun message des dieux ne lui était parvenu mais que parmi les Troyens se trouvait un homme qui connaissait l'avenir, le devin Hélénos. S'ils parvenaient à le capturer, ils apprendraient de lui ce qu'il leur restait à tenter. Odysseus réussit à se saisir d'Hélénos et celui-ci dit aux Grecs que Troie ne tomberait pas avant que l'un d'eux combatte les Troyens avec l'arc et les flèches d'Hercule. Celuici, avant de mourir, les avait donnés à son ami, le Prince Philoctète, l'homme qui avait mis le feu au bûcher funéraire du héros et rejoint plus tard l'Armée Grecque appareillant pour Troie. Les Grecs s'étant un jour arrêtés près d'une île pour y offrir un sacrifice, Philoctète fut mordu par un serpent. La blessure était affreuse et refusait de cicatriser ; il s'avéra impossible de le transporter à Troie dans cet état ; d'autre part, l'Armée ne pouvait attendre. Ils décidèrent donc de le laisser à Lemnos, alors une île inhabitée bien que les héros de la Conquête de la Toison d'or l'aient autrefois trouvée peuplée de femmes nombreuses.

Il était cruel d'abandonner le malheureux, réduit à l'impuissance, mais ils étaient impatients d'atteindre Troie et de toute façon, grâce à son arc et à ses flèches, il ne manquerait pas de nourriture. Cependant, lorsque Hélénos parla, les Grecs se dirent qu'ils auraient bien de la peine à persuader un homme auquel ils avaient fait tant de tort de leur donner ses précieuses armes. Aussi chargèrent-ils Odysseus, maître en ruses et artifices, de s'en emparer par surprise. Les uns disent que Diomède l'accompagna, d'autres que ce fut Néoptolème, aussi nommé Pyrrhus, le jeune fils d'Achille. Ils réussirent bien à voler arc et flèches, mais quand le moment vint d'abandonner à sa solitude le pauvre blessé privé de ses armes, ils ne purent s'y résoudre. Ils le persuadèrent de s'embarquer avec eux. Revenu à Troie, le sage médecin des Grecs le guérit et quand il retourna tout joyeux au combat, le premier homme qu'il blessa de ses flèches fut Pâris. Pâris, en tombant, supplia qu'on le ramenât à Œnone, la nymphe avec laquelle il avait vécu sur le mont Ida avant que les trois déesses ne lui apparussent. Elle lui avait dit autrefois qu'elle connaissait un remède magique qui guérissait tout mal, quel qu'il fût. Ils le transportèrent donc sur le Mont Ida et il pria la nymphe de lui conserver la vie, mais elle refusa. Elle ne pouvait en un instant et parce qu'il avait maintenant besoin d'elle, lui pardonner sa trahison et son long abandon. Elle le regarda mourir ; puis elle s'éloigna et se donna la mort.

La disparition de Pâris n'était pas une bien grande perte, il faut l'avouer, et la chute de Troie ne lui fut pas due. Les Grecs avaient enfin appris que la cité possédait une image ou statue de Pallas Athéna, nommée le Palladium ; tant que les Troyens la conserveraient, la ville ne pouvait être prise. Les deux plus grands Chefs survivants, Odysseus et Diomède, décidèrent donc de tout mettre en œuvre pour s'en emparer, et ce fut Diomède qui y parvint. Par une nuit obscure, avec l'aide d'Odysseus, il escalada le mur et trouva le Palladium, qu'il ramena au camp. Grandement encouragés, les Grecs décidèrent de ne plus attendre davantage mais de s'aviser d'un bon expédient pour mettre fin à cette guerre interminable.

Il leur apparaissait clairement maintenant qu'à moins de pénétrer dans la cité et de prendre les Troyens par surprise, jamais la victoire ne leur appartiendrait. Depuis près de dix ans qu'ils l'assiégeaient, la ville semblait toujours aussi forte ; ses murs étaient intacts, jamais ils n'avaient subi un véritable assaut. Pour la plus grande part, les combats s'étaient déroulés à distance, dans la plaine. Les Grecs devaient donc trouver un moyen de pénétrer dans la cité, sinon il ne leur restait plus qu'à accepter leur défaite. La conclusion de cette détermination et de cette vue nouvelle fut le stratagème du cheval de bois. C'était, on s'en doute, une création de l'esprit inventif d'Odysseus.

Sur ses indications, un artisan habile construisit un immense cheval de bois dont le corps était creux et si grand qu'une troupe d'hommes pouvait s'y loger. Ensuite il persuada — non sans peine — quelques Chefs de s'y dissimuler, lui-même étant du nombre, bien entendu. A l'exception du fils d'Achille, Pyrrhus ou Néoptolème, tous se sentaient épouvantés, et en vérité le risque n'était pas mince. D'après le plan prévu, tous les autres Grecs devaient lever le camp et apparemment mettre à la voile, mais en réalité ils se cacheraient aux yeux des Troyens derrière l'île la plus proche où quoi qu'il arrive, ils seraient à l'abri ; si la ruse venait à être éventée, ils pourraient appareiller et rentrer en Grèce. Mais dans ce cas, les hommes enfermés dans le cheval mourraient certainement.

On peut être assuré que ce fait n'avait pas échappé à Odysseus. Son projet était de laisser un unique Grec dans le camp déserté. L'homme, auquel au préalable on aurait bien fait la leçon, persuaderait les Troyens de tirer le cheval dans la cité — sans l'inventorier. Alors, au plus profond de la nuit, les Grecs devaient quitter leur prison de bois et ouvrir les portes de la ville à l'Armée qui, ayant eu tout le temps de ramener ses bateaux, attendrait à ce moment devant la muraille.

Une nuit vint, pendant laquelle le plan fut mis à exécution. Et l'aube du dernier jour de Troie se leva. Du haut des murs, les guetteurs troyens n'en crurent pas leurs yeux. Deux spectacles insolites s'offraient à eux, aussi stupéfiants l'un que l'autre. L'image immense d'un cheval se dressait devant la porte de la cité, une chose comme personne n'en avait jamais vue, une apparition tellement étrange qu'elle en devenait vaguement terrifiante, alors même qu'aucun son ni mouvement n'en provenait. Nul son ni mouvement en quelque endroit que ce soit, d'ailleurs. Le camp bruyant des Grecs était silencieux ; plus rien n'y bougeait. Et les vaisseaux étaient partis. Une seule conclusion semblait possible : les Grecs avaient abandonné la partie. Ils faisaient route vers la Grèce, acceptant leur défaite. Troie tout entière exulta. La longue guerre avait pris fin et avec elle ses souffrances.

Le peuple se pressa en masse dans le camp grec abandonné ; ici Achille avait si longtemps boudé ; là se dressait la tente d'Agamemnon ; là encore, les quartiers de ce fourbe, Odysseus. Quel ravissement de voir ces lieux enfin vides, sans rien y trouver à craindre ! Lentement, ils revinrent aux murs, jusqu'à l'endroit où se dressait ce monstre, le cheval de bois, et ils l'entourèrent, se demandant ce qu'ils allaient en faire. Alors le Grec qui avait été laissé dans le camp se montra. Son nom était Sinon et c'était un orateur des plus spécieux. Il fut saisi, entraîné devant Priam, pleurant et protestant qu'il souhaitait n'être plus Grec. L'histoire qu'il raconta était un chef-d'œuvre de plus à l'actif d'Odysseus. Pallas Athéna, dit Sinon, s'était montrée excessivement irritée du vol du Palladium et les Grecs épouvantés avaient demandé à l'oracle comment ils pourraient l'apaiser. L'oracle avait répondu : « Pour venir jusqu'à Troie, vous avez calmé les vents avec du sang et la mort d'une jeune fille. Avec du sang, vous obtiendrez votre retour. En sacrifice d'expiation, offrez une vie grecque. » Et c'était lui, Sinon, qui avait été choisi comme victime propitiatoire, dit le conteur à Priam. Tout était prêt pour le rite affreux qui aurait dû se dérouler juste avant le départ des Grecs, mais à la faveur de la nuit il avait pu s'échapper et tapi dans un fossé, il avait vu les vaisseaux faire voile.

C'était un bon récit et pas un instant les Troyens ne le mirent en doute. Ils plaignirent Sinon et l'assurèrent qu'ils le recevraient parmi eux comme l'un des leurs. Et c'est ainsi que par ruse et fourberie et quelques larmes hypocrites furent vaincus ceux dont le grand Diomède n'avait jamais pu triompher, ni le bouillant Achille, ni dix ans de guerre et un millier de vaisseaux. Car Sinon n'eut garde d'oublier la seconde partie de son conte. Le cheval de bois avait été construit en offrande votive à Athéna, dit-il, et si on lui avait donné une si grande taille, c'était pour décourager les Troyens de l'introduire dans leur cité. Les Grecs espéraient que les Troyens le détruiraient et détourneraient ainsi sur eux la colère d'Athéna. Par contre, placé dans la cité, il attirerait la faveur de la déesse sur les Troyens. L'histoire en elle-même semblait suffisamment plausible pour obtenir l'effet souhaité, mais Poséidon, qui de tous les dieux était le plus acharné contre Troie, y apporta par surcroît de quoi rendre l'issue certaine. Dès la découverte du cheval, le prêtre Laocoon avait instamment conseillé aux Troyens de le détruire. « Je crains les Grecs et leurs présents », leur dit-il. Et Cassandre, la fille de Prima, lui avait fait écho — mais personne ne l'écoutait jamais et elle s'était retirée dans le palais avant que Sinon ait commencé son discours, que Laocoon et ses deux fils écoutèrent avec méfiance ; ils étaient toutefois seuls à douter. Lorsque Sinon s'arrêta de parler, deux serpents affreux surgirent soudain de la mer et nagèrent jusqu'à la grève ; ils rampèrent droit sur Laocoon, ils se lovèrent en larges anneaux autour du prêtre et de ses deux fils et les étouffèrent. Puis ils disparurent dans le temple d'Athéna.

Il n'y avait plus à hésiter. Pour les spectateurs horrifiés, Laocoon avait été puni de s'être opposé à l'entrée du cheval dans la cité — ce que personne, certainement n'osait plus refuser à présent. Tout le peuple cria :

Faites entrer l'image sculptée,
Menez-la devant Athéna
Car c'est un don digne de l'enfant de Zeus.
Parmi les jeunes gens, y en eut-il un seul qui ne s'élançât ?
Un seul parmi les anciens à rester dans sa demeure ?
Dans l'allégresse et en chantant, ils firent entrer la mort,
La trahison et la ruine.

Ils s'attelèrent au cheval, lui firent passer la porte et le traînèrent jusqu'au temple d'Athéna. Alors, jubilant de leur heureuse fortune, persuadés que la guerre avait pris fin et que la faveur d'Athéna leur était acquise, pour la première fois depuis dix ans ils regagnèrent en paix leurs logis.

Au creux de la nuit, par une brèche dans le cheval, l'un après l'autre les Chefs se laissèrent glisser au sol. Ils se faufilèrent jusqu'aux portes de la ville qu'ils ouvrirent toutes grandes, et l'Armée Grecque entra dans la cité endormie. Leurs premières tâches pouvaient être accomplies en silence. Des incendies furent allumés un peu partout ; et quand enfin les Troyens s'éveillèrent, avant qu'ils aient eu le temps de comprendre ce qui se passait et de revêtir leurs armures, Troie était en flammes. Un à un, dans le plus grand désordre, ils se précipitèrent dans les rues. Des bandes de soldats les y attendaient, prêts à frapper chacun avant qu'il pût se joindre aux autres. Ce n'était plus un combat, mais une boucherie. Beaucoup moururent avant même d'avoir pu échanger un coup. Dans les quartiers les plus lointains, les Troyens parvinrent à se regrouper ici et là, et c'était alors au tour des Grecs de souffrir. Ils se voyaient assaillis par des hommes désespérés qui ne pensaient qu'à tuer avant de mourir eux-mêmes. Tous savaient que pour le vaincu le seul salut était de n'en espérer aucun et cette disposition transformait souvent les vainqueurs en vaincus. Parmi les Troyens, ceux qui avaient l'esprit le plus prompt se hâtèrent d'échanger leurs propres armures contre celles des Grecs tombés et nombreux furent les Grecs qui crurent rejoindre des amis et découvrirent trop tard qu'il s'agissait d'ennemis ; ceux-là payèrent leur erreur de leur vie.

Du haut de leurs maisons, les Troyens arrachaient les toits pour le jeter sur les Grecs. Une tour entière, qui surplombait la terrasse du palais de Priam, fut soulevée de ses fondations et culbutée sur les assaillants. Exultants, les défenseurs la virent tomber et anéantir une troupe nombreuse qui forçait les portes du palais. Mais ce succès n'amena qu'un court répit. D'autres accouraient, portant un immense madrier. Par-dessus les débris de la tour, par-dessus les corps écrasés, ils martelèrent les portes. Elles furent enfoncées et les Grecs se ruèrent dans le palais avant que les Troyens aient eu le temps de quitter la terrasse. Dans la cour intérieure, tout autour de l'autel, se trouvaient le femmes et les enfants et un seul homme, le vieux Roi. Achille avait épargné Priam, mais le fils d'Achille l'égorgea sous les yeux de sa femme et de ses filles.

Maintenant la fin approchait. Dès le début, la lutte avait été inégale, trop de Troyens avaient succombé dans le premier moment de surprise. Nulle part, les Grecs ne pouvaient plus être repoussés. Lentement la défense cessa. A l'aube, tous les Chefs étaient morts, à l'exception d'un seul ; Enée fils d'Aphrodite, fut le seul capitaine troyen qui réussit à s'enfuir. Il combattit les Grecs aussi longtemps qu'il se trouva un Troyen vivant à ses côtés, mais quand la tuerie s'étendit et que la mort approcha, il se souvint de son foyer, des êtres sans défense qu'il y avait laissés. Il ne pouvait plus rien pour Troie, mais pour les siens, peut-être restait-il encore quelque chose à tenter. Il partit les rejoindre, son vieux père, son petit garçon, sa femme, et pendant qu'il était en chemin, sa mère Aphrodite lui apparut ; elle le pria instamment de se hâter et le protégea des flammes et des Grecs. Malgré l'aide de la déesse, il ne put sauver sa femme. En quittant la maison, elle fut séparée de lui et tuée. Mais il emmena les deux autres, d'abord à travers les rangs ennemis, puis de l'autre côté des portes jusqu'à la campagne environnante, portant son vieux père sur ses épaules et tenant fermement dans la sienne la main de son petit garçon. Seule une divinité pouvait leur porter secours et Aphrodite fut l'unique parmi les dieux à aider un Troyen ce jour-là.

Elle secourut aussi Hélène. Elle la fit sortir de la ville et la mena à Ménélas. Il l'accueillit avec joie et elle était avec lui lorsqu'il fit voile vers la Grèce.

Quand vint le matin, la plus fière cité d'Asie n'était plus qu'une ruine fumante. De Troie, il ne restait plus qu'un groupe désolé de femmes captives dont les maris étaient morts, auxquelles on avait arraché leurs enfants. Elles attendaient d'être emmenées en esclavage de l'autre côté des mers.

Parmi elles se trouvaient la vieille Reine Hécube et sa belle-fille Andromaque, épouse d'Hector. Pour Hécube, tout avait pris fin. Accroupie sur le sol, elle regardait les vaisseaux grecs se préparer au départ et la ville qui brûlait. « Troie n'est plus », se disait-elle. « Et moi — que suis-je ? Une esclave que des hommes emmènent comme du bétail. Une vieille femme toute grise privée de son foyer. »

> *Y a-t-il une douleur qui ne soit mienne ?*
> *J'ai perdu patrie, époux et enfants.*
> *La gloire de ma maison s'est effondrée.*

Et les femmes autour d'elle répondaient :

> *Notre peine égale la tienne.*
> *Nous somme esclaves, nous aussi.*
> *Nos enfants pleurent, ils nous appellent avec des larmes*
> *« Mère, je suis tout seul,*
> *Vers les sombres vaisseaux maintenant ils m'entraînent,*
> *Et je ne te vois plus, Mère. »*

Une femme avait encore son enfant. Andromaque serrait entre ses bras son fils Astyanax, le petit garçon que le panache du casque de son père avait un jour tant effrayé. « Il est si jeune », de disait-elle. « Ils me le laisseront, je l'emporterai avec moi. » Mais venant du camp grec, un hérault s'approcha d'elle et lui parla en mots hésitants. Qu'elle ne le haïsse pas pour les nouvelles que bien à contre-cœur il lui apportait. Son fils… Elle l'interrompit,

> *Tu ne viens pas me dire que je ne peux le garder ?*

Il répondit,

> *L'enfant doit mourir — il sera jeté*
> *Du haut de la muraille de Troie.*
> *Voyons — laisse faire. Endure ta peine*
> *En femme courageuse. Réfléchis. Tu es seule.*
> *Une femme, une esclave, et privée de toute aide.*

Il disait vrai, elle le savait. Elle n'avait aucun secours à espérer. Elle dit adieu à son enfant ;

Tu pleures, mon tout petit ? Cesse, je t'en prie.
Tu ne peux savoir ce qui t'attend.
— Que sera-ce ? Une longue, longue chute — ton corps brisé
Et personne pour te prendre en pitié.
Embrasse-moi. Jamais plus. Viens plus près, plus près encore.
Ta mère qui t'a porté... entoure mon cou de tes bras,
Embrasse-moi, lèvres contre lèvres.

Les soldats emportèrent l'enfant. Avant de le jeter du haut de la muraille, ils avaient égorgé une jeune fille sur la tombe d'Achille, Polyxène, fille d'Hécube. La mort du fils d'Hector fut le dernier sacrifice de Troie. Les femmes qui attendaient les vaisseaux contemplaient l'agonie de leur ville.

Troie a péri, la grande cité.
Seule y vit encore la longue flamme rouge.
La poussière s'élève, elle s'étale comme une immense aile de [fumée
Et tout en est recouvert.
Nous aussi nous partons, l'une ici, l'autre là
Et Troie a disparu à jamais.

Adieu, chère cité.
Adieu, ma patrie, où mes enfants ont vécu.
Là-bas, les vaisseaux grecs attendent.

ARTEMIS - DIANE
sœur jumelle d'Apollon, fille de Zeus et de Léto ; elle était la déesse de la Chasse et de la Jeunesse et, sous le nom de Phébé, souvent identifiée à la lune. Ses représentations sont très diverses et même contradictoires.

Diane au flambeau (marbre antique).

Diane d'Ephèse, représentée ici ◀ comme déesse de la fécondité.

Diane au bain (tableau de Boucher). ▶

Diane et Callisto (tableau de Rottenhammer).

Diane chasseresse (marbre de Jean Goujon).

Les aventures d'Odysseus*

Sauf en ce qui concerne l'accord intervenu entre Athéna et Poséidon au sujet de la destruction de la flotte grecque et que j'ai emprunté aux Troyennes *d'Euripide, ma seule source d'information a été* l'Odyssée. *A la différence de* l'Iliade, *l'intérêt de* l'Odyssée *tient surtout aux détails, tels ceux donnés par les épisodes de Nausicaa ou de la visite de Télémaque à Ménélas. Ces détails sont employés avec une adresse remarquable ; ils rendent le récit plus vivant et le font paraître réel sans jamais, pour autant, ralentir l'action ni détourner l'attention du lecteur du sujet essentiel.*

Après la chute de Troie, quand la flotte grecque triomphante appareilla, plus d'un capitaine affronta — sans l'avoir prévu —

* En latin : Ulixes ; en français : Ulysse.

des soucis aussi graves que ceux qu'il avait suscités aux Troyens. De tous les dieux, Athéna et Poséidon s'étaient montrés les plus fermes alliés des Grecs, mais quand Troie s'effondra, il en alla tout différemment ; ils devinrent alors des ennemis déclarés de ceux qu'ils avaient aidés. Grisés par leur victoire, le Grecs perdirent toute retenue dès la nuit de leur entrée dans la ville ; ils oublièrent le respect dû aux dieux et pendant leur voyage de retour, ils en furent durement châtiés.

Cassandre, l'une des filles de Priam, était une prophétesse. Apollon qui l'avait aimée, lui avait donné le pouvoir de prédire l'avenir. Plus tard, il se tourna contre elle parce qu'elle avait refusé son amour mais bien qu'il ne pût reprendre ce don — les faveurs divines une fois concédées ne peuvent être retirées — il le rendit sans objet : personne jamais n'accordait la moindre créance aux dires de Cassandre. Elle avait prédit chaque événement aux Troyens, ils refusèrent de l'écouter ; elle les avait avertis que des Grecs se dissimulaient dans le cheval de bois, mais ses mots tombèrent dans le vide, personne ne les entendit. Son destin était de toujours connaître le désastre à venir sans rien pouvoir faire pour l'éviter. Quand les Grecs mirent la ville à sac, Cassandre se trouvait dans le temple d'Athéna, sous la protection de la déesse dont elle étreignait la statue. Les Grecs l'y trouvèrent et osèrent porter la main sur elle. Ajax — non le grand Ajax, bien sûr, mais un capitaine du même nom et de bien moindre importance — l'arracha à l'autel et l'entraîna hors du sanctuaire. A la vue de ce sacrilège, pas un Grec ne protesta. La colère d'Athéna fut immense ; elle s'en alla trouver Poséidon et lui exposa ses griefs : « Aide-moi à me venger », lui dit-elle. « Fais en sorte que le retour des Grecs dans leurs foyers se passe dans l'amertume. Par des vents sauvages, agite tes eaux lorsqu'ils mettront à la voile. Permets que des cadavres engorgent les rades et jonchent grèves et récits. »

Poséidon fit droit à sa requête. Troie n'était plus qu'un monceau de cendres, il pouvait maintenant oublier sa colère contre les Troyens. Dans la tempête terrifiante qui assaillit les Grecs après leur départ, Agamemnon faillit perdre tous ses vaisseaux ; Ménélas fut entraîné jusqu'en Egypte et le pêcheur insigne,

Ajax le sacrilège, se noya. Au paroxysme de l'ouragan, son bateau se disloqua et sombra ; lui-même réussit à nager jusqu'à la grève et il aurait survécu si dans sa folle aberration il ne s'était vanté d'être celui que la mer ne pouvait engloutir. Une telle arrogance soulevait toujours la colère des dieux. Poséidon brisa l'écueil sur lequel Ajax s'était réfugié. Ajax tomba et les vagues l'entraînèrent vers sa mort.

Odysseus ne perdit pas la vie, mais s'il souffrit moins que certains de ses compagnons, il fut plus longuement éprouvé qu'aucun d'entre eux. Il erra pendant dix ans avant de retrouver son foyer. Quand enfin il y parvint, le petit garçon qu'il y avait laissé était devenu un homme. Vingt ans avaient passé depuis qu'Odysseus s'était embarqué pour Troie.

Dans l'île d'Ithaque, où se trouvait sa demeure, tout allait de mal en pis. Chacun y tenait sa mort pour acquise, sauf Pénélope, son épouse, et Télémaque, son fils. Ceux-là seuls ne désespéraient pas encore tout à fait de son retour. Les autres, présumant tous que Pénélope était veuve, affirmaient qu'elle pouvait et devait contracter un nouveau mariage. De toutes les îles d'alentour et d'Ithaque aussi, bien entendu, les prétendants accouraient en foule et envahissaient la maison d'Odysseus pour y faire leur cour à sa femme. Elle les écartait tous ; son espoir de voir revenir son mari était faible mais il refusait de mourir. De plus, elle détestait tous ces prétendants et Télémaque faisait de même, et non sans raison. C'étaient des hommes rudes, avides, arrogants, qui passaient leurs jours dans la grande salle de la maison, dévorant les provisions d'Odysseus, égorgeant ses troupeaux et ses porcs, buvant son vin, brûlant son bois et donnant des ordres à ses serviteurs. Ils avaient déclaré qu'ils ne quitteraient les lieux que lorsque Pénélope aurait consenti à épouser l'un d'eux. Ils traitaient Télémaque avec une condescendance amusée, comme s'il n'était qu'un enfant et ne méritait pas leur attention. Pour la mère comme pour le fils, la situation était intolérable, mais que pouvaient-ils faire à deux, dont une femme, contre toute une assemblée ?

Pénélope, au début, avait espéré les lasser. Elle leur avait déclaré qu'elle ne pouvait se marier avant d'avoir achevé de tisser un beau suaire destiné au père d'Odysseus, le vieux Laërte, quand il viendrait à mourir. Devant un aussi pieux dessein, ils durent s'incliner et ils consentirent à attendre que l'ouvrage fût achevé. Mais il ne l'était jamais car Pénélope défaisait la nuit ce qu'elle avait tissé le jour. Le stratagème fut enfin découvert; une servante le révéla aux poursuivants et ils prirent Pénélope sur le fait. Ils ne s'en montrèrent que plus insistants et plus intraitables, et les choses en étaient là quand la dixième année des vagabondages d'Odysseus approcha de son terme.

Athéna en avait voulu sans distinction à tous les Grecs de l'odieux traitement infligé à Cassandre, mais auparavant et tout au long de la Guerre de Troie, elle avait réservé ses faveurs à Odysseus. L'esprit astucieux, la sagacité et la finesse de ce Grec la ravissaient; elle était toujours prête à lui prêter son concours. Après la chute de Troie, cependant, il partagea avec les autres le poids du courroux de la déesse et quand il mit à la voile, il fut lui aussi assailli par la tempête et entraîné si loin de sa route qu'il ne la retrouva jamais. Les années s'écoulaient et il errait toujours, passant d'une aventure périlleuse à une autre.

Toutefois, une colère qui dure dix ans est une colère bien longue. A l'exception de Poséidon, les dieux se chagrinaient du sort d'Odysseus et de tous, Athéna en était la plus désolée. Elle avait retrouvé pour lui toute sa sympathie ancienne; elle décida donc de mettre fin à ses épreuves et de le ramener dans ses foyers. L'esprit rempli de ces pensées, elle s'aperçut un jour avec joie que Poséidon s'était absenté de l'Olympe. Parti rendre visite aux Ethiopiens qui vivaient sur la rive la plus lointaine d'Océan, tout au sud, il y resterait un bon moment à festoyer joyeusement avec eux, la chose ne faisait aucun doute. Aussitôt, elle exposa le triste cas d'Odysseus devant toutes les autres divinités. En ce moment, leur dit-elle, il était virtuellement emprisonné sur une île gouvernée par la nymphe Calypso; celle-ci s'était éprise du héros et se promettait de ne jamais le laisser partir. Sauf sa liberté, elle ne lui refusait rien; il pouvait disposer de tout ce qu'elle possédait et elle le comblait de bontés. Mais Odysseus était profondément malheureux. Il avait la nostalgie de son foyer, de sa femme, de son fils; il passait ses jours sur la grève, scrutant l'horizon dans l'espoir d'y voir une voile qui n'apparaissait jamais, malade du désir d'apercevoir ne fût-ce que la fumée s'élevant de la cheminée de sa demeure.

Ses paroles émurent les Olympiens. Ils sentaient qu'Odysseus méritait mieux de leur part et Zeus parlait pour eux quand il leur dit qu'ils devaient se concerter et trouver ensemble le moyen d'aider Odysseus à revenir chez lui ; si tous se mettaient d'accord à ce sujet, Poséidon à lui seul ne pourrait s'y opposer. Pour sa part, ajouta Zeus, il allait dépêcher Hermès à Calypso pour lui enjoindre d'assister Odysseus dans ses préparatifs de départ. Très satisfaite, Athéna quitta l'Olympe et se laissa glisser dans l'espace jusqu'à Ithaque. Elle avait déjà établi ses plans.

Elle ressentait une profonde affection pour Télémaque, non seulement parce qu'il était le fils de son cher Odysseus mais aussi parce qu'il était un jeune homme sobre, discret, sérieux, prudent et digne de confiance. Elle pensait que — tandis que le père voguerait sur les mers — voyager ferait plus de bien au jeune homme qu'assister perpétuellement et avec une rage muette aux honteux agissements des prétendants de sa mère. Et il se hausserait aussi partout dans l'opinion des hommes si l'objet de ce voyage était de rechercher les traces de son père ; ils le prendraient alors pour ce qu'il était en vérité : un pieux adolescent animé des plus admirables sentiments filiaux. Elle prit donc la forme d'un marin et se dirigea vers la maison. Télémaque la vit attendre sur le seuil, et qu'il ne se trouvât personne pour souhaiter aussitôt la bienvenue à un visiteur le blessa au cœur. En hâte, il alla saluer l'étranger ; il le débarrassa de sa lance et le pria de prendre place sur le siège d'honneur. Les serviteurs s'empressèrent, soucieux de faire la preuve de l'hospitalité de la grande maison, disposant devant lui nourriture et boissons et ne lui refusant rien. Tous deux se mirent alors à parler ; Athéna ouvrit la conversation en demandant à voix basse où le hasard l'avait conduite. Etait-ce une beuverie ? Elle n'avait aucun désir d'offenser, mais on ne pouvait en vouloir à un homme bien élevé de manifester sa répugnance pour les agissements de gens tels que ceux qui les entouraient. Alors Télémaque lui dit tout :

sa crainte de ne jamais revoir son père ; comment tous ces hommes étaient venus, de près ou de loin, faire leur cour à sa mère ; comment les prétendants les ruinaient, dévorant tout ce qu'ils possédaient ici et ravageant la maison. Athéna montra une grande indignation. C'était une histoire lamentable, dit-elle, et s'il arrivait qu'Odysseus revînt un jour chez lui, ces malfaisants seraient vite expédiés et connaîtraient une fin amère. Alors elle lui conseilla vivement de tenter de retrouver les traces de son père : les mieux à même de l'aider dans cette entreprise étaient Nestor et Ménélas, lui dit-elle ; et sur ces mots, elle le quitta, laissant le jeune homme rempli d'ardeur et de décision. Toute son incertitude ancienne, toutes ses hésitations avaient disparu ; avec stupéfaction, il se sentit transformé et en lui s'installa la conviction que son visiteur n'était autre qu'un dieu.

Le jour suivant, il convoqua l'assemblée des soupirants ; il leur dit ce qu'il se proposait d'entreprendre et leur demanda un bateau solide et vingt rameurs pour le manœuvrer, mais pour toute réponse il n'obtint que railleries et sarcasmes. Qu'il reste donc à la maison pour y attendre les nouvelles, dirent les prétendants, et qu'il compte sur eux pour empêcher ce voyage. Avec des rires moqueurs, ils entrèrent en fanfaronnant dans le palais d'Odysseus. Désespéré, Télémaque partit se promener sur la grève et tout en marchant, il priait Athéna. Elle l'entendit et vint à lui. Elle avait pris l'apparence de Mentor — un Ithaquien qu'entre tous Odysseus avait honoré de sa confiance — et elle adressa à Télémaque des mots d'encouragement et de réconfort. Elle lui promit qu'un navire serait mis à sa disposition et qu'elle-même s'y embarquerait avec lui. Télémaque, bien entendu, ne doutait pas que Mentor en personne lui parlait ; avec cette assistance, il se sentait prêt à défier les prétendants et il se hâta de rentrer afin de tout préparer pour le voyage. Prudemment, il attendit la nuit. Quand tous dans la maison se furent endormis, il se dirigea vers le bateau où Mentor (Athéna) l'attendait et il se mit à la voile en direction de Pylos, patrie du vieux Nestor.

Ils le trouvèrent sur la plage où entouré de ses fils, il offrait un sacrifice à Poséidon. Nestor les accueillit chaleureusement, mais quant au but de leur venue, il n'avait que fort peu d'aide à leur offrir. Il ne savait rien d'Odysseus. Ils n'étaient pas ensemble quand ils avaient quitté Troie et depuis, aucune nouvelle du héros n'était parvenue à Nestor. Selon lui, l'homme le plus à même d'en fournir était Ménélas qui, avant de regagner Sparte, s'était vu entraîné par les vents jusqu'en Egypte. Si Télémaque le souhaitait, il lui donnerait un char, et l'un de ses fils, qui connaissait le chemin, le mènerait jusque-là bien plus rapidement que par mer. Télémaque accepta l'offre avec reconnaissance, et laissant le navire à la garde de Mentor, il se mit en route dès le matin suivant, avec le fils de Nestor, vers le palais de Ménélas.

Ils arrêtèrent les chevaux à Sparte, devant la demeure seigneuriale, et aucun des deux jeunes gens n'en avait jamais vu de plus belle. Une hospitalité princière les y attendait. Les servantes les menèrent dans la salle d'eau où elles les baignèrent dans des baignoires d'argent, puis les massèrent avec de l'huile parfumée. Ensuite, par-dessus des tuniques de lin fin, elles les enveloppèrent de chaudes capes pourpres et les conduisirent dans la salle des banquets. Là, une servante se hâta à leur rencontre avec une aiguière d'or dont elle versa le contenu sur leurs doigts, audessus d'une cuvette d'argent. Une table étincelante fut dressée à leur côté, couverte d'une multitude de mets délicats et devant chacun d'eux on disposa un gobelet d'or rempli de vin. Ménélas les salua courtoisement et les invita à se restaurer. Les jeunes gens se sentaient heureux mais aussi un peu déconcertés par toute cette magnificence. A voix très basse, de crainte qu'un autre l'entendît, Télémaque chuchota à l'oreille de son ami : « Le palais de Zeus, dans l'Olympe, doit ressembler à celui-ci. J'en ai le souffle coupé. » Un instant plus tard, il oubliait sa timidité, car Ménélas se mettait à parler d'Odysseus — de sa grandeur et de ses longues épreuves. Comme il l'écoutait, les yeux du jeune homme se remplissaient de larmes et pour dissimuler son émotion, il se cacha le visage avec un pan de son manteau. Mais Ménélas, qui l'avait remarqué, devina aussitôt qui se trouvait devant lui.

Alors vint un intermède qui détourna l'attention de tous les hommes présents. Hélène, la toute belle, descendit de sa chambre parfumée ; elle était suivie de ses femmes, dont l'une portait sa chaise, une autre un doux tapis pour ses pieds et une troisième sa corbeille à ouvrage en argent, pleine de laines violettes. A sa ressemblance avec son père, elle reconnut aussitôt Télémaque et l'appela par son nom. Le fils de Nestor répondit et lui dit qu'elle ne se trompait pas ; son ami était bien le fils d'Odysseus et il était venu à eux pour implorer leur aide et leurs conseils. Alors Télémaque parla ; il leur raconta les malheurs de sa famille dont seul le retour d'Odysseus pourrait les délivrer, et il demanda à Ménélas s'il ne pourrait lui donner des nouvelles de son père, qu'elles fussent bonnes ou mauvaises.

— « C'est une longue histoire, répondit Ménélas, mais, en effet, j'ai entendu parler de lui et de bien étrange façon. C'était en Egypte. Depuis bien des jours, j'étais retenu par le mauvais temps dans une île de ces parages nommée Pharos. Nos vivres commençaient à faire défaut et j'étais prêt à désespérer lorsqu'une nymphe de la mer me prit en pitié. Elle m'apprit que si je parvenais à l'en persuader, son père, le dieu marin Protée, pouvait me dire le moyen de quitter cette île haïssable et celui de rentrer chez moi en toute sécurité. Je devais donc me saisir de lui et le retenir jusqu'à ce qu'il m'ait appris ce que je voulais savoir ; le plan qu'elle me proposa était excellent. Chaque jour, Protée surgissait de la mer entouré de quelques phoques, puis il s'étendait avec eux sur le sable, toujours au même endroit. Là, je creusai quatre trous dans lesquels je me cachai ainsi que trois de mes compagnons, chacun sous une peau de phoque donnée par la néréide. Quand le bon et divin vieillard s'étendit non loin de moi, ce ne fut qu'un jeu de sauter de nos trous et de nous saisir de lui. Mais ce fut une tout autre affaire de le retenir. Il avait le pouvoir de changer de forme à volonté et dans nos mains il devint successivement un lion et un dragon et bien d'autres animaux encore, et même un arbre aux branches élevées. Mais nous le tenions fermement : il céda enfin et nous dit tout ce que nous souhaitions savoir. De ton père, il nous apprit qu'il se trouvait sur une île, dépérissant de nostalgie et retenu là par une nymphe nommée Calypso. Mais à ce détail près, j'ignore tout de lui depuis notre départ de Troie, il y a dix ans. Quand il eut achevé de parler, le silence tomba. Tous pensaient à Troie et à ce qui s'était passé depuis, et ils pleurèrent — Télémaque, sur son père ; le fils de Nestor, sur son frère, Antiloque aux pieds légers, mort devant les murs de Troie ; Ménélas, sur plus d'un brave compagnon d'armes tombé dans la plaine troyenne, et Hélène — mais qui pouvait dire pour qui coulaient les larmes d'Hélène ? Dans cette salle splendide du palais de son mari, pensait-elle à Pâris ? »

Les jeunes gens passèrent la nuit à Sparte. Hélène ordonna à ses servantes de préparer leurs lits sous le porche d'entrée — des couches moelleuses et chaudes, avec des draps pourpres recouverts de couvertures tissées et de manteaux de laine. Un serviteur, torche en main, leur montra le chemin et ce fut là qu'ils dormirent jusqu'à l'aube.

Pendant le même temps, Hermès se disposait à transmettre le message de Zeus à Calypso. A ses pieds, il laça les sandales d'or qui le faisaient rapide comme un souffle d'air sur la terre et sur la mer. Il prit avec lui son caducée qui lui donnait le pouvoir d'alourdir de sommeil les yeux des humains, et sautant dans l'espace, il vola jusqu'au niveau de la mer. Effleurant les crêtes, il atteignit l'île ravissante qui pour Odysseus n'était plus qu'une prison détestable. Quand il la trouva, la nymphe était seule ; comme d'habitude, Odysseus se tenait sur la grève ; il laissait couler ses larmes tout en fixant la mer vide. Calypso reçut les ordres de Zeus en fort mauvaise part. Elle avait sauvé la vie de cet homme quand son navire s'était échoué non loin de l'île, dit-elle, et depuis elle n'avait pas cessé de le combler. Chacun, bien entendu, devait céder à Zeus, mais tout ceci était fort injuste. Et en quoi pouvait-elle l'aider pour son voyage de retour ? Elle ne disposait ni de bateaux ni d'équipages. Mais Hermès jugea que ceci ne le concernait pas. « Veille avant tout à ne pas irriter Zeus », lui dit-il, et il s'en alla gaiement.

Lugubre, Calypso entreprit les préparatifs indispensables. Elle en parla à Odysseus, qui inclina d'abord à n'y voir qu'une ruse odieuse dirigée contre lui — pour le noyer, probablement

— mais elle finit par le convaincre. Elle promit de lui donner les moyens de construire un radeau solide sur lequel elle le ferait monter après l'avoir équipé de tout le nécessaire. Jamais homme ne se mit plus joyeusement à l'œuvre. Vingt grands arbres fournirent le bois, tous bien secs afin d'assurer une bonne flottaison. Sur le radeau, Calypso entassa des vivres et des boissons en abondance, et même tout un sac des friandises préférées d'Odysseus. Et l'aube du cinquième jour après la visite d'Hermès trouva Odysseus mettant son radeau à la mer sous un vent favorable et sur des eaux sereines.

Pendant dix-sept jours, le temps ne varia pas ; Odysseus continua sa route, dirigeant toujours son radeau, ne permettant jamais au sommeil de lui fermer le yeux. Le dix-huitième jour, le sommet couronné de nuages d'une montagne surgit à l'horizon. Il se crut sauvé.

Mais à cet instant précis, Poséidon, qui revenait d'Ethiopie, l'aperçut. Il comprit aussitôt ce qu'avaient fait les dieux. « Mais », se marmotta-t-il à lui-même, « je crois que même à présent je peux encore lui faire entreprendre un long voyage dans la peine avant qu'il ne touche terre. » Il convoqua tous les vents violents et les déchaîna, aveuglant terre et mer par des nuages d'orage. Le Vent d'est lutta contre le Vent du sud, et le mauvais Vent d'ouest avec celui du nord, et les vagues s'élevèrent comme des tours. Odysseus vit la mort approcher. « O heureux les hommes qui tombèrent glorieusement sur les plaines de Troie » se dit-il. « Il m'était réservé de mourir de cette mort indigne. » Il semblait en effet n'avoir plus aucune chance de survivre. Le radeau était rejeté çà et là comme un chardon séché sur un pré, aux jours d'automne.

Mais non loin de là se trouvait une déesse compatissante, Ino aux chevilles déliées, qui autrefois avait été une Princesse thébaine. Elle eut pitié de lui et le soutenant légèrement à la surface des flots, comme une mouette, elle lui dit que son seul espoir était d'abandonner le radeau et de nager jusqu'au rivage. Elle lui donna son voile, qui le protégerait de tout danger aussi longtemps qu'il serait sur la mer. Puis elle disparut sous les lames profondes.

Odysseus n'avait d'autre choix que suivre son conseil. Poséidon lui envoya une lame faite de vagues accumulées, une masse d'eau terrifiante. Elle disloqua le radeau comme un grand vent disperse une meule de paille sèche ; elle précipita Odysseus dans les flots déchaînés. Mais sans qu'il s'en doutât, le pire était maintenant passé. Satisfait, Poséidon l'abandonna et s'en fut, content, préparer quelque tempête en d'autres lieux ; et laissée libre d'agir à sa guise, Athéna calma les vagues. Néanmoins, Odysseus dut nager pendant deux jours et deux nuits avant d'atteindre la terre et de trouver un lieu pour y aborder sain et sauf. Quand il émergea du ressac, il était épuisé, affamé et nu. Le soir tombait ; pas une maison, pas une créature vivante n'étaient en vue. Mais Odysseus ne se contentait pas d'être un héros, c'était aussi un homme de grandes ressources. Il découvrit un endroit où croissaient quelques arbres aux branches si fournies que l'humidité ne pouvait y pénétrer. Un tapis de feuilles mortes jonchait le sol à leurs pieds, de quoi recouvrir plusieurs hommes. Il s'y creusa un trou, puis s'y couchant, il se recouvrit de feuilles comme d'un épais couvre-lit. Alors, réchauffé et enfin en repos, respirant les douces senteurs terrestres que la brise soufflait vers lui, il dormit paisiblement.

Bien entendu, il n'avait aucune idée du lieu où il se trouvait, mais Athéna veillait à tout et pour le mieux. L'île appartenait aux Phéaciens, peuple aimable de marins excellents. Leur Roi, Alcinoüs, était un homme bon et sensé qui sachant sa femme* beaucoup plus intelligente que lui, lui abandonnait toute décision importante. Ils avaient une fille charmante et qui n'était pas encore mariée.

Le lendemain matin, Nausicaa — car tel était le nom de la jeune fille — ne soupçonnait pas qu'elle allait sauver un héros. Dès son réveil, elle ne pensa qu'à la lessive familiale. Elle était certes une princesse, mais en ces temps-là, on attendait des femmes les mieux nées qu'elles se rendissent utiles, et la lessive entrait dans les attributions de Nausicaa. Laver les vêtements était alors une occupation fort agréable. Nausicaa ordonna aux

---

* Arété.

serviteurs d'atteler un chariot léger puis d'y mettre le linge souillé. Sa mère lui prépara un panier rempli de toutes sortes de mets et boissons délectables ; elle lui donna aussi un flacon d'or rempli d'huile transparente, pour le cas où Nausicaa et les servantes iraient se baigner. Puis elles se mirent en route, Nausicaa tenant les rênes. Leur but était précisément l'endroit où Odysseus avait abordé. Une jolie rivière s'y jetait dans la mer, toute bordée de petites criques qui faisaient d'excellents lavoirs remplis d'eau claire et bouillonnante. Il ne restait plus aux jeunes filles qu'à étaler le linge dans l'eau et à danser sur les toiles jusqu'à ce que toute souillure en ait disparu. Les criques étaient fraîches et ombreuses et la tâche fort plaisante. Ensuite, elles étendirent le linge sur la plage, où la mer avait lavé le sable.

Alors elles purent prendre leurs aises. Elles se baignèrent, s'oignirent mutuellement avec l'huile fine, et s'amusèrent avec un ballon qu'elles se renvoyaient l'une à l'autre et toujours en dansant. Le soleil déclinant à l'horizon leur dit qu'un jour heureux avait pris fin. Elles rassemblèrent le linge, elles attelèrent les mules et elles se disposaient à reprendre le chemin du retour quand elles virent un homme hirsute et nu surgir des buissons. Les voix des jeunes filles avaient éveillé Odysseus. Terrorisées, toutes prirent la fuite — toutes, sauf Nausicaa. Elle le regarda sans crainte ; quant à lui, sa langue employa pour lui parler son éloquence la plus persuasive : « O Reine », dit-il, « à tes genoux, je suis un suppliant. Es-tu mortelle ou divine, je n'en sais rien — jamais mes yeux ne se sont posés sur un être qui te ressemble. Je m'émerveille à te voir. Sois indulgente à celui qui t'implore, un naufragé, sans ami ni recours, sans une guenille pour le recouvrir. »

Nausicaa lui répondit avec bonté. Elle lui apprit où il se trouvait et que le peuple de cette région se montrait accueillant aux voyageurs infortunés. Le Roi son père lui réserverait l'hospitalité la plus courtoise. Elle appela les fillettes apeurées ; elle les pria de donner l'huile fine à l'étranger puis de lui trouver un manteau et une tunique. Elles attendirent pendant qu'il se baignait et se vêtait, puis tous ensemble, ils se dirigèrent vers la cité. Mais avant d'atteindre la demeure de Nausicaa, cette jeune fille discrète recommanda à Odysseus de rester en arrière et de la laisser continuer seule avec ses compagnes : « Les gens ont de si méchantes langues », dit-elle, « s'ils voyaient un aussi bel homme à mes côtés, ils feraient toutes sortes d'insinuations. Il te sera facile de découvrir la demeure de mon père, c'est de loin la plus belle. Entre sans crainte et dirige-toi vers ma mère que tu trouveras filant à côté de l'âtre. Et ce que ma mère décidera, mon père le fera. »

Odysseus acquiesça aussitôt. Il admirait son bon sens et il suivit ses instructions avec exactitude. Après être entré dans le palais, il traversa la grande salle jusqu'à la cheminée, puis il s'agenouilla devant la Reine, il lui étreignit les genoux en implorant son aide. Le Roi le releva promptement et le menant à la table, il l'invita à se restaurer sans crainte. « Qui que tu sois et d'où que tu viennes », lui dit-il, « sois assuré que nous ferons en sorte de te ramener chez toi sur l'un de nos bateaux. Il est temps maintenant de dormir ; demain, tu nous diras ton nom et comment tu es venu jusqu'à nous. » Tous dormirent donc, Odysseus avec béatitude, sur une couche moelleuse et chaude comme il n'en avait plus connu depuis qu'il avait quitté l'île de Calypso.

Le jour suivant, et en présence de tous les chefs phéaciens, il fit le récit de ses dix années d'errance. Il commença par le départ pour Troie et la tempête qui avait alors assailli la flotte. Lui-même et ses bateaux s'étaient vus dériver pendant neuf jours sur la mer. Le dixième jour, ils abordèrent au pays des mangeurs de Lotus, ou Lotophages, mais bien qu'épuisés et à court de vivres, ils avaient dû s'en éloigner en hâte. Les habitants, après les avoir fort bien accueillis, leur offrirent leur nourriture fleurie mais ceux qui en goûtèrent — peu nombreux, heureusement — perdirent tout désir de retrouver leur foyer. Ils n'aspiraient plus qu'à rester dans le pays de Lotus et à perdre le souvenir du passé. Odysseus dut les entraîner de force vers les navires et les enchaîner. Ils pleurèrent, tant était grand leur désir de se nourrir à jamais des fleurs au goût de miel.

Leur aventure suivante fut leur rencontre avec le Cyclope Polyphème, dont le récit a été donné en détail au quatrième chapitre de la première partie de cet ouvrage. Ils perdirent par ses mains plus d'un de leurs compagnons et pis encore, ils irritèrent à tel point le père de Polyphème, Poséidon, que celui-ci fit serment qu'Odysseus ne regagnerait sa patrie qu'après de longues épreuves et la perte de tous ses compagnons. Pendant ces dix années, la colère du dieu l'avait suivi sur les mers.

De l'île des Cyclopes, ils arrivèrent au pays des Vents, gouverné par le Roi Eole. Zeus l'avait fait gardien des Vents, qu'il pouvait calmer ou soulever à son gré. Eole les reçut avec affabilité et quand ils le quittèrent, il fit présent à Odysseus d'un sac de cuir dans lequel il avait enfermé tous les vents de tempête. Le sac était clos de façon si hermétique que le plus faible souffle d'un vent, quel qu'il soit, présentant un danger pour un navire, ne pouvait s'en échapper. Dans des conditions aussi exceptionnelles pour des marins, l'équipage d'Odysseus trouva cependant le moyen de les mener tous presque à leur perte. Ils s'imaginèrent que le sac, si soigneusement mis à l'écart, renfermait probablement de l'or — toujours est-il qu'ils voulurent voir par eux-mêmes ce qu'il contenait. Ils l'ouvrirent, et les Vents, bien entendu, s'élancèrent au-dehors et les gratifièrent d'une tempête furieuse. Finalement, après des jours et des jours périlleux, ils aperçurent la terre ; mais ils auraient beaucoup mieux fait de rester sur la mer déchaînée car c'était là le pays des Lestrygons, une contrée peuplée d'hommes gigantesques et cannibales par surcroît. Ces gens abominables détruisirent tous les vaisseaux d'Odysseus, à l'exception de celui sur lequel il se trouvait — qui n'était pas encore entré dans la rade lorsque l'attaque commença.

C'était, et de loin, le désastre le plus affreux qu'ils eussent subi jusqu'ici, et quand ils firent escale dans la première île qu'ils atteignirent ensuite, leurs cœurs étaient désespérés. Cependant, jamais ils n'auraient abordé en cet endroit s'ils avaient pu prévoir ce qui les y attendait. Ils se trouvaient maintenant à Æa, royaume de Circé, la plus belle et la plus dangereuse des magiciennes. Elle transformait en animal tout homme qui l'approchait. Seule sa raison restait à celui-ci : il comprenait ce qui lui était arrivé. Circé attira dans sa maison les éclaireurs qu'Odysseus avait envoyés reconnaître les lieux et elle les changea en pourceaux. Elle les parqua dans une porcherie et leur donna des glands ; ils les mangèrent, en bons pourceaux qu'ils étaient devenus, cependant que tout au fond d'eux-mêmes ils restaient des hommes, conscients de leur vil état mais entièrement soumis au pouvoir de la magicienne.

Circonspect, l'un d'eux cependant avait refusé d'entrer dans la maison, et ce fut heureux pour Odysseus. Il vit ce qui se passait et terrifié, il courut au bateau. La nouvelle enleva à Odysseus toute idée de prudence. Il partit — seul, aucun membre de l'équipage n'ayant voulu l'accompagner — afin de tenter il ne savait quoi pour secourir ses hommes. Hermès le croisa en chemin. Il semblait un jeune homme — de cet âge où la jeunesse est la plus aimable. Il connaissait, dit-il à Odysseus, une herbe qui le sauverait des mortels artifices de Circé et qui lui permettrait d'absorber impunément tout ce qu'elle lui offrirait. Après avoir bu la coupe qu'elle lui tendrait, Odysseus la menacerait de la transpercer de son épée si elle ne libérait à l'instant ses compagnons. Odysseus accepta l'herbe avec gratitude et poursuivit son chemin. Tout se passa mieux encore qu'Hermès ne l'avait prédit. Quand Circé eut employé pour Odysseus la formule magique qui jusqu'ici n'avait connu que le succès et qu'elle le vit, à sa stupeur, demeurer inchangé devant elle, elle fut remplie d'une telle admiration pour cet homme assez fort pour résister à ses enchantements, qu'elle s'en éprit. Elle était prête à lui accorder tout ce qu'il lui demanderait et séance tenante, elle rendit leur forme humaine à tous ses compagnons. Elle les traita si bien et avec tant de somptueuse générosité, ils se sentaient tellement heureux chez elle, qu'ils laissèrent s'écouler une année entière avant de songer à la quitter.

Quand ils jugèrent enfin que le moment du départ avait sonné, elle employa sa science magique en leur faveur. Elle découvrit ainsi ce qu'il leur fallait oser pour regagner sains et saufs leurs foyers, et l'entreprise qu'elle peur proposa était à vrai dire terrifiante. Ils auraient à traverser le fleuve Océan et ancrer leur navire sur le rivage de Perséphone ; on y trouvait un accès au sombre empire de Hadès. Odysseus devait y descendre et se mettre à la recherche de l'âme du devin Tirésias qui en son temps avait été le saint homme de Thèbes, et celui-ci lui dirait comment s'y prendre pour revenir chez lui. Il n'existait qu'une seule façon d'attirer à soi l'esprit du saint homme : égorger des moutons et remplir ensuite un puits de leur sang. Toutes les âmes étaient possédées d'une insatiable soif de sang et toutes se précipiteraient vers le puits, mais Odysseus, tirant alors son épée, les tiendrait éloignées jusqu'à ce que Tirésias lui ait parlé.

En vérité, rien de tout ceci n'était bien réjouissant et tous pleuraient en quittant l'île de Circé et quand ils tournèrent leur proue vers l'Erèbe, où règne Hadès avec la redoutable Perséphone. Il y eut un moment affreux lorsque, la tranchée creusée, les esprits entourèrent la fosse en foule. Mais Odysseus garda tout son courage. De son arme effilée, il les tint tous à distance jusqu'à ce qu'il aperçût enfin le fantôme de Tirésias. Il le laissa approcher et boire le sombre liquide, puis il l'interrogea. Le devin tenait sa réponse toute prête ; un danger surtout les menaçait, leur dit-il ; quand ils débarqueraient sur l'île où paissaient ces animaux, il pourrait leur arriver de faire du mal aux bœufs du Soleil et le destin de quiconque leur causait un dommage était à jamais scellé. C'était les plus beaux bœufs du monde et le Soleil en faisait grand cas. Mais quoi qu'il arrive, Odysseus lui-même retrouverait son foyer et bien que des difficultés l'y attendissent, il les maîtriserait en fin de compte.

Lorsque le devin cessa de parler, les morts vinrent en longue procession pour boire le sang et parler à Odysseus, ils venaient puis ils passaient, les grands héros des temps anciens et les femmes renommées pour leur beauté ; des guerriers aussi, tombés devant Troie : Achille avec Ajax, celui-ci toujours furieux que l'armure d'Achille ait été attribuée par les capitaines grecs non à lui-même mais à Odysseus. Beaucoup d'autres suivaient, tous avides de lui parler. Ils étaient vraiment trop nombreux et Odysseus sentit la terreur l'envahir à la vue de leurs cohortes serrées. Il retourna en hâte vers le navire et pressa l'équipage de mettre à la voile.

Circé l'avait averti qu'ils auraient à longer l'île des Sirènes, dont les voix douces et harmonieuses faisaient tout oublier à ceux qui les entendaient et les entraînaient finalement à leur mort. Les squelettes blanchis de ceux qu'elles avaient attirés à leur perte s'entassaient autour d'elles sur les rivages où jour et nuit elles chantaient. Odysseus mit ses hommes en garde contre elles ; il leur dit que le seul moyen de leur échapper était de se boucher les oreilles avec de la cire. Lui-même, cependant, était bien décidé à les entendre et il pria l'équipage de le lier au mât, si solidement qu'il ne pourrait s'en détacher fût-ce au prix des plus violents efforts. Ainsi fut fait et ils approchèrent de l'île — tous, sauf Odysseus, sourds au chant enchanteur. Il l'entendit, et les mots étaient plus séduisants encore que la mélodie, tout au moins pour un Grec. A tout homme qui viendrait à elles, elles donneraient savoir, sagesse et vivacité d'esprit, disaient-elles. « Toutes choses qui existeront un jour sur la terre, déjà nous les connaissons », scandait leur chant, et le cœur d'Odysseus se serrait de désir.

Mais les cordes le retenaient et le danger fut conjuré sans dommage. Un nouveau péril les attendait — les gouffres de Charybde et de Scylla. Les Argonautes en avaient traversé le détroit ; Enée — qui à cette époque précisément faisait voile vers l'Italie — l'évita grâce aux conseils d'un devin ; pour Odysseus, protégé par Athéna, la réussite était certaine, mais l'épreuve fut rude et six membres de l'équipage y perdirent la vie. De toute façon, ils n'auraient plus vécu longtemps, car à leur escale suivante, l'île du Soleil, les hommes se conduisirent avec une incroyable folie. Affamés, ils égorgèrent les bœufs sacrés. Odysseus était absent ; seul, il s'était rendu pour prier dans l'intérieur de l'île. A son retour, le désespoir le prit, mais il ne restait plus rien à faire : les bœufs avaient été rôtis et mangés. La vengeance du Soleil fut prompte. A peine avaient-ils quitté l'île que la foudre frappa leur navire et le disloqua. A l'exception d'Odysseus, tous furent noyés. Il se hissa sur la quille et la chevauchant, il put ainsi s'éloigner de la tempête. Pendant des jours il dériva, pour échouer enfin dans l'île de Calypso, où il fut retenu de longues années. Un jour vint cependant où il lui fut permis de prendre le chemin du retour, mais une tempête lui fit faire naufrage et ce n'est qu'après de nombreux et grands périls qu'il réussit, épuisé et dépouillé de tout, à prendre pied sur le rivage des Phéaciens.

Le long récit était achevé, mais l'auditoire, transporté, restait silencieux. Le Roi parla enfin. Ses épreuves avaient pris fin, dit-il à Odysseus, ce jour même, il reprendrait la mer et chaque homme présent lui ferait un cadeau d'adieu qui l'enrichirait à nouveau. Tous acquiescèrent. On prépara le navire, les dons s'y accumulèrent, et après avoir chaleureusement remercié ses aimables hôtes, Odysseus monta à bord. Il s'étendit sur le pont et un sommeil bienfaisant appesantit ses paupières. Quand il se réveilla, il se retrouva sur la grève — les marins l'y avaient déposé, entouré de ses biens, puis ils étaient partis. Odysseus se leva et regarda autour de lui. Il ne reconnaissait plus son propre pays. Un jeune homme approcha ; il ressemblait à un berger mais il était beau et de manières courtoises, comme le sont les fils de Rois quand ils gardent les troupeaux ; du moins, il parut tel à Odysseus, mais en réalité il s'agissait d'Athéna qui avait pris cette forme. Elle répondit à ses questions impatientes et lui dit qu'il se trouvait à Ithaque. Malgré la joie que lui apportait cette révélation, Odysseus garda toute sa prudence ; il dévida une longue fable où il parlait de lui-même et des raisons de sa venue mais où il n'entrait pas un mot de vérité. Quand il l'acheva, la déesse sourit et lui donna une légère tape amicale. Alors, elle reprit sa propre forme, divinement grande et belle : « O toi, coquin retors et madré ! » lui dit-elle. « Celui qui tenterait de se mesurer avec toi devrait faire preuve de ressources et d'astuce. » Odysseus la salua avec ravissement mais elle le pria de se souvenir de tout ce qui restait encore à entreprendre et tous deux se mirent à étudier sérieusement les plans à suivre. Athéna lui révéla ce qui se passait dans sa maison et lui promit de l'aider à en chasser les prétendants. Elle allait dès maintenant le changer en vieux mendiant, ce qui lui permettrait de circuler partout sans être reconnu. Elle lui conseilla de passer la nuit chez Eumée, son porcher, un serviteur fidèle et discret s'il en fut. Puis, après avoir caché les trésors dans une caverne avoisinante, ils se séparèrent — elle, pour rappeler Télémaque, et lui, déguisé par l'air de sa protectrice en mendiant déguenillé, pour retrouver le gardien des pourceaux. Eumée fit bon accueil au pauvre étranger; il le nourrit et l'hébergea pour la nuit, lui donnant jusqu'à son propre manteau pour le recouvrir.

Dans l'intervalle et à l'incitation d'Athéna, Télémaque prenait congé d'Hélène et de Ménélas; il était à peine monté à bord qu'il appareillait, impatient de regagner au plus vite sa demeure. Il envisageait — et l'idée, une fois de plus, lui venait d'Athéna — de se rendre non au palais mais d'abord chez le porcher, afin d'y apprendre ce qui s'était passé en son absence. Lorsque le jeune homme apparut sur le pas de la porte, Odysseus aidait à préparer le déjeuner. Eumée l'accueillit avec des larmes de joie et le pria de s'asseoir et de se restaurer, mais avant d'y consentir, Télémaque le dépêcha à Pénélope pour l'informer de son retour. Le père et le fils se trouvèrent alors seul à seul. Odysseus aperçut Athéna qui lui faisait signe de la porte; il sortit la rejoindre et en un instant, elle lui rendit sa propre forme; elle lui dit alors de se faire reconnaître de Télémaque. Celui-ci ne s'aperçut de rien jusqu'au moment où, au lieu du vieux mendiant, il vit revenir un personnage majestueux. Il se leva, stupéfait, croyant avoir affaire à un dieu. « Je suis ton père », dit Odysseus, et ils s'étreignirent, mêlant leurs larmes. Mais le temps s'écoulait trop vite et beaucoup restait encore à faire. Une conversation anxieuse suivit. Odysseus était résolu à chasser les prétendants de vive force — mais que pouvaient deux hommes contre toute une assemblée? Il fut enfin décidé qu'ils se rendraient dès le lendemain au palais, Odysseus sous un déguisement, bien entendu; Télémaque cacherait toutes les armes de guerre, n'en laissant que ce qui pourrait leur venir à point à tous deux dans un endroit facile à atteindre. Athéna, une fois de plus, se tenait prête à donner son concours. Quand Eumée revint chez lui, il retrouva le vieux mendiant qu'il y avait laissé.

Le lendemain, Télémaque partit seul en avant; les deux autres le suivaient. Ils atteignirent la ville, puis le palais, et enfin, après vingt ans d'absence, Odysseus pénétra dans son cher logis. Comme il en passait le seuil, un vieux chien qui s'y trouvait couché releva la tête et dressa les oreilles. C'était Argos, qu'Odysseus avait élevé avant son départ pour Troie. Bien qu'il reconnût aussitôt son maître et qu'il agitât la queue pour manifester sa joie, il n'eut pas la force de se traîner à sa rencontre. Odysseus le reconnut, lui aussi, et essuya une larme, mais craignant d'éveiller les soupçons du porcher, il n'osa le caresser. Comme il se détournait pour s'éloigner, le vieux chien mourut.

Les prétendants, qui après leur repas flânaient nonchalamment dans la grande salle, se sentaient tout disposés à se distraire au dépens du vieillard misérable qui y faisait maintenant son entrée, et Odysseus écouta leurs propos moqueurs avec une patience résignée. Finalement l'un d'eux, un homme au caractère emporté, s'irrita et lui porta un coup — il osa frapper un étranger qui demandait l'hospitalité. Pénélope entendit l'outrage et déclara qu'elle parlerait elle-même à l'homme ainsi maltraité, mais elle décida de passer d'abord par la salle du banquet. Elle voulait voir Télémaque et de plus, il lui paraissait sage de se montrer aux prétendants — elle était au moins aussi prudente que son fils. Si, comme tout le faisait croire, Odysseus avait vraiment perdu la vie, mieux vaudrait pour elle épouser le plus fortuné de ces hommes, et le plus généreux. Elle se devait donc de ne pas trop les décourager; d'autre part, elle caressait une idée qui lui semblait prometteuse. Elle quitta donc sa chambre et descendit dans la grande salle, suivie de deux servantes; elle retenait un voile devant son visage et paraissait si belle que les courtisans tremblèrent en l'apercevant. L'un d'eux se leva, puis un autre, pour la complimenter, mais cette dame discrète répondit qu'elle avait maintenant perdu tous ses charmes, elle ne le savait que trop, et ses chagrins en étaient cause comme ses nombreux soucis. En venant les trouver, son but était sérieux. Nul doute que son époux ne reviendrait jamais. Pourquoi, comme il était d'usage envers une dame de qualité, ne lui faisaient-ils pas la cour en lui offrant des dons précieux ? La suggestion fut adoptée d'emblée. Tous lui envoyèrent leurs pages, chargés des plus jolies choses, robes, joyaux et chaînes d'or. Ses servantes les portèrent dans sa chambre et, grave et posée, mais le cœur satisfait, Pénélope s'y retira elle aussi.

Alors elle envoya chercher l'étranger qui avait été malmené. Elle lui parla gracieusement et Odysseus improvisa un conte selon lequel, sur le chemin de Troie, il aurait rencontré son mari. Ceci la fit pleurer, jusqu'à ce qu'il la prît en pitié. Toutefois, il garda un visage glacé et ne se révéla pas encore. Puis Pénélope se souvint de ses devoirs de maîtresse de maison ; elle appela Euryclée, la vieille nourrice qui s'était occupée d'Odysseus dès sa petite enfance, et elle la pria de laver les pieds de l'étranger. Odysseus prit peur, car l'un de ses pieds gardait la cicatrice d'une blessure que lui avait autrefois faite un sanglier au cours d'une chasse, et il pensait que la vieille femme la reconnaîtrait. C'est ce qui se passa en effet — elle laissa retomber le pied et la cuvette se renversa. Odysseus lui prit la main et chuchota : « Chère nourrice, tu sais. Mais ne dis mot à âme qui vive. » Elle répondit dans un souffle et Odysseus prit congé. Il trouva un lit dans le vestibule d'entrée mais non le sommeil, car il ne cessait de se demander comment il viendrait à bout de tant d'hommes sans vergogne. Il se souvint enfin de sa condition dans la grotte du Cyclope, combien plus désespérée : il se dit qu'avec l'aide d'Athéna il pouvait espérer triompher ici encore, et il s'endormit.

Le matin ramena les prétendants, plus insolents que jamais. Insouciants, prenant leurs aises, ils s'attablèrent devant les mets plantureux disposés à leur intention, ignorant que la déesse et le patient Odysseus leur préparaient un tout autre banquet, affreux celui-là.

Sans en rien savoir, Pénélope se faisait leur complice. Toute la nuit, elle avait élaboré un plan, elle aussi. Quand l'aube se leva, elle entra dans la pièce où elle gardait ses réserves et où, entre autres trésors, se trouvaient un grand arc et un carquois rempli de flèches. Ils appartenaient à Odysseus et nulle autre main que la sienne n'y avait jamais touché. Les portant elle-même, elle descendit dans la salle où les prétendants étaient réunis. « Mes seigneurs, écoutez-moi », dit-elle. « Je dépose ici, devant vous, l'arc et les flèches d'Odysseus, cet homme pareil à un dieu. Celui d'entre vous qui parviendra à bander l'arc et à décocher une flèche au travers de douze cercles alignés, celui-là deviendra mon époux.» Télémaque comprit aussitôt combien ceci pourrait tourner à leur avantage, et il fut prompt à la seconder. «Venez, suivez-moi, prétendants», s'écria-t-il. «Pas de dérobade ni d'excuses. Mais attendez un instant. Je veux m'y essayer d'abord et voir si je suis homme à me servir des armes de mon père.» Il disposa les cercles dans l'ordre, les plaçant sur une seule ligne. Puis il prit l'arc et de toutes ses forces tenta de le bander. Peut-être y serait-il parvenu, mais Odysseus lui fit signe de renoncer. Après lui, tous prirent leur tour, mais l'arc était trop raide; les plus forts parvinrent à peine à le tendre un peu.

Assuré qu'aucun ne réussirait, Odysseus les quitta et entra dans la cour intérieure où le porcher parlait avec le bouvier, un homme tout aussi digne de confiance que lui-même. Odysseus, qui avait besoin de leur aide, se découvrit à eux et pour preuve de ses dires, il leur montra la cicatrice de son pied que l'un et l'autre avaient autrefois si souvent vue. Ils la reconnurent et pleurèrent de joie. Mais Odysseus les fit promptement taire. «Pas de cela pour le moment», fit-il. «Ecoutez ce que j'attends de vous. Toi, Eumée, trouve quelque moyen de mettre l'arc et les flèches entre mes mains; puis assure-toi que les portes du quartier des femmes sont bien closes afin que nul ne puisse y entrer. Quant à toi, O gardien des troupeaux, ferme et barricade les grilles de la cour où nous sommes.» Suivi des deux autres, il retourna dans la grande salle. Quand il y pénétra, le dernier à s'essayer à l'épreuve venait d'y échouer lui aussi. Odysseus dit: «Passe-moi l'arc et voyons si je possède encore la force qui fut un jour la mienne.» Une clameur furieuse lui répondit. Un mendiant déguenillé ne pouvait toucher à cet arc, criaient-ils. Mais Télémaque leur parla sévèrement. C'était à lui seul et non à eux de décider qui pouvait manier l'arc, et il pria Eumée de le porter à Odysseus.

Tous l'observèrent fixement tandis qu'il prenait l'arc et l'examinait. Puis, avec une aisance facile, comme un musicien fixe une corde à sa lyre, il plia l'arc et le courba. Il mit une flèche sur la corde tendue et tira, et sans bouger de son siège, il la fit traverser les douze cercles. L'instant suivant, d'un seul bond il était à la porte, Télémaque à côté de lui. « Enfin, enfin », cria-t-il d'une grande voix, et il décocha une flèche. Elle trouva son but ; un prétendant gisait mourant sur le sol. Horrifiés, les autres bondirent. Leurs armes — où étaient-elles ? Aucune n'était en vue. Et Odysseus tirait toujours, calmement. A chaque flèche qui traversait la salle en sifflant, un homme tombait. Télémaque, qui montait la garde avec sa longue lance, faisait reculer la foule afin que nul ne pût atteindre la porte ou attaquer Odysseus dans le dos. Ils faisaient vraiment une cible facile, rassemblés tous ensemble, et tant que dura la réserve de flèches, ils furent massacrés sans une chance de se défendre. Et quand les flèches furent enfin épuisées, ils ne s'en trouvèrent pas mieux, car Athéna prenait maintenant part à ces hauts faits et elle faisait échouer toute tentative dirigée contre Odysseus. Ses traits, quant à lui, ne manquaient jamais leur homme ; on entendait partout le bruit affreux des crânes qui éclataient et le sol ruisselait de sang.

A la fin, de toute cette bande impudente et tapageuse, il n'en restait plus que deux, le prêtre des prétendants et leur aède*. L'un et l'autre criaient grâce, mais le prêtre qui étreignait les genoux d'Odysseus dans son angoisse, n'en rencontra aucune. L'épée du héros le transperça de part en part et il mourut comme il priait encore. L'aède fut plus heureux. Odysseus répugnait à tuer un tel homme, auquel les dieux avaient enseigné son art divin, et il l'épargna, pour lui permettre de composer de nouveaux chants.

Le combat — le carnage — avait pris fin et on appela la vieille nourrice Euryclée et ses servantes pour faire disparaître toute trace de souillure et remettre de l'ordre dans la salle. Elles entourèrent Odysseus, pleurant, riant et lui souhaitant la bienvenue en son logis, jusqu'à ce que son cœur s'émût au point d'être tenté de pleurer, lui aussi. Elles se mirent enfin au travail mais Euryclée monta dans la chambre de sa maîtresse. Elle s'approcha de son lit. « Réveille-toi, très chère », dit-elle, « car Odysseus est revenu et tous les prétendants sont morts. » « O

---

* Poète.

vieille femme insensée ! » gémit Pénélope. « Mon sommeil était si doux, Va-t'en vite et réjouis-toi de n'être pas battue comme l'aurait été tout autre qui aurait osé me réveiller. » Mais Euryclée s'obstina. « En vérité, en vérité, Odysseus est ici. Il m'a montré la cicatrice. C'est bien lui, en personne. » Pénélope se refusait encore à la croire ; ne se fiant qu'à ses yeux, elle descendit en hâte.

Un homme de haute taille et d'allure princière était assis à côté de la cheminée, dans la lueur des flammes. Elle prit place devant lui et le regarda en silence. Elle était perplexe ; un moment, elle croyait le reconnaître, puis à un autre, il lui paraissait étranger. Télémaque s'écria : « Mère, Mère, oh, cruelle ! Quelle autre femme se tiendrait à distance quand son mari revient après vingt ans d'absence ! » « Mon fils », répondit-elle, « je n'ai plus la force de faire un geste. Si celui-ci est bien Odysseus, alors nous avons tous deux les moyens de nous reconnaître. » Odysseus sourit et pria Télémaque de les laisser seuls. « Maintenant, nous allons nous retrouver », dit-il.

Alors la vaste salle, où tout avait retrouvé sa place, s'emplit de rires et d'allégresse. Le musicien tira de doux sons de sa flûte et éveilla en chacun le désir de danser. Gaiement, ils battirent la mesure du pied, les hommes et les femmes en habits de fête, jusqu'à ce que la grande maison résonnât sous leurs pas. Car après avoir longtemps erré, Odysseus était enfin revenu chez lui et tous les cœurs se réjouissaient.

Les aventures d'Enée

L'autorité première à laquelle on se réfère pour ce récit est l'Enéide, *le plus grand de tous les poèmes latins. Il fut écrit au moment où Auguste reprit en mains le monde romain, écroulé dans le chaos qui suivit l'assassinat de César. Avec fermeté, il mit fin aux furieuses guerres civiles et ramena la paix — Pax Augusta — qui dura près d'un siècle. Virgile et toute sa génération s'enflammèrent d'enthousiasme pour l'ordre nouveau et* l'Enéide *fut écrite pour exalter l'Empire, pour doter d'un héros national et d'un fondateur cette « race destinée à maintenir le monde sous sa loi. » Ce dessein patriotique de Virgile est probablement responsable de la différence qui existe entre l'Enée surhumain des premiers livres et le prodige inhumain des derniers en date. Par sa détermination de créer un héros romain qui ferait pâlir tous les autres héros, le poète fut finalement entraîné dans le genre purement fantastique. Cette tendance à l'exagération était d'ailleurs un trait bien romain. Il va de soi que les noms latins sont employés ici, ainsi que la forme latine lorsqu'un personnage répond à la fois à un nom grec et à un nom latin — Ulysse, par exemple, est le nom latin d'Odysseus.*

I. De Troie en Italie

Le fils de Vénus, Enée, compte parmi les héros les plus fameux qui combattirent pendant la Guerre de Troie. Du côté troyen, il ne le cédait qu'à Hector. Lorsque les Grecs investirent Troie, il réussit, grâce à l'aide de sa mère, à s'échapper de la ville avec son père et son petit garçon, puis à faire voile vers une nouvelle partie.

Après de longues pérégrinations et bien des épreuves tant sur terre que sur mer, il atteignit l'Italie où il défit tous ceux qui s'opposaient à son entrée dans le pays, il épousa la fille d'un roi puissant et fonda une cité. Il fut toujours tenu pour le véritable fondateur de Rome parce que Romulus et Rémus, en fait ses fondateurs réels, naquirent l'un et l'autre dans la ville érigée par son fils : Alba Longa.

Quand son navire quitta Troie, de nombreux Troyens se joignirent à lui. Tous désiraient ardemment trouver un endroit où s'établir, mais aucun ne s'en faisait une idée bien précise. Ils tentèrent plusieurs fois d'élever une cité, mais toujours ils durent s'éloigner, chassés par des calamités ou des mauvais présages. Au cours d'un rêve, Enée apprit enfin que le lieu qui leur était destiné était une contrée fort éloignée vers l'ouest, l'Italie — alors appelée Hespérie, ou Pays de l'Occident. Ils se trouvaient alors dans l'île de Crète, et bien que la terre promise ne pût être atteinte qu'après un long voyage sur des mers inconnues, ils se réjouirent de cette assurance de posséder un jour une patrie et ils mirent aussitôt à la voile. Toutefois, il leur fallut longtemps pour parvenir au port tant désiré, et leur ardeur aurait peut-être été freinée s'ils avaient pu prévoir tout ce qui les attendait en cours de route.

Bien que les Argonautes, venant de Grèce, aient fait voile vers l'est alors qu'Enée et les siens se dirigeaient de la Crète vers l'ouest, les Troyens rencontrèrent les Harpies tout comme l'avaient fait Jason et ses compagnons. Les héros grecs se montrèrent plus courageux — ou peut-être plus habiles à l'épée ; toujours est-il qu'ils étaient à deux doigts de tuer les affreuses créatures quand Iris intervint, tandis que les Troyens furent repoussés par elles et forcés à appareiller pour leur échapper.

A leur stupéfaction, ils rencontrèrent Andromaque, la femme d'Hector, au cours de leur escale suivante. Après la chute de Troie, elle avait été donnée à Néoptolème, parfois nommé Pyrrhus, fils d'Achille, l'homme qui avait égorgé le vieux Priam devant l'autel. Il l'abandonna bientôt pour Hermione, fille d'Hélène, mais ne survécut guère à ce mariage et après sa mort, Andromaque épousa Hélénos, le prophète troyen. Ensemble, ils gouvernaient à présent le pays et comme bien on pense, ils accueillirent avec joie Enée et ses compagnons. Ils leur offrirent l'hospitalité la plus généreuse et quand vint le moment des adieux, Hélénos leur donna des conseils fort utiles au sujet de leur voyage. Ils ne devaient surtout pas aborder sur la côte orientale, leur dit-il, car elle était peuplée de Grecs. Leur future patrie était sur la côte occidentale, un peu vers le nord ; il leur fallait à tout prix renoncer à la route la plus courte, celle qui passe entre la Sicile et l'Italie et où ils se heurteraient à ce détroit périlleux gardé par Charybde et Scylla, que les Argonautes n'avaient pu traverser que grâce à l'appui de Thétis et où Ulysse avait perdu six hommes de son équipage. Il n'apparaît pas très clairement comment les Argonautes, venant d'Asie en Grèce, avaient pu se retrouver sur la côte occidentale d'Italie, pas plus d'ailleurs qu'on ne s'explique comment Ulysse y parvint lui aussi ; cependant, aucun doute ne semblait obscurcir l'esprit d'Hélénos quant à la localisation exacte de cet endroit, et il donna à Enée les conseils les plus précis qui lui permettraient d'éviter cet enfer des marins en faisant un long circuit autour de la Sicile pour aborder en Italie, bien au nord du gouffre de l'implacable Charybde comme de la sombre caverne où Scylla aspirait des bateaux entiers.

Les Troyens prirent donc congé de leurs aimables hôtes puis, après avoir contourné l'extrémité orientale de l'Italie, pénétrés de confiance en leur guide prophétique, ils poursuivirent leur route vers l'ouest en longeant la Sicile. Selon toute apparence, cependant, et malgré ses mystérieux pouvoirs divinatoires, Hélénos semble avoir ignoré que l'île — dans sa partie méridionale tout au moins — était occupée par les Cyclopes, car il négligea de les prémunir contre ce danger. Ils atteignirent l'île au crépuscule et sans l'ombre d'une hésitation, ils campèrent sur la grève. Il est fort probable que tous auraient été capturés et dévorés si dès l'aube suivante, avant qu'aucun des monstres se fût éveillé, une pauvre ruine humaine n'était accourue vers l'endroit où reposait Enée. Il se jeta à genoux, mais en vérité, sa misère évidente valait à elle seule une supplication; sa pâleur était celle d'un être à demi mort d'inanition, une chevelure épaisse surmontait son visage sale à l'extrême et ses vêtements ne tenaient ensemble qu'à l'aide d'épines. Il était l'un des marins d'Ulysse, leur dit-il; il avait été oublié par mégarde dans la caverne de Polyphème et depuis il vivait dans les bois de tout ce qu'il pouvait y trouver, dans la terreur perpétuelle d'être découvert par les Cyclopes. Ceux-ci étaient une centaine, tous aussi gigantesques et terrifiants que Polyphème. «Fuyez, levez-vous et partez en hâte», haletait le malheureux. «Rompez les amarres qui retiennent vos navires au rivage.» Ils firent comme il disait, coupant les câbles et faisant hâte aussi silencieusement que possible. Ils avaient à peine mis à la mer qu'ils aperçurent le géant aveugle descendant lentement vers la grève pour y laver la cavité béante de son orbite, d'où le sang coulait toujours. Il entendit le bruit des rames labourant l'eau, et courant dans la direction du son, il entra dans la mer. Mais les Troyens s'étaient suffisamment éloignés; avant qu'il pût les rejoindre, la profondeur de l'eau devint trop grande même pour sa taille gigantesque.

Ils n'évitèrent ce péril que pour en rencontrer un autre, tout aussi grand. En contournant la Sicile, ils furent assaillis par une tempête comme il n'y en eut jamais, ni avant ni depuis. Si hautes étaient les vagues qu'elles léchaient les étoiles, et si profonds les golfes qui les séparaient, que les abîmes de l'Océan en étaient révélés. Sans nul doute, il s'agissait là de bien plus qu'une tempête terrestre, et en fait, Junon n'y était pas étrangère.

Comme on le sait, elle haïssait tous les Troyens ; jamais elle n'avait oublié le jugement de Pâris et pendant la guerre, elle s'était montrée l'ennemie la plus acharnée de Troie, mais c'est à Enée surtout qu'elle réservait une hostilité particulière. Elle savait que Rome — bien des générations après Enée — serait fondée par des hommes de sang troyen et que cette cité était d'ores et déjà destinée par les Parques à détruire Carthage. Or Carthage était sa cité favorite, elle la préférait à tout autre lieu sur la terre. On ne sait si elle espérait vraiment pouvoir se dresser contre les décrets des Parques, ce qui était interdit même à Jupiter, mais il est certain qu'elle fit de son mieux pour noyer Enée. Elle alla trouver Eole, le roi des Vents, celui-là même qui avait tenté d'aider Ulysse, et elle lui demanda de faire sombrer les vaisseaux troyens ; elle lui promit en retour de lui donner sa plus jolie nymphe pour épouse. Le fruit de cette conversation fut la formidable tempête, qui aurait certainement obtenu le résultat escompté par Junon si Neptune n'était intervenu. En tant que frère de Junon, il était parfaitement conscient de ses façons de procéder et il la voyait sans plaisir s'interposer entre lui et ses mers. Cependant, tout comme Jupiter, il usait d'une très grande prudence dans ses relations avec elle. Il ne lui dit pas un mot, mai se contenta d'envoyer une sévère réprimande à Eole. Puis il calma la mer, ce qui permit aux Troyens d'atteindre la terre. Et ce fut sur la côte septentrionale d'Afrique que ceux-ci ancrèrent enfin leurs navires, poussés jusque-là par les vents, depuis la Sicile. Il se trouva qu'ils abordèrent non loin de Carthage, et aussitôt, Junon se prit à réfléchir à la façon dont elle pourrait employer cette arrivée à leur désavantage et au profit des Carthaginois.

Carthage avait été fondée par une femme, Didon ; elle y régnait encore et elle en avait fait une cité immense et splendide. Elle était belle et veuve ; Enée avait perdu sa femme pendant la nuit où il s'était enfui de Troie. Selon le plan de Junon, ils s'éprendraient l'un de l'autre et ainsi Enée renoncerait à l'Italie pour s'établir à Carthage, aux côtés de Didon. C'était un plan excellent, n'eût été Vénus. Elle soupçonnait ce que tramait Junon et elle était fermement décidée à l'empêcher. Elle-même nourrissait d'autres projets. Si elle ne voyait aucun inconvénient à ce que Didon s'éprît d'Enée, auquel tout mal serait ainsi épargné pendant son séjour à Carthage, elle entendait bien que le sentiment d'Enée pour Didon ne fût rien de plus qu'un consentement à se laisser combler par elle, il ne devait en rien peser sur sa décision de se rendre en Italie lorsque le moment en semblerait venu. A cet instant critique, elle remonta donc dans l'Olympe pour y rencontrer Jupiter et lui parler. Elle lui fit des reproches et ses beaux yeux se remplirent de larmes. Son cher fils Enée était dans une situation rien moins que désespérée, lui dit-elle, et lui, le Souverain des Dieux et des Hommes, avait promis qu'Enée serait l'ancêtre d'une race qui un jour gouvernerait le monde. Jupiter se mit à rire et l'embrassa, essuyant ainsi ses larmes. Ce qu'il avait promis se réaliserait sans nul doute, affirma-t-il ; les descendants d'Enée seraient les Romains, auxquels les Parques destinaient un empire sans terme ni limites.

Grandement réconfortée, Vénus prit congé, mais afin de mieux encore assurer son cas, elle se tourna vers son fils Cupidon. On pouvait se fier à Didon pour produire sur Enée l'impression souhaitée, se disait-elle, mais il était beaucoup moins sûr qu'Enée, livré à lui-même, réussît à se faire aimer de Didon. La susceptibilité de celle-ci était bien connue. Tous les Rois d'alentour avaient tenté de la persuader de les épouser, mais en vain. Vénus convoqua Cupidon, qui promit d'embraser d'amour le cœur de Didon dès l'instant où elle poserait les yeux sur Enée. Et pour Vénus, elle n'aurait aucune peine à provoquer une rencontre entre les intéressés.

Au cours de la matinée qui suivit leur débarquement, Enée, accompagné de son ami, le fidèle Achate, quitta ses infortunés partisans pour tenter d'apprendre en quel lieu du monde ils avaient abordé. Avant de les laisser, il leur adressa quelques paroles d'encouragement :

Camarades, vous et moi connaissons depuis longtemps
[l'épreuve.
Nous avons subi des maux pires encore que celui-ci. Ils pren-
[dront fin, eux aussi ; rappelez votre courage.
Chassez toute morne crainte. Un jour peut-être
Le souvenir de ce péril nous fera sourire...

Tandis que les deux héros exploraient cette contrée inconnue, Vénus, déguisée en chasseresse, leur apparut. Elle leur dit où ils se trouvaient et leur conseilla de se diriger sans tarder vers Carthage, dont la Reine les aiderait sans nul doute. Grandement rassurés, ils prirent le sentier que Vénus leur indiquait, protégés sans s'en douter par l'épais brouillard dont elle les enveloppa. C'est ainsi qu'ils parvinrent à la ville sans incident et marchèrent dans les rues populeuses sans être aperçus. Ils s'arrêtèrent devant un grand temple, se demandant comment ils parviendraient jamais jusqu'à la Reine, et là, un nouvel espoir leur fut donné. Comme ils contemplaient le superbe édifice, ils aperçurent, merveilleusement sculptées dans les murs, les batailles auxquelles ils avaient pris part l'un et l'autre, autour de Troie. Ils reconnurent adversaires et amis : les fils d'Atrée, le vieux Priam tendant les mains vers Achille, Hector mort. « Je reprends courage », dit Enée. « Ici aussi on verse des larmes, et les cœurs s'émeuvent à tout ce qui est mortel. »

A cet instant, radieuse ainsi que Diane elle-même, Didon approcha, suivie d'un grand cortège. Sur-le-champ, le brouillard qui enveloppait Enée se dissipa et il apparut, beau comme Apollon. Quand il lui eut dit son nom, la Reine, s'adressant à lui avec la meilleure grâce, lui souhaita ainsi qu'à ses compagnons la bienvenue dans sa cité. Elle savait ce que ressentaient ces hommes privés de foyer, car elle-même était venue en Afrique avec quelques amis, fuyant un frère qui voulait la tuer. « N'ignorant pas la souffrance, j'ai appris comment aider l'infortune », dit-elle.

Elle offrit un superbe banquet aux étrangers et cette nuit-là, Enée raconta leur histoire, d'abord la chute de Troie puis leur long voyage. Il parlait avec une grande éloquence, et même si un dieu ne s'en était chargé, peut-être Didon aurait-elle succombé à tant d'héroïsme et à un si beau langage. Mais Cupidon était là et elle n'avait plus le choix.

Elle fut heureuse quelque temps. Enée semblait lui être attaché et elle, de son côté, répandait sur lui tout ce qu'elle possédait. Elle lui donna à entendre que sa cité lui appartenait autant qu'à elle-même. Il recevait les honneurs jusque-là réservés à la Reine, et elle obligea les Carthaginois à le traiter comme s'il était lui aussi leur Souverain. Elle combla aussi de faveurs ses compagnons ; jamais elle ne croyait en faire assez pour eux. Elle ne voulait que donner ; pour elle-même, elle ne demandait rien — que l'amour d'Enée. Lui, de son côté, recevait avec une grande satisfaction tout ce que la générosité de Didon lui octroyait. Il vivait dans l'abondance aux côtés d'une femme superbe ; une Reine puissante l'aimait, pourvoyait à tous ses besoins, organisait des parties de chasse pour le distraire et non seulement lui permettait mais le suppliait de faire encore et encore le récit de ses aventures.

Rien d'étonnant à ce que l'idée d'appareiller pour une terre inconnue lui devînt de moins en moins attrayante. Junon était très satisfaite de la tournure que prenaient les événements, mais Vénus n'en était pas troublée pour autant. Mieux encore que sa propre femme, elle comprenait Jupiter. Elle ne doutait pas qu'il obligerait un jour Enée à s'embarquer pour l'Italie et ce petit intermède avec Didon ne discréditait aucunement son fils. Elle avait pleinement raison. Quand il consentit à sortir de son apathie, Jupiter se montra très efficace. Il dépêcha Mercure à Carthage, avec un message à l'adresse d'Enée. Le dieu trouva le héros se promenant de-ci, de-là, vêtu à ravir, avec à son côté une épée superbe tout incrustée de jaspe et sur les épaules une merveilleuse cape pourpre tissée de fils d'or, l'une et l'autre

HERACLES - HERCULE *fils de Zeus et d'Alcmène, fut le plus grand héros grec. Parmi les douze travaux d'Hercule, sa capture du sanglier d'Erymanthe (vase grec, ci-dessus) et du cerf aux cornes d'or (bronze antique, ci-contre).*

La mort du Centaure, enluminure du XVe siècle, attribuée à Jean Bourdichon. ▶

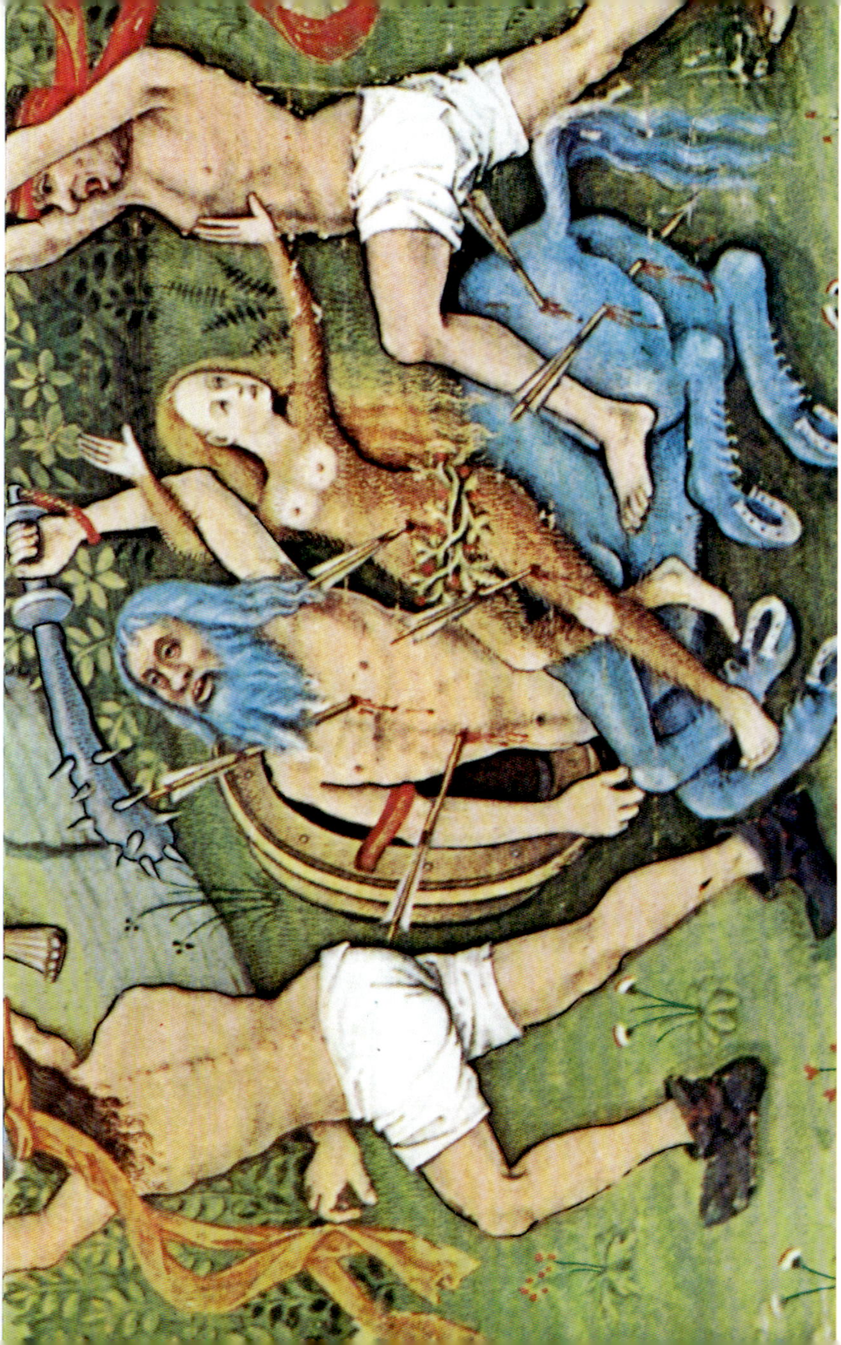

Centaure enlevant la femme d'un Lapithe (fronton du temple de Zeus à Olympie).

Œdipe et le Sphinx (coupe attique).

données par Didon, naturellement, et dont la seconde, en fait, était l'œuvre de ses mains. Ce flâneur élégant fut tout à coup tiré de son indolence satisfaite. Des mots sévères frappèrent ses oreilles. « Combien de temps penses-tu perdre encore dans cette oisiveté luxueuse ? » demanda une voix courroucée. Il se retourna : Mercure, dans tous ses attributs divins, se tenait devant lui. « Le Maître des Cieux m'envoie vers toi », dit-il. « Il te prie de partir d'ici pour te mettre à la recherche du royaume qui t'est destiné ». Sur ces mots, il s'évanouit comme un lambeau de brume se dissipe dans l'air, laissant Enée agité et inquiet, certes, et décidé à obéir, mais surtout misérablement conscient des difficultés que lui susciterait Didon.

Il réunit ses hommes, leur donna l'ordre de rassembler une flotte et de se préparer à un départ immédiat — tout ceci dans le plus grand secret. Didon l'apprit cependant et envoya chercher Enée. Au début, elle ne fut que douceur. Elle ne pouvait croire qu'il songeât à la quitter. « Est-ce moi que tu fuis ? » lui demanda-t-elle. « Permets à ces larmes de plaider pour moi, pour cette main que je t'ai donnée. Si en quelque façon j'ai mérité que tu me veuilles du bien, si quelque chose chez moi te fut doux… »

Il répondit qu'il n'était pas homme à nier qu'elle l'avait, en effet, très généreusement traité et qu'il ne l'oublierait jamais. Mais qu'elle se souvienne de son côté qu'il ne l'avait pas épousée et qu'il était libre de la quitter quand bon lui semblerait. Jupiter lui ordonnait de partir, il lui fallait obéir. « Cesse ces plaintes qui ne peuvent que nous troubler tous deux », implora-t-il.

Alors elle lui dit ce qu'elle pensait. Comment il était venu à elle, fugitif, affamé, démuni de tout et comment elle lui avait tout donné, sa personne et aussi son royaume. Mais devant l'impassibilité d'Enée, la passion de Didon se trouvait sans recours. Au milieu d'un torrent de mots brûlants, sa voix se brisa. Elle le quitta en courant et se réfugia où personne ne pouvait la voir.

Très sagement, les Troyens appareillèrent dans la nuit. Un mot de la Reine, et leur départ aurait pu être à jamais rendu impossible. Du pont de son bateau, Enée jeta un dernier regard sur les murs de Carthage et les vit illuminés par un grand feu. Il vit d'abord monter les flammes, puis il les vit doucement mourir, et il se demanda quelle en était la cause. Sans le savoir, il contemplait la lueur du bûcher funéraire de Didon. Quand elle eut compris qu'il l'avait quittée, elle s'était donné la mort.

II. La descente aux Enfers

En regard de ce qui s'était passé auparavant, le voyage entre Carthage et la côte occidentale de l'Italie fut aisé. Une grande perte, cependant, celle de Palinurus, le pilote fidèle, qui se noya alors qu'ils arrivaient au terme de leurs périls en mer.

Hélénos avait recommandé à Enée de se mettre dès son arrivée sur la terre d'Italie à la recherche de la caverne où s'abritait la Sybille de Cumes, une femme de grande sagesse qui connaissait l'avenir et le conseillerait. Il la trouva et elle lui dit qu'elle le guiderait jusqu'au monde souterrain, où son père Anchise — mort juste avant la grande tempête — lui révélerait tout ce qu'il souhaitait apprendre. Toutefois, elle le mit en garde, car il s'agissait là d'une entreprise à ne pas prendre légèrement :

Troyen, fils d'Anchise, la descente de l'Averne est aisée.
Toute la nuit, tout le jour, les portes du sombre Hadès sont [ouvertes.
Mais revenir sur ses pas, respirer à nouveau le doux air du ciel,
Voilà qui demande un rude labeur, en vérité.

Néanmoins, s'il s'y décidait, elle l'accompagnerait jusque-là. Mais avant tout autre chose, il lui fallait trouver un rameau d'or qui poussait sur un arbre de la forêt ; il le cueillerait et l'emporterait, car il ne serait admis dans le Hadès que s'il tenait ce rameau à la main. Il se mit aussitôt en quête, accompagné du toujours fidèle Achate. Sans grand espoir, ils pénétrèrent dans l'épaisseur de ces bois touffus, où trouver quoi que ce soit semblait tout à fait impossible. Mais soudain ils aperçurent deux colombes, les oiseaux de Vénus. Les deux hommes les suivirent tandis qu'elles volaient lentement, les entraînant de plus en plus loin, jusqu'à ce qu'ils se retrouvent au bord du lac Averne, une nappe d'eau sombre et nauséabonde. Là, avait dit la Sybille à Enée, là s'ouvrait la caverne d'où partait la route du monde souterrain. Et là aussi les colombes arrêtèrent leur vol ; elles planèrent au-dessus d'un arbre et le feuillage de cet arbre était traversé d'un éclair jaune et brillant. C'était le rameau d'or. Enée le cueillit avec joie et le porta à la Sybille. Puis ensemble, prophétesse et héros entamèrent leur voyage.

Avant Enée, d'autres héros l'avaient déjà entrepris sans le trouver particulièrement terrifiant. La foule des ombres avait bien, en fin de compte, terrifié Ulysse, mais Thésée, Hercule, Orphée, Pollux ne s'étaient par heurtés à de grandes difficultés en cour de route. Et la timide Psyché, qui s'y était rendue seule pour demander à Proserpine le charme de beauté réclamé par Vénus, n'avait rien vu de pire que Cerbère, le chien tricéphale, et celui-ci s'était aisément laissé amadouer par l'octroi d'un peu de gâteau. Mais le héros romain ne vit qu'une accumulation d'horreurs. Les préparatifs auxquels crut devoir se livrer la Sybille étaient calculés pour effrayer jusqu'aux plus courageux. Au cœur de la nuit, devant la sombre caverne qui s'ouvrait au bord du lac obscur, en holocauste à Hécate, la redoutable déesse de la Nuit, elle offrit quatre bœufs noirs comme le jais. A l'instant où elle déposa les offrandes rituelles sur l'autel rouge de flammes, la terre gronda et trembla sous leurs pieds et au loin, des chiens hurlèrent dans l'obscurité. Avec un cri à Enée : « A présent, fais appel à toute ta vaillance ! » elle se précipita dans la caverne où il la suivit, impavide. Ils se trouvèrent bientôt sur une route enveloppée d'ombre, une ombre qui leur permettait toutefois d'apercevoir des formes terrifiantes alignées les unes à droite, les autres à gauche, la blême Maladie et le Souci rongeur, la Famine qui porte au crime ; la Guerre qui donne la Mort et la folle Discorde, avec ses cheveux ensanglantés et entrelacés de serpents, et bien d'autres encore, tous fléaux pour les mortels. Enée et la Sybille traversèrent leurs rangs sans être molestés et arrivèrent enfin en un lieu où, sur un cours d'eau, un vieillard manœuvrait une barque à l'aide d'un aviron. Et là ils virent un spectacle pitoyable : sur la berge, une foule d'ombres, aussi nombreuses que les feuilles qui tombent dans la forêt au premier froid de l'hiver, toutes tendant les mains et suppliant le nocher de les transporter sur la rive opposée. Mais le vieil homme lugubre choisissait parmi elles ; il en admettait quelques-unes sur sa nacelle et repoussait les autres. A Enée, qui observait la scène avec stupeur, la Sybille dit qu'ils avaient maintenant atteint le point de rencontre des deux grands fleuves du monde souterrain, le Cocyte — dont le nom à lui seul parle de lamentations — et l'Achéron. Le nautonnier se nommait Charon et ceux qu'il refusait d'admettre dans sa barque étaient les infortunés qui n'avaient pas reçu de sépulture. Ils étaient condamnés à errer pendant cent ans avant de trouver un lieu de repos.

Quand ils se présentèrent devant lui, Charon parut vouloir repousser Enée et son guide. Il les pria de s'arrêter et leur dit que les vivants ne pouvaient entrer dans sa barque mais seulement les morts. Toutefois, à la vue du rameau d'or, il céda et leur fit passer l'eau. Le chien Cerbère était sur l'autre rive et en défendait l'accès, mais ils suivirent l'exemple de Psyché ; la Sybille, elle aussi, lui tendit un peu de gâteau et il s'amadoua. Poursuivant leur avance, ils arrivèrent au lieu solennel où Minos, le fils d'Europe et le juge inflexible des morts, prononçait la sentence finale et sans appel des âmes qui se tenaient devant lui. Ils se hâtèrent de quitter cette présence inexorable pour se retrouver dans les Champs de l'Affliction, peuplés par les amants malheureux que leur douleur avait conduits à se donner la mort. Dans ce lieu triste mais charmant, ombragé par des bosquets de myrte, Enée aperçut Didon. Il pleurait en l'abordant : « Ai-je été cause de ta mort ? » lui demanda-t-il. « Je t'ai quittée contre ma volonté, je te le jure ». Elle ne le regarda pas plus qu'elle ne lui répondit ; un bloc de marbre n'eût pas été plus insensible. Lui-même, cependant, se sentait profondément ému et ses larmes coulaient encore quand il la perdit de vue.

Un peu plus loin, la route se divisait en plusieurs embranchements. De celui de gauche venaient des sons affreux, des cris, des bruits de coups et de chaînes. Enée s'arrêta, épouvanté ; la Sybille lui dit de ne rien craindre mais de fixer le rameau d'or sur le mur qui faisait face au croisement des chemins. A gauche, lui dit-elle, se trouvaient les régions gouvernées par Rhadamanthe, lui aussi fils d'Europe et qui punissait les méchants de leurs crimes. Mais la route vers la droite menait vers les Champs-Elysées, où Enée retrouverait son père. C'était un séjour enchanteur, tout de paix et de félicité, de verts gazons, de bosquets riants et de fleurs ; un air vivifiant y circulait, et le soleil y répandait une douce lumière rosée. Là venaient les âmes des morts grands et justes, héros, poètes, prêtres, et celles de tous ceux dont les hommes gardaient le souvenir parce qu'ils s'étaient montrés bons et secourables envers autrui. Parmi eux, Enée aperçut bientôt Anchise qui l'accueillit avec une joie incrédule. Le père et le fils versèrent ensemble des larmes heureuses, émus de cette étrange rencontre entre cette ombre et ce vivant dont l'amour avait été assez fort pour l'entraîner jusqu'à l'empire de la Mort.

Ils avaient, naturellement, beaucoup à se dire ; Anchise mena Enée jusqu'aux bords du Léthé, le fleuve de l'Oubli, où devaient s'abreuver toutes les âmes prêtes à retourner vivre sur la terre. Et il montra à son fils ceux qui seraient un jour leurs descendants, les siens et ceux d'Enée, et qui attendaient leur tour de boire et d'oublier ce qu'ils avaient vécu et souffert dans leurs existences antérieures. C'était une assemblée splendide que celle de ces futurs Romains, ces maîtres du monde à venir. Anchise les nomma un à un et prédit les hauts faits qu'ils accompliraient, dont les hommes de tous les temps garderaient la mémoire. Puis il donna des instructions à son fils au sujet de son établissement en Italie ; il lui dit comment s'y prendre pour s'assurer la victoire et comment éviter ou endurer les épreuves qui l'attendaient encore.

Puis, sereinement, sachant que leur séparation ne durerait qu'un temps, ils prirent congé l'un de l'autre. Enée et la Sybille revinrent sur la terre et Enée rejoignit ses navires. Le lendemain, les Troyens faisaient voile pour la côte italienne, à la recherche de la terre qui leur était promise.

III. La guerre en Italie

Des épreuves terribles attendaient le petit groupe aventureux. Junon en était une fois de plus la source. Elle souleva contre eux les peuples les plus puissants de la contrée, les Latins et les Rutules, qui s'opposèrent avec violence à l'établissement des Troyens. N'eût été la déesse, tout se serait fort bien passé. L'ombre de son père Faunus avait interdit au vieux Latinus, arrière-petit-fils de Saturne et Roi de la ville du Latium, de marier sa fille unique, Lavinia, à un Prince du pays, et elle avait recommandé de lui faire épouser un étranger dont elle lui annonçait la venue imminente. De cette union naîtrait une race destinée à dominer le monde entier. Aussi, quand une ambassade envoyée par Enée demanda la permission de camper sur un étroit espace de la côte ainsi que le libre usage de l'air et de l'eau, Latinus la reçut-elle de fort bonne grâce. Enée ne pouvait être que ce gendre prédit par Faunus et il confia sa conviction aux envoyés du héros. Tant qu'il resterait en vie, ils auraient un ami, leur dit-il, et dans un message adressé à Enée, il dit qu'il avait une fille, laquelle ne pouvait épouser personne si ce n'était un étranger, et que le chef troyen lui paraissait incarner cet homme désigné par le destin.

Mais ici, Junon intervint. Elle fit sortir Alecto — une des Furies — du Hadès, et lui donna l'ordre de déchaîner la guerre sur le pays. Alecto ne fut que trop heureuse d'obéir. Elle commença par enflammer le cœur de la Reine Amate, épouse de Latinus, et lui inspira de s'opposer avec violence à toute idée de mariage entre sa fille et Enée. Puis elle s'envola chez le Roi des Rutules, Turnus, qui avait été jusqu'ici le prétendant le plus favorisé parmi tous ceux qui briguaient la main de Lavinia. Pour le soulever contre les Troyens, la visite d'Alecto était à peine nécessaire ; l'idée que quiconque sauf lui-même pourrait épouser Lavinia suffisait à jeter Turnus dans une rage furieuse. Dès qu'il entendit parler d'une ambassade troyenne auprès du vieux Roi, il leva une armée et marcha sur le Latium afin de prévenir par la force tout projet de traité entre les Latins et les étrangers.

Pour son troisième effort, Alecto fit preuve tout à la fois d'intelligence et d'imagination. Un fermier latin possédait un cerf apprivoisé, une bête superbe et si peu farouche qu'après avoir couru librement tout le jour, elle revenait chaque soir à la porte qu'elle connaissait si bien. La fille du fermier la soignait avec amour ; elle brossait et peignait sa robe et entrelaçait ses bois de guirlandes. Tous les fermiers des environs connaissaient le cerf et le protégeaient et quiconque, fût-ce l'un d'eux, l'aurait blessé, s'en serait vu sévèrement châtié ; mais qu'un étranger osât lui faire du mal et toute la région se fût ameutée. Et cependant, c'est bien ce que fit le jeune fils d'Enée, mené à son insu par la main d'Alecto. Ascagne chassait avec ses chiens ; la Furie les conduisit dans la forêt jusqu'à l'endroit où reposait le cerf. Ascagne décocha une flèche qui blessa la bête grièvement, mais avant de mourir, elle réussit à revenir à son refuge habituel et à sa maîtresse. Par les soins d'Alecto, la nouvelle se propagea rapidement et la bataille s'engagea aussitôt entre les fermiers furieux qui voulaient tuer Ascagne et les Troyens qui prétendaient le défendre.

La rumeur atteignit le Latium juste après l'arrivée de Turnus. Le fait que son peuple était déjà en armes et celui, plus lourd de menaces encore, que l'armée rutule campait devant ses murs, tout cela en était trop pour le Roi Latinus. Nul doute que l'irritation de sa Reine fut elle aussi pour quelque chose dans sa décision finale. Toujours est-il qu'il s'enferma dans son palais et laissa aller les événements. Si Lavinia devait être l'enjeu de la lutte, Enée, pour l'obtenir, ne pouvait compter sur aucune aide de la part de son futur beau-père.

Une coutume de la ville voulait que la porte du temple de Janus, toujours close en temps de paix, fût ouverte dès qu'une guerre était décidée. Alors le Roi soulevait les barres des deux battants, les trompettes résonnaient et les guerriers poussaient de grands cris. Mais cette fois, retiré dans son palais, le Roi ne vint pas présider au rite sacré. Comme le peuple hésitait, ne sachant que faire, Junon en personne descendit du ciel et relevant les barres de ses propres mains, elle écarta les battants de la porte. Et la joie envahit la cité, joie du combat promis, des cuirasses scintillantes et des chevaux de bataille et des fier étendards déployés, joie de se préparer à une guerre sans merci. Une armée formidable, Latins et Rutules unis, s'opposait à une poignée de Troyens. Turnus, son capitaine, était un guerrier consommé et brave ; un autre allié fort capable était Mézence, un excellent soldat mais si cruel envers ses sujets, les Etrusques, que ceux-ci s'étant révoltés contre lui, il avait dû se réfugier chez Turnus. La troisième alliée était une femme, la vierge Camille ; son père l'avait fait élever dans un lieu désert et inculte et dès son jeune âge, un arc ou une fronde dans sa petite main, elle avait appris à viser sans les manquer les grues rapides et les cygnes sauvages ; elle patronnait tous les arts guerriers et excellait au javelot et à la hache tout autant qu'à l'arc. Elle dédaignait le mariage, elle aimait la chasse, la bataille et son indépendance. Une troupe de guerriers la suivait parmi lesquels on comptait quelques jeunes filles.

En cette conjoncture — si périlleuse pour les Troyens — le vénérable Tibre, le dieu du fleuve sur la rive duquel ils campaient, vint dans un songe rendre visite à Enée. Il lui dit de remonter au plus vite la vallée, jusqu'au lieu où demeurait Evandre. C'était le Roi d'une cité petite et pauvre mais destinée à devenir dans les âges futurs la ville la plus fière du monde ; alors, les tours de Rome monteraient jusqu'aux nues. Le dieu du fleuve promit à Enée qu'il trouverait là le secours dont il avait tant besoin. Enée partit dès l'aube, suivi d'une escorte choisie, et pour la première fois un bateau chargé d'hommes en armes flotta sur le Tibre. Ils furent chaleureusement accueillis par le Roi Evandre et son jeune fils Pallas, qui, tout en menant leurs visiteurs vers le modeste bâtiment leur servant de palais, leur nommaient chaque site : la haute roche Tarpéienne et non loin d'elle la colline consacrée à Jupiter, maintenant couverte de broussailles mais où s'élèverait un jour le Capitole étincelant et doré ; une prairie où paissaient des troupeaux et qui serait le lieu de rencontre du monde entier, le Forum Romain. « Là vivaient autrefois des faunes et des nymphes » dit le Roi, « et une race humaine sauvage. Mais Saturne vint, un exilé sans lieu ni foyer, fuyant son fils Jupiter. Et dès lors, tout fut transformé. Les hommes renoncèrent à leurs mœurs rudes et sans lois. Il gouverna avec tant de justice et dans une telle paix que son règne est depuis nommé "l'Age d'Or". Mais après lui, d'autres coutumes prévalurent ; la paix et la justice durent fuir devant l'avidité, l'amour de l'or et de la guerre. Des tyrans gardèrent le pouvoir jusqu'à mon arrivée en ce pays, banni de Grèce, d'Arcadie, ma patrie bien-aimée ».

Le récit du vieil homme s'achevait quand ils arrivèrent à la hutte rustique qui l'abritait ; Enée y passa la nuit sur une couche de feuilles couverte d'une peau d'ours. Tous se levèrent tôt le lendemain matin, réveillés par la lueur de l'aurore et les chants des oiseaux. Le Roi s'approcha d'eux, suivi de deux grands chiens, son seul cortège et ses seuls garde du corps. Quand tous se furent restaurés, il donna à Enée le conseil que celui-ci était venu lui demander. L'Arcadie — il avait donné à sa nouvelle patrie le nom de celle qu'il avait perdue — était un état sans puissance, dit-il, elle ne serait que d'un faible secours aux Troyens. Mais un peu plus loin sur la rive vivait le peuple riche et puissant des Etrusques, dont le Roi fugitif, Mézence, aidait à présent Turnus. Ce seul fait les inciterait à prendre le parti d'Enée dans la guerre, tant était grande la haine qu'ils vouaient à leur ancien souverain. Il avait fait preuve d'une cruauté monstrueuse ; faire souffrir le ravissait. C'était lui qui avait imaginé cette façon de donner la mort, plus horrible que toute autre connue des hommes : il liait ensemble un mort et un vif, main à main et face à face, puis il attendait que le lent poison de cette étreinte atroce amenât une mort trop longue à venir.

Toute l'Etrurie s'était finalement soulevée contre lui, mais il avait réussi à s'enfuir. Toutefois, ses anciens sujets étaient décidés à le ramener de vive force et à le punir comme il le méritait. Enée trouverait en eux des alliés sûrs et puissants. Le vieux

Roi, quant à lui, enverrait Pallas, son fils unique, pour qu'il entrât au service du dieu de la Guerre sous les ordres du héros troyen, et il le ferait accompagner par un groupe de jeunes gens, la fleur de la chevalerie arcadienne. A chacun de ses visiteurs il donna un vaillant coursier, ce qui leur permettrait d'atteindre au plus vite l'armée Etrusque et de la rallier à leur cause.

Entre-temps, le camp troyen — fortifié seulement par des murs de terre et privé de son chef et de ses meilleurs guerriers — subissait des assauts furieux. Turnus l'attaquait en force. Le premier jour, les Troyens se défendirent avec succès en suivant les ordres très stricts qu'Enée leur avait laissés avant son départ et qui leur interdisaient de passer à l'offensive, sous quelque prétexte que ce fût. Mais l'ennemi les surpassait en nombre et les perspectives étaient sombres ; il aurait fallu pouvoir prévenir Enée de ce qui se passait, mais était-ce possible ? Les Rutules encerclaient tout le camp. Deux hommes cependant se proposèrent, deux hommes qui refusaient de peser les chances de réussite ou d'échec et pour lesquels l'extrême danger de la tentative était une raison de plus de l'entreprendre. Ces deux-là résolurent d'essayer de traverser les lignes ennemies sous le couvert de la nuit et de rejoindre Enée.

Ils s'appelaient Nisus et Euryale ; le premier était un guerrier vaillant et réputé, le second seulement un adolescent mais tout aussi brave que l'autre et plein d'une généreuse ardeur pour les hauts faits héroïques. Ils avaient pour habitude de combattre côte à côte ; partout où on voyait l'un, que ce soit de garde ou sur un champ de bataille, on était sûr de trouver l'autre. Ce fut Nisus qui le premier eut l'idée de la grande entreprise ; tandis qu'il regardait par-dessus les remparts, il observa que les feux ennemis étaient bien clairsemés dans le camp où régnait un profond silence, un silence d'hommes endormis. Il fit part de son plan à son ami mais sans penser un instant que celui-ci l'accompagnerait, et il ne ressentit qu'angoisse et chagrin quand le jeune garçon s'écria que jamais il ne consentirait à rester en arrière, que la mort dans une tentative aussi glorieuse lui paraissait mille fois préférable à la vie. « Laisse-moi y aller seul », implora Nisus. « Si les choses devaient tourner à notre désavantage — et dans une telle aventure, il y a beaucoup à parier qu'elles le feront — tu serais là pour payer ma rançon ou me rendre les honneurs funèbres. Tu es beaucoup trop jeune ; souviens-toi que la vie t'attend. » « Propos oiseux », répondit Euryale. « Partons sans plus de délais. » Nisus comprit qu'il était inutile de tenter de le persuader et tristement, il céda.

Ils trouvèrent les chefs troyens tenant conseil et ils leur exposèrent leur plan, qui fut accepté d'emblée ; et les princes, avec des larmes dans la voix, les remercièrent et leur promirent de somptueuses récompenses. « Je n'en veux qu'une seule », dit Euryale. « Ma mère se trouve ici dans le camp. Elle n'a que moi au monde et pour me suivre, elle n'a pas voulu rester en arrière avec les autres femmes. Si je meurs... » « Elle sera ma mère », interrompit Ascagne. « Elle remplacera la mère que j'ai perdue pendant la dernière nuit de Troie, je t'en fais le serment. Et prends ceci, ma propre épée. Elle ne te faillira pas. »

Tous deux se mirent en route ; ils traversèrent les fossés puis approchèrent du camp ennemi. Le sol était jonché d'hommes endormis. Nisus chuchota : « Je vais nous frayer un chemin. Et toi, monte la garde. » Et il tua un homme après l'autre, avec tant d'art que pas un ne proféra un son en mourant. Pas un râle ne donna l'alarme. Euryale prit bientôt part à cette besogne sanglante. Quand ils atteignirent l'extrémité du camp, celui-ci semblait traversé de part en part par une grande route jalonnée de cadavres. Mais ils avaient eu tort de s'attarder. L'aube se levait ; une troupe de cavaliers venant du Latium aperçut l'éclair du casque d'Euryale et interpella le jeune homme. Comme il continuait à avancer sans répondre parmi les arbres, ils surent qu'ils avaient affaire à un ennemi et ils encerclèrent le bois. Dans leur hâte, les deux amis furent séparés et Euryale se trompa de sentier. Nisus, fou d'inquiétude, retourna sur ses pas pour le retrouver. Invisible lui-même, il vit son ami aux mains des soldats. Comment le secourir ? Il était seul, aucun espoir ne lui était permis et cependant il savait que mieux valait tout tenter et mourir plutôt que l'abandonner. Il combattit donc, un homme contre toute une troupe, et son épée abattit un guerrier après l'autre. Le capitaine, ne sachant de quel côté venait cette attaque mortelle, se tourna vers Euryale en criant : « Tu paieras pour ceci ! ». Mais avant qu'il ait eu le temps de soulever son épée, Nisus se précipita : « Tue-moi, moi seul ! » cria-t-il. « Je suis seul responsable de tout ceci. Il n'a fait que me suivre. » Mais les mots étaient encore sur ses lèvres que l'épée transperçait déjà le flanc de l'adolescent. Tandis qu'il tombait, mourant, Nisus égorgeait l'homme qui l'avait tué ; alors, frappé de nombreux traits, lui-même s'affaissa, mort, à côté de son ami.

Toutes les autres aventures des Troyens se déroulèrent sur des champs de bataille. Avec une nombreuse armée étrusque, Enée revint à temps pour sauver le camp et une guerre furieuse s'engagea. Dès lors, le récit ne parle plus guère que d'hommes en égorgeant d'autres. Les batailles se succèdent et elles se ressemblent toutes. Des héros innombrables perdent la vie, des rivières de sang arrosent le sol, les trompettes de cuivre ne cessent de résonner ; les flèches volent, drues comme la grêle, et les sabots des coursiers ardents piétinent les morts couchés dans une rosée sanglante. Bien avant que tout ne s'achève, les horreurs ont cessé d'horrifier. Les ennemis des Troyens ont tous succombé, comme il se doit. Camille tombe, après avoir fort bien raconté sa propre histoire ; le cruel Mézence rencontre le destin qu'il a si bien mérité — mais pas avant que son jeune et vaillant fils ne périsse en le défendant. Bien des bons alliés meurent eux-aussi, et parmi eux Pallas, le fils d'Evandre.

Et enfin, Turnus et Enée s'affrontent en combat singulier. A ce moment, Enée, qui dans la première partie du récit semble aussi humain qu'Hector ou Achille, est transformé en un personnage étrange et prodigieux ; ce n'est plus un être humain. Autrefois, il avait quitté Troie en proie aux flammes, portant tendrement son vieux père sur ses épaules et encourageant son petit garçon à courir à ses côtés ; en arrivant à Carthage, il connaissait la valeur de la compassion, il sentait ce que cela signifiait d'arriver en un lieu « où l'on verse des larmes » ; il était aussi très humain lorsqu'il se pavanait dans ses beaux vêtements d'une pièce à l'autre du palais de Didon. Mais sur les champs de bataille latins, il n'est plus un homme mais un prodige effrayant. Il est « vaste comme le Mont Athos, vaste comme le Père Apenin lui-même lorsqu'il secoue ses chênes puissants et soulève jusqu'au ciel ses cimes neigeuses», comme «Egéon, qui avait cent bras et cent mains et crachait le feu par cinquante bouches, frappant comme la foudre sur cinquante solides boucliers et tirant cinquante épées effilées — c'est ainsi qu'Enée assouvit sa fureur victorieuse sur le champ de bataille». Quand il affronte Turnus dans un dernier combat, le dénouement n'offre aucun intérêt. Pour Turnus, il est tout aussi futile de lutter contre Enée que de se mesurer à la foudre ou à un tremblement de terre.

Avec la mort de Turnus s'achève le poème de Virgile. On nous laisse entendre qu'Enée épousa Lavinia et fonda la race romaine — qui, nous dit Virgile : «laissa à d'autres nations des choses telles que les arts et la science, pour toujours se souvenir qu'elle-même était destinée à maintenir sous son empire tous les peuples de la terre, à imposer partout le règne de la soumission absolue, à épargner les humbles et à écraser les superbes.»

Cinquième partie

Les grandes familles mythologiques

La Maison d'Atrée

L'histoire d'Atrée et de sa descendance tire son importance du fait qu'Eschyle, le grand poète tragique grec du Ve siècle, en a fait l'objet de sa célèbre trilogie, l'Orestie, laquelle comprend les trois tragédies Agamemnon, les Choéphores *et* les Euménides. *Si l'on excepte les quatre tragédies de Sophocle qui ont pour héros Œdipe et ses enfants, ce drame est sans rival dans toute la tragédie grecque. Pindare, au début du Ve siècle, raconte l'épisode bien connu du festin offert aux dieux par Tantale, et il proteste qu'il n'est en rien véridique. Le châtiment de Tantale est souvent décrit et en premier lieu dans l'Odyssée, où je l'ai pris. J'ai emprunté l'histoire d'Amphion et celle de Niobé à Ovide, qui seul les raconte en détail. Pour la victoire de Pélops dans la course de chars, j'ai préféré Apollodore, poète du Ier ou du IIe siècle de notre ère, qui en donne le récit le plus complet qui nous soit parvenu. La relation des crimes d'Atrée et de Thyeste et de tout ce qui en découle est tirée de l'Orestie d'Eschyle.*

La Maison d'Atrée compte parmi les familles les plus fameuses de la mythologie. Agamemnon, qui mena les Grecs contre Troie, lui appartenait, et tous ses proches, sa femme Clytemnestre, ses enfants Iphigénie, Oreste et Electre, étaient tout aussi connus que lui-même. Son frère Ménélas était le mari de cette Hélène, cause de la Guerre de Troie.

C'était une maison marquée d'un destin funeste. On tenait Tantale, un de ses ancêtres, pour responsable de ses infortunes ; c'était un Roi de Lydie qui s'attira un châtiment terrible pour le crime affreux qu'il commit. L'affaire cependant n'en resta pas là ; elle se poursuivit après sa mort, et ses descendants, eux aussi des criminels, en furent également punis. Une malédiction semble peser sur cette famille, forçant ses membres à commettre le mal en dépit d'eux-mêmes et attirant la mort et la souffrance sur les innocents comme sur les coupables.

TANTALE ET NIOBÉ

Tantale était fils de Zeus et plus que tous les autres enfants mortels du Seigneur de l'Olympe, il était honoré par les dieux. Ils lui permettaient de manger à leur table, de goûter au nectar et à l'ambroisie que, lui seul excepté, nul autre que les immortels ne pouvait savourer. Ils firent davantage ; ils vinrent à un banquet dans son palais ; ils condescendirent à dîner avec lui et chez lui. En retour de cette faveur insigne, il agit envers eux de façon si atroce que pas un poète ne tenta jamais d'expliquer sa conduite. Il tua Pélops, son fils unique, puis l'ayant fait bouillir dans un grand chaudron, il le servit aux dieux. Apparemment, la haine que lui inspirait les dieux l'incita à sacrifier son fils dans le but d'attirer sur eux l'horreur du cannibalisme. Il se peut aussi qu'il ait voulu montrer de la façon la plus saisissante et la plus effrayante possible combien il était facile d'abuser ces divinités solennelles, vénérées et si humblement adorées de tous. Dans son mépris des dieux et sa confiance sans limite en lui-même, pas un instant il ne pensa que ses convives se rendraient compte de la nature du mets qu'il leur offrait.

Il était insensé. Les Olympiens ne se laissèrent pas tromper. Ils refusèrent avec horreur l'abominable festin et leur fureur se tourna contre celui qui le leur avait proposé. Ils déclarèrent qu'il devait en être puni de façon telle, que tout homme à venir, sachant ce que celui-là avait souffert, n'oserait jamais les insulter. Ils le condamnèrent à rester éternellement dans le Hadès, au milieu d'un cours d'eau limpide, mais chaque fois que dans sa soif dévorante il se baisse pour y boire, l'eau disparaît dans le sol pour reparaître dès qu'il se redresse. Au-dessus du ruisseau se penchent des branches d'arbres chargées de fruits, poires, grenades, pommes rosées et figues douces. Chaque fois qu'il étend la main pour les saisir, le vent les élève bien haut, hors de sa portée. C'est là qu'il demeure à jamais parmi l'abondance, la gorge brûlante et desséchée par la soif, et sa faim jamais assouvie.

Les dieux ramenèrent son fils Pélops à la vie mais ils durent lui façonner une épaule d'ivoire. L'une des déesses — certains disent Déméter, les autres Thétis — ayant par inadvertance mangé un peu du plat détestable, quand on rassembla les membres de l'adolescent, une épaule manquait. Cette vilaine histoire semble avoir été transmise à travers les âges dans toute sa brutalité première. Plus tard, elle déplut aux Grecs qui protestèrent, et le poète Pindare l'appelle

Un conte orné de ces mensonges étincelants qui se dressent
[contre la vérité.
Qu'à aucun homme il ne soit permis de parler de cannibales
[parmi les dieux bénis.

Quoi qu'il en soit, Pélops connut le succès par la suite. De tous les descendants de Tantale, il est le seul à ne pas être marqué par l'infortune. Son mariage fut heureux — bien qu'il s'éprît d'une femme fort dangereuse qui causa des morts nombreuses, la Princesse Hippodamie ; mais si des hommes mouraient pour elle, la faute en revenait à son père. Ce Roi possédait deux chevaux splendides qui lui avaient été donnés par Arès — et qui étaient, bien entendu, supérieurs à tous les chevaux mortels. L'idée que sa fille pourrait se marier lui était insupportable, aussi, dès qu'un prétendant se présentait, il était averti qu'il lui faudrait d'abord se mesurer dans une course en chars avec le père de celle dont il briguait la main. Si les chevaux du prétendant gagnaient, la Princesse lui appartiendrait ; mais si les coursiers du Roi l'emportaient, le jeune homme paierait sa défaite de sa vie. Et c'est ainsi que de nombreux téméraires trouvèrent la mort. Pélops, toutefois, brava le risque. Il pouvait se fier à ses chevaux, présents de Poséidon. Il gagna la course ; mais il existe un récit selon lequel Hippodamie contribua plus que les chevaux de Poséidon à cette victoire. Ou bien elle s'était éprise de Pélops ou bien elle pensait que le temps était venu de mettre un terme à ce genre de concours. Elle soudoya l'écuyer de son père, un homme appelé Myrtile. Il scia l'essieu du char royal et Pélops n'eut aucune peine à vaincre. Plus tard, Pélops tua Myrtile et celui-ci mourut en le maudissant ; certains y voient la cause des malheurs qui par la suite accablèrent cette famille, mais la plupart des écrivains affirment et certes à plus juste titre, que le crime de Tantale est à l'origine du destin tragique de sa descendance.

Aucun d'eux ne connut un sort plus affreux que celui de sa fille Niobé. Et cependant, au début, il semblait que les dieux l'avaient favorisée tout comme son frère Pélops. Son mariage était heureux ; elle avait épousé Amphion, fils de Zeus et musicien incomparable. Lui et son frère jumeau Zèthos entreprirent un jour de fortifier Thèbes en l'entourant d'un solide rempart. Zèthos, homme doué d'une grande force physique, n'avait que mépris pour un frère qui négligeait les sports virils pour s'adonner à son art. Cependant, quand vint le moment de rassembler les lourds quartiers de roche destinés aux murs, le gentil musicien l'emporta sur l'athlète : il tira de sa lyre des sons si mélodieux que les pierres, touchées par la douceur de ses accents, se mirent d'elles-mêmes en mouvement et le suivirent jusqu'à Thèbes.

Là, Niobé et lui régnèrent en parfaite concorde jusqu'au jour où elle montra que la folle arrogance de Tantale vivait en elle aussi. Sa grande prospérité, pensait-elle, l'élevait à bon droit au-dessus de ce que le commun des mortels craint et révère. Elle était riche, puissante et de grande naissance. Sept fils lui étaient nés, tous beaux et courageux, et sept filles, belles entre toutes. Elle se croyait assez forte non seulement pour abuser les dieux comme son père avait tenté de le faire, mais aussi pour les défier ouvertement.

Elle ordonna aux Thébains de lui rendre un culte : « Vous brûlez de l'encens à Léto », leur dit-elle. « Et qu'est-elle auprès de moi ? Elle n'a que deux enfants, Apollon et Artémis. J'en ai sept fois autant. Je suis Reine. Elle n'était qu'une errante sans foyer jusqu'à ce que la petite Délos, seule de toutes les cités de la terre, consentît à la recevoir. Je suis heureuse, puissante et grande — trop grande pour que quiconque, homme ou dieu, puisse me faire du mal. Offrez-moi des sacrifices dans le temple de Léto, qui sera désormais le mien et non plus le sien. »

Les mots insolents proférés par l'arrogante conscience du pouvoir étaient toujours entendus dans le ciel et toujours punis. Apollon et Artémis, l'archer divin et la divine chasseresse, glissèrent rapidement de l'Olympe jusqu'à Thèbes, et décochant leurs flèches avec un art mortel, ils tuèrent tous les fils et toutes les filles de Niobé. Avec une angoisse, un désespoir trop grands pour être exprimés, elle les vit tous mourir. A côté de ces corps, si jeunes et si forts quelques instants plus tôt, elle tomba comme une pierre et en elle, son cœur n'était plus qu'une pierre lui aussi. Seules ses larmes se répandaient, sans pouvoir s'arrêter. Elle était changée en rocher d'où jour et nuit, à jamais, ses larmes continuent à couler.

Pélops eut deux fils, Atrée et Thyeste, et le fatal héritage leur fut transmis. Thyeste s'éprit de la femme de son frère et réussit à lui faire trahir sa foi conjugale. Atrée s'en aperçut et fit serment que Thyeste serait châtié comme nul homme ne l'avait jamais été. Il égorgea les deux petits enfants de son frère, les fit couper en morceaux et les servit à leur père. Lorsque celui-ci eut mangé

Pauvre infortuné, quand il apprit l'action abominable
Il poussa un grand cri, il tomba — il rejeta
Cette chair et renversant la table du banquet,
Il appela sur cette maison une malédiction intolérable.

Atrée était Roi. Thyeste n'avait aucun pouvoir. Tant qu'Atrée vécut, le crime atroce ne fut pas vengé, mais ses enfants et ses petits-enfants connurent la souffrance.

AGAMEMNON ET SES ENFANTS

Les dieux s'étaient réunis en assemblée plénière sur l'Olympe. Le père des Dieux et des Hommes prit le premier la parole. Zeus était cruellement blessé par la façon indigne dont les hommes traitaient les dieux et les blâmaient perpétuellement de tout ce que leur propre méchanceté leur attirait — et ceci alors même que les Olympiens faisaient de leur mieux pour les mettre en garde. « Vous savez tous ce qui est arrivé à Egisthe, qu'Oreste, le fils d'Agamemnon, a tué » dit Zeus. « Vous n'ignorez pas qu'il s'était épris de la femme d'Agamemnon et qu'il a égorgé celui-ci dès son retour de Troie. Nous ne pouvons certes en être rendus responsables, nous l'avions prévenu par la bouche d'Hermès : — La mort du fils d'Atrée sera vengée par Oreste — ce furent là les mots d'Hermès, mais ce conseil amical lui-même ne put retenir Egisthe, qui paie maintenant le prix de son forfait. »

C'est par ce passage de *l'Iliade* qu'il est fait mention, pour la première fois, de la Maison d'Atrée. Dans *l'Odyssée*, quand Odysseus atteint le pays des Phéaciens et qu'il leur parle de sa descente dans le Hadès et des ombres qu'il y rencontra, il dit que de toutes ce fut celle d'Agamemnon qui lui inspira la plus grande pitié. Le héros l'avait supplié de lui apprendre comment il était mort et Agamemnon lui répondit qu'il avait été tué sans gloire, comme on égorge un bœuf, alors qu'il était attablé. « C'était Egisthe », dit-il, « avec l'aide de ma maudite femme. Il m'avait invité dans sa maison et tandis que je festoyais, il m'a tué, ainsi que mes hommes. Tu en as vu mourir beaucoup en combat singulier ou au cours d'une bataille, mais jamais l'un d'eux n'est mort comme nous, à côté d'une coupe de vin et de tables chargées de victuailles, dans une salle dont le carrelage ruisselle de sang. Le cri de mort poussé par Cassandre en tombant résonna à mes oreilles ; Clytemnestre la frappa par-dessus mon corps. J'essayai de lever mes mains pour elle, mais elles retombèrent. Je mourais. »

C'est ainsi que l'histoire fut d'abord racontée : Agamemnon avait été tué par l'amant de sa femme. C'était un conte sordide. Nous ne savons combien de temps il retint l'attention mais l'autre récit que nous possédons, postérieur de plusieurs siècles et écrit par Eschyle vers 450 av. J.-C., est tout différent. C'est l'exposé grandiose d'une vengeance implacable, de passions tragiques et d'un destin inévitable. La mort d'Agamemnon n'est plus due à l'amour coupable d'un homme et d'une femme mais à l'amour d'une mère pour une fille tuée par son propre père et à la volonté d'une épouse résolue à venger cette mort en tuant son mari. Egisthe s'efface, il n'apparaît plus qu'à peine dans le tableau. Clytemnestre, la femme d'Agamemnon, occupe seule le premier plan.

Le deux fils d'Atrée, Agamemnon, chef des Armées Grecques devant Troie, et Ménélas, époux d'Hélène, achèvent leur vie de façons bien différentes. Ménélas, au début le moins heureux des deux, connut la prospérité dans ses dernières années. Il perdit sa femme pendant quelque temps, mais elle lui revint après la Guerre de Troie. Son navire fut poussé jusqu'en

Egypte par la tempête qu'Athéna fit souffler sur la Flotte Grecque, mais il revint chez lui sain et sauf et vécut heureux avec Hélène par la suite. Pour son frère, il en fut tout autrement.

Après la chute de Troie, Agamemnon fut de tous les chefs victorieux celui qui connut la plus heureuse fortune. Son bateau traversa sans dommage la tempête qui en engloutit tant d'autres ou encore en entraîna vers de lointains rivages. Il revint dans sa cité non seulement sain et sauf mais triomphant, en fier vainqueur de Troie. Les siens l'attendaient. Un message leur avait annoncé son retour et le peuple se joignit à eux pour lui ménager un accueil chaleureux. Après une brillante victoire, il revenait à son foyer, la paix et la prospérité l'attendaient ; il semblait bien être le plus glorieux des hommes.

Et cependant, dans la foule qui acclamait son retour, il y avait des visages anxieux et des mots de mauvais augure passaient de bouche à bouche. « De sombres événements l'attendent chez lui » murmurait-on. « Autrefois, tout allait bien au palais, mais il n'en est plus de même à présent. Si elle pouvait parler, cette maison raconterait une étrange histoire. »

Devant le palais, les anciens de la cité s'étaient rassemblés pour honorer leur roi, mais eux aussi ressentaient une profonde détresse, une angoisse plus lourde encore et un pressentiment plus sombre que ceux qui pesaient sur la foule indécise. Et tout en attendant, ils parlaient du passé à voix basse ; ils étaient âgés, les jours anciens leur paraissaient plus réels, peut-être, que le présent. Ils évoquaient le sacrifice qu'Iphigénie, si jeune, si belle et innocente, vouant à son père une confiance absolue, et qui avait été menée à l'autel, offerte aux poignards cruels sous les regards sans pitié de ceux qui l'entouraient. En parlant, les vieillards croyaient revivre ce moment, comme s'ils avaient eux-mêmes assisté à l'holocauste, comme s'ils avaient entendu, en même temps qu'Iphigénie, ce père qu'elle aimait ordonner aux hommes de la soulever et de la maintenir sur la pierre où il allait l'égorger. Il l'avait tuée bien à contre-cœur, mais harcelé par l'Armée impatiente d'obtenir les vents propices qui lui permettraient de faire voile vers Troie. L'affaire, cependant, n'était pas aussi simple. S'il avait cédé à l'Armée, c'est qu'il avait hérité lui aussi de la malédiction ancienne, léguée de génération en génération à sa race. Les vieillards n'ignoraient rien de l'anathème suspendu sur cette maison.

... La soif du sang
Est dans leur chair. Avant que la blessure ancienne
Se cicatrise, un jeune sang se répand.

Dix ans avaient passé depuis la mort d'Iphigénie, mais ses conséquences imprégnaient le présent. Les anciens étaient sages. Ils avaient appris que toute faute entraîne une nouvelle faute, que chaque tort en amène un autre. Dans cette heure de triomphe, une menace venue de la jeune morte se tenait suspendue sur la tête de son père. Et cependant, se disaient-ils l'un à l'autre, peut-être ne prendra-t-elle forme que plus tard ? Ils tentaient ainsi de se chercher quelque raison d'espérer, mais dans le fond de leur cœur, ils savaient sans oser l'exprimer que la vengeance attendait déjà Agamemnon dans son palais.

Elle avait attendu depuis que la Reine, Clytemnestre, était revenue d'Aulis où elle avait vu mourir sa fille. Elle n'était pas restée fidèle à un époux qui avait tué leur enfant ; elle avait pris un amant, et tout le peuple le savait. Il savait aussi qu'elle ne l'avait pas renvoyé lorsque la nouvelle du retour d'Agamemnon lui était parvenue ; il était toujours auprès d'elle. Quels projets, quels complots se tramaient derrière les portes closes du palais ? Avec crainte, ils se le demandaient tous, quand un tumulte frappa leurs oreilles, un grand bruit de charroi et de cris. Un char entra dans la cour du palais ; le Roi s'y trouvait et à côté de lui, une jeune fille très belle mais d'aspect très étrange. Les serviteurs et le peuple suivaient et quand le cortège s'arrêta, les portes de la grande maison s'ouvrirent et la Reine apparut.

Le Roi mit pied à terre, priant tout haut : « O victoire, mienne à présent, sois mienne à jamais ». Sa femme se porta à sa rencontre. Son visage était radieux, sa tête haute. Elle savait que, sauf le seul Agamemnon, tous les hommes présents connaissaient son infidélité ; mais elle leur fit front et les lèvres souriantes, elle leur dit qu'en un tel moment et fût-ce devant eux tous, elle ne pouvait taire l'amour qu'elle portait à son époux et l'angoisse intolérable que son absence lui avait fait subir. Puis, d'une voix exultante, elle souhaita la bienvenue à Agamemnon : « Tu es notre sauvegarde, notre plus sûre défense. Ta vue nous est aussi douce que celle de la terre au marin, après la tempête, ou un ruisseau limpide au voyageur assoiffé. »

Il lui répondit, mais avec réserve, et il se détourna pour entrer dans le palais. Auparavant, il fit un geste vers la jeune fille, toujours dans le char. Elle était Cassandre, fille de Priam, dit-il à sa femme. L'Armée lui en avait fait présent, la fleur de toutes les femmes captives ; que Clytemnestre prenne soin d'elle et la traite avec honneur. Sur ces mots, il franchit le seuil de la maison et la porte se referma sur le mari et la femme. Jamais plus elle ne se rouvrirait sur ce couple.

La foule s'était dispersée. Seuls les vieillards attendaient encore, mal à l'aise, devant l'édifice silencieux et les portes muettes. La princesse captive attira leur attention et ils la regardèrent avec curiosité. Son étrange renommée était parvenue jusqu'à eux, celle d'une prophétesse que personne ne croyait jamais, mais dont les événements justifiaient toujours les prédictions. Elle tourna vers eux un visage horrifié. « Où l'avait-on amenée ? Quelle maison était-ce donc ? » demanda-t-elle, hagarde. Ils répondirent avec douceur que le fils d'Atrée y demeurait. Elle cria : « Non ! C'est une maison haïe de Dieu, où des hommes sont tués, où le sol est rouge de sang ! » Les vieillards échangèrent des regards effrayés. Du sang, des hommes égorgés, c'était à cela qu'ils pensaient eux aussi, au sombre passé avec sa promesse d'un avenir plus sombre encore. Comment pouvait-elle, cette étrangère, connaître ce passé ? « J'entends pleurer des enfants », gémit-elle.

Leurs plaies sanglantes les font crier,
Un père assouvit sa faim, de la chair de ses enfants.

Thyeste et ses fils… Comment en avait-elle entendu parler ? Des mots sans suite passaient toujours ses lèvres. On eût dit qu'elle avait vu tout ce qui s'était passé dans cette maison bien des années auparavant, assistant à une mort après l'autre, chacune d'elle un crime et toutes préparant de nouveaux crimes. Alors, du passé elle se tourna vers l'avenir. Elle cria que ce même jour, deux autres morts dont la sienne s'ajouteraient à la liste. « J'accepte de mourir », dit-elle, se dirigeant vers le palais. Ils tentèrent de la retenir, de l'empêcher de pénétrer dans cette maison sinistre, mais elle ne voulut rien entendre ; elle entra, et sur elle les portes se refermèrent à jamais. Le silence qui suivit son départ fut soudain rompu et de façon terrible. Un cri se fit entendre, la voix d'un homme à l'agonie : « Dieu ! Je suis frappé ! C'est un coup de mort !... » Puis à nouveau, le silence. Les vieillards terrifiés, abasourdis, se serrèrent les uns contre les autres. C'était la voix du Roi. Que fallait-il faire ? « Entrons dans le palais ! Vite, faites vite » se disaient-ils haletants. « Il faut que nous sachions. » Mais la hâte n'était plus nécessaire. Les portes s'ouvrirent et sur le seuil de l'une d'elles se tenait la Reine.

Sa robe, ses mains, son visage étaient souillés de sang et cependant elle semblait impassible, sûre d'elle-même. A tous ceux qui écoutaient, elle dit ce qui s'était passé. « Ici gît le corps de mon époux, justement frappé par ma main. » C'était son sang qui rougissait sa robe et son visage, et elle était heureuse.

Il tomba et comme il agonisait, son sang
Jaillit et m'éclaboussa d'une écume sombre, une rosée
De mort, qui m'était aussi douce que la douce pluie du ciel
Au blé qui germe.

Elle ne voyait aucune raison d'expliquer son acte ni de l'excuser. A ses yeux, elle n'était pas une meurtrière mais une justicière. Elle avait puni le meurtrier de son propre enfant,

Qui tua sa fille, la tua pour un sortilège
Contre les vents de Thrace.

Son amant l'avait suivie, il se tenait auprès d'elle : Egisthe, le plus jeune des fils de Thyeste, né après l'affreux festin. Il ne nourrissait aucun grief contre Agamemnon, mais Atrée, qui avait égorgé les enfants pour les servir à leur père, Atrée était mort et la vengeance ne pouvait plus l'atteindre. Son fils devait donc payer pour lui.

Tous deux, la Reine et son amant, avaient de bonnes raisons de savoir que le crime ne met pas fin au crime. Le cadavre de l'homme qu'ils venaient de tuer en fournissait la preuve. Mais, dans leur triomphe, ils se s'arrêtaient pas à penser que cette mort, comme toutes les autres, n'amènerait que malheurs. « Plus de sang, ni pour toi ni pour moi », dit Clytemnestre à Egisthe. « Nous sommes maîtres ici, à présent, et ensemble nous ferons régner l'ordre. » C'était un espoir sans fondement.

Iphigénie avait eu un frère et une sœur, Oreste et Electre. Oreste eût-il été dans la maison qu'Egisthe l'aurait certainement tué ; mais le jeune garçon était en sécurité chez un ami fidèle. Quant à la jeune fille, Egisthe dédaigna de lui ôter la vie ; il se contenta de la rendre aussi malheureuse que possible jusqu'à ce qu'enfin, poussée à bout, toute sa vie se concentrât sur un seul espoir : voir revenir Oreste en vengeur de leur père. Cette vengeance, que serait-elle ? Jour après jour, elle se posait la question. Il fallait qu'Egisthe mourût, certes, mais le tuer seul ne satisferait pas la justice. Son crime était moins noir que celui d'une autre. La justice exigeait-elle qu'un fils ôte la vie d'une mère pour venger la mort d'un père ? Elle passa les jours amers des longues années qui suivirent à rêver ainsi, sombrement, tandis que Clytemnestre et Egisthe gouvernaient le pays.

Devenu adulte, Oreste jugeait la terrible situation plus clairement que sa sœur. Pour un fils, c'était un devoir de tuer les meurtriers de son père, un devoir qui passait avant tous les autres. Mais un fils qui tuait sa propre mère devenait un objet d'horreur tant pour les hommes que pour les dieux. Une obligation sacrée se trouvait ainsi doublée d'un crime odieux et celui qui n'aspirait qu'à bien faire se voyait ainsi contraint à un choix monstrueux : ou il trahissait son père, ou il devenait le meurtrier de sa mère.

Torturé par le doute, Oreste se rendit à Delphes pour implorer le secours de l'oracle. La réponse d'Apollon fut sans équivoque ; il lui ordonna :

Tue ces deux-là qui ont tué.
Rachète la mort par la mort.
Répands le sang pour le sang répandu.

Alors Oreste comprit qu'il n'avait plus qu'à supporter à son tour la malédiction de sa maison, à exiger vengeance quitte à la payer ensuite de sa propre perte.

Il retourna dans la demeure qu'il n'avait plus vue depuis son enfance et avec lui vint Pylade, son ami et cousin. Tous deux avaient grandi ensemble et une amitié exceptionnelle les attachait l'un à l'autre. Electre, sans rien savoir de leur venue, guettait cependant l'horizon. Elle passait ses jours dans l'attente d'un frère qui lui apporterait l'unique espoir de sa vie.

Un jour donc, sur la tombe de son père, elle fit une offrande au mort et pria : « O père, guide Oreste vers ta demeure », et soudain il fut à côté d'elle, l'appelant sa sœur et lui montrant pour preuve le manteau qu'il portait, qu'elle avait tissé de ses mains et dans lequel elle l'avait enveloppé quand il était parti. Mais elle n'avait aucun besoin de preuve. Elle s'écria : « Ton visage est celui de mon père ! » et elle déversa sur lui toute la tendresse que personne ne lui avait demandée pendant toutes ces longues et sombres années :

Tout, tout est à toi
L'amour que je devais à mon père qui est mort,
Celui que j'aurais pu donner à ma mère,
A ma pauvre sœur si cruellement vouée à la mort.
Tout est à toi, maintenant — seulement à toi.

Mais il était trop attentif à ses propres pensées, trop absorbé par les projets qu'il nourrissait pour lui répondre ou même l'écouter. Il l'interrompit pour lui dire ce qui remplissait son esprit au point que rien d'autre ne pouvait l'atteindre : les mots terribles prononcés par l'oracle d'Apollon. Oreste parla avec horreur :

Pour celui qui n'entend pas crier vers lui son mort,
Il n'y a plus de foyer et nulle part de refuge.
Plus aucun autel ne brûle pour lui, aucun ami ne l'accueille.
Il meurt seul et exécré. O Dieu, dois-je croire
De tels oracles ? Et cependant, cependant
La tâche doit être accomplie et c'est à moi qu'elle incombe.

A eux trois, ils établirent leurs plans. Oreste et Pylade se rendraient au palais, ils se prétendraient porteurs d'un message annonçant la mort d'Oreste. Cette nouvelle réjouirait Egisthe et Clytemnestre qui avaient toujours craint son retour ; ils demanderaient bien certainement à voir les deux envoyés. Une fois dans la place, Oreste et son ami feraient confiance à leurs épées et à la complète surprise de leur attaque.

Ils furent priés d'entrer et Electre attendit, comme elle l'avait fait toute sa vie. Alors une porte s'ouvrit doucement et une femme sortit et se tint sans bouger sur le seuil. C'était Clytemnestre. Elle était là depuis quelques instants quand un esclave arriva en courant. Il criait : « Trahison ! Notre maître ! Trahison ! » Il vit Clytemnestre et haleta : « Oreste — vivant — ici ». Elle comprit. Tout lui apparaissait clairement, ce qui s'était passé et ce qui allait venir. Rigide, elle pria l'esclave de lui apporter une hache de guerre. Elle était décidée à défendre chèrement sa vie, mais à peine l'arme fut-elle dans ses mains qu'elle se ravisa. Un homme passa la porte, tenant une épée rouge de sang, un sang qu'elle reconnut comme elle reconnut celui qui tenait l'épée. Aussitôt, elle entrevit un moyen de se défendre. « Arrête, mon fils », dit-elle. « Vois ce sein. Ta tête s'y est posée et tu as dormi contre lui tant et tant de fois. Ta bouche d'enfant, qui n'eut jamais de dents, en a sucé le lait et c'est ainsi que tu grandis. » Oreste cria : « O Pylade, elle est ma mère ! Ne puis-je l'épargner. » Solennel, son ami répondit : « Non. Apollon a commandé. Les dieux doivent être obéis. » « J'obéirai donc », dit Oreste. « Toi, suis-moi. » Clytemnestre comprit qu'elle avait perdu. Elle dit avec calme. « Il semble, mon fils, que tu aies décidé d'égorger ta mère. » Il lui fit signe d'entrer dans la maison. Elle y pénétra et il la suivit.

Quand il revint, ceux qui attendaient dans la cour du palais n'eurent besoin d'aucune explication. Sans poser de questions, ils observaient avec compassion celui qui était maintenant leur maître. Il semblait ne pas les voir. Au-delà d'eux tous, ses yeux se fixaient sur une vision horrible. Il bégayait : « L'homme est mort. Là, je ne suis pas coupable. Un adultère — il devait mourir. Mais elle, l'a-t-elle fait, ou ne l'a-t-elle point fait ? O vous, mes amis. Je dis que j'ai tué ma mère, non sans raison ; elle était vile et elle avait tué mon père, et Dieu la haïssait. »

Ses yeux restaient fixés sur cette horreur invisible. Il cria : « Regardez ! Regardez ! Des femmes. Noires, toutes noires, et leurs longs cheveux sont des serpents. » Ils l'assurèrent tous à l'envi qu'il n'y avait pas de femmes. « Ce n'est que ton imagination. N'aie aucune crainte. » « Ne les voyez-vous pas ? » criait-il. « Ce n'est pas un jeu de mon imagination. Je... je les vois. C'est ma mère qui les envoie. Elles m'entourent et leurs yeux pleurent des larmes de sang. Oh, laissez-moi !... » Il s'enfuit, seul avec ses invisibles compagnes.

Des années passèrent avant qu'il revînt dans sa patrie. Il avait erré dans bien des pays, toujours poursuivi par les mêmes formes terrifiantes. Il était épuisé par la souffrance, mais dans cette perte de tout ce que prisent les hommes, il y avait un gain. « La misère a été mon maître », disait-il. Il avait appris que nul crime n'est au-delà de l'expiation, que lui-même, souillé comme il l'était par le meurtre d'une mère, pouvait encore être purifié. Sur l'ordre d'Apollon, il se rendit à Delphes pour y plaider sa cause devant Athéna. Il y alla pour implorer de l'aide, mais son cœur néanmoins gardait confiance. Ceux qui aspirent à être purifiés ne peuvent être rejetés et la tache noire de sa faute avait beaucoup pâli au cours de ces longues années d'errance et de souffrance ; il la croyait maintenant effacée. « Mes lèvres seront pures lorsque je parlerai à Athéna », se disait-il.

La déesse écouta son appel. A côté de lui se tenait Apollon. « Je suis responsable de son acte », dit-il. « C'est sur mon ordre qu'il a tué. » Les formes redoutables de ses poursuivantes, les Erinnyes, les Furies, se dressaient contre lui, mais lorsqu'elles réclamèrent vengeance, Oreste les entendit avec calme. « C'est moi seul et non Apollon qui suis coupable du meurtre de ma mère», dit-il. «Mais j'ai été lavé de mon crime.» Ces mots n'avaient jamais encore été prononcés par un membre de la Maison d'Atrée. Les tueurs de cette race n'avaient jamais souffert de leur crime ni cherché à l'expier. Athéna fit droit à la requête d'Oreste. Elle persuada les divinités vengeresses de l'accepter elles aussi, et cette nouvelle loi de miséricorde étant ainsi établie, elles-mêmes se transformèrent. De Furies à l'aspect terrifiant, elles devinrent les Euménides, c'est-à-dire les Bienveillantes, les protectrices des suppliants. Elles acquittèrent Oreste et par ce pardon, l'esprit mauvais qui avait si longtemps hanté sa maison en fut désormais banni. C'est en homme libre qu'Oreste quitta le tribunal d'Athéna. Ni lui, ni aucun de ses descendants ne serait jamais plus entraîné au crime par l'irrésistible pouvoir du passé. La malédiction de la Maison d'Atrée avait pris fin.

Iphigénie en Tauride

J'ai emprunté la totalité de ce récit à deux œuvres d'Euripide, le poète tragique du Ve siècle. Aucun autre écrivain ne le relate en entier. Euripide est le seul des trois poètes tragiques à employer l'expédient commode d'un dénouement heureux dû à l'intervention d'une divinité — le deus ex machina. Selon nos idées, c'est une faiblesse ; elle est certainement inutile dans le cas qui nous occupe, où la même fin eût pu être obtenue par l'omission pure et simple du vent contraire. En fait, l'apparition d'Athéna nuit à un bon dénouement. Une raison possible à cette défaillance de la part de l'un des plus grands poètes que le monde ait connus serait qu'à cette époque les Athéniens souffraient fort de la guerre contre Sparte ; ils étaient avides de miracles et Euripide choisit peut-être ce moyen de les satisfaire.

Ainsi qu'il a été dit déjà, les Grecs répugnaient aux récits montrant des êtres humains offerts en sacrifice, que ce fût pour apaiser les dieux irrités ou pour obtenir de la Terre Nourricière une moisson abondante ou pour quelque autre raison. Ils pensaient comme nous à ce sujet : ces sacrifices leur semblaient abominables ; toute divinité qui les exigeait prouvait par là qu'elle était mauvaise et, selon les mots d'Euripide : « Si les dieux font le mal, c'est qu'ils ne sont pas des dieux ». Il était donc inévitable que surgît une nouvelle version du sacrifice d'Iphigénie à Aulis. Suivant l'ancien récit, Iphigénie fut égorgée parce que l'un des animaux sauvages tant aimés d'Artémis avait été massacré par les Grecs ; seule la mort d'une jeune fille pouvait rendre aux chasseurs coupables la faveur de la déesse. Mais pour les Grecs d'une époque moins reculée, ceci diffamait Artémis. Une telle exigence ne pouvait être formulée par la ravissante souveraine des bois et des forêts, par la protectrice de toutes les petites créatures inoffensives :

Elle est si douce, Artémis la sainte,
A la jeunesse humectée de rosée, aux tendres nourrissons,
Aux petits de tout ce qui pâture dans les prés,
De tout ce qui vit dans la forêt profonde.

Un nouveau dénouement fut donc donné à la légende. Lorsque, à Aulis, les soldats grecs vinrent chercher Iphigénie qui attendait aux côtés de sa mère le moment d'être menée à la mort, la jeune fille interdit à Clytemnestre de l'accompagner jusqu'à l'autel. « Cela vaut mieux pour toi comme pour moi », lui dit-elle. La mère fut donc laissée seule. Elle vit enfin approcher un homme. Il courait, et elle s'étonna qu'il pût se trouver quelqu'un à tant se hâter de lui apporter une si grande peine. Mais il cria : « Merveilleuses nouvelles ! » Sa fille n'avait pas été sacrifiée, lui dit-il. Le fait était certain, bien que personne ne sût de façon exacte ce qui lui était arrivé. Au moment où le prêtre allait la frapper, l'angoisse troubla tous les hommes présents, qui tous baissèrent la tête. Mais à un cri poussé par le prêtre, ils relevèrent les yeux, pour voir un prodige à peine croyable. La jeune fille avait disparu mais sur le sol, à côté de l'autel, gisait une biche égorgée. « Ceci est l'œuvre d'Artémis », proclama le prêtre. « Elle ne veut pas que son autel soit souillé de sang humain. Elle-même a fourni la victime et elle accepte l'holocauste. » « Je te le dis, ô reine », acheva le messager. « J'étais là et c'est ainsi que la chose s'est passée. Ton enfant a été emportée chez les dieux, cela ne fait aucun doute. »

Mais Iphigénie n'avait pas été enlevée dans les cieux. Artémis l'avait déposée en Tauride (aujourd'hui la Crimée), sur les côtes de la Mer Inamicale. Là vivait un peuple féroce dont une coutume sauvage exigeait que tout Grec trouvé dans le pays fût sacrifié à la déesse. Artémis veilla à ce qu'aucun mal n'advînt à la jeune fille ; elle en fit la prêtresse de son temple. A ce titre, Iphigénie avait pour tâche — combien terrible — de présider aux sacrifices ; elle n'égorgeait pas elle-même ses compatriotes, mais après les avoir consacrés par des rites depuis longtemps établis, elle les remettait aux mains de ceux qui devaient les tuer.

Depuis bien des années elle servait ainsi la déesse, lorsqu'une galère grecque fit escale sur cette côte inhospitalière, nullement poussée par une impérieuse nécessité ni une tempête, mais de son plein gré. On connaissait partout cependant le sort réservé aux Grecs par les habitants de la Tauride, mais un motif irrésistible obligeait ce navire à mouiller sur ce rivage. Dès l'aube, deux jeunes hommes quittèrent le bord et se dirigèrent furtivement vers le temple. Leur apparence dénonçait clairement leur grande naissance : ils ressemblaient à des fils de Rois, et le visage de l'un d'eux était creusé des marques de la souffrance. Ce fut lui qui chuchota à son ami : « Crois-tu que ce soit bien là le temple, Pylade ? » « Oui, Oreste », répondit l'autre. « Ce doit être ce lieu souillé de sang. »

Oreste ici, avec son ami Pylade ? Que faisaient-ils dans un pays tellement hostile aux Grecs ? Et ceci se passait-il avant ou après le jugement qui avait absous Oreste du meurtre de sa mère ? C'était peu après. Bien qu'Athéna l'eût déclaré purifié de sa faute, dans cette version de la légende toutes les Erinnyes n'avaient pas accepté le verdict et quelques-unes s'obstinaient à poursuivre Oreste, ou du moins Oreste se l'imaginait-il. L'acquittement prononcé par Athéna ne lui avait pas rendu la paix ; ses poursuivantes étaient moins nombreuses, mais elles ne le quittaient pas.

Dans son désespoir, il se rendit à Delphes. S'il ne pouvait trouver d'aide en ce lieu, le plus saint de toute la Grèce, il n'en trouverait nulle part ailleurs. L'oracle d'Apollon lui donna quelque espoir, mais seulement au péril de sa vie. Il lui fallait aller en Tauride, lui dit la prêtresse, où, dans le temple, il déroberait l'image sacrée d'Artémis qu'il déposerait ensuite à Athènes ; alors, mais alors seulement, il retrouverait la paix et jamais plus il ne verrait les terribles formes qui le pourchassaient. C'était une entreprise des plus périlleuses, mais tout son avenir en dépendait. Il résolut donc de la tenter à tout prix et son ami Pylade refusa de le laisser partir sans lui.

En arrivant au temple, ils comprirent aussitôt qu'il leur faudrait attendre la nuit avant d'entreprendre quoi que ce fût ; y pénétrer en plein jour sans être vus était exclu. Ils battirent donc en retraite, cherchant un lieu sombre et solitaire où ils pourraient se dissimuler.

Affligée comme toujours, Iphigénie vaquait à ses multiples devoirs rituels envers la déesse, quand elle fut interrompue par un messager qui lui apprit que deux jeunes hommes, des Grecs, avaient été faits prisonniers et devaient être sacrifiés aussitôt. Lui-même était chargé de la prier de tout préparer pour l'holocauste. L'horreur qu'elle avait si souvent ressentie la saisit à nouveau. Elle trembla à la pensée — trop familière cependant — de la hideuse effusion de sang, de l'agonie des victimes. Mais cette fois, une réflexion nouvelle lui vint à l'esprit. Elle se demanda : « Une déesse exigerait-elle de telles choses ? Se réjouirait-elle à ces meurtres sacrificiels ? Je ne peux le croire. Ce sont les hommes de ce pays qui sont assoiffés de sang, et ils rejettent leur propre malignité sur les dieux. »

Comme elle restait immobile, abîmée dans ses pensées, les

prisonniers furent introduits. Elle envoya les serviteurs dans le temple pour commencer les préparatifs et lorsqu'ils se trouvèrent seuls, tous les trois, elle s'adressa aux jeunes hommes : « Où était leur demeure ? » leur demanda-t-elle, cette demeure qu'ils ne reverraient jamais. Elle ne pouvait retenir ses larmes et ils s'émerveillaient de la voir si compatissante. Oreste lui dit gentiment de ne pas se chagriner pour eux. En venant vers cette terre, ils savaient ce qu'ils affrontaient. Mais elle les interrogea encore. Etaient-ils frères ? « Oui, par les sentiments », répondit Oreste, « mais non par la naissance. » Comment se nommaient-ils ? « A quoi bon le demander à un homme sur le point de mourir ? » dit Oreste.

— Ne me direz-vous pas de quelle cité vous venez ? reprit-elle.

— Je viens de Mycènes, déclara Oreste, cette cité jadis si prospère.

— Son Roi était certes très prospère, dit Iphigénie. Son nom était Agamemnon.

— Je ne sais rien de lui, dit Oreste avec brusquerie. Mettons un terme à cette conversation.

— Non, non. Parlez-moi de lui, implora-t-elle.

— Mort, dit Oreste. Sa propre femme l'a tué. Ne m'en demande pas davantage.

— Une chose encore, s'écria-t-elle. Est-elle… sa femme… encore vivante ?

— Non, dit Oreste. Son fils l'a tuée.

Tous trois se regardèrent en silence.

— C'était justice, murmura Iphigénie, frissonnante. Juste… et cependant criminel, horrible. Elle tenta de se ressaisir. Parle-t-on là-bas de la jeune fille qui fut immolée ?

— Seulement comme on parle des morts, dit Oreste.

Le visage d'Iphigénie changea. Elle parut plus ardente, plus alerte.

— J'ai imaginé un plan qui pourrait nous aider, toi et moi, dit-elle. Si je parvenais à te sauver, consentirais-tu à te charger d'une lettre pour mes amis de Mycènes ?

— Non, pas moi, dit Oreste. Mais mon ami le fera. C'est à cause de moi qu'il est ici. Donne-lui la lettre et tue-moi.

— Qu'il en soit ainsi, dit Iphigénie. Attendez-moi pendant que je vais chercher la lettre.

Elle les quitta en hâte, et Pylade se tourna vers Oreste.

— Je ne te laisserai pas mourir seul ici. Si j'y consentais, tous m'accuseraient de lâcheté. Non. Je t'aime et je crains ce que pourraient dire les hommes.

— Je t'ai confié ma sœur, répliqua Oreste. Electre est maintenant ta femme ? Tu ne peux l'abandonner. En ce qui me concerne, la mort ne m'apparaît pas comme une calamité.

Ils chuchotaient encore avec passion quand Iphigénie revint, tenant une lettre à la main :

— Je persuaderai le Roi. Il laissera partir mon messager, j'en suis certaine. Mais d'abord... — elle se tourna vers Pylade — d'abord, je te dirai ce que contient cette lettre : si par malchance tu venais à perdre tes bagages, tu pourrais ainsi transmettre mon message de mémoire à mes amis.

— Sage précaution, convint Pylade. A qui dois-je la porter ?

— A Oreste, répondit Iphigénie. Le fils d'Agamemnon. — Elle regardait au loin, ses pensées étaient à Mycènes. Elle ne vit pas le regard stupéfait que les deux hommes fixaient sur elle. — Tu lui diras que celle qui fut immolée à Aulis n'est pas morte. Elle lui envoie ce message.

— Les morts peuvent-ils revenir à la vie ? s'écria Oreste.

— Tais-toi, ordonna Iphigénie irritée. Le temps passe. Tu lui diras : « Frère, ramène-moi au foyer. Délivre-moi de ce sacerdoce, de ce pays barbare. » Retiens bien, jeune homme. Le nom est Oreste.

— O Dieu, ô Dieu, gémit Oreste, ce n'est pas croyable.

— C'est à toi que je parle et non à celui-là, dit Iphigénie à Pylade. Te souviendras-tu du nom ?

— Oui, répondit Pylade, mais il ne me faudra pas longtemps pour transmettre ton message. Oreste, voici une lettre. Je te l'apporte de la part de ta sœur.

— Et je l'accepte, dit Oreste, avec une joie que des mots ne sauraient exprimer.

Un instant plus tard, il tenait Iphigénie dans ses bras. Mais elle s'écarta.

— Je ne sais pas, comment pourrais-je savoir ? s'écria-t-elle. Quelle preuve peux-tu me donner ?

— Te souviens-tu de la dernière broderie que tu as faite avant de partir pour Aulis ? demanda Oreste. Je te la décrirai. Te souviens-tu de ta chambre au palais ? Je te dirai où elle se trouve.

Il la convainquit et elle se jeta dans ses bras. Elle sanglotait. « Mon très cher ! Tu étais mon amour, mon tout petit. Un bébé, quand je t'ai quitté. Ce qui m'arrive est plus que merveilleux ! »

— Pauvre fille, soupira Oreste. Appariée au chagrin, comme je le fus moi-même. Et tu aurais pu tuer ton propre frère !

— Oh, horreur ! cria Iphigénie. Mais j'ai dû accomplir tant d'horreurs déjà. Ces mains que voici auraient pu t'égorger ! Et maintenant cependant, maintenant, comment vais-je te sauver ? Quel dieu, quel homme nous aidera ?

Pylade avait attendu en silence, attendri mais impatient. Il pensait que l'heure de l'action avait nettement sonné. « Nous parlerons mieux lorsque nous serons sortis de cet affreux endroit », dit-il au frère et la sœur.

— Et si nous tuions le Roi ? proposa Oreste avec espoir.

Mais Iphigénie rejeta cette idée avec indignation. Le Roi Thoas lui avait toujours témoigné beaucoup de bonté, elle ne lui ferait aucun mal. Alors un plan prit forme dans son esprit, un plan parfait dans ses moindres détails. Rapidement, elle l'expliqua aux jeunes hommes, qui l'acceptèrent d'emblée. Et tous trois pénétrèrent dans le temple.

Iphigénie en sortait quelques instants plus tard, une statue dans les bras. Elle croisa un homme qui franchissait à ce moment le seuil de l'édifice. Iphigénie s'écria : « O Roi, arrête-toi ! Ne va pas plus loin. » Stupéfait, il lui demanda ce qui se passait. Elle lui dit que les deux hommes qu'il lui avait envoyés pour être sacrifiés étaient l'un et l'autre impurs. Ils étaient tachés, souillés, ils avaient tué leur mère et la déesse s'en trouvait offensée.

— Je porte son image sur le rivage pour la purifier dans la

mer, dit-elle. Et je ferai de même pour ces deux hommes. Avant cela, le sacrifice ne peut avoir lieu. Mais je ne puis accomplir tous ces rites que dans la solitude. Ordonne que les prisonniers me soient amenés et fais proclamer dans la cité que nul ne peut m'approcher.

— Qu'il soit fait selon ton désir, répondit Thoas, et prends tout le temps que tu jugeras nécessaire. Il vit s'éloigner la procession ; Iphigénie la précédait, portant la statue ; Oreste et Pylade la suivaient puis les serviteurs chargés des vases destinés aux rites de purification. Iphigénie priait à haute voix : « Vierge et Reine, fille de Zeus et de Léto, ta demeure sera pure et nous serons heureux ». Ils disparurent à la vue et continuèrent leur chemin vers la crique où le bateau d'Oreste était ancré. Le plan d'Iphigénie semblait ne pas devoir échouer.

C'est ce qu'il advint, cependant. Certes, elle avait ordonné aux serviteurs de la laisser avancer seule vers la mer, avec son frère et Pylade. Ils la craignaient et lui obéirent. Arrivés sur la plage, tous trois se hâtèrent de monter à bord et l'équipage fit force rames ; mais à l'entrée de la baie, un vent violent soufflant vers la terre les refoula ; malgré tous leurs efforts, ils revenaient vers la côte et leur navire semblait devoir être précipité sur les rochers. Les hommes du pays avaient maintenant compris ce qui se passait ; les uns attendaient que le bateau s'échouât pour s'en saisir, les autres se hâtaient d'aller prévenir le Roi Thoas. Furieux, celui-ci accourait du temple pour capturer et mettre à mort ces deux étrangers impies et la prêtresse félonne, lorsque soudain une forme rayonnante apparut dans l'air, manifestement une déesse. Le Roi se rejeta en arrière et la crainte freina ses pas.

— Arrête, ô Roi, dit la Présence. Je suis Athéna. Ecoute ce que j'ai à te dire. Laisse partir ce vaisseau. Déjà Poséidon calme les vents et les flots pour lui permettre le passage. Iphigénie et les autres agissent selon les ordres divins. Dissipe ta colère.

Thoas répondit avec soumission :

— Quels que soient tes désirs, Déesse, ils seront satisfaits.

Et les guetteurs, sur le rivage, virent le vent changer de direction, les vagues s'apaiser, et la galère grecque quitta la baie, toutes voiles gonflées, vers la haute mer.

La Maison Royale de Thèbes

L'histoire de la famille thébaine rivalise en célébrité avec celle de la Maison d'Atrée et pour la même raison. Tout comme les grandes tragédies d'Eschyle, au Ve s., se rapportent aux descendants d'Atrée, les plus grandes œuvres de son contemporain Sophocle ont trait à Œdipe et ses enfants.

Cadmos et ses enfants

Le récit consacré à Cadmos et à ses filles n'est que le prologue d'une plus grande histoire. Il était populaire aux temps classiques et plusieurs écrivains l'ont relaté en tout ou en partie. J'ai préféré le texte d'Apollodore (qui écrivait au Ier ou au IIe siècle de notre ère) pour sa clarté et sa simplicité.

Après qu'Europe eut été enlevée par le taureau, son père envoya ses frères à sa recherche et leur défendit de reparaître avant d'avoir retrouvé leur sœur. L'un d'eux, Cadmos, au lieu d'errer vaguement çà et là, se rendit fort sagement à Delphes pour s'informer auprès d'Apollon du lieu où se trouvait la jeune fille. Le dieu lui dit de ne plus s'inquiéter au sujet d'Europe, ni de la détermination de son père de ne plus le recevoir sans elle, mais il lui conseilla de fonder une cité qui lui appartiendrait en propre. En quittant Delphes, il rencontrerait une génisse, lui dit Apollon ; il la suivrait et il élèverait sa cité à l'endroit où elle s'étendrait pour se reposer. Et c'est ainsi que *Thèbes* fut fondée, et la contrée qui l'entourait pris le nom de « pays de la génisse », Béotie. Toutefois, Cadmos dut d'abord combattre et exterminer un affreux dragon qui gardait une fontaine des environs et qui avait tué tous ses compagnons lorsqu'ils allaient y puiser de l'eau. Seul, il ne serait jamais parvenu à édifier la cité, mais après la mort du monstre, Athéna apparut et dit à Cadmos de semer les dents du dragon. Sans avoir la moindre idée de ce qui suivrait, il obéit et à son épouvante, il vit des hommes en armes jaillir des sillons. Cependant, ils ne lui prêtèrent pas la moindre attention ; ils se tournèrent les uns contre les autres et s'entre-tuèrent tous — sauf cinq d'entre eux, que Cadmos persuada de devenir ses aides.

Avec leur concours, Cadmos fit de Thèbes une cité glorieuse, qu'il gouverna avec une grande sagesse et mena à une grande prospérité. Hérodote dit que ce fut lui qui introduisit l'alphabet en Grèce. Sa femme était Harmonie, fille d'Arès et d'Aphrodite. Les dieux honorèrent leur mariage de leur présence et Aphrodite fit don à Harmonie d'un merveilleux collier ciselé par Héphaïstos, l'artisan de l'Olympe. En dépit de son origine divine, ce joyau ne devait apporter que désastre à une génération prochaine.

Ils eurent quatre filles et un seul fils, et par leurs enfants ils apprirent que le vent de la faveur divine ne souffle jamais longtemps dans la même direction. Toutes leurs filles connurent l'infortune. L'une d'elles fut Sémélé, mère de Dionysos, qui périt devant la majesté dévoilée de Zeus. Ino en était une autre. Elle fut la marâtre de Phryxos, le jeune garçon qui fut sauvé de la mort par le bélier de la Toison d'Or. Atteint de démence, son mari tua leur fils Mélicerte. Tenant le cadavre dans ses bras, elle se jeta dans la mer. Les dieux les sauvèrent tous les deux cependant; elle devint une néréide, celle-là même qui sauva Odysseus près de se noyer après que son radeau eut été brisé par la tempête, et son fils Mélicerte devint un dieu de la mer. Si elle est encore appelée Ino dans *l'Odyssée*, ce nom sera plus tard remplacé par celui de Leucothoé, et Mélicerte deviendra Palémon. Comme sa sœur Sémélé, elle connut le bonheur par la suite, mais il n'en alla pas de même pour les deux autres. Celles-ci souffrirent dans leurs fils. Agavé fut la plus infortunée des mères; rendue folle par Dionysos, elle prit son fils Penthée pour un lion et le tua de ses propres mains. Autonoé fut moins malheureuse qu'Agavé en ce sens qu'elle ne tua pas elle-même son fils, mais elle le vit mourir d'une mort affreuse et dans la fleur de l'âge, une mort tout à fait imméritée car il n'avait commis aucun mal.

Au cours d'une partie de chasse, incommodé par la soif et la chaleur, il entra dans une grotte où un ruisselet s'élargissait pour former une fontaine. Il ne demandait à l'eau cristalline que de le rafraîchir, mais sans le savoir il avait fait choix de la source préférée d'Artémis qui aimait s'y baigner — et ceci à l'instant où la déesse laissait tomber ses vêtements et se tenait debout au bord de la fontaine, toute sa beauté dévoilée. La divinité offensée ne s'attarda pas un instant à se demander si l'adolescent s'était délibérément proposé de l'insulter ou s'il était venu en toute innocence. De sa main mouillée, elle aspergea de quelques gouttes d'eau le visage d'Actéon qui fut aussitôt transformé en cerf — et, outre son apparence, son cœur aussi devint celui de cet animal: lui, qui n'avait jamais connu la crainte, prit peur et s'enfuit. Ses chiens le virent courir et se mirent à sa poursuite. Mais sa terreur avait beau lui donner des ailes, elle ne put le rendre assez rapide pour distancer la meute lancée sur sa voie ; il fut tué et déchiqueté par ses propres chiens fidèles.

Et c'est ainsi qu'après une grande prospérité, Cadmos et Harmonie, dans leur grand âge, connurent le chagrin par leurs enfants et leurs petits-enfants. Après la mort de Penthée, ils s'enfuirent de Thèbes comme s'ils tentaient d'échapper à leur infortune. Mais l'infortune les suivit. Quand ils atteignirent la lointaine Illyrie, les dieux les changèrent en serpents, non par châtiment, car ils n'avaient commis aucun mal. Leur sort fournit la preuve que la souffrance n'est pas nécessairement la punition du mal ; l'innocent connaît l'épreuve tout autant que le coupable.

De toute cette race infortunée, nul n'était plus innocent qu'Œdipe, l'arrière-arrière-petit-fils de Cadmos, et aucun ne souffrit davantage.

ŒDIPE

J'ai emprunté à la tragédie du même nom, due à Sophocle, la totalité de ce récit — à l'exception de l'énigme du Sphinx à laquelle ce poète fait à peine allusion. Elle est donnée par maint écrivain et presque toujours dans la même forme.

Laïos, Roi de Thèbes, était le troisième descendant de Cadmos. Il épousa une parente éloignée, Jocaste. Sous leur règne, l'oracle de Delphes commença à jouer un rôle prépondérant dans les aventures de cette famille.

Apollon était le dieu de la Vérité. Tout ce que prédisait la prêtresse de Delphes se réalisait infailliblement. Tenter de faire avorter une prophétie était tout aussi futile que s'opposer aux décrets du destin. Néanmoins, lorsque l'oracle avertit Laïos qu'il mourrait de la main de son fils, il décida qu'il n'en serait rien. Quand l'enfant naquit, il lui lia les pieds puis l'exposa sur une montagne isolée où, semblait-il, il ne tarderait pas à mourir. La crainte le quitta ; il se sentit assuré de pouvoir, sur ce point tout au moins, prédire l'avenir mieux que le dieu lui-même. Il n'eut jamais la preuve de sa folie ; il fut tué, certes, mais il prit pour un étranger l'homme qui l'assaillait. Jamais il ne sut que sa mort prouvait une fois de plus la véracité d'Apollon.

Quand il mourut, il avait depuis longtemps quitté son pays et bien des années s'étaient écoulées depuis que l'enfant avait été abandonné sur la montagne. On racontait que des voleurs l'avaient tué ainsi que tous ceux qui le gardaient, tous sauf un seul, qui rapporta la nouvelle. L'affaire ne fut jamais clairement élucidée car Thèbes était alors aux abois. Toute la contrée se voyait menacée par un monstre terrifiant, le Sphinx, qui avait le corps d'un lion ailé mais la tête et la poitrine d'une femme. Il attendait les voyageurs qui empruntaient les routes menant à la ville, il se saisissait d'eux et leur posait une énigme, promettant de relâcher ceux qui réussiraient à la résoudre. Personne n'y parvenait et l'horrible créature dévorait un homme après l'autre, tant et si bien que la ville fut bientôt en état de siège. On ferma les sept portes qui étaient l'orgueil de Thèbes et la famine menaça bientôt la cité.

Les choses en étaient là lorsqu'un étranger pénétra dans ce pays affligé, un homme de grand courage et doué d'une intelligence remarquable : il se nommait Œdipe. Il avait quitté Corinthe, sa patrie, où il passait pour le fils du Roi Polybe, et la cause de cet exil volontaire était un autre oracle delphien. En effet, Apollon avait déclaré que cet homme était destiné à tuer son père. Tout comme Laïos, Œdipe crut pouvoir faire mentir l'oracle ; il décida de ne jamais revoir Polybe. Ses vagabondages solitaires l'amenèrent non loin de Thèbes et il entendit parler de ce qui s'y passait. Sans foyer, sans amis, il tenait la vie pour peu de chose ; il résolut donc de rencontrer le Sphinx et de tenter de résoudre l'énigme. « Quel est l'animal qui a quatre pieds le matin, deux à midi, et trois le soir ? » lui demanda le Sphinx. « L'homme », répondit Œdipe. « Dans son enfance, il se traîne sur les mains et les pieds, il se tient debout dans son âge adulte, et dans sa vieillesse, il s'aide d'une canne. » C'était la bonne réponse. De façon assez inexplicable mais fort heureuse, le Sphinx, outré de se voir deviné, se tua. Les Thébains étaient sauvés. Œdipe retrouva tout ce qu'il avait perdu et bien davantage ; les citoyens reconnaissants le prirent pour Roi et il épousa la veuve du Roi défunt, Jocaste. Pendant bien des années, ils vécurent heureux, et pour ce cas-ci tout au moins, les paroles d'Apollon semblaient se révéler mensongères.

Mais lorsque leur deux fils eurent atteint l'âge adulte, Thèbes fut éprouvée par la peste. Le fléau n'épargnait rien ni personne ; non seulement les humains mouraient tous, mais les troupeaux, le bétail, les fruits de la terre étaient partout détruits eux aussi ; ceux qui échappaient à la mort par maladie succombaient à la famine. Personne n'en souffrait plus qu'Œdipe ; il se considérait comme le père de son Etat, ceux qui le peuplaient étaient ses enfants et la souffrance de chacun d'eux devenait la sienne. Il chargea Créon, le frère de Jocaste, de se rendre à Delphes pour y implorer l'aide du dieu.

Créon en revint avec de bonnes nouvelles. Apollon avait déclaré que la peste serait enrayée à la seule condition que la mort du Roi Laïos fût vengée et le meurtrier puni. Œdipe se sentit immensément soulagé. Malgré les années écoulées, le ou les coupables seraient certainement retrouvés et le châtiment suivrait aussitôt. Au peuple rassemblé, il transmit le message rapporté par Créon.

... Qu'aucun homme de ce pays
Ne l'accueille. Chassez-le de vos foyers
Comme un pestiféré, un homme pollué.
Et solennellement je demande pour celui qui a tué
Qu'il passe le reste de ses jours dans l'infortune, lui qui a
[amené le malheur.

Avec énergie, Œdipe prit l'affaire en main. Il envoya chercher Tirésias, le vieux prophète aveugle tant révéré des Thébains et lui demanda s'il croyait pouvoir découvrir les coupables. A sa stupeur indignée, le devin refusa d'abord de répondre. « Pour l'amour de dieu» implora Œdipe, «si tu as quelque science...» «Insensés», dit Tirésias. «Vous n'êtes tous que des insensés. Je ne répondrai pas.» Mais lorsque Œdipe alla jusqu'à l'accuser de garder le silence parce qu'il avait lui-même trempé dans le meurtre, le saint homme se fâcha lui aussi et les mots qu'il aurait voulu ne jamais dire tombèrent comme des pierres de ses lèvres. «Tu es toi-même le meurtrier que tu recherches.» Œdipe crut que Tirésias divaguait; ce qu'il disait semblait pure folie. Il le chassa de sa présence et lui ordonna de ne plus jamais paraître.

Jocaste elle aussi n'eut que raillerie: «Pas plus que les oracles, les prophètes ne sont infaillibles», dit-elle, et elle raconta à son époux que la prêtresse de Delphes avait autrefois prédit que Laïos mourrait de la main de son propre fils et comment le Roi et elle-même avaient fait disparaître l'enfant afin que la prophétie ne pût se réaliser. «Et Laïos a été égorgé par des voleurs sur le chemin de Delphes, là où trois routes se croisent», conclut-elle, triomphante. Œdipe lui jeta un regard étrange. «Quand ceci s'est-il passé?» demanda-t-il lentement. «Peu avant que tu n'arrives à Thèbes», précisa-t-elle.

«Combien d'hommes l'accompagnaient?» demanda encore Œdipe. «Ils étaient cinq», dit Jocaste, parlant vite. «Et tous, sauf un, furent tués.» «Il faut que je voie cet homme», lui dit-il. «Envoie-le chercher.» «Oui, je le ferai, et sans tarder; mais j'ai le droit de savoir ce que tu as dans l'esprit.» «Tu en sauras tout autant que moi», répondit-il. «Je m'étais rendu à Delphes peu avant de venir ici parce qu'un homme m'avait jeté au visage que je n'étais pas le fils de Polybe et je voulais interroger le dieu à ce sujet. Il ne me répondit pas mais il me dit des choses horribles — que je tuerais mon père, épouserais ma mère et aurais des enfants que les hommes ne pourraient regarder sans frissonner. Je ne suis jamais retourné à Corinthe. En quittant Delphes, en un lieu où trois routes se croisent, je rencontrai un homme suivi de quatre serviteurs. Il voulut m'écarter du sentier, il me frappa de son bâton. Furieux, je m'élançai sur eux et les tuai. Se pourrait-il que Laïos fût leur maître?» «Le survivant parlait de voleurs», dit Jocaste. «Laïos a été tué par des brigands et non par son propre fils — ce pauvre innocent qui mourut sur la montagne. »

Tandis qu'ils parlaient, un fait nouveau sembla donner encore une preuve qu'Apollon pouvait parfois mentir. Un messager venu de Corinthe annonça à Œdipe la mort de Polybe. « O oracle du dieu ! » s'écria Jocaste. « Où es-tu maintenant ? L'homme est mort et non de la main de son fils. » Le messager sourit d'un air entendu. « Est-ce la crainte de tuer ton père qui t'a chassé de Corinthe ? » demanda-t-il. « O Roi, tu étais dans l'erreur. Tu n'avais aucune raison de t'effrayer — car tu n'étais pas le fils de Polybe. Il t'a élevé comme tel mais il t'a reçu de mes mains. » « Et d'où me tenais-tu ? » interrogea Œdipe. « Qui étaient mon père et ma mère ? » « Je ne sais rien d'eux », dit le messager. « Un berger nomade t'a remis à moi — un serviteur de Laïos. »

Jocaste blêmit ; son visage exprima l'horreur. « A quoi bon perdre son temps à écouter celui-là ? » s'exclama-t-elle. « Rien de ce qu'il dit ne peut avoir d'importance. » Elle parlait vite mais avec défi. Œdipe ne pouvait la comprendre. « Ma naissance n'a pas d'importance ? » demanda-t-il. « Pour l'amour du ciel, ne cherche pas plus loin », supplia-t-elle. « Mon infortune est assez grande. » Elle s'interrompit et rentra en courant dans le palais.

A cet instant, un vieil homme apparut. Lui et le messager se toisèrent avec curiosité. « C'est bien lui, O Roi », cria le messager. « C'est le berger qui t'a donné à moi. » « Et toi », dit Œdipe, « le reconnais-tu comme il te reconnaît ? » Le vieil homme ne répondit pas, mais le messager insista. « Tu dois te souvenir cependant. Un jour, tu m'as apporté un petit enfant que tu avais trouvé — et le Roi, ici, est cet enfant. » « Maudit sois-tu », répondit l'autre. « Retiens ta langue. » « Quoi ! » s'exclama Œdipe irrité. « Tu conspirais avec celui-là pour me cacher ce que je désire apprendre ? Sois assuré qu'il existe des moyens de te faire parler. »

Le vieil homme gémit. « Oh, ne me fais pas de mal. Je lui ai bien donné l'enfant, mais ne m'en demande pas davantage, maître, pour l'amour du dieu. » « S'il me faut une seconde fois t'ordonner de me dire où tu l'as trouvé, tu es perdu », dit Œdipe. « Pose la question à ton épouse », cria le vieil homme. « Elle te le dira mieux que moi. » « Elle m'aurait donné à toi ? » demanda Œdipe. « Oui, oh oui », geignit l'autre. « Je devais tuer l'enfant. Il y avait une prophétie. » « Une prophétie ! » répéta Œdipe. « Qu'il tuerait son père ? » « Oui », murmura le vieil homme.

Un cri d'agonie échappa au Roi. Il comprenait enfin. « Tout était vrai ! Pour moi, le jour va maintenant se changer en nuit. Je suis maudit. » Il avait tué son père, épousé la femme de son père, sa propre mère. Pour lui, pour elle, pour leurs enfants, nul recours n'existait. Tous étaient maudits.

Œdipe parcourut le palais, à la recherche de cette épouse qui était aussi sa mère. Il la trouva dans sa chambre. Quand la vérité lui était apparue, elle s'était donné la mort. Debout près d'elle, lui aussi tourna sa main contre lui-même, mais non pour mettre fin à sa vie. Il troqua la lumière contre l'ombre. Il se creva les yeux. Le monde obscur de la cécité était un refuge, mieux valait y vivre que contempler avec des yeux remplis de honte le monde ancien, autrefois si lumineux.

Antigone

> *J'ai tiré ce récit de deux tragédies de Sophocle,* « Antigone » *et* « Œdipe à Colone », *sauf pour l'épisode de la mort de Ménécée, qui est narré dans une œuvre d'Euripide,* « Les Suppliantes ».

Après la mort de Jocaste et tous les malheurs qui l'accompagnèrent, Œdipe vécut à Thèbes, tandis que ses enfants grandissaient. Il avait deux fils, Polynice et Etéocle, et deux filles, Antigone et Ismène. Jeunes gens malheureux s'il en fut, ils étaient cependant loin d'être ces monstres qui feraient frissonner tous ceux qui les verraient, ainsi que l'oracle l'avait annoncé à Œdipe. Les deux garçons avaient conquis l'affection des Thébains et les filles étaient les meilleures qu'un homme pût souhaiter.

Œdipe renonça au trône, bien entendu. Polynice, le fils aîné, en fit autant. A cause de l'affreuse situation familiale, les Thébains jugèrent cette décision fort sage et ils acceptèrent que Créon, le frère de Jocaste, assumât la régence. Pendant bien des années, ils traitèrent Œdipe avec amitié mais ils finirent par l'expulser de la cité. On ignore à quoi fut due cette détermination, mais Créon les y exhorta et les fils d'Œdipe y consentirent. Œdipe ne pouvait donc plus compter que sur ses filles ; dans toutes ses infortunes, elles seules lui demeurèrent fidèles. Lorsqu'il fut banni de Thèbes, Antigone partit avec lui pour le guider et veiller sur lui, tandis qu'Ismène restait dans la ville pour sauvegarder ses intérêts et l'informer de tout ce qui pourrait le toucher.

Après son départ, ses deux fils proclamèrent leur droit au trône et chacun d'eux tenta de se faire choisir pour Roi. Etéocle y réussit, bien qu'il fût le plus jeune, et il chassa son frère de Thèbes. Polynice se réfugia à Argos et fit tout ce qui était en son pouvoir pour susciter des ennemis à sa cité natale.

Au cours de leurs vagabondages désolés, Œdipe et Antigone parvinrent à Colone, un endroit charmant des environs d'Athènes où les ci-devant Erinnyes, devenues les Euménides (Bienveillantes), possédaient un lieu qui leur était consacré et qui servait par conséquent de refuge à tous les suppliants. Le vieil homme aveugle et sa fille s'y sentirent en sécurité et c'est là que mourut Œdipe. L'infortune l'avait poursuivi pendant la plus grande partie de sa vie mais sa fin fut heureuse. L'oracle qui lui avait un jour dit des mots terribles, le réconforta à ses derniers moments. Apollon lui promit que le lieu où lui, le maudit, l'errant sans foyer, serait inhumé, attirerait par la suite une mystérieuse bénédiction des dieux. Thésée, le Roi d'Athènes, le reçut avec grand honneur et le vieil homme rendit le dernier soupir en se réjouissant d'être reçu en bienfaiteur par le pays qui l'accueillait et non plus comme un être haïssable.

Ismène, qui était venue apporter à son père la bonne nouvelle de cet oracle, se trouvait avec sa sœur quand il mourut et ensuite, par les soins de Thésée, toutes deux regagnèrent saines et sauves leur patrie. Elles y arrivèrent pour trouver l'un de leurs frères marchant contre leur cité et l'autre résolu à la défendre à tout prix. Polynice, l'assaillant, avait peut-être le droit pour lui, mais le plus jeune, Etéocle, combattait pour empêcher la ville d'être investie. Il était impossible aux deux sœurs de prendre parti pour l'un comme pour l'autre de leurs frères.

Polynice avait été rejoint par six princes dont l'un était Adraste, Roi d'Argos, et un autre Amphiaraos, beau-frère d'Adraste. Celui-ci s'était rallié bien à contre-cœur à l'entreprise car étant devin, il savait qu'aucun des sept — sauf Adraste — n'en reviendrait vivant. Mais il était lié par un serment ; il avait juré de laisser sa femme Eriphyle arbitrer tout différend qui pourrait s'élever entre lui-même et son beau-frère. Cette promesse venait de ce qu'Adraste et lui s'étant un jour querellés, Eriphyle les avait réconciliés. Polynice persuada la jeune femme de prendre son parti en la séduisant par le don d'un collier merveilleux, cadeau de noces de son aïeule Harmonie, et elle força son mari à prendre les armes.

Sept champions se préparaient donc à attaquer les sept portes de Thèbes que sept autres, tout aussi valeureux, défendraient de l'intérieur. Polynice attaquait la porte que défendait Etéocle ; dans le palais, Antigone et Ismène attendaient d'apprendre lequel avait tué l'autre. Mais avant qu'un combat décisif ait eu lieu, un adolescent avait déjà péri pour sa patrie et il s'était en mourant révélé entre tous le plus noble. Ce jeune homme était Ménécée, le plus jeune fils de Créon.

Tirésias, le devin qui si souvent avait transmis des prophéties affligeantes à la famille royale, se vit une fois encore chargé de la même mission. Il vint dire à Créon que seule la mort de Ménécée pouvait sauver Thèbes. Le père refusa obstinément de consentir à ce sacrifice. Il préférait mourir lui-même, dit-il. « Fût-ce pour sauver ma propre cité, je n'égorgerai pas mon fils. » Il ordonna au jeune garçon, qui avait entendu parler Tirésias : « Lève-toi, mon enfant, et fuis au plus vite avant que la cité l'apprenne. » « Et où irai-je, Père ? » demanda l'adolescent.

« Vers quel pays… quel ami ? » « Loin, au plus loin », répondit le père. « Je trouverai les moyens, — je trouverai de l'or. » « Va donc le chercher », dit Ménécée ; mais quand Créon se fut éloigné en hâte, il prononça d'autres mots :

Mon Père — il ravirait l'espoir à notre cité ?
Il ferait de moi un lâche. Il est âgé
Et doit donc être pardonné. Mais je suis jeune.
Si je trahissais Thèbes il n'y aurait pas de pardon pour moi.
Comment peut-il penser que je ne sauverais pas la cité
En allant pour elle au-devant de ma mort ?
Et que serait ma vie si je prenais la fuite
Alors que je pourrais libérer ma patrie ?

Il se rendit donc sur le champ de bataille et inexpérimenté comme il l'était dans l'art de la guerre, il fut aussitôt tué.

Pas plus les assiégeants que les assiégés n'obtenaient d'avantage décisif ; les deux partis convinrent enfin que la querelle se terminerait par un combat singulier où s'affronteraient les deux frères. Si Etéocle triomphait, l'armée d'Argos se retirerait, mais s'il était vaincu, la couronne reviendrait à Polynice. Il n'y eut pas de vainqueur ; tous deux s'entre-tuèrent. Etéocle mourant regarda son frère et pleura ; il n'avait plus la force de parler. Polynice put encore murmurer quelques mots : « Mon frère, mon ennemi, mais si cher, toujours si cher. Fais-moi inhumer dans ma terre natale — que j'en possède au moins cela. »

Le duel n'avait apporté aucune décision et le combat reprit. Mais Ménécée n'était pas mort en vain ; les Thébains l'emportèrent enfin et les champions moururent tous, à l'exception du seul Adraste. Il prit la fuite avec les débris de l'Armée, qu'il ramena à Athènes. A Thèbes, Créon reprit les rênes du pouvoir ; il fit proclamer qu'aucun de ceux qui avaient combattu contre la cité ne recevrait de sépulture. A Etéocle reviendraient tous les honneurs rituels réservés après leur mort aux plus nobles, mais les restes de Polynice seraient laissés aux bêtes et aux oiseaux de proie. Par ce décret, la vengeance prenait le pas sur les cérémonies du culte, sur le droit et la loi, il punissait les morts. Les âmes de ceux qui demeuraient sans sépulture ne pouvaient traverser le fleuve qui encercle le Royaume de la Mort ; elles erraient dans la désolation, sans trouver de lieu de repos. Ensevelir les morts était donc un devoir sacré non seulement envers les siens mais envers tout étranger aussi. Mais, disait la proclamation de Créon, ce devoir se voyait changé en crime en ce qui concernait Polynice. Celui qui lui donnerait une sépulture serait mis à mort.

Antigone et Ismène apprirent avec horreur la décision de Créon ; toute révoltante qu'elle fût, pour Ismène, accablée d'angoisse à la pensée du pitoyable corps abandonné et de l'âme errante et solitaire, il semblait néanmoins qu'il ne restait qu'à s'y soumettre, que rien ne pouvait être entrepris. Elle-même et Antigone se retrouvaient maintenant irrémédiablement seules ; tout Thèbes exultait de voir l'homme qui lui avait apporté la guerre châtié de façon tellement inexorable. « Nous sommes des femmes », dit-elle à Antigone. « Nous n'avons pas la force de défier l'Etat ». « Tu as choisi ton rôle », répondit Antigone. « Pour moi, j'irai ensevelir le frère que j'aimais ». « Tu n'en as pas la force ! » s'écria Ismène. « Si ma force me trahit, alors je céderai », dit Antigone. Elle quitta sa sœur et Ismène n'osa la suivre.

Au palais, quelques heures plus tard, Créon fut alarmé par un cri : « Malgré ta défense, Polynice a été enseveli ! » Il sortit en hâte et rencontra les soldats qu'il avait chargés de garder le corps de Polynice. Ils entouraient Antigone. « Cette jeune fille lui a donné la sépulture » crièrent-ils. « Nous l'avons vue. Un épais vent de sable l'a d'abord dissimulée mais quand il s'est dissipé, le corps était enterré et la jeune fille offrait une libation au mort. » « Tu connaissais mon édit ? » demanda Créon. « Oui », dit Antigone. « Et tu as transgressé la loi ? » « Ta loi, qui n'est pas celle des dieux ni celle de la Justice » dit Antigone. « Les lois non écrites qui nous viennent des dieux ne sont ni pour hier ni pour demain mais de tous les temps. »

Ismène sortit en pleurant du palais et vint se placer à côté de sa sœur. « Je l'ai aidée », dit-elle. Mais Antigone protesta. « Elle n'est pour rien dans ce qui s'est passé » dit-elle à Créon, et elle pria sa sœur de ne plus ajouter un mot. « Tu as choisi de vivre et moi j'ai choisi de mourir. »

Comme on l'emmenait à la mort, elle s'adressa aux assistants :

Regardez-moi, voyez ce que je souffre
Pour avoir observé la plus haute loi.

Ismène disparaît. Pas un récit, pas un poème ne lui est consacré. La Maison d'Œdipe, la dernière de la famille royale de Thèbes, n'existe plus.

Les Sept contre Thèbes

Deux grands écrivains ont raconté cette histoire. Elle est le sujet d'une tragédie d'Eschyle et d'une autre d'Euripide. J'ai choisi la version d'Euripide parce qu'elle reflète de façon remarquable — comme c'est si souvent le cas avec lui — notre propre point de vue. Eschyle narre la légende à merveille, mais dans ses mains elle devient un poème vibrant et martial. La tragédie d'Euripide, Les Suppliantes, *montre mieux encore que ses autres œuvres cet aspect moderne qui lui est propre.*

Au prix de la vie de sa sœur, Polynice reçut donc la sépulture ; son âme pouvait maintenant traverser le fleuve et trouver un lieu de repos parmi les morts. Mais les corps des chefs qui avaient combattu Thèbes restaient étendus sur le champ de bataille et selon le décret de Créon, ils y demeureraient à jamais.

Adraste, le seul survivant des sept princes qui avaient participé à la guerre, alla trouver Thésée, Roi d'Athènes, et l'implora d'amener les Thébains à permettre l'ensevelissement des pauvres corps. Les mères et les fils des guerriers tombés l'accompagnaient. « Nous ne demandons rien d'autre qu'inhumer nos morts », dit-il à Thésée. « Accorde-nous ton aide, car Athènes est entre toutes la cité la plus compatissante. »

— Je ne serai pas ton allié, répondit Thésée. — Tu as conduit ton peuple contre Thèbes. C'est de toi que la guerre est venue et non d'elle.

Mais Ethra, la mère de Thésée, vers laquelle les autres mères désolées s'étaient d'abord tournées, osa interrompre les deux Rois. « Mon fils », dit-elle, « me laisseras-tu parler pour ton honneur et pour Athènes ? »

— Oui, parle, répondit-il, et il écouta avec attention tandis qu'elle lui faisait entendre ce qu'elle pensait.

— Tu t'es voué à défendre tous ceux qui sont lésés, dit-elle. — Ces hommes de violence qui refusent aux morts leur droit à une sépulture, tu as le devoir de les forcer à se soumette à une loi qui est sacrée à la Grèce entière. Qu'est-ce donc qui maintient l'union dans nos états et dans tous les états du monde sinon ceci, que chacun d'eux honore les grandes lois du droit et de la justice ?

— Mère ! s'écria Thésée, — tu dis des mots de vérité. Cependant je ne puis prendre seul une décision. Car j'ai fait de ce pays un état libre, où chacun possède un droit de vote égal. Si les citoyens y consentent, alors j'irai à Thèbes.

Les malheureuses femmes attendirent, Ethra avec elles, tandis qu'il convoquait l'assemblée qui déciderait du malheur ou du bonheur de leurs enfants morts. Elles priaient : « O cité d'Athènes, aide-nous, afin que les lois de la justice et du droit ne soient pas bafouées et que dans toutes les contrées du monde, les misérables et les opprimés se voient délivrés de leurs peines. » A son retour, Thésée apportait de bonnes nouvelles. L'assemblée avait voté une motion qui dirait aux Thébains qu'Athènes souhaitait maintenir avec eux des relations de bon voisinage mais qu'elle ne pouvait rester passive devant une grande injustice. « Cédez à notre requête », disait-elle aux Thébains. « Nous ne réclamons que ce qui est juste. Mais si vous

vous y refusez, alors nous choisirons la guerre car nous devons défendre ceux qui sont sans défense. »

Il n'avait pas fini de parler qu'un héraut entrait. Il demanda : « Qui est le maître ici ? Le seigneur d'Athènes ? Je lui apporte un message du souverain de Thèbes. »

— Tu cherches quelqu'un qui n'existe pas, répondit Thésée. — Il n'y a pas de maître ici. Athènes est libre. Son peuple la gouverne.

— Voilà qui est excellent pour Thèbes ! s'écria le héraut. — Notre cité n'est pas conduite par une populace qui la mène de-ci de-là, mais par un homme. Comment une foule ignorante pourrait-elle diriger sagement la vie d'une nation ?

— A Athènes, dit Thésée, nous faisons nos propres lois puis nous leur obéissons. Nous tenons qu'il n'existe pas de pire ennemi pour un Etat que celui qui garde la loi dans ses propres mains. Et nous avons le grand avantage de constater que notre patrie se réjouit dans tous ses fils, parce qu'ils sont forts et puissants par leur sagesse et leur juste conduite. Mais de tels hommes sont haïs d'un tyran. Il les égorge, dans la crainte qu'ils n'affaiblissent son pouvoir.

» Retourne à Thèbes et dis-lui que nous savons combien la paix est préférable à la guerre pour les hommes. Les insensés se précipitent dans la guerre pour asservir un pays plus faible que le leur. Nous ne voulons aucun mal à votre Etat. Nous ne voulons que les morts, pour rendre leur corps à la terre dont aucun homme n'est le possesseur mais seulement l'hôte pendant un bref instant. La poussière doit retourner à la poussière.

Créon refusa d'écouter le plaidoyer de Thésée, et les Athéniens marchèrent contre Thèbes. Ils vainquirent. Le peuple thébain, saisi de panique, pensait qu'il ne pouvait qu'être massacré ou réduit en esclavage, et que leur cité serait rasée. Mais bien que la route fût ouverte à l'armée athénienne victorieuse, Thésée la retint. « Nous ne sommes pas venus pour détruire cette ville, mais seulement pour réclamer les morts. » « Et notre Roi », dit le messager chargé de transmettre les conditions au peuple thébain qui les attendait dans l'angoisse, « Thésée lui-même a préparé ces cinq pauvres corps pour la tombe, il les a lavés, il les a enveloppés dans un linceul puis couchés sur une civière. »

Les mères affligées connurent quelque réconfort lorsque leurs fils furent déposés avec révérence et honneur sur les bûchers funéraires. Adraste prononça les dernières paroles pour chacun d'eux : « Capanée repose ici, un homme puissant et comblé et cependant aussi humble que le plus pauvre et pour tous un ami loyal. Il ignorait la ruse ; ses lèvres ne s'ouvraient que pour des mots de bonté. Etéocle est à côté de lui, pauvre en toutes choses sauf en honneur ; en cela il était riche, en vérité. Quand les hommes lui offraient de l'or, il refusait de le prendre ; il ne voulait pas être l'esclave de la richesse. Hippomédon repose près d'Etéocle. C'était un homme qui acceptait l'épreuve d'un cœur joyeux, un chasseur et un guerrier. Dès l'enfance, il dédaigna la vie facile. Vient ensuite Parthénopée, le fils d'Atalante, que bien des hommes, bien des femmes aimèrent et qui jamais ne fit tort à quiconque. Il trouvait sa joie dans le bonheur de son pays et souffrait lorsqu'il le voyait malheureux. Le dernier est Tydée, un homme taciturne. Il raisonnait au mieux à l'aide de son épée et de son bouclier. Son âme était élevée ; des actes et non des paroles ont révélé à quelle hauteur elle planait. »

Tandis que les bûchers s'embrasaient, une femme parut qui se tint debout sur un rocher. C'était Evadné, la femme de Capanée. Elle criait :

J'ai aperçu la lueur de ton brasier, de ta tombe.
Ici je mettrai fin à l'angoisse, à la douleur de vivre.
O douce mort que celle de mourir avec le mort que j'aime.

Elle se jeta dans les flammes et avec son époux, elle descendit dans le monde souterrain.

Assurées que les âmes de leurs enfants connaissaient enfin le repos, les mères retrouvèrent quelque paix. Mais il n'en fut pas de même pour les jeunes fils des six chefs tués. Tandis qu'ils regardaient flamber les bûchers, ils firent serment de tirer vengeance de Thèbes dès qu'ils auraient atteint l'âge d'hommes.

« Nos pères dorment dans la tombe, mais le tort qui leur a été fait ne s'endormira jamais », disaient-ils. Dix ans plus tard, ils marchèrent contre Thèbes et triomphèrent d'elle. Les Thébains vaincus s'enfuirent et leur cité fut rasée jusqu'au sol. Tirésias le devin périt pendant la déroute. De la Thèbes ancienne, il ne resta rien que le collier d'Harmonie qui fut porté à Delphes et montré aux pèlerins pendant des siècles. Bien qu'ils eussent triomphé où leurs pères avaient succombé, les fils des sept champions furent toujours appelés les « Epigones », c'est-à-dire les « Descendants », comme s'ils étaient venus trop tard en ce monde, après que tous les hauts faits eurent été accomplis. Mais lorsque Thèbes tomba, les navires grecs n'avaient pas encore appareillé pour la terre troyenne, et le fils de Tydée, Diomède, devait se faire un nom illustre parmi les guerriers les plus fameux qui combattirent sous les murs de Troie.

La Maison Royale d'Athènes

J'ai emprunté à Ovide l'histoire de Procné et de Philomèle. S'il la dit mieux qu'aucun autre, néanmoins elle est parfois incroyablement mauvaise. En quinze lignes (que j'ai omises), il décrit minutieusement comment fut coupée la langue de Philomèle et son aspect, gisant « palpitante » sur le sol où Térée l'avait jetée. Les poètes grecs étaient peu portés à des détails de ce genre, alors que les Latins n'y voyaient pas d'objection. Pour les légendes de Procris et d'Orithyie, j'ai encore suivi Ovide, mais en prenant de plus quelques détails à Apollodore. Le conte de Créuse et d'Ion forme le sujet d'une œuvre d'Euripide, l'une des nombreuses œuvres par lesquelles il tente de montrer aux Athéniens ce qu'étaient vraiment les dieux des mythes lorsqu'on les juge selon les critères humains de charité, d'honneur et de maîtrise de

> *soi. La mythologie grecque fourmille d'anecdotes telles que le rapt d'Europe, dans lesquelles rien ne permet de juger si la déité en question agit de façon rien moins que divine. Dans cette version de l'histoire de Créuse, Euripide dit à son auditoire : « Regardez votre Apollon, le brillant Maître de la Lyre, le dieu pur de la Vérité. Voici ce qu'il a fait. Il a brutalement violenté une faible jeune fille puis il l'a abandonnée. » Si de telles œuvres attiraient les foules dans les théâtres d'Athènes, c'est que déjà avait sonné le glas de la mythologie grecque.*

Parmi les autres familles grecques mythologiques, si remarquables fussent-elles, celle-ci trouva cependant à se distinguer, de façon toute spéciale, par les événements fort singuliers auxquels ses membres se virent mêlés. Aucune autre histoire n'en raconte de plus étranges.

CÉCROPS

Le premier Roi d'Attique se nommait Cécrops. Il n'avait pas d'ancêtre humain et lui-même ne l'était que pour moitié :

> *Cécrops, héros et seigneur,*
> *Né d'un dragon*
> *Et à demi dragon lui-même.*

On le tenait habituellement pour responsable de la protection qu'Athéna consentit à accorder à Athènes. Poséidon revendiquait lui aussi la cité ; pour faire comprendre à tous les bienfaits dont il était capable, il frappa de son trident le rocher de l'Acropole et l'eau salée s'échappa par la fissure pour se précipiter dans un puits profond. Athéna fit mieux encore. Au même endroit, elle fit jaillir un olivier, le plus prisé des arbres de la Grèce :

Athéna montra aux hommes
L'olivier argenté,
Gloire de la brillante Athènes
Et sa couronne.

En échange de ce don royal, Cécrops — qui avait été désigné comme arbitre — décida qu'Athènes appartiendrait à la déesse. Ulcéré, Poséidon punit le peuple en lui envoyant une marée désastreuse.

Dans l'un des récits contant cette querelle entre les deux divinités, le suffrage des femmes joue un rôle important. Dans ces temps reculés, nous dit-on, les femmes votaient tout comme les hommes. Toutes les femmes votèrent pour la déesse et tous les hommes pour le dieu, mais il y avait une femme de plus qu'il n'y avait d'hommes et Athéna l'emporta. Les hommes, et Poséidon avec eux, furent grandement humiliés de ce triomphe féminin et tandis que Poséidon se mettait en devoir d'inonder la terre, ses alliés décidaient de retirer le droit de vote aux femmes. Athéna, toutefois, conserva Athènes.

La plupart des écrivains disent que ces événements prirent place bien avant le Déluge et que le Cécrops appartenant à la célèbre famille athénienne n'est pas la créature mi-dragon, mi-homme, mais un homme tout à fait normal qui doit son importance surtout à sa parenté. Il était le fils d'un Roi fort remarquable, le neveu de deux héroïnes mythologiques fameuses et le frère de trois autres. Par-dessus tout, il était l'arrière-grand-père du héros d'Athènes, Thésée.

Son père, le Roi d'Athènes Erechthée, passe en général pour être ce souverain sous le règne duquel Déméter vint à Eleusis et l'agriculture prit naissance. Il avait deux sœurs, Procné et Philomèle, connues pour leurs malheurs. Leur histoire est tragique à l'extrême.

Procné et Philomèle

Procné, l'aînée des deux, avait épousé Térée de Thrace, et fils d'Arès ; il se montra le digne héritier de toutes les détestables qualités de son père. Ils eurent un fils, Itys. Lorsque celui-ci atteignit l'âge de cinq ans, Procné — qui avait vécu tout ce temps en Thrace, séparée de sa famille — supplia Térée de lui permettre d'inviter sa sœur Philomèle. Il y consentit et proposa même de se rendre lui-même à Athènes afin d'escorter la jeune fille pendant son voyage. Il eut à peine posé les yeux sur elle qu'il s'en éprit. Elle était aussi belle qu'une nymphe ou une naïade. Il persuada aisément son père de la lui confier et elle-même se réjouissait au-delà de toute mesure à cette perspective. Tout se passa fort bien pendant le voyage mais lorsqu'ils débarquèrent et se dirigèrent par voie de terre vers le palais, Térée dit à Philomèle qu'il venait d'apprendre la mort de Procné et il força la jeune fille à consentir à un prétendu mariage. Toutefois, elle ne tarda pas à découvrir la vérité et elle fut assez imprudente pour menacer Térée. Elle trouverait certainement le moyen d'avertir le monde entier de ce qu'il avait fait et il serait exclu de la société des hommes, lui dit-elle. Elle souleva ainsi en lui à la fois la fureur et la crainte ; il la saisit et lui coupa la langue. Puis, la laissant sous bonne garde, il s'en fut retrouver Procné et lui fit entendre un conte selon lequel Philomèle serait morte en cours de route.

Le sort de Philomèle semblait désespéré : elle était emprisonnée, elle ne pouvait parler. A cette époque, l'écriture n'existait pas encore, rien ne semblait donc menacer Térée. Cependant, bien que personne ne sût écrire, les gens de ce temps pouvaient sans parler raconter toute une histoire car ils étaient de merveilleux artisans, des artisans comme depuis on n'en a plus jamais vu. Ainsi, un forgeron façonnant un bouclier y décrivait une chasse au lion, deux lions dévorant un taureau tandis que les bouviers encouragent leurs chiens à les attaquer ou encore, il reproduisait une scène de moisson : un champ avec des faucheurs et des lieuses de gerbes, ou une vigne fertile en grappes que des adolescents et des jeunes filles rassemblent dans des paniers tandis que l'un d'eux, pour les encourager, souffle dans un pipeau de berger. Les femmes se montraient tout aussi habiles dans leurs travaux. Dans les belles toiles qu'elles tissaient elles-mêmes, elles entrelaçaient des formes si humaines, si vivantes que chacun en les voyant reconnaissait le conte qu'elles illustraient. Philomèle se tourna donc vers son métier à tisser. Plus qu'aucun autre artiste n'en eut jamais, elle avait une raison essentielle de rendre clairement l'histoire qu'elle tissait. Avec une peine infinie et un art consommé, elle créa une tapisserie merveilleuse retraçant toute sa lamentable aventure. Elle la confia à la vieille femme qui la servait et lui fit comprendre que l'œuvre était destinée à la Reine.

Toute fière de porter un don aussi beau, la vieille femme le remit à Procné, toujours en deuil de sa sœur et dont l'état d'esprit était tout aussi sombre que les vêtements. Elle déroula la pièce d'étoffe. Elle y vit Philomèle, son visage, sa silhouette, et Térée qui n'était pas moins ressemblant. Avec horreur, elle déchiffra tout ce qui s'était passé aussi clairement que s'il s'était agi de mots écrits. Le sentiment profond de l'outrage qui lui avait été fait l'aida à se maîtriser. Larmes et mots n'étaient pas de mise, son esprit tout entier se tendit vers les buts à atteindre : délivrer sa sœur et châtier son mari. Elle trouva le moyen de rejoindre Philomèle, sans doute par l'intermédiaire de la vieille messagère, et lorsqu'elle eut révélé à celle qui ne pouvait répondre que tout lui était désormais connu, elle revint avec sa sœur au palais. Et là, tandis que Philomèle pleurait, Procné réfléchissait. « Laissons les larmes à plus tard », dit-elle à sa sœur. « Je suis prête à tout ce qui fera payer à Térée le mal qu'il t'a fait. » A cet instant, son fils, le petit Itys, entra dans la pièce et soudain, comme elle le regardait, elle crut le haïr. « Combien tu ressembles à ton père », dit-elle lentement ; et avec ces mots, son plan lui apparut clairement. Elle tua l'enfant d'un coup de glaive. Elle découpa le petit corps et déposa ses membres dans un chaudron sur le feu et le servit le soir même à Térée. Elle le regarda prendre son repas et attendit qu'il l'eût achevé pour tout lui dire.

Malade d'horreur, d'abord il ne put faire un geste et les deux sœurs en profitèrent pour s'enfuir. Mais il les rejoignit à Daulis et il allait les tuer lorsque, soudain, les dieux les métamorphosèrent en oiseaux, Procné en rossignol et Philomèle en hirondelle ; celle-ci, puisque sa langue a été coupée, ne peut que gazouiller sans jamais chanter. Procné,

L'oiseau aux ailes brunes
Le rossignol mélodieux,
Se lamente à jamais : Itys, ô enfant
Perdu pour moi — perdu.

Le misérable Térée fut lui aussi changé en oiseau, mais un oiseau affreux au bec immense, que certains disent être un vautour, d'autres une huppe.

On ne sait pourquoi les auteurs romains qui racontèrent l'histoire confondirent les deux sœurs ; de la pauvre Philomèle privée de langue, ils firent le rossignol, ce qui est manifestement absurde. Mais c'est le nom que lui donne toujours la poésie anglaise.

Procris et Céphale

Procris était la nièce de ces femmes infortunées et elle souffrit tout autant qu'elles, à peu de choses près. Elle était fort heureusement mariée à Céphale, petit-fils d'Eole, le Roi des Vents ; mais quelques semaines après leurs noces, Céphale fut enlevé par un personnage qui n'était rien moins qu'Aurore, la déesse de l'Aube. Il était un fervent de la chasse et avait pour habitude de se lever fort tôt pour suivre le cerf. Et c'est ainsi que, plus d'une fois, tandis que le jour commençait à poindre, Aurore l'aperçut et bientôt s'en éprit. Mais Céphale aimait Procris. La rayonnante déesse elle-même ne put le rendre infidèle, seule Procris occupait son cœur. Irritée par cette tendresse obstinée qu'aucun de ses artifices ne parvenait à affaiblir, Aurore finit par lui permettre de rejoindre sa femme, mais avant qu'il ne prît congé, elle lui conseilla de s'assurer si Procris, pendant son absence, lui était restée aussi fidèle qu'il l'avait été envers elle.

Cette suggestion malicieuse rendit Céphale fou de jalousie. Il était resté si longtemps absent et Procris était si belle... Il se dit que jamais il ne retrouverait l'apaisement et la confiance s'il n'obtenait la preuve qu'elle n'aimait que lui et se refusait à tout autre amant. Il se déguisa donc. Certains disent qu'Aurore lui prêta son concours ; quoi qu'il en soit, le déguisement était si parfait que personne ne le reconnut lorsqu'il revint chez lui. L'impatience avec laquelle toute la maisonnée attendait son retour lui parut bien réconfortante, mais il n'en abandonna pas pour autant son dessein. Toutefois, quand il fut admis en présence de Procris, le chagrin manifeste et le visage désolé de la jeune femme faillirent le faire céder. Il n'en fit rien, cependant ; il ne pouvait oublier les mots moqueurs d'Aurore. Il tenta aussitôt de séduire Procris, de la rendre amoureuse de l'étranger qu'il prétendait être. Il lui fit une cour empressée, il simula une passion ardente, il lui rappela constamment l'infidélité de son mari. A toutes ces sollicitations, elle opposait la même réponse : « Je lui appartiens. Où qu'il soit, je lui garde mon amour. »

Mais un jour qu'il la harcelait plus encore, ne ménageant ni persuasion ni promesses, elle hésita. Il cria : « O femme fausse et sans vergogne. Je suis ton mari. Je suis moi-même témoin de ta trahison. » Procris le regarda, puis sans un mot, elle le laissa et quitta la maison. Son amour pour lui semblait se transformer en haine ; elle exécrait le genre humain tout entier et elle s'en fut dans la montagne, pour y vivre seule. Cependant, Céphale n'avait pas tardé à revenir à la raison ; il comprit le vilain rôle qu'il avait joué. Il battit la contrée, cherchant sa femme partout et quand il l'eut trouvée, il implora son pardon.

Elle ne put se résoudre à le lui accorder sur-le-champ, trop blessée encore de la supercherie dont elle avait été victime. Mais il réussit enfin à la reconquérir et ils passèrent ensemble quelques années heureuses. Puis, un jour, ils allèrent chasser ainsi qu'ils le faisaient souvent. Procris avait donné à Céphale

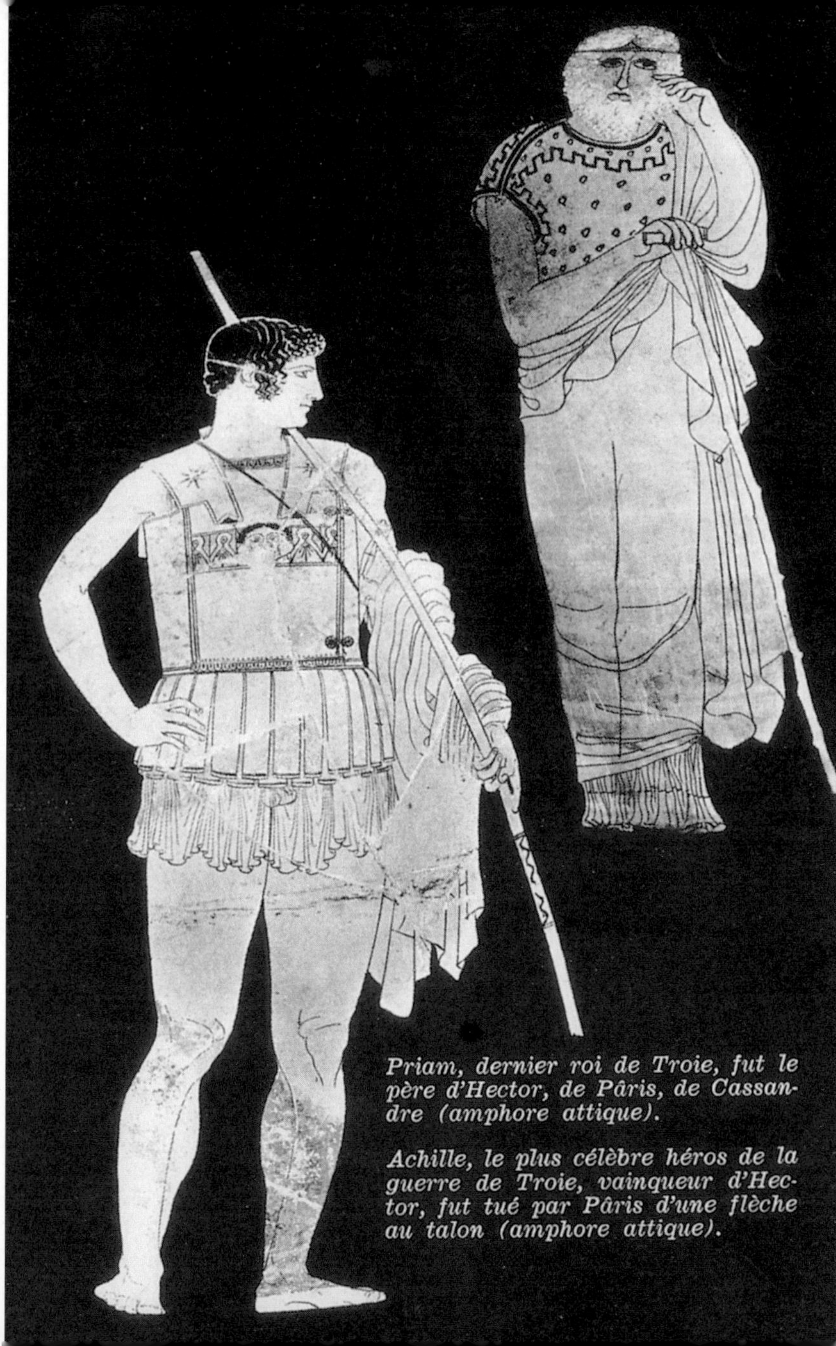

Priam, dernier roi de Troie, fut le père d'Hector, de Pâris, de Cassandre (amphore attique).

Achille, le plus célèbre héros de la guerre de Troie, vainqueur d'Hector, fut tué par Pâris d'une flèche au talon (amphore attique).

LA GUERRE DE TROIE *fut le lieu de rencontre favori des mythes et de l'histoire. Le siège de dix ans soutenu par la ville contre les Grecs, immortalisé par Homère dans l'Iliade, inspira après lui d'innombrables poètes, écrivains et peintres.*

C'est le rapt d'Hélène, fille de Léda, sœur de Castor et Pollux, épouse du roi de Sparte Ménélas, qui déclencha l'expédition contre Troie (tableau de Guido Reni).

Le cheval de Troie permit aux Grecs de pénétrer par ruse dans le camp ennemi (tableau de Schoubroeck).

Troie vaincue, Ulysse revint à Ithaque où Pénélope, grâce à sa tapisserie, l'avait attendu pendant vingt ans (tableau de Pinturicchio).

un javelot qui ne manquait jamais son but. En arrivant dans les bois, mari et femme se séparèrent et partirent chacun de leur côté à la recherche du gibier. Céphale, regardant vivement autour de lui, aperçut un mouvement dans un fourré ; il lança son javelot — qui trouva sa cible. C'était Procris, et elle tomba sur le sol, le cœur transpercé.

ORITHYIE ET BORÉE

Orithyie était l'une des trois sœurs de Procris. Borée, le Vent du Nord, s'éprit d'elle mais son père Erechthée et avec lui tout le peuple d'Athènes s'opposaient à ce mariage. A cause du triste sort de Procné et de Philomèle et parce que le vil Térée venait du Nord, ils avaient pris en haine tout ceux qui y vivaient et ils refusèrent de donner la jeune fille à Borée. Mais ils furent insensés au point de croire qu'ils pourraient retenir ce que le Grand Vent convoitait. Un jour, alors qu'Orithyie jouait avec ses sœurs au bord d'une rivière, Borée surgit dans une bourrasque et l'entraîna. Les deux fils qu'elle lui donna, Zétès et Caloïs, accompagnèrent Jason dans la Conquête de la Toison d'Or.

Un jour Socrate, le grand philosophe athénien qui vécut des siècles et peut-être même des milliers d'années après que les premiers récits mythologiques eurent été contés, s'en fut se promener avec un jeune homme auquel il était fort attaché et qui se nommait Phædros. Tout en marchant lentement, ils parlaient, et Phædros demanda : « N'est-ce pas près d'ici que Borée aurait enlevé Orithyie sur les bords de l'Illissus ? »

— C'est en effet ce que raconte cette histoire, répondit Socrate.

— Crois-tu que ce soit bien ici l'endroit exact où la chose se passa ? continua Phædros, pensif. — Cette petite rivière semble si claire, si limpide. Je verrais fort bien des jeunes filles jouant sur ses berges.

— Je pense, dit Socrate, que l'endroit exact se trouve à un quart de lieue en aval et je crois qu'il y a là un autel en l'honneur de Borée.

— Dis-moi, Socrate, dit Phædros, cette histoire, la crois-tu ?

— Les sages sont sceptiques, répondit Socrate, et je ne me singulariserais pas si je doutais moi aussi.

Cette conversation avait lieu dans la dernière partie du Ve siècle av. J.-C. Les anciennes légendes commençaient alors à perdre leur emprise sur l'esprit des hommes.

Créuse et Ion

Créuse était la sœur de Procris et d'Orithyie et elle aussi connut l'infortune. Un jour, alors qu'elle était à peine plus qu'une enfant, elle cueillait des crocus sur une falaise creusée d'une caverne profonde. Elle se servait de son voile comme d'un panier et comme il était rempli de cette moisson dorée, elle se disposait à regagner son logis lorsqu'elle fut saisie dans les bras d'un homme surgi de nulle part — on eût dit que l'invisible s'était soudain fait visible. Il était divinement beau, mais aveuglée par sa terreur, elle ne vit rien de lui ni de ses traits. Elle cria, elle appela sa mère, mais nul secours n'était à portée. Son ravisseur n'était autre qu'Apollon et il l'emporta dans la caverne.

Tout dieu qu'il fût, elle le haïssait, surtout quand au moment où son enfant devait naître, il ne se manifesta en rien et ne lui apporta aucune aide. Elle n'osa rien dire à ses parents. Ainsi que maints récits le prouvent, le fait que le séducteur était un dieu et ne pouvait être repoussé ne valait pas comme excuse. En avouant, une jeune fille risquait la mort.

Lorsque son temps fut venu, Créuse se rendit seule dans une grotte et mit un fils au monde. Et là aussi, elle l'abandonna, promis à la mort. Plus tard, poussée par un désir lancinant d'apprendre ce qui lui était arrivé, elle y retourna. La grotte était vide et on n'y voyait nulles traces de sang ; l'enfant n'avait donc pas été tué par une bête sauvage. Mais, chose étrange, les vêtements moelleux dont elle l'avait enveloppé, un voile et une mante tissés de ses mains, tout avait disparu. Avec angoisse, elle se demanda si un grand aigle ou un vautour ne l'aurait pas enlevé dans ses serres cruelles — ce qui semblait la seule explication plausible.

Quelque temps après, elle se maria. En témoignage de gratitude, son père, le Roi Erechthée, accorda sa main à un étranger qui l'avait aidé au cours d'une guerre. Bien entendu, cet homme, nommé Xuthos, était Grec, mais comme il n'appartenait ni à Athènes ni à l'Attique, on le tenait pour un étranger ; en tant que tel, il était si peu considéré que Créuse et lui n'ayant pas eu d'enfant, les Athéniens furent loin de prendre la chose comme une infortune. Xuthos ne partageait pas cette façon de voir et plus que Créuse elle-même, il désirait passionnément un fils. En conséquence, tous deux se rendirent à Delphes, refuge des Grecs en peine, pour demander au dieu s'ils pouvaient encore espérer un enfant.

Laissant son mari dans la ville en compagnie des prêtres, Créuse monta seule au sanctuaire. Dans la cour intérieure, elle rencontra un superbe adolescent revêtu d'habits sacerdotaux ; tout en chantant un hymne à la louange du dieu, il purifiait avec ferveur le lieu sacré en l'aspergeant d'eau contenue dans une coupe d'or. Il regarda aimablement cette dame si belle et imposante, et elle le regarda à son tour, puis ils se mirent à parler. Il voyait bien qu'elle était de haute naissance et bénie par le sort, lui dit-il. Elle répondit avec amertume : « Bénie par le sort ! Dis plutôt que le chagrin me rend la vie insupportable. » Ces mots révélaient toute sa détresse — sa terreur et sa peine anciennes, son angoisse pour son enfant, le fardeau de ce secret qu'elle portait depuis tant d'années. Mais voyant poindre la stupeur dans les yeux du jeune garçon, elle se reprit et s'enquit de lui ; il paraissait si jeune encore pour occuper de si hautes fonctions dans le saint des saints de la Grèce ? Il répondit que son nom était Ion mais qu'il ignorait tout de sa naissance. Alors qu'il était tout petit, la Pythonisse, prêtresse d'Apollon, l'avait trouvé un beau matin sur les marches du temple ; elle l'avait élevé avec toute la tendresse d'une mère. Il s'était toujours senti heureux, s'activant avec joie dans le temple, fier de servir non les hommes mais les dieux.

Alors, il se risqua à lui poser quelques questions, lui aussi. Pourquoi était-elle si triste ? lui demanda-t-il gentiment. Ses yeux se mouillaient de larmes, pourquoi donc ? Ce n'était pas ainsi que les pèlerins venaient à Delphes, mais en se réjouissant d'approcher le sanctuaire d'Apollon, le dieu de la Vérité.

— Apollon ! dit Créuse. — Non ! Je ne peux l'approcher ainsi. Alors, répondant au regard étonné et plein de reproche d'Ion, elle lui dit qu'elle était venue à Delphes dans un but secret. Alors que son mari s'y rendait pour demander une confirmation à son espoir d'avoir un jour un fils, elle-même ne cherchait qu'à découvrir le sort d'un enfant qui était le fils de… Sa voix se brisa ; elle se tut. Puis elle reprit, parlant vite : « … d'une de mes amies, une malheureuse femme que ce dieu si saint de Delphes a outragée. Et quand l'enfant qu'il la força à porter fut né, elle l'abandonna. Il doit être mort — il y a des années que ces choses se sont passées mais elle veut à tout prix connaître la vérité, apprendre comment il est mort. Et c'est ce que je suis venue demander pour elle à Apollon. »

Ion fut horrifié de l'accusation portée contre son seigneur et maître. « Ce n'est pas vrai », dit-il avec chaleur. « Ce ne pouvait être qu'un homme et elle veut excuser sa honte en rejetant le blâme sur le dieu. »

— Non, dit Créuse, péremptoire. — C'était Apollon.

Ion garda le silence. Puis il hocha la tête. « Et si même c'était vrai, ce que tu projettes de faire est insensé », objecta-t-il. « Tu ne peux approcher de l'autel du dieu pour tenter de prouver qu'il est un scélérat. »

Créuse sentit faiblir sa résolution aux paroles de cet adolescent étrange. « Je ne le ferai pas », fit-elle avec soumission. « Je suivrai ton conseil. »

Des sentiments qu'elle ne pouvait comprendre naissaient en elle. Immobiles tous les deux, ils s'observaient quand survint Xuthos, le visage triomphant. Il tendit les bras à Ion, qui recula avec une froide aversion, mais à son grand embarras, Xuthos réussit cependant à l'embrasser.

— Tu es mon fils, s'écria-t-il. — Apollon l'a déclaré.

Le cœur de Créuse se serra ; un sentiment d'antagonisme amer l'étreignit. — Ton fils ? demanda-t-elle d'une voix claire. — Et qui donc est sa mère ?

— Je n'en sais rien. Xuthos était troublé. — Je crois qu'il est mon fils mais peut-être le dieu me l'a-t-il donné. De toute façon, il est à moi.

A ce groupe — Ion froid et distant, Xuthos perplexe mais heureux, Créuse haïssant les hommes et déterminée à refuser de se voir imposer le fils de quelque femme inconnue et vile — vint se joindre la vieille prêtresse, la prophétesse d'Apollon. Dans ses mains elle tenait deux objets dont la vue, malgré toute sa préoccupation, fit sursauter Créuse ; elle leur jeta un regard perçant. L'un était un voile et l'autre un manteau de jeune fille. La sainte femme dit à Xuthos que le prêtre désirait lui parler et lorsqu'il se fut retiré, elle tendit à Ion ce qu'elle portait.

— Cher enfant, dit-elle, tu dois emporter ces objets avec toi lorsque tu te rendras à Athènes avec ce père que tu viens de te découvrir. Ils t'enveloppaient quand je t'ai trouvé.

— Oh, s'écria Ion, ma mère doit m'en avoir enveloppé. Ce sont des indices qui me conduiront à ma mère. Je la chercherai partout — à travers toute l'Europe — toute l'Asie.

Mais Créuse s'était approchée de lui et avant qu'il ait eu le temps de s'y refuser une seconde fois, elle avait jeté ses bras autour du cou de l'adolescent ; alors, pleurant et pressant son visage contre le sien, elle l'appela : « Mon fils, mon fils ! » C'en était trop pour Ion. — « Elle doit être folle ! » s'écria-t-il.

— Non, non, dit Créuse. — Ce voile, cette mante sont à moi. Je t'en ai recouvert avant de t'abandonner. Ecoute. Cette amie dont je t'ai parlé... c'était moi. Apollon est ton père. Oh, ne te détourne pas. Je peux en fournir la preuve. Déplie ces vêtements... Je te décrirai les broderies dont ils sont ornés, je les ai faites de mes mains. Et regarde... tu trouveras deux petits serpents d'or fixés sur le manteau. Je les ai mis là moi-même.

Ion trouva les bijoux ; son regard se posa sur eux puis sur

elle. « Ma mère », dit-il avec étonnement. « Mais alors le dieu de Vérité pourrait-il mentir ? Il a dit que j'étais le fils de Xuthos. O Mère, je suis troublé ! »

— Apollon n'a pas dit que tu étais vraiment le fils de Xuthos ! Il t'a donné à lui, s'écria Créuse, mais elle tremblait elle aussi.

Venant d'en haut, une lueur radieuse apparut soudain et tous deux levèrent les yeux. Alors toute détresse fit place à l'émerveillement, car une forme divine se tenait au-dessus d'eux, belle et majestueuse au-delà de toute comparaison.

— Je suis Pallas Athéna, dit la vision. — Apollon m'envoie te dire qu'Ion est son fils et le tien. Il l'amena jusqu'ici de la grotte où tu l'avais abandonné. Emmène-le avec toi à Athènes, Créuse. Il est digne de régner sur mon pays et ma cité.

Elle disparut. La mère et le fils se regardèrent, Ion avec une joie parfaite. Mais Créuse ? La tardive réparation d'Apollon la payait-elle de tout ce qu'elle avait souffert ? Nous ne pouvons que conjecturer ; l'histoire n'en dit rien.

SIXIÈME PARTIE

LES MYTHES DE MOINDRE IMPORTANCE

Midas… et d'autres

C'est Ovide qui raconte le mieux l'histoire de Midas et c'est à lui que je l'ai empruntée. Pindare est ma source pour celle d'Esculape, dont il narre la vie en détail. Les Danaïdes font le sujet d'une pièce d'Eschyle. Glaucus et Scylla, Pomone et Vertumne, Erysichthon tous sont dus à Ovide.

Midas, dont le nom est synonyme d'homme fortuné, profita fort peu de ses biens. Il en jouit moins d'un jour, ce qui suffit à mettre sa vie en péril. Son cas prouve que la folie peut être aussi fatale que le péché car il n'avait nulle intention de faire le mal ; il ne faisait aucun usage de son intelligence, voilà tout. Son histoire suggère qu'il en était dépourvu.

Il était Roi de Phrygie, le pays des roses, et de grandes roseraies entouraient son palais. C'est là qu'un jour le vieux Silène, en état d'ébriété comme toujours, s'écarta du cortège de Bacchus dont il faisait partie pour s'égarer dans les sentiers. Des serviteurs du palais retrouvèrent le gros vieillard ivrogne profondément endormi dans un berceau fleuri. Ils le couvrirent de guirlandes de roses, déposèrent une couronne de ces mêmes fleurs sur sa tête, puis ils le réveillèrent et ravis de cette excellente plaisanterie, ils le conduisirent ainsi accoutré devant Midas. Celui-ci fit bon accueil au vieillard et l'entretint pendant dix jours en fêtes et réjouissances. Puis il le rendit à Bacchus qui, enchanté de retrouver son vieux compagnon, promit à Midas de lui accorder le moindre de ses désirs. Sans réfléchir un instant aux conséquences inévitables de son vœu, Midas demanda que tout ce qu'il toucherait désormais se transformât en or. Bacchus y consentit bien qu'il prévît, bien entendu, ce qui se passerait au prochain repas ; mais Midas n'en soupçonna rien jusqu'au moment où, portant les aliments à sa bouche, ceux-ci se changèrent en métal. Consterné, affamé, assoiffé, il se vit forcé d'implorer le dieu de lui retirer cette faveur. Bacchus lui ordonna de se tremper dans la source du fleuve Pactole — ce faisant, il perdrait ce don fatal. Midas fit comme il lui était conseillé et ce fut la raison, dit-on, de l'or que l'on trouve depuis dans les sables de ce fleuve.

Plus tard Apollon imposa à Midas des oreilles d'âne, mais une fois encore, ce châtiment lui vint de sa stupidité et non de sa culpabilité. Parmi d'autres, il avait été choisi pour arbitre dans un concours musical opposant Apollon à Marsyas. Le satyre tirait de son pipeau des sons fort plaisants, mais quand Apollon pinçait les cordes de sa lyre d'argent, nulle mélodie — sauf le chœur des Muses — ne pouvait rivaliser avec la sienne, fût-ce sur la terre ou dans les cieux. Néanmoins et bien qu'un autre arbitre, Tmolos, le dieu de la montagne, eût donné la palme à Apollon, Midas — qui n'avait pas plus d'intelligence en musique qu'en autre chose — préféra Marsyas et le dit en toute franchise et honnêteté. C'était double sottise de sa part, bien entendu. La simple prudence eût dû lui rappeler qu'il était dangereux de prendre parti pour Marsyas contre Apollon, ce dernier étant infiniment plus puissant. Et c'est ainsi qu'il obtint ses oreilles d'âne ; Apollon déclara qu'il ne faisait que donner une forme appropriée à des oreilles si dures et obtuses. Midas les cacha sous une tiare tout spécialement conçue à cet effet mais le serviteur qui lui coupait les cheveux devait nécessairement les voir. Il jura solennellement de ne jamais en parler mais, à la longue, ce secret devint si pesant à cet homme, qu'il s'éloigna un jour dans un lieu isolé, creusa un trou dans le sol et y chuchota : « Midas, le Roi Midas a des oreilles d'âne. » Alors, il se sentit soulagé et referma le trou. Mais les roseaux avaient entendu, et lorsque le vent les agita, ils murmurèrent les mots enfouis — et ils révélèrent ainsi aux hommes non seulement ce qui était arrivé au pauvre et stupide Roi, mais aussi que lorsque les dieux entrent en compétition, la seule voie sûre est de prendre le parti du plus fort.

ESCULAPE

Il y avait en Thessalie une jeune fille nommée Coronis ; sa beauté était si parfaite qu'Apollon s'en éprit. Mais, fait étrange, elle ne répondit pas longtemps à la passion de son amant divin et lui préféra un simple mortel. Elle ne se dit pas qu'Apollon, le dieu de la Vérité qui ne ment jamais, ne peut être lui-même trompé.

Le Seigneur Pythien de Delphes
Possède un ami en qui se fier,
Toujours loyal et méprisant les détours.
Il s'agit de son esprit, qui connaît toutes choses
Et jamais ne s'abaisse au mensonge, celui que nul
— Dieu ou mortel — ne peut duper. Il voit
L'acte déjà accompli ou qui seulement se prépare.

Coronis fut assez étourdie pour espérer qu'il n'apprendrait jamais son infidélité. On dit que c'est le corbeau, l'oiseau consacré au dieu — et dont le plumage était alors d'une blancheur de neige — qui en rapporta la nouvelle ; Apollon fut alors pris d'une rage furieuse et avec cette injustice flagrante dont les dieux faisaient habituellement preuve lorsqu'ils étaient irrités, il punit le messager fidèle en teignant ses plumes en noir. Coronis fut tuée, bien entendu ; les uns disent que le dieu s'en chargea lui-même, d'autres qu'il persuada Artémis de décocher une flèche à la malheureuse jeune femme.

En dépit de sa nature impitoyable, il ressentit un chagrin poignant en voyant déposer la jeune morte sur le bûcher funéraire et les flammes s'élever en crépitant. « Je sauverai au moins mon enfant », se dit-il, et tout comme Zeus l'avait fait lorsque Sémélé périt, il se saisit de l'enfant prêt à naître. Il le confia à Chiron, le sage et bon Centaure, en le priant de l'élever dans sa grotte du Mont Pélion et de lui donner le nom d'Esculape*. Bien des notables lui avaient ainsi donné leurs enfants à instruire, mais de tous ses pupilles nul ne lui était plus cher que l'enfant de la jeune morte ; ce n'était pas un garçonnet comme les autres, qui courent sans cesse de droite et de gauche et ne s'intéressent qu'aux jeux violents ; il n'aspirait qu'à apprendre tout ce que son père adoptif pouvait lui enseigner dans l'art de guérir — et ce n'était pas peu, car Chiron était versé dans la connaissance des simples et des remèdes, il murmurait de douces incantations et administrait des potions apaisantes. Mais son élève le surpassa ; il soulageait n'importe quelle maladie ; tous ceux qui venaient à lui souffrant de membres blessés ou d'un corps ravagé par le mal, et ceux-là même qui étaient déjà sous l'emprise de la mort, il les délivrait de leurs tourments ; c'était :

En son métier, un doux artiste qui chasse toute peine,
Et apaise les douleurs cruelles : une joie pour les hommes.
Il leur apporte la santé d'or.

C'était un bienfaiteur universel. Et cependant, lui aussi s'attira la colère des dieux par ce péché qu'ils ne pardonnaient jamais. Il concevait « des pensées trop grandes pour les hommes ». Un

---

* En grec : Asclèpios.

jour, quelqu'un lui proposa des honoraires somptueux s'il ressuscitait un mort, et il accepta. Beaucoup disent que cet homme qu'il ramena à la vie n'était autre qu'Hippolyte, le fils de Thésée qui mourut de façon si injuste, et qu'ensuite le miraculé ne retomba plus sous l'emprise de la mort mais vécut désormais en Italie sous le nom de Virbius, immortel à jamais et vénéré à l'égal d'un dieu.

Mais le grand praticien qui le délivra du Hadès ne connut pas lui-même un sort aussi heureux. Zeus ne pouvait tolérer qu'un mortel eût un tel pouvoir sur la mort et il frappa Esculape de son foudre. Apollon, irrité de la disparition de son fils, se rendit sur l'Etna où les Cyclopes forgeaient les éclairs, et il les tua (ou leurs fils, car ici encore les avis sont partagés). Zeus, furieux à son tour, condamna Apollon à devenir l'esclave du Roi Admète pendant une période qui varie d'un an à neuf ans selon les récits. C'est ce même Admète dont Hercule s'en alla chercher la femme, Alceste, dans le Hadès.

Mais bien qu'il eût déplu au Souverain des dieux et des hommes, Esculape fut honoré sur terre comme nul autre mortel. Après sa mort et pendant des siècles, les malades, les infirmes et les aveugles affluèrent dans ses temples pour y demander la guérison ; ils y priaient, ils y offraient des sacrifices, puis ils s'y endormaient et dans leurs rêves, le bon médecin leur indiquait le moyen d'y parvenir. Les serpents jouaient un grand rôle dans la cure — bien qu'on ne sache pas exactement en quoi elle consistait — mais ils étaient tenus pour les serviteurs consacrés d'Esculape.

Il est certain que pendant des siècles, des milliers de malades crurent devoir à Esculape le soulagement de leurs maux et leur retour à la santé.

Les Danaïdes

Ces jeunes filles sont célèbres — bien plus encore que ne le soupçonne quiconque lit leur histoire. Elles sont souvent citées par les poètes et elles comptent parmi les affligés les plus en vue de l'enfer mythologique, où elles doivent à jamais remplir d'eau un tonneau percé. Et cependant, à l'exception de la seule *Hypermnestre*, elles ne firent rien de plus que les femmes de Lemnos découvertes par les Argonautes : elles tuèrent leurs maris. Mais si les secondes sont à peine mentionnées dans les récits légendaires, les Danaïdes sont connues même de ceux qui n'ont qu'une science limitée de la mythologie.

Elles étaient au nombre de cinquante, toutes filles de Danaos, descendant d'Io, qui régnait non loin du Nil. Leurs cinquante cousins, fils du frère de Danaos, Ægyptos, voulaient les épouser ; mais elles, pour quelque inexplicable raison, s'y refusaient absolument. Avec leur père, elles montèrent à bord d'un navire et s'enfuirent à Argos, où elles trouvèrent refuge. Par un vote unanime, les Argiens décidèrent de faire droit à la requête des suppliantes et lorsque les fils d'Ægyptos se présentèrent, prêts à la lutte pour conquérir leurs épouses, la cité les repoussa et déclara aux nouveaux venus que non seulement elle s'opposait à ce qu'une femme fût mariée contre son gré, mais qu'elle ne livrait aucun suppliant, si faible fût-il, et quelle que fût la puissance du poursuivant.

Arrivé à ce point, le récit semble bifurquer. Lorsqu'il reprend — au chapitre suivant, si l'on peut dire — les jeunes filles vont épouser leurs cousins et leur père préside le festin des noces. Aucune explication ne nous est donnée sur la façon dont les choses en sont venue là mais dès l'abord, il apparaît clairement que l'opinion de Danaos et de ses filles n'a pas varié, car, au festin, on nous le montre armant chacune d'elles d'une dague. Ainsi que le prouve la suite des événements, toutes avaient reçu des instructions et promis de s'y conformer. Après le mariage, au cœur de la nuit, chacune d'elles poignarda son mari — toutes, sauf Hypermnestre. Elle seule fut émue de pitié. Elle regarda le jeune homme si fort étendu à ses côtés dans l'inconscience du sommeil, et elle ne put se résoudre à transformer en froide mort tant de vigueur triomphante. Elle oublia sa promesse à son père et à ses sœurs. Elle fut, ainsi que le dit le poète latin Horace, superbement félone. Elle réveilla le jeune homme — son nom était Lyncée — elle lui révéla toute la vérité et l'aida à prendre la fuite.

Pour la punir de l'avoir trahi, son père la jeta en prison. Un récit nous dit qu'elle réussit à rejoindre Lyncée, que tous deux vécurent heureux par la suite et qu'ils eurent un fils, Abas, l'arrière-grand-père de Persée. Les autres légendes s'achèvent sur la fatale nuit de noces et l'emprisonnement d'Hypermnestre, mais toutes néanmoins relatent l'inanité éternelle de la tâche imposée aux quarante-neuf Danaïdes coupables d'avoir égorgé leurs maris. Sur la berge du fleuve, elles remplissent à jamais des tonneaux criblés de trous dont l'eau s'échappe au fur et à mesure, puis encore et encore, elles retournent puiser une eau qu'elles voient encore et toujours s'enfuir.

Glaucos et Scylla

Glaucos était un pêcheur qui pêchait un jour au bord d'un pré descendant jusqu'à la mer. Il étala sa prise sur l'herbe et comptait ses poissons quand soudain il les vit tous frétiller à nouveau, prendre la direction de l'eau, s'y glisser et s'éloigner en nageant. Il en fut complètement abasourdi. Le phénomène avait-il un dieu pour cause, ou bien le gazon possédait-il un étrange pouvoir ? Il ramassa une poignée d'herbe et la mangea. Aussitôt, il fut possédé d'une attirance irrésistible pour la mer. Il courut se plonger dans les vagues. Les dieux marins l'accueillirent avec cordialité et prièrent Océan et Téthys de le purger de sa nature mortelle afin qu'il devînt l'un des leurs. Cent rivières furent invitées à déverser leurs eaux sur lui et sous ce déferlement, il perdit conscience. Quand il la retrouva, il était devenu un dieu marin, avec des cheveux verts comme la mer et un corps s'achevant en queue de poisson — une forme belle et familière aux habitants des eaux mais étrange et repoussante à ceux qui séjournent sur la terre. Et c'est bien ainsi qu'il parut à Scylla, la nymphe ravissante, quand elle le vit surgir de la mer alors qu'elle se baignait dans une crique. Elle lui échappa et se réfugia sur un promontoire élevé d'où elle pouvait en toute sécurité observer cette créature surprenante, moitié homme, moitié poisson. Glaucos l'implora : « Jeune fille, je ne suis pas un monstre. Je suis un dieu doué de pouvoir sur les eaux. » Mais Scylla se détourna de lui et se hâtant vers l'intérieur des terres, elle disparut aux yeux de Glaucos.

Il en fut désespéré car il était éperdument amoureux ; il décida de se rendre auprès de Circé, l'enchanteresse, et de la prier de lui donner un philtre qui attendrirait le cœur de Scylla. Mais comme il lui contait son histoire et la suppliait de lui venir en aide, Circé s'éprit de lui. Par les mots les plus doux et les plus tendres regards, elle tenta de le conquérir, mais il resta insensible : « Les arbres couvriront le fond de la mer et les algues croîtront sur les cimes des montagnes avant que je cesse d'aimer Scylla. » La colère envahit Circé, mais elle se tourna contre Scylla et non contre Glaucos. Elle prépara un poison violent et le versa dans la crique où la nymphe avait coutume de se baigner. A peine Scylla était-elle entrée dans l'eau qu'elle fut transformée en un monstre affreux. De son corps sortaient des serpents et des têtes de chiens féroces : ces formes horribles faisaient partie d'elle-même, elle ne pouvait ni leur échapper ni les repousser. Dans son indicible infortune, elle s'enracina sur un roc, haïssant et détruisant tout ce qui l'approchait — péril mortel pour tous les marins qui passaient à sa portée ainsi que Jason, Odysseus et Enée devaient en faire l'expérience.

Erysichthon

Une femme possédait le pouvoir de se donner des apparences diverses, un pouvoir aussi étendu que celui de Protée. Assez étrangement, elle en usait pour procurer de la nourriture à son père affamé. Son histoire est la seule où Cérès, la bonne déesse, apparaît cruelle et vindicative. Erysichthon eut l'audace criminelle d'abattre le plus grand chêne d'une forêt consacrée à Cérès. Lorsqu'il leur en donna l'ordre, ses serviteurs reculèrent devant le sacrilège ; sur quoi, il saisit lui-même une hache et s'attaqua au tronc puissant autour duquel les dryades avaient coutume de se rassembler pour danser. Quand il le frappa, du sang s'échappa de l'arbre et une voix se fit entendre ; elle lui disait que Cérès le punirait certainement de son crime. Mais ces prodiges n'apaisèrent point sa folie ; il leva et abaissa sa hache jusqu'à ce qu'enfin le grand chêne s'écrasât sur le sol. Les dryades coururent conter l'affaire à Cérès et la déesse, profondément offensée, leur déclara que le coupable subirait un châtiment comme nul n'en avait encore jamais vu. Dans son char, elle envoya l'une d'elles dans la région habitée par la Faim, avec pour mission de prier cette dernière de prendre possession d'Erysichthon. « Qu'elle veille bien à ce que nulle abondance ne le satisfasse jamais », recommanda-t-elle. « Il restera affamé dans l'acte même de se nourrir. »

La Faim obéit. Elle pénétra dans la chambre d'Erysichthon pendant qu'il dormait, elle l'enveloppa de ses bras décharnés et le tenant dans cette étreinte abominable, elle le remplit d'elle-même et s'implanta en lui. Il s'éveilla avec un désir dévorant de nourriture et ordonna qu'on lui servît au plus vite un repas. Mais plus il mangeait et plus il se sentait inassouvi. Il dépensa toute sa fortune en approvisionnements qui ne le rassasiaient jamais. Bientôt il ne lui resta plus rien — que sa fille. Il la vendit aussi. Sur la grève où était ancré le bateau de son nouveau maître, elle implora Poséidon de la sauver de l'esclavage, et le dieu entendit sa prière. Il la métamorphosa en pêcheur. Le maître, qui la suivait à quelque distance, ne vit plus qu'un homme fort occupé de ses filets. Il l'interpella : « Où donc est partie cette jeune fille qui était ici, il y a un instant ? Voici l'empreinte de ses pas, mais elle cesse subitement. » Le prétendu pêcheur répondit : « Nul homme sauf moi-même n'est venu sur cette plage et nulle femme non plus, j'en jure par le dieu de la Mer ». Lorsque l'autre, confondu, eut regagné son bateau, la jeune fille reprit sa propre forme. Elle revint à son père et lui causa une grande joie en lui racontant ce qui s'était passé ; il y voyait une occasion de se créer par elle des ressources inépuisables. Il vendit et revendit sa fille et chaque fois Poséidon la transformait, tantôt en jument, tantôt en oiseau et ainsi de suite. Et chaque fois elle échappait à celui qui l'avait achetée et revenait à son père. Mais enfin, il arriva que l'argent qu'elle gagnait ainsi pour son père ne suffit plus aux besoins d'Erysichthon ; il s'en prit à son propre corps et se dévora lui-même.

Pomone et Vertumne

Ces deux divinités ne sont pas grecques mais romaines. Pomone était la seule parmi les nymphes à ne pas aimer la forêt sauvage. Elle lui préférait les jardins et les vergers ; tailler, émonder, greffer et tout ce qui fait l'art du jardinier l'enchantait. Elle fuyait la compagnie des hommes pour rester seule avec ses arbres bien-aimés et ne permettait à aucun soupirant de l'approcher. De tous ceux qui la recherchaient, le plus ardent était Vertumne, mais en vain ; souvent, il venait à elle sous un déguisement, tantôt sous les apparences d'un fruste moissonneur lui apportant une corbeille d'épis de maïs, tantôt sous celles d'un bouvier gauche et maladroit ou encore d'un vigneron. S'il se donnait ainsi la joie de l'apercevoir, il avait aussi le chagrin de se dire que jamais elle n'abaisserait un regard sur l'homme qu'il prétendait être. Il échafauda enfin un nouveau plan. Il se présenta sous les traits d'une très vieille femme et c'est ainsi que Pomone ne trouva rien d'étrange à ce qu'il lui dît, après avoir admiré ses fruits : « Mais tu es bien plus belle encore », et l'embrassât. Toutefois, il continua à lui donner des baisers comme aucune vieillarde ne l'aurait fait et Pomone s'alarma. Il s'en aperçut et desserrant son étreinte, il s'assit non loin d'un orme qu'enlaçait une vigne couverte de grappes pourpres. Il dit doucement : « Qu'ils sont beaux ensemble et combien ils seraient différents séparés l'un de l'autre, l'arbre inutile et la vigne rampant sur le sol, incapable de porter des fruits. N'es-tu pas toi-même comme cette vigne ? Tu te détournes de tous ceux qui te désirent. Tu tentes de demeurer seule. Et cependant, il en est un... écoute ce que te dit une vieille femme qui t'aime plus que tu ne t'en doutes — tu ferais bien de ne pas repousser Vertumne. Tu es son premier amour, il n'en aura pas d'autre. Comme toi, il aime les jardins et les vergers. Il travaillerait à tes côtés. » Alors, avec un grand sérieux, il lui rappela que Vénus avait plus d'une fois montré combien elle haïssait les jeunes filles au cœur dur, et il lui raconta l'histoire d'Anaxarête, qui avait dédaigné son soupirant Iphis jusqu'à ce qu'enfin, il se pendît à sa grille. Sur quoi, Vénus avait changé la fille sans cœur en statue de pierre. « Que ceci te serve de leçon », implora-t-il, « et t'incite à céder à celui qui t'aime avec tant de sincérité. » Sur ces mots, il abandonna son déguisement et se tint devant elle dans toute sa radieuse jeunesse. Pomone fut conquise par tant de beauté jointe à tant d'éloquence, et désormais ses vergers eurent deux jardiniers.

Mythes brefs cités dans l'ordre alphabétique

Amalthée

Selon un récit, elle serait la chèvre qui nourrit l'enfant Zeus de son lait. Selon un autre, elle était une nymphe qui possédait une chèvre. Son front, disait-on, s'ornait d'une corne toujours pleine de mets et de boissons — la Corne d'Abondance (en latin *Cornu Copiae* — aussi connue sous le nom de Cornucopia en mythologie latine). Mais les Latins disaient encore que la Cornucopia était cette corne qu'Hercule enleva à Achéloüs, quand il vainquit le dieu marin qui avait pris la forme d'un taureau pour lutter contre le héros.

Les Amazones

Eschyle les appelait les « Amazones guerrières, ennemies des hommes ». Elles étaient en effet une nation de femmes seulement, toutes guerrières et censées vivre non loin du Caucase ; leur ville principale était Thémiscyre. Assez curieusement, elles inspirèrent plus les peintres et les sculpteurs que les poètes ; aussi familières qu'elles nous soient devenues, il existe peu de récits à leur sujet. Elles envahirent la Lycie et furent repoussées par Bellérophon. Elles envahirent la Phrygie pendant la jeunesse de Priam, et l'Attique lorsque Thésée y était Roi. Il avait enlevé leur Reine et elles tentèrent de la délivrer, mais Thésée les vainquit. Selon un récit conté par Pausanias mais qui ne figure pas dans *l'Iliade*, sous la conduite de leur Reine Penthésilée, elles combattirent les Grecs. Pausanias dit aussi que Penthésilée fut tuée par Achile qui se lamenta ensuite sur son cadavre et pleura de la voir morte, si jeune et si belle.

Amymone

C'était une Danaïde. Son père l'envoya puiser de l'eau et un satyre l'ayant aperçue se mit à sa poursuite. Poséidon entendit l'appel angoissé de la jeune fille et la sauva du satyre. De son trident, il créa en son honneur la fontaine qui depuis porte son nom.

Antiope

Princesse de Thèbes, Antiope fut séduite par Zeus et lui donna deux fils, Zèthos et Amphion. Craignant la colère de son père, elle abandonna les enfants dès leur naissance sur un mont solitaire, mais ils y furent découverts par un berger qui les éleva. Lycos, l'homme qui régnait alors à Thèbes, et sa femme Dircé, traitèrent Antiope avec une grande cruauté, tant et si bien qu'elle résolut de fuir. Elle parvint un jour à une chaumière ; ses fils y vivaient. D'une façon ou d'une autre, ils la reconnurent — à moins que ce ne soit le contraire — et rassemblant une bande de leurs amis, ils se rendirent tous au palais pour la venger. Ils tuèrent Lycos et infligèrent à Dircé une mort affreuse : ils l'attachèrent par les cheveux à la queue d'un taureau. Puis les deux frères jetèrent son corps dans une fontaine qui prit désormais son nom.

Arachné

(Cette histoire n'est contée que par le poète latin Ovide. C'est pourquoi leurs noms latins sont donnés aux dieux).

Le sort de cette jeune fille fournit un nouvel exemple du danger de se proclamer en quelque domaine que ce soit l'égal des dieux. Minerve était la tisseuse de l'Olympe comme Vulcain en était le forgeron. Comme de raison, elle estimait ses œuvres incomparables tant par leur finesse que par leur beauté, et elle fut ulcérée d'apprendre qu'une simple petite paysanne nommée Arachné jugeait son propre travail meilleur encore. La déesse se rendit à la chaumière qu'habitait la jeune fille et lui porta un défi qu'Arachné accepta. Elles s'installèrent donc l'une et l'autre devant leur métier et lancèrent le fil de chaîne. Puis elles se mirent à l'ouvrage. Des écheveaux de soie de toutes couleurs s'amoncelaient à côté de chacune d'elles ainsi que des fils d'or et d'argent. Minerve fit de son mieux et réussit une merveille mais l'œuvre d'Arachné, terminée au même instant, ne le lui cédait en aucune façon. Emportée par la colère, la déesse fendit la toile du haut en bas avec sa navette, puis elle en frappa la tête de la jeune fille. Arachné humiliée, mortifiée et ulcérée, se pendit. Alors le cœur de Minerve connut une ombre de repentir. Elle dégagea le corps du nœud coulant et l'aspergea d'un liquide magique. Arachné fut métamorphosée en araignée et elle garda toute son adresse à tisser.

Arion

Il semble avoir vraiment existé, un poète qui vivait vers 700 ans av. J.-C. mais aucune de ses œuvres ne nous est parvenue et tout ce que nous savons maintenant de lui est l'histoire de la façon dont il échappa à la mort, une histoire qui ressemble beaucoup à un conte mythologique. Il avait quitté Corinthe pour la Sicile où il devait prendre part à un concours musical. Il jouait de la lyre avec perfection et il remporta le prix. Au cours du voyage de retour, les marins convoitèrent ce prix et résolurent de tuer celui qui l'avait remporté. Dans un songe, Apollon le prévint du danger qu'il courait et lui dit comment s'y soustraire. Lorsque les marins l'attaquèrent, il les pria de lui accorder, comme une dernière faveur, de jouer et chanter une fois encore avant de mourir. Quand la mélodie s'acheva, il se jeta dans la mer où les dauphins, que sa musique enchanteresse avaient attirés dans le sillage du navire, le soutinrent à la surface des flots puis le portèrent jusqu'à la terre ferme.

Aristée

Il était le fils d'Apollon et d'une néréide, Cyrène ; il élevait des abeilles. Lorsque toutes celles-ci périrent par une cause inconnue, il chercha secours auprès de sa mère. Elle lui dit que Protée, le bon vieux dieu marin, lui indiquerait le moyen d'éviter la répétition d'un tel désastre mais qu'il ne le ferait que sous la contrainte. En conséquence, Aristée devait se saisir de lui et l'enchaîner, une tâche fort difficile ainsi que Ménélas, revenant de Troie, devait en faire lui aussi l'expérience. Protée avait le pouvoir de se métamorphoser à volonté. Néanmoins, si celui qui s'emparait de lui se montrait résolu à le tenir fermement tout au long de ses divers changements de forme, il finissait par céder et par accorder tout ce qui lui était demandé. Aristée suivit les instructions données. Il se rendit au refuge préféré de Protée, l'île de Pharos, (certains disent les Carpathes), et ne relâcha pas sa prise en dépit des aspects terrifiants que se donna le bon vieillard. Le dieu se découragea enfin et reprit son apparence habituelle. Il dit alors à Aristée d'offrir un sacrifice aux dieux et de laisser les carcasses des animaux immolés sur les lieux mêmes de l'holocauste. Neuf jours plus tard, il devait y revenir et examiner les restes. Aristée se conforma de nouveaux aux prescriptions et le neuvième jour, il trouva un prodige : une nuée d'abeilles dans l'une des carcasses. Jamais plus ses élèves ne furent éprouvées par la maladie ou par le moindre fléau.

Aurore et Tithon

On trouve une allusion à leur sujet dans *l'Iliade* :

Maintenant, de la couche où elle repose aux côtés du puissant
[Tithon, la déesse
Aurore aux doigts de rose se lève afin d'apporter la lumière
[aux dieux et aux mortels.

Tithon, époux d'Aurore, la déesse de l'aube, était aussi le père de son fils Memnon d'Ethiopie, le prince au teint sombre qui mourut sous les murs de Troie en combattant pour cette cité. Tithon lui-même eut un étrange destin. Aurore pria Zeus de lui accorder l'immortalité et le souverain de l'Olympe y consentit ; mais elle oublia de demander qu'il lui concédât en même temps l'éternelle jeunesse. Tithon avança donc en âge, devint fort vieux sans toutefois parvenir à mourir. Réduit enfin à la plus totale impuissance, incapable de lever la main ou de bouger un pied, il aspirait à la mort et l'appelait à grands cris. Mais en vain ; il était condamné à vivre à jamais et la vieillesse s'appesantissait de jour en jour davantage sur lui. La déesse le prit enfin en pitié. Elle le fit transporter dans une chambre et l'y laissa, refermant la porte sur lui. Et là, il bredouillait inlassablement des mots dénués de sens ; son esprit l'avait quitté en même temps que la vigueur de son corps. Il n'était plus que la cosse desséchée d'un homme.

Selon un autre récit il rapetissa, rétrécit jusqu'à ce qu'enfin

Aurore, avec un parfait esprit d'à propos, fit de lui la sauterelle bruyante et décharnée.

A Memnon, son fils, une grande statue fut élevée à Thèbes, en Egypte, et l'on raconte que lorsque les premiers rayons de l'aube l'atteignaient, elle émettait un son pareil à la vibration des cordes d'une harpe.

Biton et Cléobis

Ils étaient les fils de Cydippe, prêtresse d'Héra. Elle désirait ardemment voir la statue de la déesse, à Argos, due au ciseau du grand sculpteur Polyclète l'Ancien, dont le talent égalait, disait-on, celui de son jeune contemporain Phidias. Argos était trop éloignée pour qu'elle pût s'y rendre à pied, et elle ne possédait ni bœufs ni chevaux pour tirer un chariot. Mais ses deux fils tenaient à ce que son vœu s'accomplît. Ils s'attelèrent donc tous les deux à un chariot qu'ils traînèrent sur toute cette longue route, dans la poussière et la chaleur. Quand ils arrivèrent à destination, chacun admira leur piété filiale et leur mère, heureuse et fière, se tint devant l'autel et implora la déesse de les récompenser en leur accordant le meilleur de ses dons. Elle achevait à peine sa prière que les deux adolescents tombaient sur le sol. Ils souriaient et paraissaient paisiblement endormis, mais ils étaient morts.

Callisto

Elle était la fille de Lycaon, un Roi d'Arcadie qui fut changé en loup à cause de son crime. Alors que Zeus était son invité à un festin, il lui avait servi de la chair humaine. Il méritait certes son châtiment, mais sa fille souffrit tout autant que lui bien qu'elle fût innocente. Zeus l'aperçut alors qu'elle chassait en compagnie d'Artémis et il s'en éprit. Héra, talonnée par la jalousie, changea la jeune fille en ourse après qu'elle eut donné naissance à un fils, Arcas. L'enfant grandit, devint un homme, et un jour qu'il participait à une chasse, la déesse dirigea Callisto vers l'endroit où il se trouvait, dans l'espoir de lui voir décocher une flèche à sa mère — en toute ignorance, bien entendu. Mais Zeus enleva l'ourse et la plaça parmi les étoiles. Plus tard, son fils Arcas vint l'y rejoindre ; ils prirent respectivement les noms de Grande Ourse et de Petite Ourse. Furieuse de cet honneur accordé à sa rivale, Héra persuada le dieu de la Mer d'interdire aux deux Ourses de jamais descendre se coucher dans l'Océan, comme le font toutes les autres étoiles. De toutes les constellations, elles sont les seules à toujours demeurer au-dessus de l'horizon.

Chiron

Alors que les autres centaures étaient des créatures sauvages et féroces, Chiron, tout au contraire, était connu partout pour sa bonté et sa sagesse — à tel point qu'on lui confiait et donnait pour disciples tous les jeunes fils des héros. Achille fut ainsi son élève, ainsi qu'Esculape, le grand médecin, et Actéon le chasseur fameux, et bien d'autres encore. Parmi les centaures, il était le seul qui fût immortel et cependant il finit par mourir et descendit dans le monde souterrain. Indirectement et sans intention, Hercule fut la cause de cette mort. Il rendait visite à un centaure de ses amis, Pholos ; talonné par la soif, il persuada celui-ci de mettre en perce une barrique de vin qui était la propriété commune de tous les centaures. L'arôme répandu par cette liqueur remarquable informa les autres de ce qui s'était passé et ils voulurent tirer vengeance de l'offenseur. Mais Hercule était plus que de force à leur tenir tête. Il les vainquit ; au cours du combat, il blessa Chiron par accident, lequel n'avait pris aucune part à l'attaque. La blessure se révéla incurable et Zeus permit à Chiron de mourir plutôt que de continuer à vivre à jamais dans la souffrance.

Clytie

Son histoire est unique car au lieu d'être celle d'un dieu amoureux d'une jeune fille récalcitrante, c'est celle d'une jeune fille éprise d'un dieu qui la dédaigne. Clytie aimait le dieu Soleil et il ne trouvait en elle rien qui l'attirât. Assise sur le pas de sa porte, d'où elle pouvait observer sa course dans le ciel, elle levait vers lui son visage et se morfondait à longueur de jour. Et c'est ainsi qu'elle fut changée en fleur, le tournesol, qui à jamais se tourne vers le soleil.

Dryope

Comme beaucoup d'autres, son histoire montre combien les anciens Grecs désapprouvaient que l'on détruisît ou abîmât un arbre.

Dans l'intention de tresser des guirlandes pour les nymphes, Dryope se rendit un jour avec sa sœur Iole sur les bords d'une mare. Elle portait son petit garçon dans ses bras, et voyant près de l'eau un lotus couvert de fleurs, elle en cueillit quelques-unes pour faire plaisir à l'enfant. A son horreur, elle vit jaillir des gouttes de sang de la tige coupée. L'arbre était en réalité une nymphe, Lotis, qui avait pris cette forme pour se soustraire à un poursuivant. Lorsque Dryope, terrifiée par la vue de ce prodige, tenta de s'enfuir, elle ne put bouger les pieds ; ils semblaient enracinés dans le sol. Impuissante, Iole observait la scène. Elle vit monter l'écorce qui bientôt enveloppa tout le corps de sa sœur ; il ne lui restait que le visage lorsque le mari de Dryope et son père arrivèrent à la mare. Iole leur cria ce qui s'était passé et les deux hommes coururent à l'arbre, embrassèrent le tronc encore chaud et l'arrosèrent de leurs larmes. Dryope n'eut que le temps de leur dire qu'elle n'avait jamais eu l'intention de faire le mal et de les prier d'amener souvent l'enfant jouer à l'ombre de l'arbre, et un jour, ils lui raconteraient son histoire afin qu'il se dise toujours, en revoyant cet endroit : « C'est dans ce tronc d'arbre que ma mère est cachée ». « Et dites-lui encore », ajouta-t-elle, « de ne jamais cueillir de fleurs. Chaque buisson peut dissimuler une déesse. » Puis elle ne parla plus. L'écorce s'était refermée sur son visage. Elle les avait à jamais quittés.

Epiménide

Seule l'histoire de son long sommeil le fait figurer dans la mythologie. Il vivait vers l'an 600 av. J.-C. et l'on dit qu'étant encore enfant, il partit à la recherche d'une brebis égarée ; un profond sommeil s'empara alors de lui, qui dura cinquante-sept ans. Quand il se réveilla, inconscient du temps écoulé, il reprit sa quête de la brebis perdue et trouva tout changé dans l'univers qu'il avait autrefois connu. L'oracle l'envoya à Delphes pour y purifier Athènes de la peste. Quand les Athéniens reconnaissants voulurent l'en récompenser par une grosse somme d'argent, il refusa, ne leur demandant qu'une chose : qu'Athènes et sa propre patrie, Cnossos en Crète, demeurent en bonne intelligence.

Erichtonios

On le confond avec Erechtée. Homère ne connaissait qu'un homme de ce nom ; Platon en mentionne deux. Il était moitié homme, moitié serpent, et fils d'Héphaïstos ; il fut élevé par Athéna qui donna aux trois filles de Cécrops le coffre dans lequel elle avait enfermé l'enfant, en leur recommandant de ne pas l'ouvrir. C'est ce qu'elles firent cependant, et elles y trouvèrent l'étrange créature. En châtiment, Athéna les frappa de démence et elles se donnèrent la mort en s'élançant dans le vide du haut de l'Acropole. Plus tard, Erichtonios devint Roi d'Athènes. Son petit-fils porta le même nom que lui et fut le père du second Cécrops, ainsi que de Procris, Créuse et Orithyie.

Héro et Léandre

Léandre était un jeune homme d'Abydos, une ville située sur les bords de l'Hellespont, et Héro était une prêtresse d'Aphrodite à Sestos, sur la rive opposée. Chaque nuit, Léandre traversait le fleuve à la nage, guidé par la lueur du phare de Sestos selon les uns, par celle d'un flambeau qu'Héro allumait au sommet d'une tour, selon les autres. Par une nuit d'orage, la flamme, quelle qu'elle soit, fut soufflée par le vent ; Léandre perdit sa route et se noya. Son corps fut rejeté par les flots sur la grève, où Héro le retrouva. Désespérée, elle se donna la mort.

Les Hyades

Elles étaient filles d'Atlas et demi-sœurs des Pléiades. On les appelait les Pluvieuses, car elles forment un groupe d'étoiles dont l'apparition et la disparition, en mai et novembre, coïncident habituellement avec des phases de pluie et de mauvais temps. Elles étaient six ; Zeus leur confia Dionysos enfant et pour les récompenser de leurs soins, il les plaça parmi les étoiles.

Ibicos et les Grues

Ce n'est pas une figure mythologique, mais un poète qui vécut vers 550 av. J.-C. Quelques fragments seulement de ses poèmes sont parvenus jusqu'à nous, et seule l'histoire dramatique de sa mort nous est connue. Près de Corinthe, il fut attaqué par des voleurs et mortellement blessé. Une bande de grues traversait le ciel à cet instant et il les adjura de le venger. A quelque temps de là, au-dessus du théâtre à ciel ouvert de Corinthe où se donnait une représentation devant un auditoire nombreux, une bande de grues apparut et survola la foule. Soudain, une voix d'homme se fit entendre ; comme pris de panique, il criait : « Les grues d'Ibicos ! Ses vengeresses ! » L'auditoire cria à son tour : « Le meurtrier a porté témoignage contre lui-même ». L'homme fut saisi, on retrouva les autres voleurs et tous furent mis à mort.

Léto (Latone)

Elle était fille des Titans Phébé et Céos. Zeus l'aima mais, par crainte d'Héra, il l'abandonna quand elle fut sur le point de mettre un enfant au monde. Et pour la même raison, toutes les terres et îles refusèrent de la recevoir. Désespérée, elle erra, cherchant partout un refuge. Elle vit enfin une parcelle de terre qui flottait sur la mer ; ce fragment n'avait pas de fondation et dérivait de-ci de-là, au gré des vagues. C'était Délos, de toutes les îles la plus exposée au danger et en outre, rocheuse et stérile. Mais lorsque Léto y mit le pied et demanda asile, l'îlot l'accueillit avec joie et dans le même instant, quatre solides piliers surgirent du fond de la mer et la maintinrent à jamais fermement ancrée. C'est là que naquirent les enfants de Léto : Artémis et Phoibos Apollon, et c'est là encore que s'éleva plus tard le temple glorieux d'Apollon, auquel les hommes du monde entier venaient rendre visite. Le roc stérile s'appela désormais « l'île bâtie par le ciel », et de la plus méprisée, elle devint la plus fameuse.

Linos

Un passage de *l'Iliade* décrit une vigne où jeunes gens et jeunes filles chantent un « doux chant de Linos ». Il s'agit sans doute d'une complainte en l'honneur du jeune fils d'Apollon et de Psamathé : Linos, qui fut abandonné par sa mère, élevé par des bergers et mis en pièces par des chiens avant même d'avoir atteint l'âge d'homme. Ce Linos était, comme Adonis et Hyacinthe, un exemple de toute belle et jeune vie morte ou fanée avant d'avoir porté son fruit. Le mot grec « Aïlinon ! » qui signifie « pauvre Linos », se transforma peu à peu et devint l'équivalent de notre mot français « Hélas ! » ; il paraissait dans toutes les complaintes. Il y eut un autre Linos, fils d'Apollon et d'une Muse ; il fut le maître d'Orphée et tenta d'enseigner la musique à Héraclès, mais fut tué par lui.

Marpessa

Elle fut plus heureuse que la plupart des jeunes filles aimées des dieux. Avec son consentement, elle fut enlevée à son père par Idas, l'un des Argonautes et aussi l'un des héros de la chasse au sanglier de Calydon. Ils auraient à jamais vécu heureux ensemble si Apollon ne s'était épris d'elle. Idas refusa de renoncer à sa femme, il osa même lutter pour elle contre le dieu. Zeus intervint en arbitre et dit à Marpessa de choisir l'un ou l'autre. Elle préféra le mortel, craignant — non sans raison — que le dieu ne lui restât pas fidèle.

Marsyas

Athéna inventa la flûte mais la rejeta car, pour en jouer, il lui fallait gonfler les joues et se défigurer. Marsyas, un satyre, la retrouva et en tira des sons si enchanteurs qu'il osa porter un défi à Apollon. Le dieu fut vainqueur, bien entendu, et pour punir Marsyas de son audace, il le fit écorcher.

Mélampos

Il sauva et éleva deux petits serpents dont ses serviteurs avaient tué les parents. Une nuit qu'il était profondément endormi, ils rampèrent sur sa couche et lui léchèrent les oreilles. Mélampos s'éveilla, terrifié, pour découvrir qu'il comprenait ce que se disaient deux oiseaux devant sa fenêtre. Les serpents l'avaient rendu capable de comprendre le langage de toute créature rampante ou volante. Et c'est ainsi que mieux que quiconque ne l'avait jamais fait, il apprit l'art de la divination, et sa renommée s'étendit au loin. Sa science le sauva lui-même, d'ailleurs ; ses ennemis l'avaient un jour capturé et emprisonné dans une petite cellule. Là, il entendit les vers se confier que la poutre du toit était toute rongée et retarderait pas à s'effondrer, écrasant tout sous son poids. Mélampos prévint aussitôt ses geôliers et demanda à être transféré ailleurs. A peine avaient-ils consenti à sa demande que le toit tomba. Voyant à quel devin ils avaient affaire, ils le libérèrent et lui firent de riches présents.

Mérope

Son époux, Cresphonte, fils d'Héraclès et Roi de Messénie, fut tué avec ses deux fils au cours d'une révolte. L'homme qui lui succéda, Polyphonte, la prit pour femme. Mais son troisième fils, Epitos, avait été caché par elle en Arcadie. Après des années, il revint et prétendit être l'homme qui avait tué Epitos, ce qui le fit bien voir de Polyphonte, et celui-ci l'accueillit fort aimablement. Cependant, la mère d'Epitos, ignorant sa véritable identité, se proposait de tuer celui qu'elle prenait pour le meurtrier de son fils. Elle découvrit à temps la vérité et ensemble, mère et fils, provoquèrent la mort de Polyphonte. Epitos devint Roi.

Les Myrmidons

C'étaient des hommes issus des fourmis de l'île d'Egine ; l'événement se passa sous le règne d'Eaque, grand-père d'Achille, et ils suivirent ce dernier dans la Guerre de Troie. Non seulement ils se montraient économes et industrieux, ainsi que leur origine peut le faire supposer, mais ils étaient aussi fort courageux. C'est à la suite d'une crise de jalousie d'Héra qu'ils furent changés de fourmis en hommes. Elle en voulait à Zeus de sa passion pour Egine, la jeune fille dont l'île prit le nom, et dont le fils, Eaque, devint le Roi. Héra envoya donc la peste sur l'île et ses habitants moururent par milliers ; il semblait qu'aucun d'eux ne survivrait au fléau. Eaque monta jusqu'au temple de Zeus, et implorant le dieu, il lui rappela qu'il était son fils et celui d'une femme que le dieu avait un jour aimée. Tandis qu'il parlait, il aperçut une troupe de fourmis diligentes : « O père », s'écria-t-il, « fais de ces créatures le peuple que tu me donneras, nombreux comme elles le sont, et repeuple ainsi ma cité vide ». Un coup de tonnerre parut lui répondre et cette nuit-là, il rêva qu'il voyait des fourmis prendre forme humaine. Dès l'aube, son fils Télamon le réveilla et lui annonça qu'une armée d'hommes approchait du palais. Eaque vint à leur rencontre et vit une multitude aussi nombreuse que les fourmis de la veille ; tous ces hommes se proclamaient ses fidèles sujets. Et c'est ainsi qu'Egine fut repeuplée grâce à une fourmilière, et ses habitants prirent le nom de Myrmidons, du mot grec *murmex* qui veut dire fourmi.

Nisos et Scylla

La tête de Nisos, Roi de Mégarée, s'ornait d'un cheveu pourpre qu'il lui avait été conseillé de ne couper jamais. Le salut de son trône en dépendait. Minos de Crête assiégea la ville, mais Nisos savait qu'aucun mal ne lui viendrait tant qu'il garderait le cheveu pourpre. Sa fille Scylla, qui avait pris l'habitude d'observer Minos du haut des remparts, s'éprit follement de lui, mais elle ne voyait nul moyen d'attirer son attention, sauf en coupant le cheveu pourpre de la tête de son père pendant qu'il dormait, ce qui permettrait à l'assaillant d'enlever la ville. Son père étant endormi, elle arracha le cheveu fatal, elle le porta à Minos et lui avoua ce qu'elle avait fait. Il s'écarta d'elle avec horreur et lui enjoignit de se retirer de sa vue. Lorsque la cité fut conquise et que les bateaux crétois appareillèrent pour reprendre le chemin du retour, Scylla courut à la grève et se précipitant à l'eau, elle saisit le gouvernail du navire qui portait Minos. Mais au même instant, un grand aigle fondit sur elle : c'était son père que les dieux avaient sauvé en le changeant en oiseau. Terrifiée, elle lâcha prise et serait tombée dans les flots si elle-même n'était alors devenue un oiseau aussi. Toute traîtresse qu'elle fût, quelque dieu l'avait sans doute prise en pitié car elle avait péché par amour.

Orion

C'était un jeune homme de stature gigantesque et de grande beauté, et aussi un chasseur adroit. Il s'éprit de la fille du Roi de Chios et par amour pour elle, il débarrassa l'île de tous ses animaux sauvages. Il rapportait toujours les dépouilles de ses victimes à sa bien-aimée, nommée Ero par les uns et Mérope par les autres. Le père de celle-ci, Œnopion, consentit à la donner pour épouse à Orion, mais il différait sans cesse le mariage. Un jour, Orion s'enivra et insulta la jeune fille ; Œnopion en appela à Dionysos pour le punir. Le dieu fit sombrer le jeune homme dans un profond sommeil, dont Œnopion profita pour lui crever les yeux. Toutefois, un oracle dit alors à l'infortuné qu'il recouvrerait la vue s'il se rendait à l'est, toujours à l'est, à la rencontre des rayons du soleil levant. Orion se mit donc en route vers l'orient, parvint jusqu'à Lemnos où, en effet, il recouvra la vue. Sans plus attendre, il reprit le chemin de Chios, décidé à se venger du Roi ; mais celui-ci avait pris la fuite et Orion ne put le retrouver. Abandonnant sa quête, Orion partit pour la Crète ; il y vécut désormais et devint le chasseur d'Artémis. La déesse cependant fut cause de sa mort. Les uns disent qu'Aurore s'éprit d'Orion et qu'Artémis, jalouse, tua son beau chasseur. D'autres affirment qu'il irrita Apollon et que le dieu amena par ruse sa sœur à décocher la flèche qui tua le jeune homme. Après sa mort, il devint une constellation et depuis, il poursuit sa course dans le ciel où il se montre avec sa ceinture, son épée, son pieu et une dépouille de lion.

Les Pléiades

Elles étaient au nombre de sept et filles d'Atlas. Elles se nommaient Electre, Maïa, Taygète, Stérope, Mérope, Alcyone et Céléno. Orion les poursuivit toutes, mais elles s'enfuirent et il ne put en atteindre aucune. Il n'y renonça pas pour autant et Zeus, les prenant enfin en pitié, les transforma en étoiles et les plaça dans le firmament. Mais il était dit que, même là, Orion les pourchasserait encore, avec toujours la même obstination et toujours le même insuccès. Quand elles vivaient encore sur la terre, l'une d'elles, Maïa, devint mère d'Hermès. Une autre, Electre, mit au monde Dardanos, le fondateur de la race troyenne. Bien qu'en général on admette qu'elles soient au nombre de sept, six d'entre elles seulement sont clairement visibles ; la septième n'est aperçue que de ceux dont la vue est particulièrement perçante.

Rhésos

Rhésos voyant un chêne sur le point de tomber, le releva. La dryade qui aurait péri en même temps que l'arbre, lui dit alors de formuler un vœu qu'elle lui accorderait aussitôt, quel qu'il fût. Il lui demanda son amour et elle le lui donna. Elle le pria de rester en alerte, car elle lui enverrait une messagère, une abeille, qui lui transmettrait ses désirs. Mais Rhésos rencontra quelques amis et oublia tout de l'abeille, tant et si bien que lorsqu'elle s'en vint bourdonner à ses oreilles, il la chassa et la blessa. Quand il revint au chêne, la dryade, mécontente du peu d'attention accordé à ses paroles et du mal fait à sa messagère, frappa Rhésos de cécité.

Salmonée

Son histoire illustre une fois de plus combien il est fatal aux mortels de tenter de rivaliser avec les dieux. Ce qu'il entreprit est tellement absurde que souvent, plus tard, on le taxa de folie.

Il prétendait être Zeus. Son char était conçu de telle façon qu'un grand bruit d'airain entrechoqué le suivait à chaque tour de roue. Au jour du festival de Zeus, il conduisit furieusement son attelage à travers la ville, jetant par-dessus bord torches et tisons et criant à la foule de l'adorer car, disait-il, il était Zeus lui-même, le dieu tonnant. Mais un vrai coup de tonnerre se fit soudain entendre, accompagné d'un éclair aveuglant. Salmonée tomba de son char, foudroyé.

Il y aurait peut-être une signification à cette légende et on la fait souvent remonter aux temps où se pratiquait la magie climatique. Selon ce point de vue, Salmonée aurait été un magicien qui tenta de provoquer un orage de pluie en en imitant le bruit, ce qui est une méthode magique fort répandue.

Sisyphe

Il était Roi de Corinthe. Un jour, il aperçut un aigle immense, plus grand et plus beau qu'aucun oiseau mortel, qui emportait une jeune fille vers une île voisine. Peu après, le dieu-fleuve Asopos vint lui dire que sa fille Egine avait été enlevée et qu'il soupçonnait Zeus d'être l'auteur de ce rapt ; il supplia Sisyphe de l'aider à retrouver son enfant. Le Roi lui raconta alors ce qu'il avait vu et par là s'attira la colère de Zeus. Précipité dans le Hadès, il fut condamné à rouler sans cesse une grosse roche jusqu'au haut d'une montagne, d'où elle redescend aussitôt. Sisyphe ne put aider Asopos ; le dieu-fleuve parvint bien jusqu'à l'île, mais Zeus l'en repoussa au moyen de son foudre. L'île fut dès lors appelée Egine en l'honneur de la jeune fille, dont le fils Eaque, fut le grand-père d'Achille, lui-même parfois nommé Eacide ou descendant d'Eaque.

Tyro

Elle était la fille de Salmonée. Elle donna deux fils à Poséidon, mais craignant la colère de son père s'il venait à apprendre la naissance des enfants, elle les abandonna. Ils furent trouvés par le palefrenier de Salmonée, qui les éleva avec l'aide de sa femme. Celle-ci nomma l'un Pélias et l'autre Nélée. Au bout de quelques années, Créthée, mari de Tyro, découvrit les relations qu'avaient eues sa femme et Poséidon. Il en fut très irrité et la répudia pour épouser une de ses suivantes, Sidéro, qui traita fort mal la malheureuse Tyro. A la mort de Créthée, leur mère adoptive révéla aux jumeaux le secret de leur naissance, et ils s'en furent aussitôt à la recherche de Tyro. Ils la trouvèrent vivant dans un dénuement absolu et résolurent de châtier Sidéro. Mais celle-ci, avertie de leur venue et de leurs intentions, s'était réfugiée dans le temple d'Héra, où Pélias l'égorgea, provoquant ainsi le ressentiment de la déesse. Héra attendit des années pour se venger. Le demi-frère de Pélias — fils de Tyro et de Créthée — était le père de Jason que Pélias tenta de faire disparaître en l'envoyant à la Conquête de la Toison d'Or. Mais ce fut Jason qui devint la cause indirecte de la mort de Pélias, car celui-ci mourut, tué par ses filles abusées par Médée, femme de Jason.

Septième partie

La mythologie des Nordiques

Introduction à la mythologie nordique

Le monde de la Mythologie nordique est étrange. Asgard, le lieu où demeurent les dieux, n'est pareil à aucun autre ciel rêvé par les hommes. On n'y trouve nul rayonnement de joie, nulle assurance de félicité. C'est un endroit grave et solennel au-dessus duquel plane la menace d'un destin inévitable. Les dieux savent qu'un jour ils seront terrassés, détruits. Tôt ou tard, ils rencontreront leurs ennemis et sous leurs coups, il succomberont à la défaite et à la mort. Asgard tombera en ruines. Les forces du bien luttent contre les forces du mal, mais leur cause est désespérée. Les dieux cependant, combattront jusqu'à la fin.

Ceci est nécessairement vrai pour l'humanité. Si les dieux sont finalement impuissants devant le mal, les hommes et les femmes doivent l'être bien davantage encore. Le désastre attend donc les héros et les héroïnes des récits anciens. Ils savent que ni le courage ni l'endurance ni un haut fait ne peuvent les sauver. Même alors, ils refusent de céder. Ils meurent en résistant. Une mort courageuse leur donne droit — pour les héros tout au moins — à un siège dans le Valhalla, l'une des grandes salles d'Asgard, mais là aussi ils doivent s'attendre à la défaite finale et à la destruction. Dans la lutte décisive où s'opposeront le bien et le mal, ils se rangeront aux côtés des dieux et mourront avec eux.

C'est là le principe fondamental de la conception de vie proposée par la religion nordique, et l'esprit humain n'a jamais donné naissance à une idée aussi sombre. L'héroïsme est le seul soutien possible, le seul bien pur et sans tache donné à l'esprit humain ; et l'héroïsme se fonde sur des causes perdues. Ce n'est donc qu'en mourant que le héros peut donner la preuve de sa valeur. Le pouvoir du bien ne se révèle pas en écrasant triomphalement le mal mais en continuant à lui résister tout en étant acculé à une défaite certaine.

Une telle attitude envers la vie semble à première vue empreinte de fatalisme, mais en fait, les décrets d'un destin inexorable n'interviennent pas davantage dans le dessein nordique de l'existence que la prédestination dans celui de saint Paul ou de ses disciples protestants militants, et ceci précisément pour la même raison. Bien que le destin du héros nordique fût scellé s'il se refusait à céder, il gardait la faculté de choisir entre la capitulation ou la mort. La décision restait entre ses mains. Il y avait même plus. Une mort héroïque, celle d'un martyr par exemple, n'est pas une défaite mais un triomphe. Le héros d'une légende nordique qui rit à gorge déployée pendant que ses ennemis arrachent son cœur palpitant, se montre supérieur à ses vainqueurs. Et c'est en effet ce qu'il leur dit : « Vous ne pouvez rien me faire puisque, quoi que vous fassiez, cela m'est indifférent ». Ils le tuent alors, mais il meurt invaincu.

Pour l'humanité, c'est là vivre selon une règle austère, tout aussi austère bien que d'une façon totalement différente, que les principes du Sermon sur la Montagne ; mais en fin de compte, jamais la voie facile n'a forcé la fidélité et la soumission de l'humanité. Comme les premiers Chrétiens, les Nordiques mesuraient la valeur de leur vie selon un étalon d'héroïsme. Le

Chrétien croyait toutefois à une éternité bienheureuse, le Nordique n'espérait rien de tel. Mais pendant un certain nombre de siècles et jusqu'à la venue des missionnaires chrétiens, l'héroïsme parut suffire.

Ces poètes de la Mythologie nordique qui affirmaient que la victoire est possible dans la mort et que le courage n'est jamais vaincu, sont les seuls interprètes de la croyance de toute la grande race germanique dont l'Angleterre fait partie, et les Etats-Unis, par les premiers immigrants venus en Amérique. Partout ailleurs en Europe septentrionale, les premières mentions, les traditions, les chants et les légendes furent détruits par les prêtres d'un Christianisme ennemi du paganisme qu'ils étaient chargés de faire disparaître. Et ils firent table rase, avec une efficacité vraiment extraordinaire. Quelques fragments survivent : *Beowulf* en Angleterre, *les Niebelungenlied* en Allemagne, et çà et là, des bribes disparates ; n'étaient les deux *Eddas* islandaises, nous ne saurions pratiquement rien de la religion qui modela la race germanique. En Islande, qui par sa situation géographique fut la dernière contrée à être christianisée, les missionnaires semblent avoir été plus tolérants — ou peut-être y eurent-ils moins d'influence. Toujours est-il que le latin n'y devint pas la langue littéraire en chassant le langage usuel, et le peuple continua à raconter dans sa propre langue les vieilles légendes dont quelques-unes furent transcrites — bien que nous ne sachions ni par qui ni comment. Le plus vieux manuscrit de l'*Ancienne Edda* remonte à l'an 1300 environ, 300 ans après l'arrivée des Chrétiens, mais les poèmes qui la composent sont purement païens et remonteraient, selon les érudits, à des âges fort reculés. La *Nouvelle Edda*, en prose, fut écrite à la fin du XIIe siècle par un certain Snorri Sturluson. La partie principale est un traité technique sur la façon d'écrire la poésie, mais l'œuvre contient aussi quelques matériaux mythologiques préhistoriques qui ne figurent pas dans l'*Ancienne Edda*.

Des deux, l'*Ancienne Edda* est de loin la plus importante. Elle est faite de poèmes distincts dont la même histoire forme souvent le sujet, mais non reliés les uns aux autres. On y trouve le matériau d'un grand poème épique, aussi grand sinon davantage que *l'Iliade*, mais aucun poète ne se trouva pour compiler les vieilles légendes comme le fit Homère pour les récits qui précèdent *l'Iliade*. En Scandinavie, il n'y eut pas un homme de génie pour fondre en un seul tous les poèmes et les transformer en un monument de beauté et puissance ; personne, ne fût-ce que pour écarter la grossièreté et la vulgarité et supprimer les enfantillages et les répétitions lassantes. On trouve dans l'Edda des listes de noms qui s'allongent sans interruption — et ceci pendant des pages et des pages. Néanmoins, la sombre grandeur de ces légendes perce en dépit du style. Peut-être le lecteur incapable de déchiffrer l'ancienne langue nordique devrait-il s'interdire de parler de « style » ; mais toutes les traductions se ressemblent tellement dans leur étrangeté et leur complication que l'on ne peut se défendre de soupçonner la responsabilité du manuscrit original. Les conceptions des poètes de l'*Ancienne Edda* semblent avoir été plus grandes que leur adresse à les mettre en mots. Beaucoup de ces récits sont splendides ; dans la mythologie grecque, il n'en est aucun qui les égale sauf ceux qui sont contés par les poètes tragiques. Tous les meilleurs contes nordiques sont tragiques et nous parlent d'hommes et de femmes qui vont stoïquement au-devant de la mort, la choisissent souvent délibérément et même la préparent longtemps à l'avance. Au sein de toutes ces ténèbres, la seule lueur est l'héroïsme.

Les légendes de Signy et Sigurd

J'ai choisi de raconter ces deux légendes parce qu'elles me paraissent représenter mieux que nulle autre le caractère et le point de vue nordiques. Sigurd est le plus fameux de tous les héros nordiques ; son histoire est, pour une grande part, celle du héros du Niebelungenlied, *Siegfried. Il tient le rôle principal dans la* Volsungasaga, *version nordique du conte allemand que les opéras de Wagner nous ont rendu familier. Cependant, je lui ai préféré l'*Ancienne Edda *où l'amour et la mort de Sigurd, Brynhild et Gudrun font le sujet de plusieurs poèmes. Les sagas, toutes en prose, sont postérieures en date. La légende de Signy ne se trouve que dans la Volsungasaga.*

Signy était la fille de Volsung et la sœur de Sigmund. Son mari tua Volsung par traîtrise et captura les fils de sa victime. L'un après l'autre, il les enchaîna pendant la nuit, afin de les faire découvrir et dévorer par les loups. Quand le dernier, Sigmund, fut amené et chargé de chaînes, Signy avait trouvé un moyen de le sauver. Elle le libéra et ensemble, ils firent le serment de venger leur père et leurs frères. Signy décida que Sigmund aurait pour l'aider un être issu de leur rang ; sous un déguisement, elle lui rendit visite et passa trois nuits avec lui. Jamais il ne sut qui était cette femme. Lorsque le garçon né de leur union atteignit l'âge de la quitter, Signy l'envoya à Sigmund et dès lors, tous deux vécurent ensemble jusqu'à ce que l'adolescent — son nom était Sinfiotli — devînt adulte. Signy vécut toutes ces années-là avec son mari, lui donnant des enfants, ne lui montrant rien de ce désir de vengeance qui consumait son cœur. Le jour attendu vint enfin. Sigmund et Sinfiotli prirent la maisonnée par surprise, ils tuèrent tous les autres enfants de Signy ; ils enfermèrent son mari dans sa demeure et y mirent le feu. Signy, sans un mot, les regardait agir. Quand tout fut accompli, elle leur dit qu'ils avaient glorieusement vengé les morts, puis elle entra dans la maison en flammes et y mourut. C'était là ce projet qu'elle avait nourri pendant toutes ces années : faire périr son mari puis mourir avec lui. Clytemnestre ne serait qu'une pâle figure auprès d'elle s'il s'était trouvé un Eschyle nordique pour conter son histoire.

Celle de Siefried nous est si familière qu'il suffira de rappeler brièvement la légende de son prototype, Sigurd. Brynhild, une Valkyrie, a désobéi à Odin ; sa punition sera de se voir imposer un sommeil qui ne cessera que lorsqu'un homme la réveillera. Elle supplie Odin de lui accorder une faveur : que l'homme qui viendra à elle possède un cœur ignorant la crainte. Odin entoure sa couche d'un brasier que seul un héros osera braver. Sigurd, le fils de Sigmund, sera celui-là. Il force son cheval à traverser les flammes et il réveille Brynhild qui se donne à lui avec joie, car il a montré sa valeur en l'approchant. Quelques jours plus tard, il la quitte, la laissant au cœur du même cercle embrasé.

Sigurd s'en va chez les Giukungs où il échange un serment de fraternité avec leur Roi, Gunnar. La mère de Gunnar, Griemhild, voudrait que Sigurd épouse sa fille Gudrun ; elle donne à Sigurd un philtre magique qui lui fait oublier Brynhild ; il épouse Gudrun puis, grâce au pouvoir magique de Griemhild, il prend l'apparence de Gunnar et brave à nouveau les flammes pour conquérir Brynhild, mais cette fois au profit de Gunnar, lequel est un héros trop déficient pour y parvenir lui-même. Sigurd passe trois nuits avec Brynhild, mais il dépose son épée entre eux deux, sur le lit. Brynhild revient avec lui chez les Giukungs où Sigurd reprend sa propre forme, mais à l'insu de Brynhild. Celle-ci épouse Gunnar ; elle est persuadée que Sigurd lui a été infidèle et que Gunnar a traversé les flammes pour venir jusqu'à elle. Au cours d'une querelle avec Gudrun, elle apprend la vérité et dès lors prépare sa vengeance. Elle dit à Gunnar que Sigurd a trahi le serment qu'il lui avait fait, qu'il l'a vraiment aimée au cours de ces trois nuits pendant lesquelles il avait prétendu avoir placé son épée entre leurs deux corps et qu'elle le quittera, lui, Gunnar, à moins qu'il ne tue Sigurd. Gunnar ne peut lui-même tuer Sigurd à cause de ce serment de fraternité qu'ils ont autrefois échangé, mais il persuade son jeune frère d'égorger Sigurd pendant son sommeil, et Gudrun se réveille inondée du sang de son mari.

Alors Brynhild rit
Mais seulement une fois, de tout son cœur,
En entendant les cris déchirants de Gudrun.

Mais bien qu'elle ait causé sa mort, ou peut-être à cause de cela, elle ne veut plus vivre maintenant que Sigurd n'est plus. Elle dit à son mari :

Je n'en ai aimé qu'un seul.
Jamais mon cœur n'a varié.

Elle lui dit alors que Sigurd n'a pas trahi son serment lorsqu'il traversa le cercle enflammé pour la donner à Gunnar :

Dans un seul lit nous avons dormi
Comme s'il était mon frère.
Les hommes et les femmes viennent au monde
Dans la peine toujours, une peine toujours trop longue.

Elle se tue, après avoir demandé que son corps soit déposé à côté de celui de Sigurd sur le bûcher funéraire.

Près du cadavre de Sigurd, Gudrun veille en silence. Elle ne peut parler ; elle ne peut pleurer. Ils craignent tous que son cœur se brise si elle ne trouve un réconfort et l'une après l'autre, les femmes lui disent leurs propres peines.

La peine la plus amère que chacune ait jamais subie.

Mari, filles, sœurs, frères, dit l'une, tous me furent enlevés et moi je vis encore.

Mais malgré sa douleur, Gudrun ne pleurait pas,
Tant son cœur était de pierre aux côtés du héros mort.

Mes sept fils sont tombés dans le pays du Sud, dit une autre, et mon mari aussi, tous les huit dans une bataille. De mes mains, j'ai préparé leurs corps pour la tombe. Une demi-année a passé depuis, et personne n'est venu me consoler.

Mais malgré sa douleur, Gudrun ne pleurait pas,
Tant son cœur était de pierre, aux côtés du héros mort.

Alors l'une d'elle, plus avisée que les autres, soulève le linceul du mort.

... Elle déposa
Sa tête tant aimée sur les genoux de sa femme.
« Regarde celui que tu aimais et presse tes lèvres
Sur les siennes comme s'il vivait encore. »
Gudrun n'eut qu'un regard.
Elle vit ces cheveux raidis par le sang,

Ces yeux aveugles jadis si brillants,
Alors elle se pencha et inclina la tête
Et ses larmes ruisselèrent comme des gouttes de pluie.

Tels sont les antiques contes nordiques. L'homme naît pour la souffrance comme les hirondelles pour voler. Vivre est souffrir, et la seule solution du problème de la vie est de souffrir avec courage. Sigurd, en allant vers Brynhild pour la première fois, rencontra un homme sage et lui demanda quel serait son destin.

Ne me cache rien, si dur que ce soit.

Le sage répond :

Tu sais que je ne mentirai point.
Jamais la bassesse ne t'avilira.
Tu connaîtras cependant un jour funeste,
Un jour de colère et d'angoisse.
Mais souviens-toi à jamais, ô meneur d'hommes,
Que la vie du héros porte en elle le bonheur.
Et jamais, sous le soleil, on ne verra vivre
Un homme plus noble que Sigurd.

Les dieux nordiques

Il n'était donné à nul dieu grec de se montrer héroïque. Tous les Olympiens étaient immortels et invincibles ; jamais ils ne pouvaient ressentir l'exaltation du courage ni défier le danger. Quand ils combattaient, ils étaient assurés de la victoire et aucun mal ne les atteignait jamais. Il en allait tout autrement dans Asgard. Les Géants, dont la cité était Jötunheim, étaient les ennemis actifs et persévérants des Aesir, ainsi que l'on nommait les dieux, et non seulement ils représentaient un danger perpétuel mais ils savaient que la victoire finale leur reviendrait un jour.

Cette assurance pesait sur les cœurs de tous les habitants d'Asgard, mais plus lourdement encore sur celui de leur chef et souverain, **Odin**. Comme Zeus, Odin était le père céleste,

Drapé dans un manteau de nuages gris et recouvert d'une
[capuche bleue comme le ciel.

Mais la ressemblance ne va pas plus loin. Il serait difficile de concevoir un être plus dissemblable qu'Odin du Zeus d'Homère. C'est une figure étrange et solennelle, toujours distante. Même lorsqu'il prend place aux festins des dieux, à Gladsheim, son palais d'or, ou encore dans le Valhalla, avec les héros, il ne mange rien. La nourriture déposée devant lui, il la donne aux deux loups tapis à ses pieds. Sur ses épaules perchent deux corbeaux qui volent chaque jour à travers le monde et lui disent ensuite tout ce que font les hommes. L'un se nomme Pensée (Hugin) et l'autre Mémoire (Munin).

Tandis que les autres dieux festoient, Odin réfléchit à ce que Pensée et Mémoire lui ont appris.

Plus que tous les autres dieux réunis, il portait la responsabilité de retarder le plus possible le jour fatal, Ragnarok, où la terre et le ciel seraient détruits. Il était le Père Universel, suprême parmi les dieux et les hommes, et cependant il cherchait constamment à acquérir plus de sagesse. Il descendit dans le Puits de la Sagesse, gardé par Mimir, le Sage, afin de l'implorer de lui en accorder, fût-ce une gorgée, et quand Mimir lui répondit qu'il devrait la payer au prix d'un œil, il consentit à perdre cet œil. Par la souffrance encore, il acquit la science des Runes. C'était des inscriptions magiques qui concédaient un pouvoir immense à celui qui parvenait à les graver où que ce fût, dans le bois, la pierre ou le métal. Odin les apprit moyennant une peine mystérieuse. Dans l'*Ancienne Edda*, il raconte qu'il fut suspendu :

Pendant neuf nuits entières à un arbre secoué par le vent,
Et blessé par une lance.
Je fus offert à Odin, moi-même à moi-même,
Sur cet arbre que nul homme ne connaît.

Il transmit aux hommes cette science si durement acquise. Eux aussi devinrent capables de se servir des Runes pour se protéger. Il mit encore sa vie en péril pour enlever aux Géants l'hydromel scaldique, qui fait un poète de quiconque s'en abreuve. Ce don merveilleux, il l'octroya aux hommes comme aux dieux. En toute manière, il se montrait le bienfaiteur de l'humanité.

Sa suite était faite de jeunes filles, les **Valkyries**. Elles desservaient sa table, à Asgard, et veillaient à ce que les cornes à boire fussent toujours pleines ; mais leur tâche majeure consistait à se rendre sur les champs de bataille et à décider, sur l'ordre d'Odin, qui serait vainqueur ou qui succomberait, puis à porter les corps des braves devant Odin. *Val* signifie « tuer » et les Valkyries étaient « celles qui choisissent les morts » ; le lieu où elles apportaient les héros était la salle des Morts, le Valhalla. Au cours d'un combat, le héros destiné à mourir voyait :

Des jeunes filles d'une extrême beauté
Chevauchant leurs coursiers dans une armure étincelante,
Solennelles et perdues dans leurs pensées
Et leurs mains faisant des gestes d'appel.

Le mercredi, bien entendu, est le jour consacré à Odin ; la forme méridionale de son nom était Woden, ou Wotan*.

De tous les autres dieux, cinq seulement avaient de l'importance : **Balder**, **Thor**, **Freyr**, **Heimdall** et **Tyr**.

Balder était le plus aimé des dieux, sur la terre comme au ciel. Sa mort fut le premier désastre qui frappa les dieux. Une nuit, il fut troublé par des songes qui semblaient annoncer qu'un grand danger le menaçait. Lorsque sa mère **Frigga**, femme d'Odin, apprit ceci, elle décida de le protéger contre tout risque de péril. Elle arpenta le monde et arracha à tout ce qui existe, animé ou inanimé, le serment de ne jamais faire le moindre mal à son fils. Mais Odin restait effrayé. Il descendit à **Niflheim**, le monde des morts, où il trouva la demeure de **Hela** ou **Hel**, la déesse des morts, toute décorée pour une fête. Une Femme Sage lui dit qui la maison se préparait à recevoir.

L'Hydromel a été brassé pour Balder.
L'espoir des dieux les a quittés.

* En anglais, mercredi se dit *Wednesday*, jour de Woden.

Odin comprit alors que Balder devait mourir, mais les autres dieux croyaient encore que Frigga avait écarté tout danger le menaçant. Ils prirent donc part à un jeu qui leur plaisait beaucoup et par lequel ils tentaient d'atteindre Balder, de lui jeter une pierre ou une lance ou une flèche, ou de le toucher de la pointe d'une épée ; mais toujours les armes tombaient avant d'arriver près de lui ou se détournaient avant de toucher leur but. Rien ne voulait nuire à Balder. Cette étrange exemption semblait l'élever au-dessus d'eux tous et tous ne l'en honoraient que davantage — à l'exception du seul **Loki**. Celui-ci n'était pas un dieu mais le fils d'un Géant et il semait le malheur partout où il passait. Il entraînait continuellement les dieux dans le danger ou les difficultés mais il avait libre accès à Asgard parce que, pour une raison jamais expliquée, Odin avait échangé avec lui le serment qui les faisait frères. Il haïssait le bien et il était jaloux de Balder. Il résolut de tout mettre en œuvre pour découvrir le moyen de lui faire du mal. Déguisé en femme, il alla voir Frigga et engagea la conversation. Frigga lui raconta le voyage qu'elle avait entrepris sur la terre pour assurer la sécurité de Balder et comment tout ce qui existe avait juré de ne jamais lui nuire. Sauf un petit arbrisseau, lui dit-elle, le gui, si insignifiant qu'elle ne l'avait point remarqué.

Ceci suffisait à Loki. Il cueillit du gui et l'apporta à l'endroit où les dieux se distrayaient. **Holder**, le frère de Balder, qui était aveugle, se tenait assis à l'écart. « Pourquoi ne joues-tu pas avec les autres ? » lui demanda Loki. « Aveugle comme je le suis ? » dit Holder. « Et sans rien avoir à lancer sur Balder ? » « Oh, fais donc un essai » dit Loki. « Voici une ramille. Jette-la. Je dirigerai ton tir. » Holder prit le gui et le jeta de toutes ses forces. Dirigé par Loki, il vola vers Balder et perça son cœur. Balder tomba sur le sol, mort.

Même alors, sa mère refusa d'abandonner tout espoir. Frigga supplia les dieux, tentant de susciter parmi eux un volontaire qui consentirait à se rendre chez Hela et lui proposerait de racheter Balder au prix d'une rançon. Hermod, un autre de ses fils, s'offrit lui-même à le faire. Odin lui donna son cheval Sleipnir et Hermod descendit à Niflheim.

Les autres préparèrent les funérailles. Sur un grand bateau, ils élevèrent un immense bûcher, et ils y déposèrent le corps de Balder. Nanna, sa femme, vint le regarder une dernière fois ; son cœur se brisa et elle tomba sans vie sur le pont. Son corps fut déposé à côte de celui de Balder. Alors, on mit le feu au bûcher et le vaisseau fut poussé au large. Lorsqu'il fut en pleine mer, les flammes montaient bien haut et bientôt tout le bateau s'embrasa.

Quand Hermod rencontra Hela et lui transmit la pétition des dieux, elle répondit qu'elle leur rendrait Balder si la preuve lui était fournie que partout, tous le pleuraient. Mais elle le garderait si un seul objet ou une seule créature vivante refusait de se lamenter sur lui. Les dieux dépêchèrent partout des messagers chargés de demander à toute la création de verser des larmes afin que Balder pût être racheté à la mort. Pas un refus ne leur fut opposé. Le ciel et la terre, et tout ce qui existe dans l'un comme dans l'autre pleurèrent volontiers le dieu tant aimé. Les messagers exultants prient le chemin du retour pour en porter l'annonce aux dieux. Alors, presque au terme de leur voyage, ils rencontrèrent une Géante — et toute la douleur du monde ne fut plus que futilité, car elle refusa de pleurer. « Vous n'obtiendrez de moi que des larmes sèches », dit-elle, moqueuse. « Balder ne m'a fait aucun bien et je ne lui en ferai aucun. » Et Hela garda son mort.

Loki fut puni. Les dieux se saisirent de lui et l'enchaînèrent dans une caverne profonde. Un serpent fut placé au-dessus de sa tête, afin que son venin retombât sur le visage de Loki, lui causant une souffrance intolérable. Mais sa femme, Sigyn, vint à son aide. Elle se tint à ses côtés et recueillit le venin dans une coupe. Même alors, chaque fois qu'il lui fallait vider la coupe et que le venin coulait à nouveau sur lui ne fût-ce qu'un moment, sa souffrance était si intense que ses convulsions en secouaient toute la terre.

Des trois autres grands dieux **Thor** était celui du tonnerre, et le jeudi lui était consacré ; il était le plus fort des Aesir ; **Freyr** prenait soin des fruits de la terre ; **Heimdall** était le gardien de

Bifröst, le pont arc-en-ciel qui menait à Asgard ; **Tyr** était le dieu de la Guerre et le mardi* était son jour consacré.

Les déesses avaient moins d'importance à Asgard que dans l'Olympe. Aucune déesse nordique ne peut rivaliser avec Athéna et deux d'entre elles seulement ont une certaine notoriété. Frigga, la femme d'Odin, était fort sage, disait-on, mais elle était aussi très silencieuse et ne communiquait sa science à personne, fût-ce à Odin. C'est une figure vague, souvent dépeinte à son rouet ; les fils qu'elle dévide sont d'or mais on ignore pourquoi elle les file.

Freya était la déesse de l'Amour et de la Beauté, mais — et selon nos idées, le fait paraît étrange — la moitié de ceux qui succombaient au cours d'une bataille lui appartenaient. Les Valkyries ne pouvaient emporter que l'autre moitié dans le Valhalla. Freya elle-même se rendait sur le champ de bataille et réclamait ses morts, et pour les poètes nordiques, ce rôle convenait tout naturellement à la déesse de l'Amour. Le vendredi* passe pour lui avoir été consacré.

Mais il existait un empire qui ne dépendait que de la seule toute puissance d'une déesse. Le Royaume de la Mort appartenait à Hela. Aucun dieu n'y avait autorité, pas même Odin. Asgard la Dorée était aux dieux, le glorieux Valhalla aux héros, Midgard était le champ de bataille des hommes et les femmes n'y avaient pas place. Gudrun, dit dans l'*Ancienne Edda* :

La férocité des hommes gouverne le destin des femmes.

---

* Jeudi, en anglais, se dit Thursday, jour de Thor ; mardi se dit Tuesday, autrefois Tyrsday, jour de Tyr ; et vendredi, Friday, jour de Freya.

LA CRÉATION

Dans l'*Ancienne Edda*, une Femme Sage dit ceci :

Autrefois, il n'y avait rien,
Ni sable, ni mer, ni vagues froides.
Ni terre, ni ciel non plus.
Seul existait l'abîme béant.
Le soleil ne connaissait pas sa demeure
Et la lune ignorait son royaume.
Les étoiles n'avaient pas trouvé leur place.

Mais pour vertigineux qu'il fût, l'abîme avait des limites. Tout au nord se trouvait Niflheim, l'empire glacé des morts, et bien loin au sud se situait **Muspelheim**, le pays du feu. De Niflheim, douze rivières déversaient leurs eaux dans l'abîme : là, elles se gelaient et lentement le remplissaient de glace. De Muspelheim venaient des nuages brûlants qui transformaient la glace en brouillards. Des gouttes d'eau tombaient de ce brouillard et de ces gouttes naquirent les filles du Gel et **Ymir**, le premier Géant. Son fils fut le père d'Odin, dont la mère et la femme étaient filles du Gel.

Odin et ses deux frères tuèrent Ymir. Ils firent de lui le ciel et la terre : la mer de son sang, la terre de son corps, les cieux de son crâne. A Muspelheim, ils prirent des étincelles et les placèrent dans le ciel où elles devinrent le soleil, la lune et les étoiles. La terre était ronde et encerclée par la mer. Un grand mur bâti par les dieux avec les sourcils d'Ymir défendait le lieu où l'humanité allait vivre. L'espace intérieur se nommait Midgard. Ici, le premier homme et la première femme furent créées à l'aide d'arbres, un frêne pour l'homme, un bouleau pour la femme. Ils furent les parents de toute l'humanité. Il y avait encore, dans le monde, des **Nains** — créatures fort laides mais remarquablement adroites — qui vivaient sous la terre, et des **Elfes**, lutins ravissants qui prenaient soin des fleurs et des ruisseaux.

Un frêne merveilleux, **Yggdrasil**, servait de support à l'univers. Il implantait ses racines à travers les mondes :

Yggdrasil a trois racines.
Hel demeure sous la première,
Sous la seconde vivent les Géants du Gel
Et les hommes sous la troisième.

Il était dit aussi que « l'une des racines montait jusqu'à Asgard », et à côté de celle-là se trouvait un puits d'eau blanche, le Puits **d'Urda**, tellement sacré que nul ne pouvait en boire. Les trois **Nornes** le gardaient, qui

Attribuent leur vie aux fils des hommes
Et assignent à chacun sa destinée.

C'étaient : **Urda** (le Passé), **Verdandi** (le Présent), et **Skuld** (l'Avenir). Ici, chaque jour venaient les dieux ; ils passaient sur le pont frémissant fait de l'arc-en-ciel, ils s'asseyaient à côté du puits et jugeaient les actions des hommes. Un autre puits, situé sous une autre racine, était le Puits de la **Connaissance**, gardé par **Mimir** le Sage. Tout comme au-dessus d'Asgard, sur Yggdrasil planait aussi la menace de destruction. Comme les dieux, il était destiné à mourir. Un serpent et sa nichée rongeaient la racine voisine de Niflheim, le royaume de Hel. Un jour, ils parviendraient à tuer l'arbre et le monde s'écroulerait.

Les Géants du Gel et les Géants de la Montagne, qui vivaient dans le Jötunheim, étaient les adversaires de tout bien. Ils étaient les puissances brutales de la terre et dans l'inévitable conflit qui les opposait aux pouvoirs divins du ciel, la force brutale sortirait victorieuse.

Les dieux sont condamnés et la mort est la fin.

Mais une telle croyance est contraire à cette conviction profonde de l'esprit humain, qui veut que le bien soit plus puissant que le mal. Même ces Nordiques austères et désespérés, dont la vie quotidienne tout au long des sombres hivers de leur pays glacé n'est qu'un héroïque et perpétuel défi, même ceux-là entrevoyaient une lueur lointaine dans leurs ténèbres. On trouve dans l'*Ancienne Edda*, œuvre qui ressemble singulièrement au Livre de la Révélation, une prophétie annonçant qu'après la défaite des dieux, quand

Le soleil deviendra noir et que la terre sombrera dans la mer,
Quand les étoiles tomberont du ciel
Et que le feu montera jusqu'au firmament,

il y aurait alors un nouveau ciel et une nouvelle terre.

Une fois encore d'une beauté merveilleuse ;
Les maisons auront des toits d'or ;
Sans que les champs soient semés, leurs fruits mûriront
A jamais, dans une félicité parfaite.

Ceci se passerait sous le règne de Celui qui serait plus grand qu'Odin lui-même et au-delà de la portée du mal — de celui qui serait

Plus puissant que tout,
Mais jamais je n'oserais prononcer son nom.
Et rares sont ceux qui peuvent voir au-delà
Du moment où Odin succombera.

Cette vision d'un bonheur infiniment lointain semble un mince réconfort contre le désespoir, mais c'était la seule espérance que les Eddas avaient à offrir.

La sagesse nordique

Un autre aspect du caractère Nordique — et il diffère étrangement de son aspect héroïque — est aussi souligné dans l'*Ancienne Edda*. On y trouve, en effet, des séries de proverbes qui non seulement ne reflètent aucun héroïsme mais donnent la peinture d'une vie qui se passe fort aisément de cette vertu. Cette littérature empreinte de sagesse est loin d'avoir la profondeur du Livre des Proverbes des Hébreux ; en fait, elle mérite rarement de se voir appliquer le grand mot de « sagesse », mais les Nordiques qui la créèrent faisaient preuve, en tout cas, d'un grand bon sens, en contraste saisissant avec l'esprit intransigeant du héros. Comme les écrivains des Proverbes, ses auteurs semblent âgés ; ce sont des hommes d'expérience qui ont médité sur les choses de ce monde. Sans aucun doute, jadis ils furent des héros mais à présent qu'ils ont quitté les champs de bataille, leur point de vue a changé. Parfois même, ils regardent la vie avec une pointe d'humour :

Pour les hommes mortels, il y a moins de bien ici
Que la plupart pensent en trouver dans la bière.

Un homme ne sait rien s'il ignore
Que la richesse engendre souvent un singe.

Un lâche croit qu'il vivrait éternellement
Si seulement il pouvait fuir la guerre.

Confie tes pensées à un seul, mais méfie-toi de deux.
Ce qui est su de trois est connu de tous.

Un sot reste éveillé toute la nuit,
Pensant à mille choses.
Lorsque vient le matin, il est épuisé de souci
Et son souci est tout pareil à ce qu'il était la veille.

Certains montrent une connaissance aiguë de la nature humaine :

Un homme mesquin et pauvre en esprit
Est celui qui se moque de toutes choses.

Les hommes braves vivent heureux partout.
Un lâche craint toutes choses.

Ça et là, ils font preuve de gaieté, presque d'un cœur léger :

Il fut un jour où j'étais jeune et je voyageais seul.
J'en ai rencontré un autre et je me suis cru riche.
L'homme est la joie de l'homme.

Sois un ami pour ton ami.
Rends-lui rire pour rire.
Bien qu'elle soit fort loin,
Le sentier est droit qui mène à la maison d'un bon ami.

Un esprit d'une étonnante tolérance apparaît de temps en temps :

Aucun homme n'a rien que misère. Ne permets à personne
[d'être aussi mal en point.

A celui-ci ses fils sont une joie, à celui-là
Sa famille ; à cet autre, sa fortune,
Et à cet autre encore, le bien qu'il a fait.

Qu'aucun homme ne prête foi aux paroles d'une jeune fille
Ni à ce que dit une femme.
Mais je connais les hommes et les femmes.
L'esprit des hommes est peu sûr envers les femmes.

Nul n'est si bon qu'il soit dépourvu de fautes.
Nul n'est assez mauvais pour qu'il ne vaille rien.

Quelquefois, il y a une réelle pénétration d'esprit :

Chacun devrait être modérément sage,
Et non trop sage, car le cœur d'un homme sage
Est rarement heureux.

Deux lignes vers la fin de la plus importante série de ces Proverbes montrent de la sagesse :

L'esprit ne connaît
Que ce qui repose près du cœur.

En même temps que leur héroïsme vraiment terrifiant, ces hommes du Nord avaient donc un sens commun délectable. La combinaison semble impossible mais leurs poèmes sont là pour nous prouver le contraire. Nous sommes apparentés à ces Nordiques par la race ; notre culture nous vient des Grecs. Ensemble, la Mythologie nordique et la Mythologie grecque nous donnent une claire image de ce qu'étaient ces peuples auxquels nous devons la plus grande part de notre héritage spirituel et intellectuel.

▲ *Jason conduisit les Argonautes à la conquête de la Toison d'or (Jason et le dragon, coupe attique).*

Thésée, roi d'Athènes, combattit et tua le Minotaure (vase attique). ◀

Icare fut précipité dans la mer lorsque, après son évasion de Crète, le soleil fit fondre la cire qui attachait ses ailes (tableau de Rubens). ▶

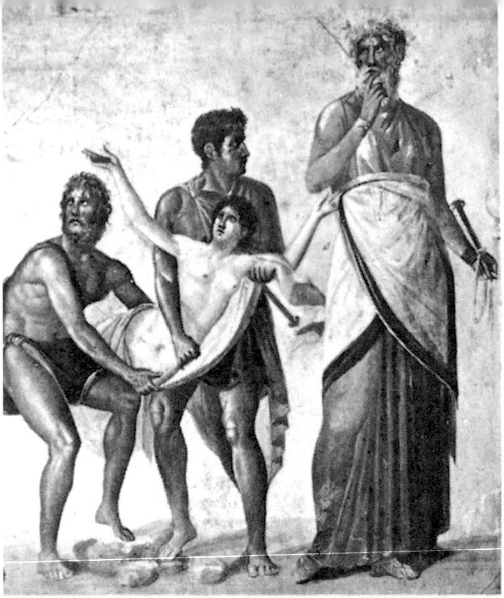

Iphigénie fut sacrifiée à Diane par son père Agamemnon, afin d'obtenir la protection des dieux en faveur de la flotte grecque (fresque de Pompéi).

Andromède, exposée sur un rocher pour calmer les fureurs d'un monstre marin, fut délivrée par Persée (tableau de Chassériau).

Les descendants de Prométhée

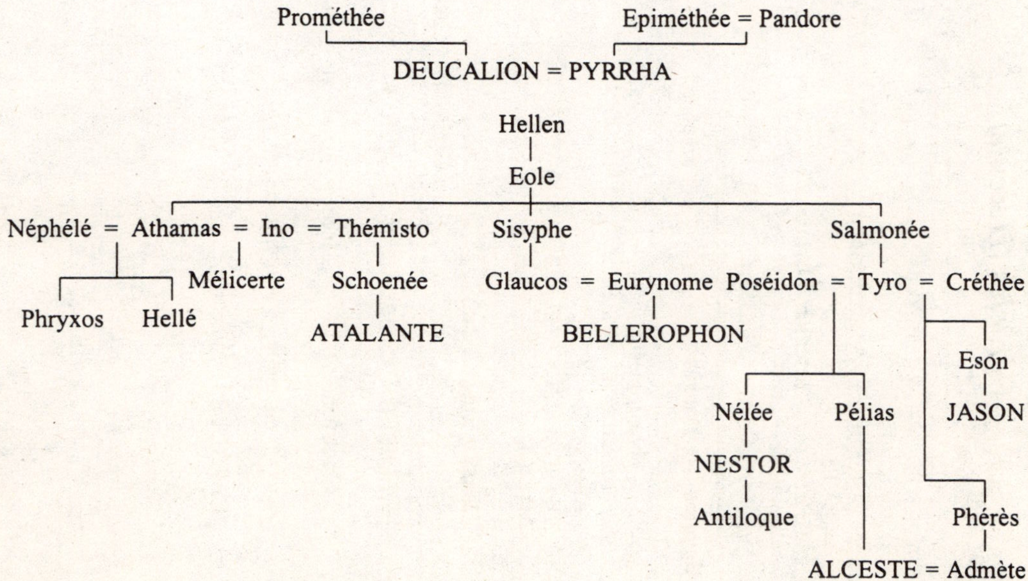

Les ancêtres de Persée et Héraclès (Hercule)

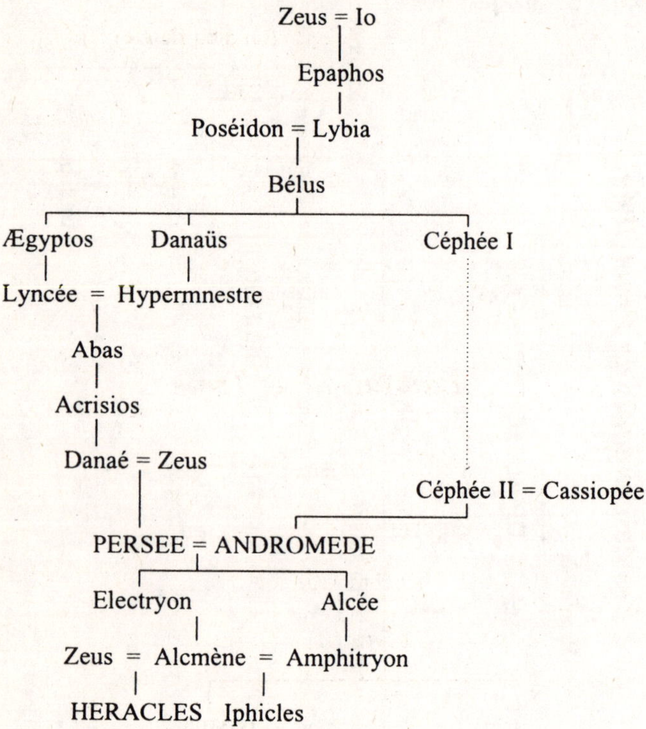

Les ancêtres d'Achille

Océan = Téthys

Asopos (un dieu fleuve)

Egine = Zeus

Eaque

Pélée = Thétis

ACHILLE

La Maison de Troie

Teucer

Dardanus = Batca

Erichtonius

Tros

Ilus — Assaracus

Laomédon — Capys

Priam = Hécube — Anchise = Aphrodite

HECTOR, Deiphobe, Pâris — ENEE

La Famille d'Hélène de Troie

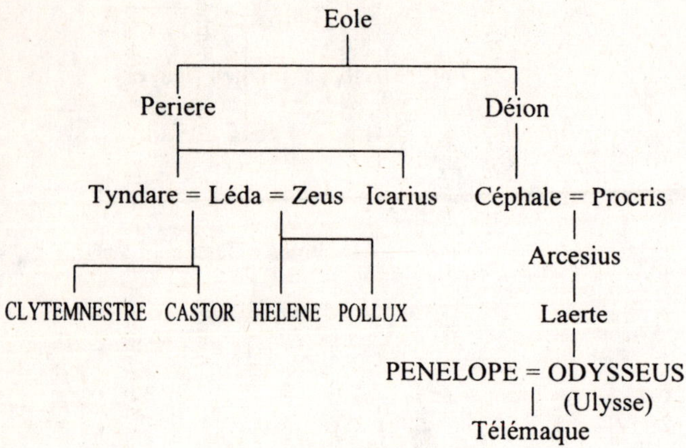

La Maison royale de Thèbes et les Atrides

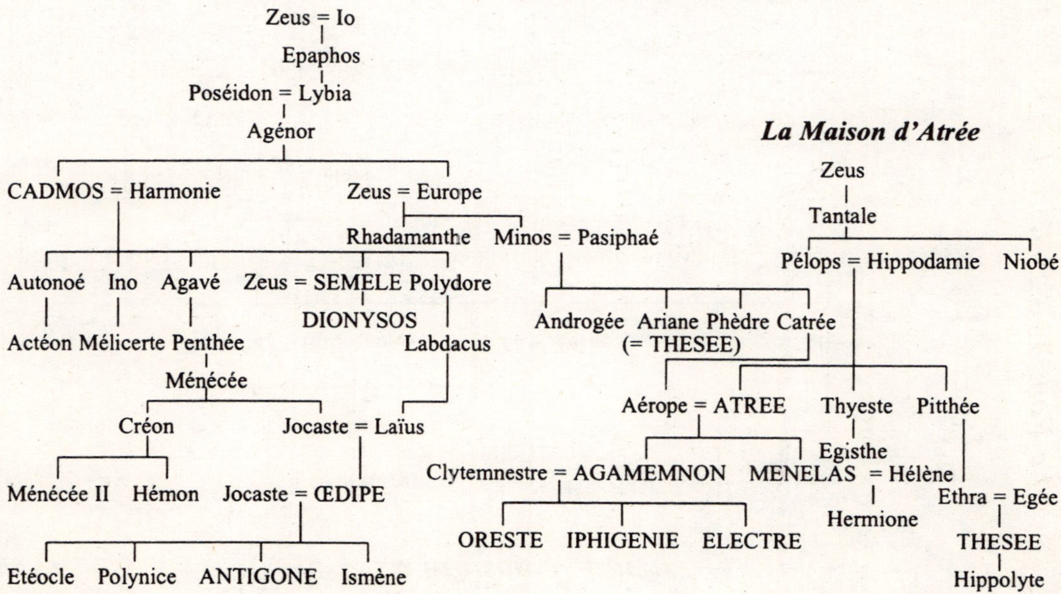

La Maison d'Athènes

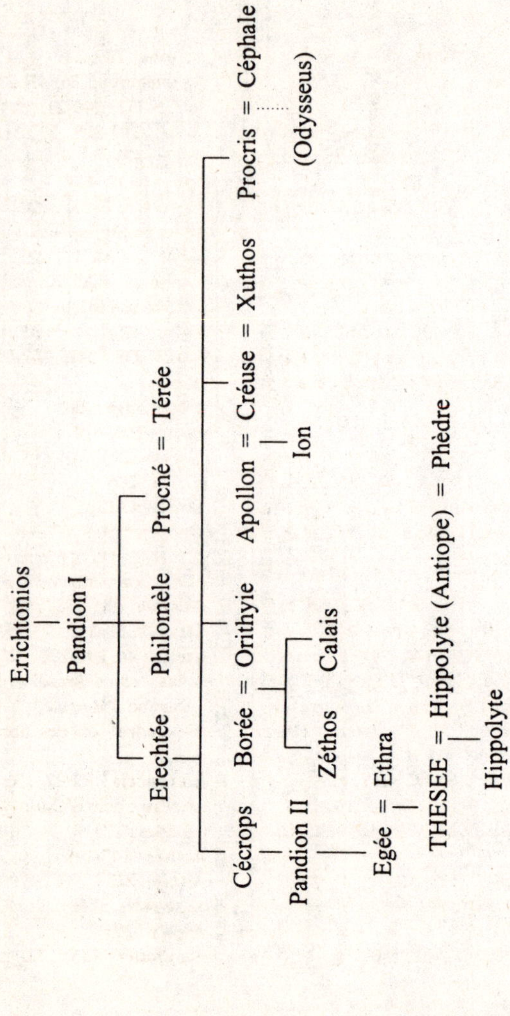

INDEX

Sources de l'iconographie

Les illustrations hors-texte ont pour origine : Giraudon : p. 2-3, 6, 18-19, 20, 26-27. — Giraudon-Anderson : p. 28, 32. — Roger Viollet : p. 13, 24. — Viollet-Anderson : p. 4, 7, 8, 12, 17, 21, 24, 25, 29. — Viollet-Alinari : p. 5, 7, 10. — Viollet-Brogi : p. 9. — Debatty-Alinari : p. 4. — Bulloz : 13, 14-15, 32. — A.C.L. : p. 10, 11, 16, 20, 28. — Bibliothèque Nationale : p. 22-23.

TABLE DES MATIÈRES

INTRODUCTION
À LA MYTHOLOGIE CLASSIQUE

PREMIÈRE PARTIE
LES DIEUX, LA CRÉATION ET LES TEMPS HÉROÏQUES

DEUXIÈME PARTIE

RÉCITS D'AMOUR ET D'AVENTURE

TROISIÈME PARTIE

LES GRANDS HÉROS QUI PRÉCÉDÈRENT LA GUERRE DE TROIE

QUATRIÈME PARTIE

LES HÉROS DE LA GUERRE DE TROIE

CINQUIÈME PARTIE
LES GRANDES FAMILLES MYTHOLOGIQUES

SIXIÈME PARTIE
LES MYTHES DE MOINDRE IMPORTANCE

Imprimé en Espagne par Liberdúplex
à Sant Llorenç d'Hortons (Barcelone)
en novembre 2018
pour le compte des
Éditions Marabout (Hachette Livre)
58, rue Jean Bleuzen, 92178 Vanves Cedex
ISBN : 978-2-501-08777-3
41.3201.5/10